IMPÉTUEUX

LE PHŒNIX CLUB
LIVRE DEUX

DARCY BURKE

Traduit par
SOPHIE SALAÜN

Zealous Quill Press

IMPÉTUEUX

L'invitation la plus exclusive de la bonne société...

Bienvenue au Phœnix Club, où les ladies et gentlemen les plus audacieux, peu recommandables et intrigants de Londres trouvent scandale, rédemption et seconde chance.

En près de deux ans de mariage, Sabrina Westbrook a à peine adressé la parole à son mari et encore moins partagé son lit. Le comte d'Aldington vit à Londres et siège à la Chambre des communes, tandis qu'elle et son anxiété sociale entretiennent sa maison de campagne et ses jardins. Leur arrangement est plutôt cordial, leurs lettres sont d'une politesse presque douloureuse, et leurs visites semestrielles... gênantes. Mais, si Sabrina parvient à rassembler son courage, tout cela est sur le point de changer. À compter de ce soir.

Héritier d'un duché, Constantine Westbrook est conscient de ses devoirs : envers son pays, sa famille et son épouse timide et réservée, dont la beauté l'a subjugué dès leur rencontre.

Une épouse dont il n'a jamais vu le corps séduisant et provocant à la lumière du jour. Ni sous aucune autre lumière, d'ailleurs. Cependant, la femme qui se présente à Londres à l'improviste est quelque peu différente. Pour la première fois de leur mariage, Sabrina a une requête... non, une exigence.

Cependant, pour exaucer le vœu le plus cher de Sabrina, ils auront tous deux besoin de quelques leçons d'amour...

CHAPITRE 1

Mars 1815, Londres

Constantine Westbrook, comte d'Aldington, introduisit la clé dans la serrure. Son appréhension l'emportait sur tout sentiment d'anticipation qu'il aurait pu éprouver. Il jeta un regard à la belle femme qu'il avait engagée pour la soirée et douta de ses agissements.

Ne doute pas. De nombreux gentlemen prennent une maîtresse.

Constantine, cependant, n'était pas comme les autres hommes, et ses arguments en faveur de l'activité de ce soir-là n'étaient pas tout à fait convaincants. Il se targuait d'être un homme de principes et intègre. C'était également un homme qui avait des besoins, et il était las d'être seul tous les soirs, bien qu'il ait une épouse. Si tant est que l'on puisse l'appeler ainsi, alors qu'elle évitait sa présence et se comportait comme s'il était soit repoussant, soit terrifiant. Ou bien les deux.

Barbara glissa une main sous le manteau de Constantine,

et enroula le bras autour de sa taille. Se rapprochant, elle l'effleura de sa poitrine généreuse et ronde.

— Allons-y, mon chéri.

Son corps réagit, apaisant ses doutes. La clé cliqueta, et Barbara poussa la porte avec sa hanche, lui adressant un sourire grivois.

Elle se détourna de lui et prit une profonde inspiration.

— Que diable se passe-t-il ici ?

Il examina aussitôt la scène. Le comte d'Overton se tenait près d'une jeune femme, sa *pupille*, que Constantine avait rencontrée, et qui était une amie proche de sa sœur. Et tous deux étaient déshabillés. Overton s'empressa d'enfiler une chemise et répondit à Barbara, mais Constantine n'entendit pas ce qu'il disait, à cause du vacarme dans sa tête. C'était censé être un rendez-vous privé... *secret*.

Horrifié d'être vu, et de voir Overton avec sa pupille, Constantine pivota sur ses talons. Mais ses pieds étaient comme cloués au sol, alors même que son esprit lui hurlait de s'en aller le plus vite possible. *Bon sang !* Overton s'approchait de lui. Constantine coula un regard vers son ami, avant de quitter la chambre à grands pas, rebroussant rapidement chemin vers l'escalier de service, que Barbara et lui avaient emprunté pour gagner le second étage du Phœnix Club.

Apparemment, ils auraient mieux fait de se rendre au logement de la jeune femme. Mais Constantine avait sollicité l'aide de son jeune frère pour mettre en œuvre son projet dans un endroit plus discret, afin de ne pas être vu en train d'entrer ou de sortir de chez Barbara. En tant que propriétaire du Phœnix Club, Lucien avait fourni avec enthousiasme à Constantine la clé d'une chambre à coucher située au deuxième étage de l'établissement, affirmant que la jeune femme et lui ne seraient absolument pas dérangés.

Non seulement c'était faux, mais Constantine se retrouvait maintenant dans une position exaspérante, car son comportement était désormais révélé. Avec un peu de chance, Overton et sa pupille ne diraient rien. Cependant, cela semblait probable, car ils ne voulaient sans doute pas non plus que les gens apprennent pour leur rendez-vous.

C'est alors qu'il entendit son ami le suivre.

— Aldington, attends ! Pourquoi es-tu ici ?

Constantine ne se retourna pas et serra les dents. En réalité, il accéléra le pas.

— C'était une erreur. Je t'en prie, ne me suis pas.

Il ouvrit la porte de l'escalier de service et s'y glissa, la refermant fermement derrière lui.

Heureusement, Overton ne chercha pas à le suivre. Néanmoins, Constantine se précipita au rez-de-chaussée et sortit par l'arrière du club pour rejoindre le jardin. Les sons provenant de l'assemblée du club, la première de la saison, lui parvinrent depuis la salle de bal. Il n'avait jamais assisté à l'un de ces événements, car il n'était pas membre du club. Son frère et son mystérieux comité d'adhésion ne l'avaient pas convié.

Le plan de ce soir-là avait été mal préparé. Lucien aurait dû l'avertir qu'aussi bien le côté réservé aux dames que celui réservé aux hommes seraient remplis de participants au bal.

Impatient de mettre toute cette histoire derrière lui, il trouva la porte presque indétectable dans le mur bordant Bury Street, par laquelle sa compagne et lui étaient entrés. Il l'ouvrit juste assez pour se glisser à l'extérieur et s'assura qu'elle était bien verrouillée avant de se précipiter, tête baissée, vers Saint-James, où il se sentirait bien plus à l'aise.

Cette pensée faillit le faire rire. Se sentait-il jamais à l'aise ? Oui, lorsqu'il travaillait sur les questions qui le passionnaient le plus à la Chambre des communes, malgré le fait que son siège là-bas était une autre obligation que son père lui avait imposée avec insistance, tout comme son mariage.

Alors qu'il approchait de l'entrée de chez White, Constantine bascula la tête en arrière et prit une profonde inspiration, inhalant l'odeur de fumée de charbon et de chevaux, caractéristique de Londres. Parfois, il enviait son épouse, et le temps qu'elle passait à Hampton Lodge, la maison qu'ils avaient choisie comme résidence de campagne, à environ vingt-cinq kilomètres de Londres, avec son air pur et ses grands espaces.

Résidence ? Celle de sa femme, sans doute, mais pas la sienne. Constantine s'y rendait deux fois par an : quelques semaines en été, et pendant les fêtes de fin d'année. Oui, il enviait lady Aldington, car elle avait un endroit où elle se sentait chez elle. Depuis qu'ils s'y étaient installés après leur mariage, elle avait rénové plusieurs pièces, et prévoyait de réaménager les jardins. Son enthousiasme et son dévouement étaient remarquables. Inspirants, même. Cela semblait être sa passion, tout comme le travail à la Chambre des communes était celle de Constantine. Fait notable, ils n'éprouvaient aucune passion l'un pour l'autre.

— Bonsoir, lord Aldington, le salua le valet de pied lorsqu'il pénétra dans l'espace familier.

— Bonsoir, répondit Constantine.

Il entra ensuite dans la pièce principale, où Brummel était assis près de la fenêtre, entouré de ses acolytes.

Il passa sans s'arrêter, et fut aussitôt interpellé par l'un de ses collègues, M. Horace Brightly. Petit et athlétique, il était membre du Gentlemen's Phaeton Racing Club.

— Bonsoir, Aldington. Pourrais-je vous parler un instant ? s'enquit Brightly d'un ton aimable.

Soulagé de pouvoir penser à autre chose qu'à l'erreur qu'il avait failli commettre et qu'il aurait certainement regrettée, Constantine inclina la tête.

— Certainement.

Ils prirent place à une table relativement tranquille dans

le coin de la pièce, où le valet de pied leur apporta des verres de porto. Brightly but une gorgée avant de reposer son verre et de fixer Constantine d'un regard intense. Cet homme était infatigable dans son travail, et il considérait les clubs de gentlemen comme une extension de Westminster : des lieux où il pouvait présenter ses arguments et, avec un peu de chance, persuader les autres de se rallier à sa cause. Tout comme Constantine, il n'éprouvait aucun intérêt pour les jeux d'argent, les paris, ou la consommation excessive d'alcool.

— La loi sur l'importation gagne du terrain, remarqua Brightly, l'air profondément inquiet. J'espère sincèrement que nous pourrons compter sur votre soutien. C'est-à-dire, pour vous opposer à la loi.

Constantine se raidit.

— Je n'ai pas encore pris de décision, mais je vous assure que j'y réfléchis attentivement.

— Sans l'intervention de votre père, j'espère, répondit Brightly, qui lui adressa un regard franc et sincère, avant de changer brusquement de sujet. Lady Aldington est-elle déjà arrivée en ville ?

— Non. Je ne l'attends pas avant plusieurs semaines.

C'était un mensonge. Constantine ignorait quand l'attendre, si elle venait. Elle lui avait écrit plusieurs lettres depuis son retour en ville à la mi-janvier, toutes concernant le salon récemment rénové et les projets printaniers pour le jardin. Il avait répondu de la même manière, en évoquant ses activités ici, à Londres. Leur correspondance était courtoise et respectueuse, et ne comportait absolument aucun élément personnel. À une époque, il avait espéré que cela changerait, mais, après presque deux ans, il avait accepté que leur union ne soit qu'un mariage d'extrême convenance.

Selon lui, elle viendrait probablement dans le courant du mois. L'année précédente, elle était arrivée à la mi-mars. En fait, il devrait lui écrire pour lui poser la question ; peut-être le ferait-il le lendemain.

— Eh bien, lorsqu'elle sera en ville, vous devriez venir dîner, suggéra Brightly. Mme Brightly apprécie grandement sa compagnie.

— Je suis certain que lady Aldington en serait ravie.

C'était vrai. Au cours des quelques dîners qu'ils avaient partagés avec les Brightly la saison dernière, Sabrina s'était montrée particulièrement animée, alors que la plupart des événements mondains semblaient la terrifier.

— Parfait ! Nous attendrons cela avec impatience, répondit Brightly, qui termina ensuite son verre de porto. Et je ne vous harcèlerai pas à propos des tarifs douaniers avant la semaine prochaine.

Lui décochant un clin d'œil, il se leva, et s'éloigna.

Constantine esquissa un léger sourire, les yeux rivés sur son porto, avant d'en boire une gorgée. Qu'il avala de travers quand son père entra dans son champ de vision.

Toussant, Constantine reposa son verre avec un peu trop de vigueur. Ou peut-être, sous le coup de sa nervosité, avait-il serré le pied trop fort. Quelle qu'en soit la raison, le pied se cassa, et le verre se renversa sur la nappe, répandant ce qu'il restait de son porto. Le bord irrégulier du verre brisé entailla la paume de Constantine. Du sang coula sur sa peau, et il tourna la main pour éviter de tacher davantage la nappe.

— Doux Jésus ! marmonna le duc avant de faire signe à un valet de pied, qui se précipita vers la table. Veuillez apporter à lord Aldington un linge pour sa main et nettoyez ce désordre.

— Oui, my lord.

Le valet repartit en hâte pour exécuter les ordres du duc.

Constantine leva le nez vers son père, vers ces yeux sombres familiers qui semblaient détecter tout ce qui se passait dans l'esprit et l'âme du jeune homme. Il espérait que le duc n'avait pas remarqué que Brightly était assis là quelques secondes plus tôt.

C'était cependant beaucoup trop espérer.

Le regard froid de l'homme se posa sur la chaise que Brightly venait de quitter.

— Pourquoi discutais-tu avec cet arriviste ? Je devrais vraiment faire en sorte qu'il soit exclu. Il n'a pas sa place ici, et il devrait rester avec ceux de son espèce, chez Brooks.

Son espèce. Constantine grimaça en retirant le morceau de verre de sa paume. Il le déposa sur la table, tachant le tissu de son sang.

— Parce qu'il a des tendances *whig**.

— Parce que *c'est* un maudit whig ! rétorqua le duc d'une voix basse, mais irritée.

Le valet de pied revint à la table, accompagné d'un autre. Le premier tendit une petite serviette à Constantine, tandis que le second emportait la nappe et les morceaux de verre. Il s'éloigna rapidement, tandis que le premier valet étalait un nouveau linge propre sur la table.

— Puis-je vous apporter autre chose, my lord ? demanda-t-il à Constantine.

— Non, je vous remercie.

Il adressa un signe de tête rassurant au domestique, sachant que son père pouvait se montrer intimidant, et que l'homme devait être inquiet.

— Un verre de bordeaux ! aboya le duc avant de s'asseoir sur une chaise qui n'avait pas été occupée par Brightly.

Ce qui le plaçait directement à la droite de Constantine. Le valet de pied se retira rapidement, et le duc lança un regard noir à son fils.

---

* Note de la traductrice (NdT) : Libéral anglais, qui était opposé aux *torys*. Milite en faveur d'un parlement fort, s'opposant ainsi à l'absolutisme royal.

— Je vais voir ce que je peux faire pour que Brightly se fasse exclure, réitéra-t-il. Il n'a pas sa place ici.

— Pourquoi pas ? Son père était membre.

De plus, presque tout le monde appréciait Brightly. C'était un interlocuteur agréable, que l'on soit d'accord avec lui ou non.

Une lueur d'agacement brilla dans les yeux du duc.

— Son père est décédé, il ne peut donc plus le recommander.

Constantine appliqua la serviette contre sa blessure, appuyant fort pour arrêter le saignement.

— Envisages-tu également de faire exclure Lucien ?

Son frère aussi avait des « tendances whig ». Et, pour tout dire, c'était également le cas de Constantine.

— À moins qu'il ne soit exempté d'une telle mesure parce qu'il est *ton* fils ?

— Ne joue pas au plus malin ! s'exclama le duc, lui lançant un regard sévère, avant de lever les yeux vers le valet, qui était revenu avec le bordeaux. Merci.

Sa brève manifestation de gratitude apaisa quelque peu la tension qui pesait sur les épaules de Constantine. Son père était vraiment de mauvaise humeur, ce soir-là. Il n'avait jamais été d'un naturel affable, mais il n'avait pas toujours été aussi revêche non plus.

— Si tu veux bien m'excuser, je dois rentrer chez moi et panser ceci.

La paume de Constantine était douloureuse et saignait toujours. Cependant, plus important encore, il n'était pas d'humeur à subir l'interrogatoire de son père au sujet de Brightly, qui n'allait sûrement pas tarder.

— Oui, tu devrais. J'espère que cela n'affectera pas ta prise pendant la course.

Cela l'inquiétait, car il aimait parier sur les courses de berlines de Constantine. Le fait que son fils ait créé un club de course avec un groupe de gentlemen quelques années plus tôt était une source de fierté pour le duc.

— Bonsoir, père.

— Bonsoir.

Le duc inclina la tête avant de boire son bordeaux.

Avant de partir, Constantine remit le tissu taché à un valet de pied. Quelques instants plus tard, il monta dans un fiacre et donna au cocher l'adresse de sa maison de Curzon Street. Sa main saignait encore légèrement, alors il retira sa cravate et l'enroula autour de sa paume.

Lorsqu'il arriva chez lui, il était épuisé, contrarié de multiples façons, et il se rendit compte que sa main droite blessée ne lui permettrait pas d'apaiser au moins une partie de sa frustration. Souriant devant l'absurdité de la situation, il salua son majordome, Haddock, à la porte.

— Vous êtes debout tard. L'un des valets de pied est-il tombé malade ?

— Bonsoir, my lord.

Le large front de Haddock se fronça sous ses cheveux gris-noir méticuleusement peignés. Constantine comprit aussitôt que quelque chose n'allait pas.

La tension qu'il était parvenu à repousser dans le fiacre revint, déclenchant une douleur le long de sa colonne vertébrale.

— Que se passe-t-il ?

Le regard bleu pâle de Haddock se posa sur la main bandée de Constantine.

— Vous êtes-vous blessé, my lord ?

— Un verre brisé au club. Allez-vous m'expliquer ce qui se passe, ou dois-je aller chercher Mme Haddock ?

Son intendante était l'épouse de son majordome, et elle était sans doute couchée, à cette heure-ci. Comme Haddock l'était généralement. Ou, du moins, ils n'étaient pas à leur poste. Constantine ignorait ce qu'ils faisaient lorsqu'ils n'étaient pas en service, et cela ne le concernait pas.

Haddock se raidit, redressant les épaules pour soutenir le regard de Constantine.

— Lady Aldington est arrivée plus tôt dans la soirée.

La douleur dans la colonne vertébrale de Constantine s'intensifia, surpassant celle de sa blessure à la main.

— Je vois. Merci, Haddock.

— Dois-je faire monter des bandages et des cataplasmes à Peale ?

Le valet proposerait de panser sa blessure, et Constantine devrait sans doute le laisser faire.

— Je vous en serais reconnaissant, répondit-il, puis il tourna les talons vers l'escalier, avant de s'arrêter et de regarder le majordome. L'arrivée de la comtesse vous a surpris.

— Oui, my lord, confirma Haddock, dont les joues rougirent légèrement. Il est possible que vous m'en ayez parlé, et que j'aie oublié.

Constantine faillit rire devant le caractère grotesque de cette hypothèse.

— Vous savez bien que cela n'est pas arrivé. Je suis surpris, également. A-t-elle dit pourquoi elle était venue à l'improviste ?

— Non, my lord.

— Je suis sûr que je le découvrirai demain matin. Bonne nuit, Haddock.

Constantine quitta le hall d'entrée et gravit les escaliers. Passant le grand salon, il se rendit dans le petit salon qui servait en quelque sorte d'antichambre à sa chambre et à celle de son épouse.

En entrant, il s'arrêta net. Assise dans un fauteuil devant le feu, se trouvait sa femme.

Sabrina Westbrook était la plus belle femme d'Angleterre.

Du moins, c'était ainsi que beaucoup l'avaient qualifiée lors de sa première saison, deux ans plus tôt, y compris lui. Avec ses cheveux d'un roux doré qui faisaient penser à du miel scintillant au soleil, ses yeux bleu azur brillant et son teint chaud et crémeux, elle était la perfection incarnée. Pour Constantine, elle était la seule femme qui lui avait coupé le souffle dès qu'il l'avait aperçue. Qu'elle soit la jeune femme que son père voulait qu'il épouse lui avait semblé un rêve impossible.

Dommage que la femme de ses rêves ait essayé d'éviter de l'épouser, et qu'elle éprouve manifestement tant de dégoût que leur union était condamnée dès le départ. Oh! Elle pouvait se montrer agréable et polie, mais il ne faisait aucun doute qu'elle détestait être contrainte à ce mariage et qu'elle méprisait sa proximité et son contact. Constantine était parvenu à enfouir la douleur qu'il avait ressentie à ce moment-là. À tel point qu'il pouvait presque l'oublier. *Presque.*

— Qu'est-il arrivé à votre main ?

Elle s'approcha de lui, le tirant de sa rêverie. La jupe de sa robe de chambre vert foncé tourbillonna autour de ses chevilles. Sans attendre sa réponse, elle tendit la main vers lui.

Il recula d'un pas, surpris qu'elle l'approche.

— Je pense que la question la plus importante, madame, est : que faites-vous ici ?

CHAPITRE 2

Sabrina resta figée, son esprit se bloquant sur le fait qu'elle l'avait presque touché. Ils ne se touchaient jamais que dans sa chambre à coucher, les rares fois où il lui avait rendu visite au cours des presque deux ans passés depuis le début de leur mariage. Elle n'avait même pas pris conscience qu'elle allait le toucher, et, si elle y avait pensé, elle n'aurait pas essayé. Cependant, elle avait vu qu'il était blessé, et son instinct de prendre soin de lui, comme de toute chose ou de toute personne qui avait besoin d'aide, avait pris le dessus.

— Je vis ici.

Elle croisa son regard avec une assurance qu'elle n'avait jamais réussi à exprimer auparavant, et elle était fière d'y être parvenue. Son anxiété face aux gens, en particulier aux étrangers, et son mari n'était guère mieux qu'un étranger, avait toujours été paralysante. Mais, ce n'était plus le cas. Elle devait sortir de l'ombre, revendiquer son rôle de comtesse, en public comme en privé.

L'expression de Constantine trahit sa surprise, et elle

ressentit une vague de satisfaction mêlée à sa fierté. Il s'attendait à retrouver la femme timide et docile qu'il avait épousée.

— Vous auriez pu prévenir de votre venue, afin que la maisonnée puisse se préparer.

Elle aurait vraiment dû le faire, d'autant plus qu'elle avait besoin d'une nouvelle femme de chambre. La sienne s'était mariée l'année précédente, et elle attendait à présent son premier enfant. Elle avait démissionné avant le départ de Sabrina pour Londres, et l'une des bonnes d'étage ici à Aldington House avait été propulsée sans cérémonie à ce poste à son arrivée.

— Ma décision de venir a été prise de manière plutôt précipitée, répondit-elle, car, une fois qu'elle avait décidé de procéder à un changement, elle avait agi rapidement, avant de perdre courage. Je vous prie de m'excuser si je vous ai contrarié, vous ou la maisonnée.

Elle parlait d'un ton neutre, tout comme lui.

— Vous ne pourriez jamais faire une telle chose.

Sabrina n'était pas sûre de ce qu'elle ressentait après cette affirmation. D'un côté, elle aimait être agréable, et elle détesterait causer du désagrément à qui que ce soit. De l'autre, le fait que son mari insiste avec facilité sur le fait qu'elle ne serait jamais une source de dérangement lui donnait envie de l'être. Ne serait-ce que pour lui prouver qu'il la connaissait à peine.

Sauf qu'il avait raison. Cela signifiait-il qu'il la connaissait, *en réalité* ? Au moins un peu ?

Le valet de Constantine, Peale, entra dans le petit salon, portant un petit plateau où se trouvait le nécessaire pour traiter sa blessure. Mobilisant la bravoure et la force d'acier dont elle savait avoir besoin pour toute cette visite, Sabrina s'approcha de lui et prit le plateau.

— Je vais m'occuper de lord Aldington. Merci, Peale.

Le valet haussa brièvement ses sourcils auburn avant d'incliner la tête.

— Bien sûr, my lady. Permettez-moi de vous dire que c'est un plaisir de vous voir.

— Merci. Je suis ravie d'être de retour à Londres.

Elle serra plus fort le plateau entre ses mains.

Peale coula un regard vers Aldington.

— Sonnez si vous avez besoin de quoi que ce soit d'autre.

Il leur souhaita ensuite une bonne nuit, avant de quitter le petit salon.

Sabrina posa le plateau sur une table voisine et revint vers son époux. Elle posa son regard sur le triangle de chair ivoire foncé exposé au niveau de sa gorge, car il ne portait pas de cravate. Elle n'était pas habituée à le voir ainsi. Sa bouche s'assécha soudain, et elle se lécha les lèvres.

— Puis-je voir votre main ?

Alors qu'il déroulait le tissu, elle comprit ce qui était arrivé à sa cravate. S'approchant d'elle, il tendit la main, paume vers le haut. La coupure irrégulière se trouvait à mi-chemin entre son pouce et son index. Du sang séché collait à sa peau.

— Il faut d'abord nettoyer cela.

Elle leva son regard, passant sur ce triangle provocant de son torse exposé. Elle l'avait rarement vu sans vêtements. Lorsqu'il se rendait dans la chambre de la jeune femme, il portait un banian, puis il refermait le rideau autour du lit, de sorte qu'ils étaient toujours plongés dans l'obscurité.

— Avez-vous de l'eau dans votre chambre ?

— Oui, répondit-il, puis il se retourna et attendit que Sabrina prenne le plateau. Après vous.

Elle n'était jamais entrée dans la chambre de Constantine. Décorée dans un bleu intense et riche, rehaussé de tons dorés et bruns, elle était étonnamment chaleureuse. Elle ne savait pas trop à quoi elle s'était attendue, mais peut-être avait-elle imaginé que sa chambre à coucher serait froide et austère, à l'image de sa personnalité, la plupart du temps.

Outre le lit, qu'elle évitait soigneusement de regarder, il y avait un petit bureau, deux commodes et un coin salon confortable avec deux fauteuils à oreilles devant l'âtre. Ces derniers attirèrent l'attention de la jeune femme, qui se demandait qui se joindrait à Constantine ici. Il ne l'avait assurément jamais invitée.

Il se dirigea vers l'une des commodes, puis il versa de l'eau d'une cruche dans la bassine à côté. La saisissant de sa main gauche indemne, il la porta jusqu'à la petite table près de la porte, où il la posa. C'était comme s'il ne voulait pas qu'elle s'aventure plus loin dans la chambre.

Elle faillit le dire à haute voix, mais son courage, nouvellement acquis, lui fit défaut. Après avoir posé le plateau près de la bassine, elle plongea un petit morceau de linge dans l'eau.

— Votre main, s'il vous plaît, lui demanda-t-elle d'une voix douce.

Il la tendit à nouveau, paume vers le haut. À présent, elle *devait* le toucher. Évitant son regard, elle plaça sa paume sous la main de son époux et la serra délicatement. Ce contact lui coupa le souffle. Elle tamponna le sang séché, œuvrant aussi rapidement que possible, mais avec délicatesse aussi, de peur de lui causer plus de mal.

— Que s'est-il passé ? demanda-t-elle.

— Un verre s'est brisé dans ma main chez White.

— Pas de chance.

Elle acheva de nettoyer sa peau et reposa le linge souillé sur le plateau, puis relâcha sa main. Enfin, elle expira et attrapa le petit pot de cataplasme.

— Je peux l'appliquer, proposa-t-il d'une voix neutre.

Il lui parlait presque toujours d'un ton monocorde. *Quand*

il lui adressait la parole, ce qui n'était pas très souvent. Cela impliquait qu'ils se trouvent dans un même lieu.

— Oui, mais je vais le faire, affirma-t-elle.

Elle jeta un coup d'œil à son visage, saisissant juste la courbe de ses sourcils et l'éclair de surprise dans ses yeux. S'affairant à sa tâche au lieu de le regarder, elle retira le couvercle du pot de cataplasme et le posa sur le plateau. Elle plongea le bout d'un doigt dans la pommade, puis lui saisit à nouveau la main pour étaler le remède sur la coupure.

Une respiration à peine audible, celle de Constantine, la poussa à regarder à nouveau son visage. De légères rides partaient en éventail de ses yeux noisette, altérant ses traits parfaits. C'était un homme d'une beauté exceptionnelle, avec son nez aquilin et sa mâchoire bien dessinée, qui semblaient avoir été taillés dans le granit pour être exposés dans un palais quelque part. Un visage que les gens pouvaient contempler et admirer, mais qui dissimulait une coquille vide.

Seulement, il n'était pas une statue, même s'il était plus facile pour elle de le considérer ainsi. C'était un homme, et il était son époux. Pour le meilleur ou pour le pire.

Pour toujours.

— C'est douloureux, remarqua-t-elle, tout en appliquant délicatement la pommade.

Il hocha imperceptiblement la tête en guise de réponse.

— Je suis désolée, ajouta Sabrina.

— Tout va bien.

Il prononça ces mots d'une voix grave et abrupte, ce qui l'irrita. Tout allait toujours bien. Sauf que cela n'avait jamais été le cas. Peut-être pendant une courte période après leurs fiançailles, quand il s'était montré charmant et attentif. Ensuite, juste avant le mariage, il avait paru de plus en plus distant, moins charmant, et bien moins attentif. Comme s'il regrettait leurs fiançailles. C'était sans doute le cas, selon

Sabrina. C'est alors que sa mère lui avait dit très clairement qu'Aldington ne voulait pas de cette union, mais qu'il veillerait à ce que son devoir soit accompli.

Ce qui avait préparé le terrain pour une nuit de noces vraiment affreuse, suivie d'un mariage au diapason. Sabrina souffrait déjà d'un excès de nervosité et d'anxiété. Si l'on ajoutait à cela un mari qui n'avait aucune envie de l'épouser, il en résultait une union caractérisée par un détachement poli. Elle se disait que cela aurait pu être pire, qu'ils auraient pu ouvertement se mépriser. Oui, elle était reconnaissante de ce détachement poli, et elle espérait qu'ils pourraient dépasser cela, ne serait-ce que pour faire le nécessaire afin d'avoir un enfant, ce qu'elle désirait et dont il avait besoin.

Elle expira en prenant le bandage sur le plateau.

— Croyez-vous que nous pourrions essayer d'être aimables ?

Le regard de Sabrina se posa à nouveau sur cette petite partie exposée du torse de Constantine, et une chaleur étrange envahit son cou.

— Ne suis-je pas aimable ? Aïe !

Elle avait commencé à bander sa main et se rendit compte qu'elle serrait trop le tissu sur la coupure.

— Mes excuses.

Constantine fronça les sourcils, l'air renfrogné.

— Dois-je appeler Peale ?

— Non, dit-elle, puis elle continua, avec des gestes plus lents et délicats. N'appelez pas Peale. Et, non, vous n'êtes pas aimable. Vous êtes… impassible.

La main de Constantine tressaillit, et elle craignit d'avoir touché un point sensible. Elle acheva de panser sa blessure et noua les extrémités du bandage.

— Voilà.

Elle entoura la main de son mari avec les siennes, le tenant un instant, tandis qu'elle le regardait dans les yeux.

Il y avait une certaine circonspection dans son regard. Ce n'était pas tout à fait de la vulnérabilité, mais cela semblait… proche. Elle eut à nouveau le souffle coupé.

— Ce n'est pas intentionnel, dit-il d'une voix douce. Mon impassibilité, je veux dire.

— Je sais.

Vraiment ? Comment pouvait-elle savoir quoi que ce soit à son sujet ?

— En réalité, je ne sais pas. Mais je vous donnerai une occasion de le prouver.

C'était le moment.

Constantine retira sa main d'entre celles de Sabrina, puis recula. Sa circonspection s'accrut, et ce fut comme s'il s'était à nouveau réfugié derrière le mur qu'il avait érigé autour de lui.

— Que voulez-vous dire ?

— Je souhaiterais partager votre chambre à coucher. Ou bien, nous pouvons partager la mienne. Cependant, la vôtre est plus grande.

La mâchoire de Constantine se crispa.

— Lorsque nous nous sommes mariés, je vous ai fait part de mon souhait que nous conservions des chambres séparées. Je n'ai pas changé d'avis à ce sujet.

Il l'avait clairement exprimé peu de temps après la cérémonie. Ce n'était pas une requête inhabituelle : de nombreux couples mariés, y compris ses propres parents, et ceux de son épouse, dormaient séparément.

— Dans ce cas, j'aimerais que vous me rendiez visite plus souvent. À partir de ce soir.

Elle semblait si audacieuse, si confiante. Elle espérait pouvoir conserver cette attitude lorsqu'il se présenterait réellement à son chevet. Par le passé, elle s'était dérobée devant lui, son anxiété et son appréhension prenant le dessus. Leur nuit de noces, en particulier, avait été épouvantable, une expérience obscure et rapide au cours de laquelle elle était restée pratiquement immobile, paralysée par la peur. Après cela, il s'était excusé et ne lui avait plus rendu visite pendant quelques mois, jusqu'à ce qu'ils se rendent à Hampton Lodge plus tard au cours de l'été.

Constantine leva la main en grimaçant.

— Je crains d'être indisposé.

Elle s'était préparée à des tergiversations : c'était une danse pour laquelle ils étaient tous les deux très doués. Toutefois, il était temps d'en modifier les pas.

Sabrina s'avança vers lui, de sorte qu'ils soient aussi proches que lorsqu'elle avait soigné sa main.

— Vous avez besoin d'un héritier. Nous sommes mariés depuis près de deux ans. Ma mère est convaincue que j'ai un problème, que je ne peux pas avoir d'enfant, et je sais que les spéculations vont bon train quant à ma... capacité à vous donner un enfant. La triste réalité, c'est que nous n'avons pas assez essayé pour savoir s'il y a quelque chose de vrai dans tout cela.

Un petit élan de jubilation envahit sa poitrine à l'idée d'avoir réussi à dire tout cela. Cependant, ce fut de courte durée, car le visage de Constantine était devenu de plus en plus blanc, jusqu'à ressembler au buste en albâtre de David, qui se trouvait dans la bibliothèque du père de Sabrina.

— Euh... eh bien... nous continuerons à essayer.

Il se tourna légèrement, le regard fixé sur la cheminée et le feu qui brûlait faiblement dans le foyer.

Il était temps, et même plus que temps, qu'elle clarifie sa mission. Peut-être, alors, que l'attitude de son époux change-rait. *Si seulement* il pouvait se résoudre à la désirer, mais Sabrina n'était pas certaine qu'il en soit capable. Rien de ce qu'il avait dit ou fait ne lui avait jamais donné l'impression qu'il la trouvait attirante. Ses épaules se contractèrent sous l'effet de cette gêne qu'elle avait fini par accepter, à savoir que son mari ne serait jamais satisfait d'elle. Une fois qu'elle aurait un enfant à aimer, tout cela n'aurait plus d'importance. Elle ne se sentirait plus seule.

— Je suis venue à Londres dans l'intention de concevoir un enfant, et je ne repartirai pas avant d'y être parvenue.

Constantine tourna brusquement la tête vers elle, les yeux exorbités.

— Que vous est-il arrivé ?

Au moins, sa réaction de surprise était préférable à une réaction de dégoût. Elle n'avait pas vraiment su à quoi s'attendre.

— Il ne m'est rien arrivé. Je m'efforce simplement d'être une comtesse digne de ce nom. Vous avez besoin d'un héritier, et je souhaite avoir un enfant.

Il continuait à la regarder fixement, et il lui fallut un moment pour répondre.

— Cela viendra. En temps voulu.

Ce n'était pas du dégoût alors, mais de l'apathie. Lequel était le pire ?

— Nous avons eu suffisamment de temps. J'attends de vous que vous me rendiez visite dans mon lit tous les soirs, jusqu'à ce qu'il soit certain que je suis enceinte.

Constantine ne croisa pas le regard de Sabrina.

— Je ne peux pas prendre d'engagement pour tous les soirs. Je suis un homme très occupé.

— Que faites-vous lorsque vous êtes censé dormir ? Avez-vous pris une maîtresse ?

— *Non !* répliqua-t-il rapidement, et avec véhémence, et une expression de pure horreur s'afficha sur ses traits pendant un bref instant.

Sa réaction était si brutale et si immédiate qu'elle fut persuadée qu'il s'agissait d'un mensonge.

Et pourquoi n'aurait-il pas de maîtresse ? C'était ce que faisaient les hommes dans sa position, en particulier ceux qui n'éprouvaient pas le moindre intérêt pour leur épouse. Du moins, c'était ce qu'on lui avait dit. Aux yeux de la jeune femme, peu importait comment Constantine occupait son temps, du moment qu'il lui donnait un enfant. Maîtresse ou non, il avait une responsabilité en tant que mari, et surtout en tant que futur duc, d'engendrer un héritier.

Irritée qu'il ne semble pas percevoir l'urgence de la situation, elle posa une main sur sa hanche.

— Je ne vous demande pas d'être un mari, mais simplement de remplir vos obligations conjugales. Pensez-vous pouvoir y parvenir ? s'enquit-elle, et, à présent, elle se surprenait elle-même.

Elle avait prévu de l'affronter ; c'était tout le but de sa venue en ville. Cependant, elle ne s'était pas attendue à perdre son sang-froid : elle ne s'était même pas rendu compte qu'elle en avait un à perdre.

— Vous... vous..., balbutia-t-il, le front plissé de rides profondes, tandis que les muscles de sa mâchoire se crispaient. Qui êtes-vous ?

Sabrina raidit sa colonne vertébrale, se redressant jusqu'à sa taille peu impressionnante d'un mètre soixante-cinq. Peut-être Constantine avait-il une maîtresse, mais elle était son *épouse*, et elle était *la seule* à pouvoir lui donner un héritier.

— Je suis la comtesse d'Aldington, et j'exige le respect de mes droits conjugaux.

— Mon Dieu ! marmonna-t-il, s'éloignant d'elle pour se rapprocher de la cheminée.

Il agrippa le dossier d'un fauteuil, pour aussitôt relever sa main droite, tout en murmurant autre chose. Un juron, peut-être, car il s'était sûrement fait mal à cause de sa blessure. Au bout d'un moment, il se tourna vers elle, les traits tendus.

— J'accomplirai mon devoir, mais je vous rendrai visite dans votre chambre, comme d'habitude.

— Quand ? s'enquit Sabrina, croisant les bras.

— Lorsque ma main ira mieux, répliqua-t-il, lui décochant un regard noir.

— Ne m'avez-vous pas épousée dans le but de remplir votre devoir d'engendrer un héritier ?

Elle savait que ce n'était pas parce qu'il était tombé amoureux d'elle. Ni même parce qu'il *l'appréciait*. Et il était certain qu'il ne la désirait pas.

La mâchoire de Constantine se crispa à nouveau, et elle aurait pu jurer l'avoir entendu grincer des dents.

— Si.

Le tempérament de la jeune femme, celui qu'elle ignorait posséder jusqu'alors, reprit le dessus.

— Ne tardez pas trop, car j'aurai un enfant, que vous participiez ou non.

Le regard de son mari s'assombrit, et il revint à grands pas vers elle, s'avançant plus près encore que lorsqu'elle lui avait pansé la main.

— Venez-vous de menacer de laisser un autre homme entrer dans votre lit ?

Oh ! C'était nouveau. Il semblait également avoir du tempérament.

Elle aurait dû être effrayée, et une partie d'elle l'était, cette partie qui était encore réservée, qui parlait tout bas, qui avait peur de sa propre ombre, même si elle détestait être ainsi. Cette nouvelle partie d'elle-même, cependant, celle qui était lasse d'être seule, et qui recherchait désespérément quelqu'un à aimer, n'était pas effrayée. Elle se sentait enhardie. Ou peut-être même… excitée. Une réaction de Constantine signifiait qu'elle gagnait du terrain. En tout cas, elle l'espérait.

Elle arqua un sourcil et lui décocha ce qu'elle espérait être un regard grivois.

— Cela vous encouragerait-il à accomplir votre devoir ?

Oh ! Comme elle détestait ce mot ! Comme si elle n'était qu'une tâche à accomplir, une obligation, plutôt qu'une femme. Son épouse.

Cependant, une épouse et un époux, n'étaient-ils pas l'incarnation même du devoir ? C'était ce que dirait sa mère, et tout ce que son mari avait dit et fait l'amenait à croire qu'il pensait la même chose.

Constantine fronça les sourcils.

— Je ne trouve pas votre tentative de faire montre de légèreté ou de fleureter le moins du monde amusante ou séduisante. En réalité, je suis choqué par ce changement dans votre comportement. Où est la femme que j'ai épousée ?

— Elle a disparu.

Elle se pencha en avant et inspira, capturant son odeur, une combinaison insaisissable de cèdre et d'épices. Cette chaleur qu'elle avait ressentie plus tôt revint, lui monta au visage, mais s'étendit aussi plus bas et provoqua des… picotements dans tout son corps.

Il s'éloigna brusquement d'elle.

— Si vous voulez bien m'excuser, je dois me retirer. J'ai un rendez-vous tôt dans la matinée.

Le corps de Sabrina, sous tension à cause de l'appréhension et de l'attente, se relâcha. La bataille était terminée pour le moment. Un match nul, ce qui était préférable à une défaite. Décroisant les bras, elle tourna les talons et quitta la chambre de Constantine, refermant doucement la porte derrière elle.

Maintenant qu'elle n'était plus en sa présence, toute sa bravoure s'écoula de son corps comme de la gelée glissant d'une cuillère. Sabrina agrippa le cadre de la porte de sa chambre, où elle entra en titubant. Elle claqua la porte avec plus de force, et plus bruyamment qu'elle n'avait fermé celle de son mari.

Puis elle s'affaissa contre le bois, ferma les yeux et prit de profondes et rapides inspirations.

Moins vite.

C'était un mantra qu'elle s'était souvent répété depuis la première fois où sa respiration s'était accélérée, où sa tête avait été envahie de vertiges et où elle avait eu l'impression qu'un cheval se tenait debout sur sa poitrine. Elle s'était effondrée sur le sol, terrifiant sa mère. Cela s'était produit la veille de sa présentation à la reine, deux ans plus tôt.

Reprenant le contrôle, Sabrina ouvrit les yeux et s'avança dans sa chambre. Plus petite au niveau de l'espace et de la taille des meubles, sa chambre était douce et pâle comparée à celle de son mari. Une palette de roses et de verts clairs l'apaisait et la réconfortait, lui rappelant qu'elle était une fleur délicate, comme l'appelait son père.

La jeune femme qui avait été promue pour servir de femme de chambre à Sabrina entra par le dressing. Charity Taylor devait avoir un an ou deux de plus que Sabrina. Elle avait des cheveux d'un brun chocolat foncé et de grands yeux fauves.

— Il me semblait vous avoir entendue entrer. Puis-je faire quelque chose pour vous, my lady ?

— Non, merci. Je vous remercie de m'avoir aidée ce soir.

— C'est un privilège pour moi, répondit la domestique, inclinant la tête. Je n'ai peut-être pas reçu la formation pour être femme de chambre, mais je peux apprendre, si vous estimez que je vous conviens. Ma sœur est la femme de chambre d'une des dames patronnesses du Phœnix Club. En réalité, c'est elle qui a réussi à m'obtenir ce poste.

— Et comment a-t-elle fait cela ?

— Je suppose qu'il ne s'agissait pas d'elle en particulier. Son employeuse, Mᵐᵉ Renshaw, ainsi que le propriétaire du club aident les gens, parfois à trouver un emploi, parfois dans d'autres domaines. Si vous avez besoin d'aide, vous pouvez vous adresser au propriétaire du Phœnix Club.

Il s'agissait de lord Lucien Westbrook, le frère cadet du mari de Sabrina. Cette nouvelle information s'accrocha à l'esprit de Sabrina, alors même qu'elle se concentrait sur la jeune femme qui se trouvait devant elle.

— Je serais ravie que vous vous formiez à devenir ma femme de chambre, si vous le souhaitez.

Recruter une femme de chambre n'était pas une tâche à laquelle Sabrina souhaitait consacrer de temps. De plus, Charity semblait être une personne agréable et enthousiaste, alors pourquoi chercher plus loin ? Cependant, cela ne signifiait pas que la comtesse la connaissait ni qu'elle savait quel genre de femme elle était réellement.

Faisant appel à son courage nouvellement acquis, elle se força à dire :

— J'ai une exigence. Je ne tolère aucune forme de commérage. Tout ce que je vous dirai, ou que vous entendrez, ne doit pas sortir d'ici. Est-ce bien compris ?

Les yeux de Charity s'arrondirent brièvement, tandis qu'une ombre d'appréhension y apparaissait.

— Oui, my lady.

Sabrina lui adressa un sourire.

— Je vous en prie, ne vous inquiétez pas. Je suis certaine que vous ferez preuve de discrétion. Je considère qu'il est plus judicieux de communiquer ses attentes dès le départ.

Si seulement son mari et elle avaient pu agir ainsi... Mais, à l'époque, elle n'y connaissait pas grand-chose, et encore aujourd'hui, elle ne savait pas comment s'y prendre. Sauf pour exiger un enfant. C'était la seule attente qu'ils partageaient tous les deux, ou, du moins, qu'ils devraient partager.

Les épaules détendues, Charity acquiesça.

— Je vous remercie, my lady. Bonne nuit, la salua-t-elle, avant de quitter la chambre.

Tout en la regardant s'éloigner, Sabrina repensa à ce que la femme de chambre avait dit à propos de Lucien. Il aidait les gens dans « d'autres domaines ». Sabrina aurait assurément besoin d'aide si elle voulait apporter les changements auxquels elle aspirait.

Sous le poids de ses pensées, elle fit la moue, puis elle se dirigea vers le lit et jeta sa robe de chambre sur le sol. Son sens des responsabilités lui dictait de la ramasser et de la déposer soigneusement au bout du lit, mais elle écarta l'édredon et se jeta sur le matelas à la place.

Elle s'adossa à ses oreillers et contempla le baldaquin, revivant l'entrevue qu'elle venait d'avoir avec son époux. Son expression lorsqu'elle avait exigé un bébé… Un petit rire diabolique lui échappa et elle plaqua une main sur sa bouche.

C'était très peu charitable de sa part. Mais, méritait-il qu'elle le soit ? Il avait commencé à se montrer condescendant et distant juste avant leur mariage. Oui, elle était réservée, mais cela l'aurait-il tué d'essayer de se rapprocher d'elle ? La mère de Sabrina lui avait dit que son époux la guiderait, qu'elle n'aurait qu'à suivre ses instructions. Comment la jeune femme aurait-elle pu le faire, alors qu'il ne lui en donnait aucune ?

Tu n'as pas vraiment essayé non plus. Certes, mais comment aurait-elle pu, alors qu'elle ignorait tout des relations conjugales, en particulier dans la chambre à coucher ? Non seulement elle était ignorante, mais aussi effrayée.

Elle ne serait plus effrayée. Ou timide.

Fini le surnom de « comtesse timide », dont certains l'avaient affublée la saison précédente. Elle ne pouvait plus se permettre d'être cette femme si elle voulait attirer son mari dans son lit, et le persuader de lui faire un enfant. Et, comme il avait une maîtresse, elle allait devoir redoubler d'efforts pour attirer son attention. Elle espérait simplement y parvenir.

Cela nécessiterait d'opérer le changement qu'elle avait prévu : un rejet total de la femme qu'elle avait été, qui vivait dans l'ombre et s'accrochait aux convenances, les brandissant comme un bouclier contre… eh bien, tout.

La nouvelle lady Aldington serait pleine d'esprit, charmante et audacieuse. Elle susciterait l'attention et l'admiration, même si cela ne venait pas de son mari glacial, et elle aurait un enfant à aimer.

CHAPITRE 3

L'air vif de la fin de l'hiver piquait les joues de Constantine tandis qu'il filait à toute allure sur Rotten Row. Il avait mal dormi, l'esprit et le corps submergés par les exigences de son épouse.

Elle avait *réellement* exigé qu'il lui rende visite tous les soirs jusqu'à ce qu'elle soit enceinte. Il ne reconnaissait toujours pas la femme qui était arrivée dans sa maison à l'improviste.

Et l'idée de coucher avec elle chaque soir le faisait tressaillir d'angoisse. L'acte était ennuyeux, un devoir à accomplir, et à chaque fois qu'il le faisait avec elle, il se sentait… vide. En particulier lorsqu'il comparait ces occasions avec les moments qu'il avait passés avec d'autres femmes avant leur mariage. Ces nuits avaient été remplies de joie, de sueur et d'extase.

Constantine imaginait sans mal la réaction de son épouse : horreur, dégoût, et peut-être même des larmes. Même s'il n'avait pas souvenir de l'avoir déjà vue pleurer pour quoi que ce soit. Elle avait pourtant semblé au bord des larmes à une ou deux reprises, en particulier lors de leur désastreuse nuit de noces. Le simple fait d'y penser le faisait frémir.

Non, il n'imaginait pas qu'elle puisse apprécier des avances passionnées de sa part. Elle ne l'avait jamais laissé penser qu'elle le voulait, qu'elle ressentait de l'attirance ou du désir pour lui. Et, si cela avait été le cas, comment aurait-il réagi ?

Il ne servait à rien de se poser la question. Ils étaient actuellement confrontés à un devoir, et ils l'accompliraient. Peut-être que, maintenant qu'elle exigeait qu'il lui rende visite, elle serait plus ouverte à cet acte ? Il n'arrivait tout simplement pas à l'imaginer. Cependant, jamais il n'aurait pu imaginer son comportement de la nuit précédente non plus.

Il devait bien admettre qu'il voulait faire taire son père au sujet de l'héritier. Depuis peu, le duc le harcelait pour savoir si sa comtesse était capable de lui donner un fils. Il avait également remarqué que Constantine et elle ne passaient pas suffisamment de temps ensemble pour accorder à cette question l'attention et les efforts nécessaires.

Bon sang ! Était-il possible que le duc soit à l'origine du soudain changement de comportement de lady Aldington ?

Constantine ralentit sa monture quand il arriva au bout de la piste. Son père était un individu autoritaire, dominateur et intrusif. Bien sûr qu'il était derrière tout cela. Il aurait dû immédiatement percevoir la manipulation du duc. Mais il avait été trop surpris par l'arrivée soudaine de son épouse. Et par la façon dont elle avait pris soin de lui. Chaque fois qu'il la voyait, il avait le souffle coupé, et son contact avait fait naître en lui un désir ardent.

Cela faisait trop longtemps qu'il n'avait pas été avec une femme. Si seulement il avait pu satisfaire des besoins avec la courtisane le soir précédent !

Grimaçant intérieurement, et impatient de faire un autre

tour brutal sur la piste, il fit faire demi-tour à son cheval et aperçut son frère qui venait à sa rencontre.

— Bonjour, Tine ! le salua Lucien, arborant un large sourire qui semblait toujours sincère, quelle que soit l'heure ou l'occasion.

— Je fais de l'exercice, répondit-il d'un ton laconique, et il s'en fichait.

— Tu es toujours aussi avenant. Dans ce cas, faisons la course jusqu'à l'autre bout.

Ils s'étaient affrontés à de nombreuses reprises tout au long de leur vie, mais l'équitation était un domaine dans lequel aucun des deux n'était meilleur que l'autre. Parfois, Lucien gagnait, et, parfois, c'était Constantine.

— Oui.

À peine Constantine avait-il répondu que Lucien s'élança.

Marmonnant un juron, le comte fit partir sa monture au grand galop. Cela lui prit presque toute la longueur de la piste, mais il finit par dépasser son jeune frère et sortit vainqueur de la course.

— Tu te sens mieux ? s'enquit Lucien, alors qu'ils faisaient marcher leurs chevaux depuis plusieurs minutes.

— Oui, merci. C'est toujours agréable de gagner.

Laissant échapper un petit rire, Lucien lui lança un regard en coin du haut de sa monture, tandis qu'ils chevauchaient l'un à côté de l'autre.

— Je t'ai laissé gagner pour améliorer ton humeur.

Constantine ricana.

— Tu ne laisses jamais personne gagner, pas même pour le bien de l'état mental de quelqu'un.

— Dois-je m'inquiéter de ton état mental ?

— Non.

Même si son esprit était incapable de comprendre le brusque changement de comportement de sa femme. Ni le fait qu'elle voulait qu'il couche avec elle chaque soir. Dans le but d'avoir un enfant… il ne devait pas oublier que c'était *tout* ce qu'elle désirait.

Cette situation embarrassante ne déconcerterait pas Lucien. En fait… elle ne lui serait même pas arrivée ! Lucien aurait réussi à séduire sa femme lors de leur nuit de noces, à en croire sa réputation d'amant accompli et recherché. Constantine s'efforçait de ne pas y prêter trop attention. Ces choses-là devaient rester privées.

Outre sa réputation, Lucien était connu pour venir en aide aux autres. Constantine le savait d'expérience, puisqu'il s'était empressé de lui prêter main-forte quand il avait décidé de prendre une maîtresse.

— Es-tu certain que je n'ai pas à m'inquiéter ? s'enquit Lucien, prenant garde de parler à voix basse, car il y avait d'autres cavaliers dans les environs, même si aucun n'était assez proche pour les entendre. J'ai appris ce qui s'était passé hier soir. Je te prie de m'excuser pour la confusion.

— La confusion ? Tu m'as promis le secret et la discrétion absolue. À présent, je dois me préoccuper de savoir si Overton ou sa jeune pupille raconteront à quelqu'un qu'ils m'ont vu.

Arborant un petit sourire, Lucien secoua la tête.

— Tu serais idiot de t'inquiéter à ce sujet. Pourquoi mettraient-ils en péril leur propre réputation ?

Même si Constantine supposait qu'ils n'en feraient rien, cette rencontre le mettait mal à l'aise.

— Je n'aime pas le fait qu'ils sachent que j'étais là. Cela va rendre les choses extrêmement inconfortables. D'autant plus que j'ai vu ce qu'ils faisaient. Je n'arrive pas à croire qu'Overton soit tombé si bas qu'il en soit réduit à profiter de sa pupille.

Lucien répondit avec une pointe d'exaspération.

— En fait, ils sont amoureux. Et ils sont actuellement en chemin pour Gretna Green, où ils comptent se marier, expliqua-t-il, fixant Constantine d'un regard interrogateur. N'y a-t-il donc pas une once de romantisme dans ton cœur froid et noir ?

Son cœur n'était ni froid ni noir. Il n'était tout simplement pas terriblement... vivant. Pas depuis qu'il avait perdu la seule personne qui l'ait jamais aimé, quinze ans auparavant.

— Si, répliqua Constantine, sur la défensive.

Mais il éprouvait malgré tout une légère pointe de jalousie envers Overton et sa pupille.

— Lady Aldington est arrivée hier soir, révéla-t-il sans réfléchir.

Lucien cligna des yeux, surpris.

— Je ne savais pas que tu l'attendais.

— Je ne l'attendais pas.

Constantine pinça les lèvres. Il voulait éviter de faire d'autres aveux irréfléchis, comme la raison de l'arrivée de son épouse.

— Tu ne sembles pas très enthousiaste, remarqua Lucien. Aurais-tu préféré qu'elle reste à Hampton Lodge ?

— Bien sûr que non. Elle devrait être à Londres pour la saison.

— Je pense qu'elle devrait être à Londres pour être avec son mari.

Lucien parlait d'un ton léger, mais où filtrait une pointe d'inquiétude, ce qui ne fit qu'aggraver la mauvaise humeur de Constantine. Il détestait que son frère essaie de se mêler de ses affaires ; c'était déjà assez pénible quand leur père le faisait.

— Occupe-toi de tes affaires, marmonna-t-il.

— Et voilà mon grincheux de frère, remarqua Lucien en riant. Un de ces jours, je vais te retirer le bâton que tu as dans le derrière, et tu te sentiras beaucoup mieux.

— Je dois me rendre à Westminster, annonça le comte, qui fit tourner son cheval.

— Passe une excellente journée ! lui cria Lucien.

Alors qu'il quittait le parc, Constantine chassa de son esprit la gaieté de son frère. Pour un homme qui avait combattu au Portugal, et qui avait été renvoyé chez lui après avoir été blessé, il était particulièrement agréable. Et ce, malgré les pressions de leur père. Le duc guettait la moindre occasion de discuter du fait que Lucien ne se battait plus, alors que sa blessure n'avait pas causé de séquelles.

Constantine mena son cheval aux écuries, et il descendit de selle.

— C'était une promenade parfaite, Zephyr, murmura-t-il, avant de décliner l'aide du palefrenier.

En général, il aimait s'occuper lui-même de ses chevaux quand il en avait le temps, ce qui n'était pas souvent le cas lorsqu'il était en ville. Comme sa rencontre avec Lucien avait écourté son temps de promenade, il en profita. Brosser Zephyr apaisa son agitation, et lorsqu'il entra dans la maison, il se sentait mieux qu'il ne l'avait été de toute la journée. Il allait juste se changer à l'étage, avant de se rendre à Westminster.

Il croisa Haddock dans le hall d'entrée.

— Bonjour, my lord. Votre cabriolet sera bientôt prêt.

Avec un signe de tête, Constantine se dirigea vers les escaliers.

— Je redescends tout de suite, Haddock.

Il jeta un regard par-dessus son épaule et aperçut l'intendante, Mme Haddock, qui arrivait dans le hall d'entrée, les yeux rivés sur son mari. Haddock pivota, ses sourcils se haussèrent légèrement, avant que ses traits s'adoucissent.

Constantine n'avait jamais remarqué ce comportement de la part de son majordome, mais, en même temps, ils ne se rendaient pas compte qu'il les observait. Ils se concentraient entièrement sur l'autre et parlaient à voix basse, de sorte qu'il ne pouvait les entendre. Étaient-ils en train de discuter d'une question domestique ou de quelque chose de plus... intime ? Cela rappela à Constantine qu'il n'y avait pas de moments similaires dans son propre mariage.

Tournant brusquement les talons, il gravit les escaliers, et faillit entrer en collision avec la comtesse en arrivant en haut des marches. Comme toujours, il fut momentanément subjugué par la beauté de Sabrina. C'était parce qu'il ne la voyait pas régulièrement, se raisonna-t-il. Ses cheveux couleur miel doré n'étaient visibles que sous le bord avant de sa coiffe, et une robe de marche pâle et plutôt sobre drapait sa silhouette. Elle était en train d'enfiler ses gants.

Il retira son chapeau.

— Êtes-vous sur le point de sortir ?

Constantine était surpris, car elle ne s'aventurait pas souvent hors de la maison, et certainement pas le matin suivant son arrivée.

— J'ai des courses à faire.

Sa voix conservait ce côté hautain qu'il avait brièvement remarqué la nuit précédente.

— Quel genre de courses ?

Sabrina plissa légèrement les yeux, et il se demanda si elle avait déjà fait cela depuis qu'ils se connaissaient.

— Le genre qui pourrait vous ennuyer.

Constantine se redressa.

— Je vois.

Elle baissa les yeux.

— Comment va votre main ?

— C'est toujours douloureux. Plus que je ne m'y serais attendu, en réalité.

Ce n'était pas vraiment le cas, mais s'il pouvait reporter la reprise de ses obligations conjugales jusqu'à ce qu'il ait mis de l'ordre dans ses pensées, il saisirait cette opportunité.

Était-ce *cela*, la raison justifiant qu'il repousse l'échéance ? Mettre de l'ordre dans ses pensées ?

— Peut-être n'auriez-vous pas dû aller vous promener à cheval, suggéra-t-elle. Vous devriez appliquer davantage de pommade dessus. Cela soulagerait la douleur. À moins que vous ne préfériez l'inconfort.

Pensait-elle qu'il se servait de sa blessure comme d'une excuse ?

Bon sang ! C'était exactement ce qu'il faisait.

Il ne savait *pas* quoi faire avec cette femme.

— Je vais m'en occuper avant de me rendre à Westminster.

— Vous verrai-je plus tard dans la soirée ?

Elle lui lança alors un regard plein d'espoir, les mains jointes devant elle.

— Je rentrerais sans doute tard.

— Bien évidemment, murmura-t-elle, avant d'esquisser un léger sourire qu'elle abandonna aussitôt. Je vous attendrai. Si vous constatez que votre… *condition* s'est améliorée.

Avant qu'il puisse répondre, et, à vrai dire, que pouvait-il dire à ce moment-là sans avoir l'air d'un *parfait* crétin, elle avait commencé à descendre les escaliers. Il la suivit du regard, se demandant à nouveau qui était cette nouvelle lady Aldington, et ce qui avait bien pu provoquer ce changement radical et déconcertant.

Peut-être *devrait-il* lui rendre visite ce soir-là. Si elle avait à ce point changé, elle pourrait être différente dans leur lit conjugal. Elle ne semblait assurément pas anxieuse ou tendue en sa présence, comme elle l'était auparavant. Y avait-il une chance qu'elle *souhaite* participer ?

Alors qu'il se rendait dans sa chambre, Constantine s'arrêta brusquement dans le petit salon, lorsqu'il sentit une odeur de pomme et de vanille. C'était le parfum de sa femme, se dit-il.

Pendant un moment, il essaya de penser à lui faire des choses qui la feraient crier de plaisir. Il n'arrivait pas à l'imaginer. Tout ce qu'il voyait, c'était son visage pâle et mortifié.

Il fallait qu'il lui parle franchement, qu'il lui demande si elle allait encore trembler d'appréhension et se raidir jusqu'à ce qu'il la laisse. Cependant, c'était *lui* qui tremblait d'appréhension à l'idée d'aborder de tels sujets. Et elle le trouvait impassible. Sa description l'avait blessé et l'avait amené à se demander si elle était vraie.

Bien sûr qu'elle l'était.

Pendant quinze longues années, il avait travaillé dur pour contenir tous ses sentiments. Avant cela, il ne les avait révélés qu'à une seule personne, à la mère qui l'avait aimé, et lui avait assuré que son père l'aimait aussi. Constantine n'était pas certain d'y croire. Le duc était fier de lui, mais ce n'était pas la même chose.

Il aurait vraiment souhaité pouvoir lui parler maintenant, lui demander ce qu'il devait faire et s'il s'était complètement trompé au sujet de sa femme ou... bon sang ! s'il s'était trompé sur tout ! Comme il ne pouvait pas le faire, il se rendit dans sa chambre et poursuivit sa journée.

~

*L*a sensation excitante d'avoir dit exactement ce qu'elle voulait, et de voir l'expression de choc et d'incertitude qui en avait résulté sur les traits de son mari, faisait encore vibrer Sabrina lorsqu'elle retrouva Charity au rez-de-chaussée. Ensemble, elles quittèrent la maison et rejoignirent la berline, où un palefrenier les aida à monter.

— Où allons-nous, my lady ? s'enquit Charity, une pointe d'enthousiasme dans la voix.

C'était la première fois qu'elle quittait la maison en tant

que femme de chambre, et elle avait avoué que cela la rendait un peu nerveuse.

— Juste faire quelques courses, répondit vaguement Sabrina.

Bien qu'elle ait reçu l'assurance de Charity qu'elle ne ferait pas de commérages, Sabrina ne voulait pas fournir librement des informations sur certains sujets. Et leur première étape en faisait partie. Lorsque la berline entra dans Piccadilly, Charity demanda si elles allaient faire des achats.

— C'est possible.

Tout dépendait de ce qui allait se passer ensuite.

Quelques minutes plus tard, ils tournaient sur St James Square, puis sur King Street, où la berline s'arrêta devant une petite maison mitoyenne.

Sabrina tourna la tête vers la femme de chambre, qui regardait par la vitre.

— Charity, vous allez rester dans la berline pendant que j'effectue cette visite. Je ne devrais pas en avoir pour longtemps.

Avec un bref sourire, Sabrina sortit du véhicule, et s'arrêta net lorsqu'elle croisa la personne qu'elle était venue voir.

— Lady Aldington ?

Lord Lucien Westbrook plissa brièvement les yeux en s'approchant d'elle. Il retira son chapeau et lui fit une révérence.

— Quelle agréable surprise !

— J'espère que je ne dérange pas, dit-elle.

— Absolument pas. Je reviens des écuries, après une promenade dans le parc. En fait, j'y ai croisé votre époux.

Sabrina n'offrit aucune réaction au fait qu'il avait vu Aldington.

— Pourrions-nous entrer quelques instants ?

— Mes excuses. J'aurais dû vous inviter immédiatement.

Il lui fit signe de le précéder jusqu'à la porte, où le majordome les fit entrer. La maison de lord Lucien était bien plus petite et décorée de manière moins opulente que celles de son frère ou de son père. Ce qui ne voulait pas dire qu'elle était austère. Le hall d'entrée était étroit, mais le sol en marbre blanc brillait et un tableau représentant un ciel nuageux ornait le mur.

— C'est un tableau inhabituel pour un hall d'entrée, je vous l'accorde, remarqua lord Lucien. Il me fait penser au ciel du Portugal. Je m'allongeais sur le dos et observais les nuages, me demandant d'où ils venaient et où ils allaient. Parfois, j'avais envie de tendre la main et de me laisser emporter.

Sabrina détourna la tête du tableau et le vit qui souriait.

— Comment se fait-il que vous possédiez autant de charme, à la différence des autres hommes de votre famille ?

Des rides se creusèrent sur le front de lord Lucien, tandis que son sourire disparaissait, laissant place à une légère grimace.

— Et si nous allions dans la bibliothèque ?

De l'entrée, il la fit passer devant l'escalier et la conduisit dans la pièce située à l'arrière du rez-de-chaussée. Il s'agissait d'une bibliothèque, mais également d'un salon doté de sièges confortables. Elle posa son regard sur une grande table de travail dans le coin de la pièce, encombrée de papiers, et comprit qu'il s'agissait également de son bureau. Apparemment, lord Lucien était un homme économe, du moins en matière d'espace.

— Puis-je vous offrir un rafraîchissement ?

Il se tenait au centre de la pièce, attendant peut-être qu'elle choisisse un endroit où s'asseoir.

— Non, je vous remercie.

L'assurance de Sabrina vacilla un instant. C'était une chose que d'affronter courageusement son époux, mais c'en était une autre que d'aborder son beau-frère, qu'elle ne connaissait pas très bien. D'un autre côté, connaissait-elle vraiment bien son mari ? Peut-être pas, mais la frustration qu'elle éprouvait envers lui et leur mariage constituait un excellent carburant pour son audace.

— Je suis venue solliciter votre aide. J'ai cru comprendre que c'est le genre de choses que vous faites. Apporter votre aide, je veux dire.

Lord Lucien haussa un sourcil sombre.

— Je vois. Dites-moi comment je peux vous aider.

Sabrina s'approcha d'un fauteuil et s'assit sur le bord du coussin bleu paon. Lord Lucien posa son chapeau et ses gants sur le bureau, puis il prit place sur un autre fauteuil proche du sien.

Rassemblant son courage, la jeune femme exposa avec précision ce dont elle avait besoin.

— Il me faut une nouvelle garde-robe, et j'aimerais recevoir des invitations aux meilleurs événements que la saison aura à offrir. Vous vous demandez peut-être pourquoi je m'adresse à vous à ce sujet, et, la vérité, c'est que je ne sais pas vers qui d'autre me tourner. Je ne peux pas aller voir ma mère. Elle estime que ma garde-robe est adéquate, se contente de me dire qu'en tant que comtesse d'Aldington, je possède déjà tout ce dont j'ai besoin ; et que je ne devrais rien désirer de plus.

— Voilà qui n'est pas d'une grande aide, murmura Lucien. Je suis désolé pour cela. N'y a-t-il pas d'autres femmes avec lesquelles vous pourriez vous entretenir ?

Sabrina secoua la tête, sentant la chaleur familière lui monter aux joues. Une vague d'angoisse monta dans sa gorge, et elle lutta pour déglutir.

— Je connais exactement la personne qui pourra vous aider, dit lord Lucien d'une voix chaleureuse. Mme Renshaw est l'une des marraines du Phœnix Club. Elle possède un excellent goût, et elle est très au fait des dernières tendances de la mode. Je ne sais pas trop comment vous aider à obtenir les « meilleures » invitations, mais j'ai une idée qui vous permettra d'entrer dans le cercle fermé des rumeurs et des intrigues londoniennes.

Cela semblait problématique. Sabrina ne s'intéressait ni aux rumeurs ni aux intrigues.

— Ai-je envie de cela ?

— Oui, car cela incitera les gens à vous inviter à toutes sortes d'événements, expliqua-t-il avec un sourire, avant de s'adosser à son fauteuil.

— Eh bien ! Dans ce cas, je suppose que je n'ai pas le choix. Quelle est cette idée ?

— Je vais soumettre votre candidature au comité d'adhésion du Phœnix Club.

Sabrina se pencha en avant, et oublia qu'elle était déjà proche du bord du fauteuil. S'agrippant à l'accoudoir, elle se rassit plus fermement sur le coussin.

— Aldington en est-il membre ?

Elle n'en avait pas l'impression, mais son mari ne la tenait pas vraiment informée de ses différentes activités.

— Non.

— Alors, comment pourrais-je le devenir ?

— L'adhésion n'a rien à voir avec un mari ou une femme. Nous avons plusieurs membres dont les conjoints n'ont pas été invités et ne le seront probablement jamais.

— Aldington n'apprécierait pas cela, remarqua-t-elle d'une voix douce, songeant que c'était l'idée la plus merveilleuse qu'elle ait jamais entendue.

Elle croisa le regard sombre et soudain curieux de lord Lucien.

— Quelle charmante proposition, merci.

Son beau-frère se frotta la mâchoire un moment, l'étudiant attentivement.

— Je ne voudrais pas m'immiscer dans votre vie, mais si

cela ne vous dérange pas de me le dire, je me demande ce qui vous pousse à agir de la sorte.

Sabrina n'avait aucune raison de lui répondre autre chose que la vérité.

— Je souhaite ressembler davantage à une comtesse.

Elle nourrissait l'espoir qu'Aldington serait plus enclin à lui accorder l'attention dont elle avait besoin si elle remplissait mieux son rôle. Elle releva le menton et redressa le dos.

— Je suis lasse d'être négligée et ignorée, d'être timide et effrayée.

Lord Lucien cligna des yeux, une lueur d'admiration flottant dans son regard, la tête penchée sur le côté, comme s'il la percevait sous un jour nouveau.

— Je serai ravi… non, *enchanté* de vous aider. Je ne peux qu'imaginer ce que Tine pense de cela.

— Il n'est pas vraiment au courant. Je ne m'attendais pas à ce qu'il puisse m'aider dans cette entreprise.

— Oh ! Voilà qui fait sens, répondit lord Lucien avec une grimace, comme s'il venait de marcher sur un buisson épineux. J'en déduis que l'état de votre mariage est aussi triste qu'il le paraît.

Sabrina fut légèrement surprise de sa franchise, mais ce n'était pas malvenu.

— Je ne sais pas comment il « paraît », mais, étant donné que nous passons la majeure partie de notre temps séparés, et que je ne saurais vous dire ce qu'il aime prendre au petit déjeuner, ou s'il est membre du Phœnix Club, je dirais que « triste » le décrit assez précisément.

Lord Lucien surprit la jeune femme en jurant à mi-voix.

— Mes excuses, lady Aldington, mais mon frère n'est qu'un maudit imbécile !

— Je ne contesterai pas cette affirmation. Toutefois, pour sa défense, je ne me suis pas montrée très conciliante. J'ai été *effectivement* timide et… effrayée.

Son regard prit une intensité sombre.

— Pas par lui, j'espère.

— Pas de cette manière. Il est… intimidant. Ou, du moins, il l'était avant que je décide de ne plus le percevoir de cette manière. Honnêtement, *vous* êtes intimidant.

— Vraiment ?

— Je pense que c'est la façon de faire des Westbrook.

Ou bien le fait que presque tout le monde l'intimidait. L'intimidait *autrefois*.

— Cela ressemble à quelque chose qui plairait à mon père et à mon frère. Par conséquent… je déteste.

Son ton était enjoué et charmant, et, à ce moment-là, Sabrina décida de ne pas se sentir intimidée par lord Lucien non plus. Leur père, en revanche, était une autre affaire. Avec un peu de chance, elle n'aurait à supporter sa compagnie qu'une ou deux fois avant de pouvoir retourner à Hampton Lodge, où elle attendrait avec impatience l'arrivée de son enfant.

Mais, d'abord, elle devait persuader son époux de concevoir cet enfant.

Cette transformation attirerait-elle son attention ? Devenir membre du Phœnix Club le ferait. Cela pourrait également le mettre très en colère. Elle avait eu un aperçu de son tempérament, et elle ne savait pas jusqu'où l'on pouvait le pousser.

— Je ne serai pas non plus intimidée par vous, lord Lucien, dit Sabrina, reprenant là où ils s'étaient arrêtés avant que les pensées d'un avenir trouble, mais rempli d'espoir, ne l'aient distraite.

— S'il vous plaît, appelez-moi Lucien. Nous sommes frère et sœur, même si ce n'est que par alliance.

— Dans ce cas, appelez-moi Sabrina. Je dois admettre que je trouve étrange que lady Cassandra et vous appeliez Aldington par son prénom.

— Comment l'appelez-vous ?

— Je ne l'appelle pas vraiment, en fait.

— Bien sûr que non, marmonna Lucien, s'essuyant le front d'un revers de la main. Quel est votre objectif, Sabrina ? Essayez-vous de faire de ce mariage quelque chose de plus que ce qu'il est ?

— Étant donné qu'il est actuellement réduit à presque rien, oui. Je ne suis pas prête à l'ignorer. Certainement pas avant d'avoir eu un enfant.

Une fois qu'elle ne serait plus seule, elle se fichait un peu de ce qui pourrait se passer. Lucien haussa ses sourcils foncés.

— C'est donc là votre objectif, avoir un enfant ?

— Oui.

Il se massa la tempe.

— Vous ne demandez pas de l'aide pour cela, n'est-ce pas ?

— Non.

Cependant, elle n'excluait pas cette possibilité. Mme Renshaw pourrait peut-être l'aider. Après tout, elle était veuve.

Lucien se redressa sur sa chaise, les mains posées sur les genoux.

— Je m'engage à vous apporter mon aide, ainsi que celle d'Evie, Mme Renshaw, je veux dire. Mon frère est peut-être le crétin le plus coincé et le plus distant d'Angleterre, après notre père, bien sûr, mais je l'aime, et je veux le voir heureux, même s'il ne sait pas ce que cela signifie.

— Croyez-vous vraiment que ce soit le cas ? l'interrogea Sabrina, qui ne connaissait pas plus son mari qu'elle ne le comprenait.

— Parfois, oui. Cela fait une éternité que je ne l'ai pas vu véritablement joyeux, et je suis navré de dire que ce n'était pas lorsqu'il vous a épousée, expliqua Lucien, le front plissé, le regard fixé derrière elle. Je pense que c'était avant le décès de notre mère.

— Je me suis souvent interrogée à ce sujet. Il n'a jamais parlé d'elle.

Le regard de Lucien se posa sur celui de Sabrina.

— Jamais ?

Elle secoua la tête, et il s'adossa à son siège, étendant ses jambes tout en adoptant une expression pensive ; sa mâchoire se contracta.

— La jalousie pourrait peut-être déloger le bâton géant que Tine a dans le derrière, réfléchit Lucien.

— Je vous demande pardon ?

Lucien se redressa, et agita la main.

— Nous devons susciter une réaction de la part de votre époux, et votre transformation y parviendra. Je ferai tout ce qui est en mon pouvoir pour que vous soyez admise au Phœnix Club dans les meilleurs délais. Ainsi, vous pourrez assister à l'assemblée de vendredi prochain. Je suis sûr que cela le rendra furieux. Surtout lorsque vous serez la coqueluche du bal, ajouta-t-il, et un large sourire, semblable à celui d'un chat, se dessina sur son visage. Venez, nous allons rendre visite à Mme Renshaw.

Il se leva d'un bond et lui offrit sa main. Sabrina la prit, se levant lentement, envahie par un mélange d'excitation et d'appréhension.

— Tout de suite ?

— Il n'y a pas de temps à perdre. La nouvelle lady Aldington, énigmatique et au charme ravageur, nous attend.

Il agita les sourcils, et le ventre de Sabrina se noua. Elle ne s'était pas imaginée recevoir un soutien aussi enthousiaste. La gratitude, ainsi qu'une multitude d'autres émotions, l'envahit.

— Merci.

Elle espérait simplement pouvoir devenir celle qu'il décrivait. Elle donnerait tout pour être cette femme.

CHAPITRE 4

*L*orsque Sabrina et Lucien sortirent, elle lui jeta un regard.

— Ma femme de chambre se trouve dans la berline. Je devrais l'emmener chez Mme Renshaw.

Il lui avait déjà expliqué que Mme Renshaw habitait à quelques pas de là, de l'autre côté de St James Square. Lucien inclina la tête.

— Je vais donner à votre cocher des instructions pour qu'il vous retrouve là-bas.

Pendant qu'il allait discuter avec le domestique, Sabrina tendit la main vers la porte du véhicule, mais le palefrenier la devança. Avec un sourire, elle le remercia, puis elle expliqua à Charity qu'ils se rendaient à pied à leur prochaine destination.

— Nous allons simplement de l'autre côté de la place, expliqua Sabrina lorsque la femme de chambre la rejoignit sur le trottoir.

Alors que cette dernière regardait en direction de Lucien, qui discutait avec le cocher, Sabrina ajouta :

— C'est le frère de lord Aldington, lord Lucien. Il m'aide

pour une… euh… une surprise, affirma-t-elle, ce qui n'était pas tout à fait un mensonge. N'oubliez pas, Charity, pas de commérages.

— Pas un mot, my lady.

La femme de chambre secoua la tête solennellement, même si une lueur d'excitation brillait dans ses yeux fauves, comme si elle était ravie d'être impliquée dans quelque chose.

Lucien les rejoignit et offrit son bras à Sabrina, qui le présenta à Charity.

— Ma sœur travaille dans une maison sur Charles Street, dit-elle.

Il coula un regard vers la femme de chambre.

— En fait, c'est là que nous nous rendons.

Sabrina se rappela soudain que Charity avait indiqué que sa sœur travaillait pour Mme Renshaw.

— Juste ciel! Charity, nous nous rendons chez l'employeuse de votre sœur, remarqua-t-elle, avant de regarder Lucien. J'avais oublié cela. Sa sœur est la femme de chambre de Mme Renshaw.

Lucien haussa les sourcils en regardant Charity.

— Vous devez être l'autre demoiselle Taylor. J'ai organisé votre placement dans la maison de mon frère. Il avait besoin d'une bonne à l'étage, et vous aviez besoin d'un emploi; et maintenant, regardez-vous, vous voilà promue femme de chambre !

Il lui décocha un clin d'œil, et les joues rondes de Charity prirent une teinte rose vif.

— Je ne pourrai jamais assez vous remercier, my lord.

Elle fit une révérence, sa tête coiffée d'un bonnet se balançant légèrement alors qu'elle regardait vers le sol.

— C'est un plaisir pour moi d'aider tous ceux que je peux, répondit Lucien d'une voix assurée. Allons-y.

Il conduisit Sabrina vers la place, et Charity les suivit.

— Aldington est-il au courant de ce que vous avez fait ? s'enquit Sabrina. Je ne peux l'imaginer s'occuper de l'embauche des domestiques, pas plus qu'il ne doit être conscient que sa maisonnée a besoin d'une nouvelle bonne à l'étage.

— Il n'en sait rien. Comme la plupart des hommes de son rang, il confie ce genre de tâches à ses majordomes. Je dispose d'un réseau de personnes qui contribuent à ma cause.

— Haddock fait-il partie de ce réseau ? s'enquit Sabrina, surprise.

Lucien lui décocha un clin d'œil.

— Ne le dites à personne.

Elle inclina la tête sur le côté, et le regarda.

— De quelle cause s'agit-il ?

— Aider les gens, quels que soient leurs projets. Tout le monde mérite d'être à l'aise et en sécurité, et même de voir ses rêves se réaliser.

— Est-ce que c'est ce que vous faites ? demanda Sabrina, se surprenant à sourire, car elle n'aurait pu imaginer deux frères plus différents. Réaliser les rêves des gens ?

— Je ne sais pas si j'y parviens, mais j'apporte mon aide, dans la mesure du possible. Tout comme je vais vous aider.

Ils arrivèrent de l'autre côté de la place et s'engagèrent dans Charles Street. À hauteur de la deuxième maison, il s'arrêta et se tourna.

— Nous y sommes.

Ils continuèrent jusqu'à la porte, où un homme, plutôt jeune, et franchement séduisant, ouvrit la porte. Était-ce le majordome ?

— Bonjour, Foster, le salua Lucien d'un ton enjoué. Nous sommes ici pour discuter avec Mme Renshaw.

Foster ouvrit la porte en grand.

— Entrez, my lord. Je vais vous conduire au salon, puis j'irai chercher Mme Renshaw.

La maison était semblable à celle de Lucien, car c'était une petite bâtisse mitoyenne, mais elle avait un air nettement féminin avec les tableaux de fleurs qui ornaient les murs. Ils suivirent le majordome dans l'escalier et gagnèrent le premier étage. Situé à l'avant de la maison, le salon avait incontestablement été décoré par une femme, avec un papier peint floral pêche et ivoire, et un ensemble de meubles dans ces couleurs, en plus du roux et d'un joli bleu juste un peu plus foncé que le Wedgwood. Sabrina n'avait jamais vu de salon aussi somptueusement aménagé, et elle sut immédiatement qu'elle porterait tout ce que Mme Renshaw lui recommanderait.

Quelques instants plus tard, leur hôtesse entra dans le salon.

— Quelle agréable surprise ! s'exclama la femme.

Son regard se posa immédiatement sur Charity, qui afficha un large sourire face à l'accueil chaleureux de Mme Renshaw.

— Charity, votre sœur serait ravie de vous voir. Si vous descendez, Foster vous indiquera où se trouve la cuisine. C'est là que vous trouverez Delilah, à cette heure.

— Merci, madame.

Charity fit une révérence, puis regarda son employeuse, qui acquiesça. À peine avait-elle quitté la pièce que Mme Renshaw s'approcha de Sabrina.

— Vous devez être lady Aldington.

Sabrina joignit les mains, nerveuse comme d'habitude lorsqu'elle rencontrait quelqu'un.

— Oui.

Lucien se rapprocha, comme s'il percevait son malaise.

— Elle est ici pour faire ta connaissance et obtenir une aide que tu es parfaitement en mesure de lui apporter.

Il adressa à Sabrina un sourire encourageant, qui contribua à apaiser son appréhension.

Mme Renshaw avait les yeux les plus fascinants que la

jeune femme ait jamais vus. De la couleur du lapis-lazuli, ils étaient arrondis, mais relevés sur le coin extérieur, presque comme ceux d'un chat. Avec ses pommettes saillantes et ses lèvres charnues, elle était un modèle de beauté que Sabrina n'aurait jamais pu atteindre, avec son teint trop pâle et son menton trop pointu. Sa mère avait toujours affirmé que ses cheveux blond cuivré étaient sa plus belle qualité, mais Sabrina se surprit à envier les riches teintes rousses de ceux de Mme Renshaw. Peut-être parce qu'il semblait y avoir de l'or et du roux entrelacés dans ses mèches sombres, comme si elle avait été embrassée par le soleil, ce qui se répercutait sur sa peau, qui avait bien plus de couleurs et de vitalité que celle de Sabrina.

Mme Renshaw haussa un sourcil en regardant Lucien ; ses yeux n'en devinrent que plus captivants.

— Vraiment ? Je suis plus que disposée à aider comme je le pourrai. Et si nous nous asseyions ?

Elle adressa un sourire à Sabrina, en lui indiquant un coin salon avec un canapé et deux fauteuils, près des fenêtres donnant sur Charles Street en contrebas.

Sabrina dut cligner des yeux et cesser de se concentrer sur la beauté de Mme Renshaw. Se comparer à d'autres femmes était une mauvaise habitude qu'elle devait à sa mère, car elle l'avait constamment fait pendant la seule et unique saison de sa fille, deux ans plus tôt.

— Je ne compte pas rester. Vous n'avez pas besoin de moi, annonça Lucien en souriant, avant de tourner son regard sombre vers Sabrina. Dites-lui exactement ce dont vous avez besoin, et ne cachez rien. Evie saura exactement quoi faire.

Il adressa un clin d'œil à Mme Renshaw. Cette dernière esquissa un sourire.

— Je peux d'ores et déjà dire que cette collaboration sera des plus agréables.

Après leur avoir fait une révérence, Lucien prit congé.

Sabrina se dirigea vers le canapé et parvint à s'asseoir malgré l'anxiété qui l'envahissait. Elle avait déjà eu du mal à trouver le courage d'aller trouver son beau-frère, et elle devait maintenant recommencer avec une parfaite inconnue. Une magnifique inconnue, qui la regardait avec bienveillance et compassion.

Tout à coup, ce fut trop pour elle.

La gorge de Sabrina se noua, et les larmes lui montèrent aux yeux.

Mme Renshaw avait pris place dans un fauteuil en face d'elle ; elle se leva d'un bond et la rejoignit sur le canapé. Passant son bras autour des épaules de la jeune femme, elle la serra contre elle.

— Pleurez, criez, vociférez, faites tout ce dont vous avez besoin, lui dit-elle d'une voix douce, mais avec une détermination d'acier, peut-être plus apaisante que tout ce qu'elle était en train de faire.

— Je n'ai pas vraiment envie de faire ces choses-là, articula Sabrina, qui s'essuya les yeux et inspira profondément.

Un sentiment d'horreur envahit sa poitrine. Comment avait-elle pu s'exposer si facilement et si spontanément à une parfaite inconnue ?

Mme Renshaw lui tapota le dos.

— Vous n'avez aucune honte à avoir, et, quoi que vous disiez ou fassiez ici restera complètement confidentiel. Comment puis-je vous aider ?

Sabrina fut submergée d'un sentiment de réconfort qu'elle avait rarement éprouvé. Mme Renshaw l'avait immédiatement mise à l'aise grâce à sa gentillesse et à son authenticité. Elle devait être la première personne que Sabrina rencontrait à agir ainsi. Prenant une inspiration pour finir d'apaiser ses nerfs, elle répéta ce qu'elle avait expliqué à Lucien, à savoir qu'elle avait besoin d'une garde-robe et d'invitations.

— Lucien a eu raison de vous dire que je serai ravie de vous aider à choisir votre garde-robe. Nous allons commencer dès cet après-midi, annonça-t-elle, adressant un large sourire à Sabrina, les yeux pétillants. Nous allons beaucoup nous amuser.

La jeune femme se sentit libérée d'un poids, remplacé par une excitation grandissante. Pour la première fois depuis qu'elle avait imaginé ce projet insensé de venir à Londres et de se réinventer, elle avait le sentiment que c'était vraiment possible.

— Merci. Je fais cela pour attirer l'attention de mon époux. Je suis venue à Londres dans l'intention de concevoir un enfant, avoua-t-elle, et une vague de chaleur envahit ses joues.

— Je vois. Votre mariage est-il aussi désuni que la bonne société le pense ?

Entendre Mme Renshaw confirmer ce que Sabrina soupçonnait à leur sujet était douloureux, mais elle n'était pas surprise.

— Oui. Nous passons rarement du temps ensemble.

— Aimeriez-vous m'en parler ? De votre mariage, je veux dire.

Sabrina ne savait pas par où commencer. L'histoire de leur mariage avait commencé bien avant la cérémonie.

— Nous nous sommes rencontrés lors de ma première saison, mais j'avais l'impression que nous nous connaissions déjà.

— Êtes-vous parvenus à un accord immédiat ? s'enquit Mme Renshaw avec un sourire.

— Non. J'étais terrifiée lorsque je l'ai rencontré. Bien que mes parents aient parlé de lui pendant plus d'un an, il restait un inconnu, expliqua Sabrina.

Et la jeune femme n'aimait pas les inconnus. Du moins, jusqu'à maintenant.

— Ils avaient déjà discuté avec le père d'Aldington, le duc, au sujet d'un éventuel mariage. Tout était déjà pratiquement réglé le temps que je fasse mon entrée dans la société.

— Je ne m'en étais pas rendu compte.

Mme Renshaw retira son bras de celui de Sabrina, et se tourna vers elle sur le canapé. La jeune femme fit de même, de sorte qu'elles se retrouvèrent face à face.

— Étiez-vous favorable à l'idée de l'épouser ?

— Pas particulièrement, murmura Sabrina.

Elle ne l'avait jamais avoué à quiconque en dehors de sa famille proche. Pourquoi l'aurait-elle fait, alors qu'ils avaient réagi de façon aussi négative ? Son père avait menacé de l'envoyer dans un couvent si elle n'épousait pas Aldington. *Il est l'héritier d'un duché !* s'était emporté son père.

— Je n'ai pas eu le choix sur cette question.

La grimace de Mme Renshaw était empreinte de compassion.

— Les femmes l'ont rarement, en particulier les jeunes femmes, qui sont utilisées pour améliorer la position sociale de leur famille.

— Aldington non plus n'était pas favorable au mariage.

— Quel malheur pour vous deux ! J'imagine que les choses n'ont pas bien évolué après votre mariage ?

— Pas du tout. Nous nous connaissions à peine, et je me contentais de cela, au moins jusqu'à ce que je me sente plus à l'aise avec lui.

— Et, est-ce arrivé ?

Sabrina secoua la tête.

— Il est difficile d'y parvenir lorsque l'on se voit rarement. Je passe la majeure partie de mon temps à Hampton Lodge, un endroit que j'ai la chance de considérer comme ma maison, et où je trouve du réconfort. Mais c'est une vie solitaire.

Sa gorge était en feu lorsqu'elle prononça ce mot. Elle *était* seule. Elle se languissait d'avoir une relation, une famille.

— Aldington ne vient que deux fois par an, et lorsque je suis venue à Londres la saison dernière, nous avons rarement assisté à des événements ensemble. Il est constamment occupé à Westminster, ou avec les affaires qui s'y rapportent. Et, comme je l'ai dit, cela ne me dérangeait pas, car je m'habituais encore à mon nouveau statut de comtesse.

— L'êtes-vous, maintenant ? demanda Mme Renshaw. Habituée à être comtesse.

Sabrina pinça les lèvres, frustrée.

— Uniquement à Hampton Lodge. Ici, à Londres, j'ai toujours l'impression d'être une impostrice.

— Vous ne l'êtes *pas*. Vous êtes une comtesse, alors, faisons en sorte que vous vous comportiez comme telle. Est-ce bien ce que vous souhaitez ?

— Oui. Ainsi qu'un enfant. C'est ce que je souhaite le plus au monde, ajouta-t-elle d'une voix douce.

— Pardonnez ma franchise, mais votre désunion s'étend-elle jusqu'à la chambre à coucher ?

En dépit d'un certain inconfort, Sabrina fut surprise de constater qu'elle avait envie de partager cela avec quelqu'un, et Mme Renshaw semblait sincèrement concernée.

— C'est là que nous sommes le moins compatibles.

Sabrina joignit à nouveau ses mains, les serrant l'une contre l'autre, rassemblant son courage pour tout lui dire. Au plus profond d'elle-même, elle sentait que cette femme pouvait l'aider, et qu'elle était une amie.

— Il vient rarement dans mon lit, et, lorsqu'il le fait, c'est dans l'obscurité, rapide, et totalement sans intérêt. Je comprends que c'est ainsi que les choses sont censées se passer, mais aucun de nous ne veut endurer ce calvaire.

Mme Renshaw appuya son épaule contre le canapé.

— Oh, mon Dieu ! Vous pensez que c'est un calvaire ?

— C'est toujours ainsi que ma mère l'appelait, expliqua Sabrina, qui entreprit ensuite d'imiter le ton plus aigu de sa mère. *Tu dois endurer le calvaire chaque fois que ton mari l'exige, ma chérie.*

La regardant avec des yeux écarquillés, Mme Renshaw murmura :

— Comme c'est affreux ! Et vous dites qu'Aldington n'est pas intéressé ?

Sabrina desserra les mains et les posa à plat sur ses genoux.

— Il semble détester cette perspective, et il se hâte d'arriver à la fin de l'événement. Je ne crois pas qu'il me trouve attirante. Lorsque j'ai fait valoir mes droits conjugaux hier soir, il a invoqué une excuse pour éviter de venir dans ma chambre.

— Qu'est-ce qui ne *va pas* chez votre mari ?

— Nous ne sommes tout simplement pas compatibles.

Mme Renshaw pinça les lèvres.

— Je n'ai pas l'impression que vous puissiez en être sûre. Lorsque vous avez partagé un lit avec Aldington, a-t-il pris du plaisir dans l'acte ?

Sabrina tâcha de réfléchir au comportement de son mari, mais c'était difficile. En général, elle était trop absorbée par sa propre angoisse pour prêter attention à ce qu'il ressentait. Mais l'anxiété de la jeune femme était en partie due au manque de passion qu'il manifestait à son égard.

— Je n'en ai pas l'impression.

— A-t-il un orgasme ?

Sabrina cligna des yeux en la regardant.

— Est-ce qu'il a quoi ?

— Un orgasme. Est-ce qu'il jouit ? Est-ce qu'il trouve sa libération ?

— Oui, il libère sa semence.

— Les hommes éprouvent généralement du plaisir

lorsque cela se produit, à des degrés divers. Je suppose que vous ignorez qu'il en existe une version féminine, où vous éprouvez du plaisir ?

Fronçant les sourcils, Sabrina s'efforça de comprendre.

— Je n'ai pas de semence à répandre.

— Non, mais vous pouvez toujours prendre du plaisir, un plaisir prodigieux, et tout bon mari veillera à ce que cela arrive. J'ai bien envie de faire entendre raison à Aldington.

Elle fronça les sourcils avec colère, et les muscles de sa mâchoire se crispèrent.

— Cela peut-il quand même se produire si leur épouse tremble de peur ? Ou si le mari n'a pas envie de l'acte ?

Mme Renshaw fit une grimace.

— Peut-être pas. Dans ce cas, il fera sans doute uniquement ce qu'il doit faire pour en terminer. C'est un véritable casse-tête.

— Pourquoi ? Le plaisir est-il nécessaire pour avoir un enfant ?

Peut-être était-ce pour cette raison qu'elle n'avait pas réussi à concevoir.

— Malheureusement, non, mais c'est mieux, n'est-ce pas ? Sinon, ce n'est qu'une obligation ennuyeuse et terrible.

Oui, c'était *exactement* cela. Mme Renshaw se redressa.

— Il vous suffit de montrer à votre époux que vous n'avez plus peur, que vous appréciez ses avances… que vous le *désirez*.

Mais, était-ce le cas ? Sabrina l'avait toujours trouvé séduisant. Elle se souvint de la sensation qui l'avait envahie lorsqu'elle avait senti son odeur la nuit précédente. Était-ce similaire au désir ?

— Je ne suis pas certaine de savoir ce que cela fait, murmura-t-elle.

Elle détestait l'admettre, mais elle savait que cette femme

ne se moquerait pas d'elle. Le regard de Mme Renshaw était compréhensif et chaleureux.

— Oh, lady Aldington ! Nous allons veiller à ce que vous le sachiez.

— S'il vous plaît, appelez-moi Sabrina. C'est une conversation tellement intime, suggéra-t-elle, alors que ses joues s'enflammaient. Seules des amies peuvent se parler ainsi.

Mme Renshaw acquiesça en souriant.

— C'est vrai. Et les amies se tutoient, aussi. Appelle-moi Evie.

— À supposer que je puisse éprouver du désir pour lui, que ferai-je s'il est toujours réticent ? Et si lui ne me désire pas ?

— Je suis prête à parier qu'il le fera. Cependant, son comportement est déroutant. Il pourrait y avoir de nombreuses raisons à sa réticence, y compris ta peur.

Elle posa une paume sur sa mâchoire, puis détourna le regard. Lorsqu'elle reporta son attention sur Sabrina, elle remit sa main sur ses genoux.

— Il existe une possibilité concernant sa réticence, et si c'est le cas, il n'y aura pas grand-chose à faire, je le crains.

— Voilà qui ne semble pas trop encourageant. De quoi s'agit-il ?

— Peut-être lord Aldington préfère-t-il un partenaire masculin au lit.

Sabrina plaqua une main sur sa bouche.

— Je ne l'avais pas envisagé.

Et elle ne l'aurait probablement pas fait si elle vivait cinq cents ans. Comme elle détestait sa naïveté !

— Je pense qu'il a une maîtresse. Peut-être ne s'agit-il pas d'une femme, en réalité.

— C'est plus courant que tu ne le penses.

Evie dit cela avec une certitude qui rendit Sabrina incroyablement curieuse. Malgré cela, cette dernière ne pouvait se résoudre à demander à sa nouvelle amie comment elle le savait. Peut-être trouverait-elle le courage de le faire lorsqu'elles seraient devenues plus proches ?

— Comment as-tu su pour sa maîtresse ?

— Je lui ai posé la question, et il a aussitôt nié. *Trop* rapidement pour que je le croie. Pourrais-tu en avoir la confirmation ?

Evie secoua la tête.

— C'est la première fois que j'entends parler de cela. Il n'y a aucune rumeur selon laquelle il aurait une maîtresse. Aldington est une personne extrêmement discrète. Cela t'inquiète-t-il ?

Sabrina s'adossa à son siège.

— Pas particulièrement. Je sais que les hommes comme lui ont généralement des maîtresses. Compte tenu de l'état de notre mariage, je pense que je serais plus surprise s'il n'en avait pas. Cependant, si c'est un homme, je ne sais pas du tout comment procéder.

Peut-être devrait-elle faire ce qu'elle avait effrontément, et sans réfléchir, menacé de faire la nuit précédente : avoir un enfant sans lui. Cette idée ne fit qu'accroître son anxiété, ce dont elle n'avait absolument pas besoin. Elle envisagea de se réfugier à Hampton Lodge, peut-être pour se cacher sous une couverture.

Non, c'était l'ancienne Sabrina qui agirait ainsi. La nouvelle Sabrina n'allait pas rester les bras croisés et laisser la vie se dérouler devant elle.

— Que pourrais-je faire pour réduire mon appréhension ?

— On dirait que vous ne vous connaissez pas du tout, remarqua Evie.

— C'est vrai, murmura Sabrina, qui avait l'impression d'être confrontée à un obstacle insurmontable.

— Cela devrait peut-être être ton objectif premier, avant d'en arriver à l'agréable création d'un enfant. Apprends à le connaître, et permets-lui d'apprendre à te connaître. Ensuite, tu le séduiras. À supposer qu'il ne préfère pas les hommes, et qu'il puisse être séduit par toi, serais-tu prête à relever le défi ?

— De la séduction ? s'exclama Sabrina, qui craignit d'avoir terminé sa question sur un cri aigu. Je suppose que je vais devoir lui demander sans détour s'il est attiré par les hommes ou les femmes.

Cette idée lui donnait l'impression de monter un cheval emballé. Mais elle s'efforça de maîtriser sa nervosité.

— Je crois que je devrais le faire. Le temps des tergiversations et des échappatoires est révolu. Je suis en mission !

Evie éclata de rire et tendit une main pour serrer brièvement celle de Sabrina.

— Tu n'es absolument pas comme tu le penses, du moins pas d'après ce que j'ai observé aujourd'hui. Tu possèdes une force intérieure inébranlable, Sabrina. J'espère que tu en es consciente. Et j'espère aussi que tu ne l'oublieras jamais, ajouta-t-elle avec un doux sourire.

Sabrina n'en avait pas pris conscience, et, parmi toutes les choses qu'Evie lui avait dites aujourd'hui, c'était peut-être celle qui resterait le plus longtemps gravée dans son esprit. Elle y penserait assurément pendant un certain temps, pour déterminer si c'était vrai, et comment elle pourrait apprendre à se servir de cette force intérieure.

— Discutons d'abord de la partie amusante de tout ceci, tu veux bien ? s'enquit Evie, le regard brillant d'une étincelle malicieuse. Afin de parvenir à une séduction réussie, tu dois vivre un orgasme… ou plusieurs.

— Comment pourrais-je faire cela avant de le séduire ? répondit Sabrina, craignant que sa naïveté ne montre à nouveau sa vilaine tête.

— En te procurant du plaisir.

La jeune femme la regarda, bouche bée.

— Comment diable pourrais-je faire cela ?

— Tu vas avoir un orgasme, lui expliqua Evie. C'est ce dont je te parlais tout à l'heure. Il n'est pas nécessaire qu'un homme t'en procure un. Tu peux y parvenir en te touchant, les seins, le sexe, tout ce qui te fera du bien.

Sabrina se passa une main sur le front.

— Je t'en prie, excuse mon ignorance. Pour être honnête, c'est plutôt exaspérant. Pourquoi toucherais-je mes seins ?

Evie expira et se pinça l'arête du nez.

— Aldington n'a jamais touché ta poitrine…

— Pourquoi l'aurait-il fait ?

— Parce que c'est très agréable, expliqua Evie.

Elle se rajusta sur le canapé, se tournant davantage vers Sabrina. Dans le même temps, elle remonta légèrement sa cuisse sur le coussin.

— Tu dois absolument avoir un orgasme, ou plusieurs, avant de tenter de le séduire. Ce soir, je veux que tu te touches jusqu'à ce que tu atteignes l'extase. Cela te demandera un certain effort, mais je te promets que tu aimeras.

Sabrina ne comprenait rien à tout cela.

— Comment dois-je faire ?

— Je vais t'expliquer, et je vais te donner un livre de ma bibliothèque. Il contient des dessins, ainsi que des descriptions, proposa Evie avec un sourire diabolique. Avec un peu de chance, ils t'exciteront.

— Oh ! s'exclama Sabrina, qui restait sceptique.

— Fais-moi confiance. Tu seras étonnée de voir ce que tu as manqué. Et, lorsque tu apprendras à trouver et à éprouver du plaisir, tu exerceras un pouvoir qui te donnera une confiance toute particulière dans tes rapports avec ton mari. Lorsqu'il viendra dans ton lit, tu sauras ce que tu veux, et quoi lui demander. Ou plutôt, quoi *exiger* de lui.

Sabrina porta ses doigts à ses lèvres, s'imaginant détenir ce pouvoir et l'utiliser pour exiger… du plaisir de la part d'Aldington. Cela semblait presque impossible, pourtant, elle avait déjà exigé qu'il lui rende visite dans son lit. Après cela, ce serait facile, n'est-ce pas ?

Evie se leva brusquement.

— Je vais chercher le livre pour que nous puissions avoir une discussion approfondie. Je vais également demander à Foster d'apporter du sherry. Tu m'en remercieras. Ensuite, une fois que nous aurons terminé ton éducation, nous irons faire des achats.

Les yeux brillants d'enthousiasme, elle quitta le salon, sous le regard médusé de Sabrina, qui était peut-être un peu tétanisée.

Ce n'était pas du tout ce qu'elle avait imaginé lorsqu'elle était venue solliciter l'aide de Lucien. Elle n'avait jamais réfléchi à tout ce qui lui échappait. Comment l'aurait-elle pu ? Il semblait toutefois que c'était précisément ce dont elle avait besoin.

Elle espérait seulement être à la hauteur du défi de la séduction, surtout face à un homme qui ne voulait pas être séduit.

CHAPITRE 5

Constantine ne resta pas dehors aussi tard qu'il l'avait prévu. Au cours de la journée, il s'était convaincu qu'il devait rendre visite à sa femme ce soir-là. Plus tôt il la mettrait enceinte, mieux ce serait. Ils pourraient même y prendre plaisir. Mais, pour cela, il faudrait qu'elle soit ouverte à une telle chose, si le courage dont elle faisait preuve depuis peu s'étendait jusqu'à la chambre à coucher.

Il n'y avait qu'un seul moyen de le découvrir.

Vêtu d'un pantalon ample et d'un banian, il se rendit à la chambre de Sabrina, et frappa doucement à la porte.

— Entrez, dit-elle.

Tous les muscles de son corps se contractèrent lorsqu'il ouvrit la porte et entra. Elle se leva de l'unique fauteuil qui se trouvait devant l'âtre, et Constantine faillit s'étrangler.

Sa silhouette élancée était drapée dans une robe de chambre rose foncé qui épousait ses... courbes ? Oui, elle avait des courbes : sa taille étroite s'évasait vers des hanches arrondies, et sa poitrine était étonnamment généreuse. Comment n'avait-il jamais remarqué cela auparavant ?

Parce qu'elle ne s'était jamais habillée ainsi avant. Le vêtement formait un V profond qui conduisait à son décolleté. La bouche de Constantine s'assécha tandis que son regard suivait le sillon, et il se rendit compte qu'il pouvait distinguer les mamelons de sa femme à travers la soie fine.

Bon sang ! Ce n'était pas l'épouse timide et terrifiée qu'il connaissait.

— Je suis ravie que vous soyez venu me rendre visite, lui dit-elle. Cependant, compte tenu de l'état de votre main, je pense que vous avez raison : nous devrions attendre jusqu'à demain, ou peut-être jusqu'à la nuit suivante, pour reprendre nos obligations conjugales.

Obligations conjugales. Son cerveau avait du mal à digérer ce mot, « obligations », en particulier, tandis qu'il essayait, en vain, de ne pas fixer ses seins. Alors que son sexe durcissait et s'allongeait, il se rendit compte que l'emmener au lit ce soir-là n'aurait rien d'une obligation.

Sauf que c'en est une, rétorqua son esprit. Le mariage était avant tout un devoir, et engendrer un héritier figurait en tête de liste de ces obligations.

Ce débat n'avait pas lieu d'être, même dans sa tête, puisqu'elle le repoussait. Il ne manqua pas de remarquer l'ironie du fait qu'il aurait volontiers couché avec elle, alors que, la veille, elle lui avait demandé la même chose, et qu'il avait refusé. Il prit une profonde inspiration afin de calmer son excitation.

— Je suis surpris que vous ayez changé d'avis.

Avait-il été sur le point de dire qu'il était surpris que ses sentiments sur la question aient changé ? Il n'y avait pas de sentiments dans cette union, il était certain de cela.

Elle lui adressa un sourire serein.

— Je veux être une épouse compréhensive. Comment s'est déroulée votre journée à Westminster ?

Sabrina avait joint les mains au niveau de sa taille, de sorte que le haut de ses bras était pressé contre sa poitrine.

Comme si Constantine avait besoin d'aide pour que son attention se porte dessus.

Il s'efforça de se concentrer sur la question qu'elle lui avait posée. Westminster…

— Tout s'est bien passé, merci. Une journée productive, je pense.

— Vraiment ? Sur quoi avez-vous travaillé ?

— La loi sur les apothicaires, répondit-il sans réfléchir.

— Je ne crois pas en avoir entendu parler. De quoi s'agit-il ?

Constantine cligna des yeux, alors que son esprit rattrapait le fil de la conversation. Il n'avait pas l'habitude de parler de son travail avec elle, mais, d'un autre côté, elle ne lui avait jamais posé de questions à ce sujet.

— Je travaille sur une loi qui imposerait une réglementation aux apothicaires et aux autres praticiens.

Elle inclina la tête sur le côté, les yeux rivés sur lui.

— Pourquoi estimez-vous que c'est important ?

— Le système actuel présente des risques. Les apothicaires pratiquent des opérations de chirurgie, les pharmaciens délivrent des médicaments. Il est nécessaire d'instaurer un ordre et une réglementation afin de garantir que ces praticiens soient formés et instruits. De nombreux pharmaciens sont analphabètes. L'Ordre des médecins et la Société des apothicaires réclament des modifications au projet de loi. Nous nous sommes rencontrés aujourd'hui pour tenter de trouver un compromis.

— Et pensez-vous avoir réussi ? l'interrogea-t-elle, et son intérêt semblait… sincère.

— Peut-être. Vous ne trouvez probablement pas cela intéressant ?

Cette question était particulièrement importante à ses yeux : sans l'intervention d'un apothicaire véreux, qui s'était aussi autoproclamé chirurgien, sa mère serait peut-être encore en vie. Mais son épouse ne le savait pas.

— Si, en fait. Le pharmacien de ma mère prescrit un éventail vertigineux de toniques et de médicaments. Je pense qu'elle n'a pas besoin de la moitié d'entre eux. En réalité, elle n'en a peut-être pas besoin du tout.

— C'est préoccupant.

Un apothicaire trop zélé était la cause du décès de la mère de Constantine. Il lui avait fait subir des saignées répétées, ce que le père de Constantine avait autorisé, et la pauvre femme n'avait pas survécu.

— Avez-vous envisagé de discuter de ce sujet avec votre mère ?

Une lueur de surprise apparut dans les yeux de la jeune femme, mais il n'y avait pas que cela. Il y avait de la peur… oui, c'était cela. C'était l'épouse qu'il reconnaissait.

— Je ne pourrais jamais faire une telle chose, lui dit-elle d'une voix douce.

Son regard se porta sur les charbons ardents de la cheminée. Il n'avait pas voulu la perturber.

— Comment s'est passée votre journée ? demanda-t-il, dans l'espoir de la détourner de ses pensées.

— Très bien, merci. Je crains d'avoir dépensé toute mon allocation trimestrielle ainsi qu'une partie de votre argent.

Il pensait lui donner suffisamment d'argent, mais peut-être n'était-ce pas le cas.

— Avez-vous besoin d'une allocation plus importante ?

— Sans doute que non. Il me fallait plusieurs nouveaux articles pour ma garde-robe. Je n'ai rien acheté la saison dernière.

— Vous n'avez pas besoin de justifier vos dépenses. Je suis sûr qu'elles étaient nécessaires. Je vais augmenter votre allocation. Je ne veux pas que vous ayez l'impression de ne pas pouvoir obtenir ce dont vous avez besoin. Ou ce que vous voulez, ajouta Constantine.

Car, après tout, pourquoi pas ? Il posa une nouvelle fois le regard sur sa robe de chambre, et, une nouvelle fois, il éprouva une attirance forte, et indéniable.

— Est-ce nouveau ? s'enquit-il avec un vague geste de la main vers elle.

— Oui. Cela vous plaît-il ?

Décroissant les mains, elle tourna sur elle-même – elle tourna ! – et la robe de chambre flotta doucement. Ce mouvement lui permit de voir ses jambes et ses cuisses, ainsi que la courbe séduisante de son postérieur. Soudain, sa bouche s'assécha, et il eut du mal à déglutir.

— Oui, euh… cela me plaît, balbutia-t-il, avant de devoir tousser pour s'éclaircir la gorge. Oui. C'est très joli.

Joli ? C'était sacrément alléchant !

Sabrina fit un pas vers lui, et il se demanda s'il n'allait pas s'en aller, après tout. Elle était incroyablement séduisante, et, à cet instant, sa main ne lui faisait absolument pas mal. En réalité, il n'était même pas certain d'avoir encore des mains. Elle, en revanche, en possédait. Ainsi que des bras, des épaules délicatement galbées, une clavicule captivante et un cou magnifique qu'il brûlait soudain d'envie d'embrasser.

Elle avait de nouveau croisé les mains, plutôt fort, cette fois-ci, comme en témoignait la blancheur de ses jointures.

— J'aimerais vous poser une question, et j'espère que vous ne la trouverez pas déplacée. Préférez-vous la compagnie des hommes ?

Constantine la fixa, bouche bée. Que diable était-elle en train de lui demander ? Comme si elle avait entendu ses pensées, elle précisa :

— Au lit, je veux dire.

Constantine se trouva totalement à court de mots. Au lieu

de cela, un flux incohérent de propos incompréhensibles s'échappa de ses lèvres.

— Euh, bah, non, pourquoi, je, juste, ah, euh, argh…

— Je crois avoir entendu un « non » là-dedans ?

Qui était cette femme qui ressemblait à une sirène et qui dégageait une assurance qu'il n'avait jamais perçue chez elle auparavant ? Lorsqu'il parvint à répondre, on aurait dit qu'il s'étouffait, et, en réalité, c'était l'impression qu'il avait.

— Oui. Je veux dire, *non* ! Bien sûr que je ne préfère pas les hommes. Je vous souhaite une bonne soirée.

Il tourna les talons et quitta la chambre, fermant la porte avec plus de force qu'il n'en avait l'intention, dans sa hâte de s'éloigner d'elle. Une fois de retour dans sa chambre, il verrouilla la porte et s'adossa contre celle-ci.

Que diable venait-il de se passer ? Pourquoi lui avait-elle posé cette question ? Comment avait-elle eu l'idée de demander une telle chose ? Que *diable* lui arrivait-il ?

Il s'éloigna de la porte et se rapprocha de la cheminée. Une fois là, il pivota, et revint sur ses pas. Il effectua ce circuit à plusieurs reprises, l'esprit en ébullition.

Elle croyait qu'il désirait coucher avec des hommes ? Absolument pas ! En toute honnêteté, il n'y avait jamais pensé : cela ne s'appliquait tout simplement pas à lui. Avant même que son père ne lui paie sa première expérience sexuelle à l'âge de quinze ans, il fantasmait résolument sur les femmes.

Fantasmer ? Le faisait-il vraiment ? Oui, à l'occasion, mais il reconnaissait qu'il n'était pas aussi motivé par la volupté que la plupart des gentlemen. Il attribuait cela à son sens aigu des convenances, et à sa grande sensibilité. Il refusait de se laisser guider par ses instincts les plus bas, et il était un modèle de maîtrise de soi. Alors que d'autres gentlemen subissaient les effets négatifs du jeu, de la boisson et de toutes sortes d'excès, Constantine n'était pas tourmenté par des impulsions aussi vulgaires. C'était pour cela qu'il n'avait pas pris de maîtresse.

Lucien aurait dit que son frère souffrait d'un excès de bien-pensance, et il avait peut-être raison. Il insisterait également sur le fait que Constantine était éteint et ennuyeux, et qu'il avait désespérément besoin d'excitation.

Peut-être avait-il raison à ce sujet également.

Constantine se tourna en direction de la chambre de sa femme. Il l'imagina retirer sa magnifique robe de chambre, et se glisser entre les draps. Était-elle nue sous ce vêtement ou le sous-vêtement était-il simplement si fin et léger qu'il avait pu voir ses formes ?

Soudain, Constantine était excité. Et impatient de démontrer à sa femme combien il désirait avoir une femme dans son lit. Non, pas n'importe quelle femme… *elle*.

Il entra dans le petit salon d'un pas décidé. Quelques instants plus tard, il se tenait devant la porte de Sabrina, la main levée, prêt à frapper.

Un doux son parvint à ses oreilles, le poussant à se pencher en avant, au point qu'il était presque plaqué contre le bois. Était-elle… en train de gémir ?

Oh, mon Dieu ! Elle n'était pas… ?

Prenant une profonde inspiration, il resta immobile, tendant davantage l'oreille. Le lit grinça, et un autre bruit se fit entendre : un gémissement plus profond. Juste ciel ! Il ne pouvait pas…

Constantine colla son oreille contre le panneau de bois, cherchant désespérément à percevoir les moindres bruits. *Là.* Un gémissement, une plainte, une autre, un cri doux. À un moment donné au cours des derniers instants, son sexe était devenu douloureusement et irrévocablement dur. Mais, elle ne pouvait pas se procurer du plaisir. N'est-ce pas ?

Finalement, un cri plus fort lui parvint, l'envahissant, faisant frémir son corps de désir. Il prit finalement une inspiration, haletant à présent, parce qu'il était resté si longtemps sans respirer. S'éloignant de la porte, il appuya sa main sur le cadre, la tête baissée, luttant pour retrouver son célèbre sang-froid, qui lui faisait actuellement défaut.

Lorsque sa respiration redevint régulière, il se redressa. Il entendit quelque chose d'autre. Un rire ? Oui, de la joie pure, apparemment.

Constantine fixa la porte pendant un long moment avant de regagner sa chambre. Sa vie semblait soudainement bouleversée, méconnaissable, déstabilisée. Pourquoi n'était-il pas entré dans sa chambre dès qu'il avait compris ce qu'elle faisait ? Il semblait qu'elle n'était pas du tout la femme docile qu'il avait cru qu'elle était. Elle avait changé. Mais, comment ?

Peut-être ne l'as-tu jamais connue. Peut-être que tout ce que tu croyais savoir sur elle, sur le mariage, est faux.

Et si c'était lui qui avait peur ? Et, si tel était le cas, de quoi diable avait-il peur ?

Une chose était sûre : il était encore douloureusement en érection et s'il ne se soulageait pas, il le regretterait. Maudite soit sa main blessée !

~

*A*près une nuit presque sans sommeil, Constantine se retrouva le lendemain matin dans la maison de son frère. Il fit les cent pas dans la bibliothèque de Lucien en attendant que celui-ci le rejoigne, afin de lui demander de l'aide.

Constantine cessa d'arpenter la pièce et fixa la fenêtre qui donnait sur le petit jardin à l'arrière de la maison mitoyenne. Était-il vraiment à ce point désespéré qu'il demandait les conseils de son frère ? Lucien n'allait cesser de le railler.

Alors qu'il se dirigeait vers la porte, Constantine s'arrêta net lorsque son jeune frère apparut dans l'embrasure de la porte. Plus grand de quelques centimètres, et doté de cheveux noirs semblables à ceux de leur père, Lucien était le frère le plus beau, le plus charmant, et, en général, le plus apprécié. Il était constamment entouré d'amis et d'admirateurs, tandis que Constantine préférait la solitude et l'anonymat.

Vêtu d'un banian rouge foncé et d'un pantalon noir, son frère pénétra dans la bibliothèque avec un sourire subtil aux lèvres.

— Ne devrais-tu pas être à l'église ?

— Je voulais te voir, et il était fort peu probable que je te trouve là-bas, répliqua Constantine.

— Tu me connais bien. Il existe des activités bien plus intéressantes à faire un dimanche, comme dormir, répliqua-t-il en bâillant. Mais, tu as renoncé à l'église pour venir me trouver, alors ce doit être un sujet important. Je ne me souviens pas de la dernière fois où tu m'as rendu visite à l'improviste.

Lucien inclina la tête.

— L'as-tu déjà fait ?

— Assieds-toi, s'il te plaît, répondit Constantine.

Ce dernier prit place dans un fauteuil, se tenant près du bord, en proie à une tension nerveuse qui lui ferait quitter la pièce à la moindre provocation.

Haussant un sourcil, Lucien s'installa dans un autre fauteuil.

— Comment puis-je t'aider ?

Aldington tressaillit. Il était *effectivement* venu chercher de l'aide, et Lucien venait de lui épargner la douleur d'avoir à la demander ouvertement. Dans une certaine mesure. Devoir faire appel à son frère le tracassait toujours. Constantine avait du mal à prononcer les mots.

— J'ai besoin de...

Sa langue se dessécha et il serra les mâchoires.

— Tu sembles préoccupé, remarqua Lucien d'un ton doux en se redressant, abandonnant son air nonchalant. Dis-moi comment je peux t'aider, Tine. J'aimerais le faire, si je le peux.

— Je ne sais pas pourquoi je suis venu ici. Tu n'es pas marié. Tu ne comprendrais pas.

— As-tu des problèmes conjugaux ?

— Euh, oui.

— Tu as raison. Je ne suis pas marié et je n'ai pas l'intention de l'être un jour. Ce qui me fait penser que, si tu es venu me voir, c'est parce que ce n'est pas forcément dû à ton mariage...

Constantine l'interrompit.

— En fait, si. C'est lié à mon mariage, et aux responsabilités qui en découlent. Il me faut un héritier, *bon sang* !

— *Bon sang* ? répéta Lucien, s'éclaircissant la gorge. Aurais-tu un problème pour concevoir un héritier ? J'aurais pensé que c'était l'aspect le plus attrayant du mariage.

— Pas étonnant que tu dises cela.

Lucien rit. Sincèrement. Ce qui était encore plus irritant.

— Qu'est-ce que cela veut dire ?

— Comme si tu n'étais pas conscient de ta réputation.

— J'ai la réputation d'apprécier le sexe ? Oui, je suis une personne qui respire. La plupart des personnes qui respirent n'aiment-elles pas le sexe ? répliqua Lucien, et toute trace d'humour disparut de ses traits. Tine ? Est-ce que tu... n'aimes pas le sexe ?

Constantine bondit de son fauteuil.

— Bien sûr que si ! Seulement, pas avec mon épouse, expliqua Constantine, et Lucien ouvrit la bouche pour parler, mais il l'interrompit. Je n'aurais pas dû venir ici. Tu ignores tout de la nature des relations entre un mari et sa femme !

Lucien leva la main dans un geste apaisant.

— C'est peut-être vrai, mais je suis certain qu'ils ont des

relations sexuelles, et que beaucoup d'entre eux y prennent plaisir. Si *tu* aimes le sexe, et il semble que ce soit le cas, tu devrais aimer le sexe avec lady Aldington.

— Et si *elle* n'aime pas cela ?

Cependant, après l'avoir entendue la nuit précédente, Constantine n'était même pas certain que cela soit vrai. Apparemment, c'était *lui*, le problème. Avec lui, elle se montrait froide et distante. Sans lui, elle semblait plutôt... heureuse. Il s'effondra dans son fauteuil et se prit la tête entre les mains.

— Tine ? Est-ce que tu vas bien ?

— Ça va.

Il fixa du regard le tapis entre ses jambes. Les rouges, les dorés et les bruns se confondaient, et il ferma les yeux.

— J'aimerais t'aider, proposa Lucien d'un ton doux. Si c'est possible. Puisque tu es là, tu dois penser que c'est au moins possible.

Constantine baissa les mains et releva la tête.

— Par rapport à toi, mon expérience est limitée. J'aimerais trouver un moyen de... procurer du plaisir à ma femme sans la terroriser.

S'il le pouvait. Si tant est que c'était ce qu'elle désirait de sa part. Il n'était pas nécessaire d'éprouver du plaisir pour concevoir un enfant.

— Ah ! Bien. Je te demanderais bien si tu as envisagé de passer du temps avec une professionnelle, mais je sais que tu l'as fait. Je sais également que cela n'est pas vraiment arrivé. Peut-être devrais-tu permettre à Barbara de te... donner quelques cours particuliers.

— Je sais quoi faire, répliqua-t-il sèchement.

Simplement, il ne savait pas comment s'y prendre avec une femme, son épouse, qui se dérobait à lui dans la chambre à coucher. Était-il vraiment possible de séduire une femme qui ne vous désirait pas, qui ne vous avait jamais désiré ?

— Je te le demande avec le plus grand respect, et la plus grande bienveillance, mais est-ce vraiment le cas ?

Constantine jura avec véhémence.

— *Bon sang*, Tine ! J'ignorais que tu étais capable d'un tel langage ! Bravo ! s'exclama Lucien, en souriant, ce qui lui valut un autre regard noir, et il leva une main. Mes excuses. Je tente simplement d'apporter un peu de légèreté à cette... situation. Je pense sincèrement que passer une soirée, ou plusieurs, avec quelqu'un comme Barbara pourrait te faire le plus grand bien.

— Lorsque l'occasion s'est présentée, il m'a été difficile d'être infidèle.

Ce qui était triste ou comique, ou bien les deux, puisque sa femme ne voulait pas de lui. Tout autre gentleman aurait déjà pris une maîtresse, à ce stade.

— Je crois que j'ai peut-être été soulagé quand nous sommes tombés sur Overton et sa pupille.

Lucien fronça les sourcils et se cala dans son fauteuil.

— Alors, pourquoi être allé voir Barbara ?

Constantine haussa les épaules.

— J'ai cru devoir le faire. J'*aime* le sexe, mais je n'en ai pas souvent l'occasion.

Soudain, il se rendit compte qu'il se sentait seul. Cette révélation le dérangeait, car il avait l'impression qu'il aurait dû le savoir... et il se demandait maintenant ce qui ne tournait pas rond chez lui.

— Pourquoi pas ?

— C'est... compliqué. Et gênant. Tu sais que notre mariage a été arrangé.

— Oui, mais je croyais que tu voulais l'épouser.

— C'était le cas.

Jusqu'à ce qu'il apprenne qu'elle ne voulait pas se marier avec lui. La veille du mariage, son père lui avait dit que la mariée voulait annuler, mais qu'elle accomplirait son devoir.

Toute autre décision aurait constitué un scandale, ce que le duc n'aurait certainement pas toléré.

Apprendre qu'elle ne le désirait pas, qu'elle aurait préféré ruiner sa réputation plutôt que de l'épouser, lui avait causé une douleur plus intense qu'il ne l'avait jamais admis. Ni à lui-même ni à quiconque.

— Lorsque nous nous sommes mariés, elle était une jeune femme discrète et réservée. Elle ne savait absolument rien de notre nuit de noces, si ce n'était que je viendrais dans son lit.

Ce qui avait donné lieu à une expérience désastreuse, au cours de laquelle il avait précipité son acte dans le but d'en finir le plus vite possible, *pour elle.* Elle avait été absolument terrifiée. Cela faisait des mois qu'il n'avait pas essayé de partager un lit avec elle.

Lucien écarquilla les yeux et se redressa sur son siège.

— *Bon sang* ! Qui va informer Cass de ce genre de choses ? Cela aurait été de la responsabilité de maman !

Constantine le regarda fixement.

— Je ne veux pas parler de notre sœur et de sexe !

— Quelqu'un va devoir lui parler. Le duc s'attend à ce qu'elle se marie avant la fin de la saison.

— Tante Christina le fera.

En tant que parente féminine la plus proche, la sœur de leur père était la marraine de leur sœur cadette Cassandra pour cette saison. Lucien ricana.

— Le fera-t-elle ? Et, si elle le fait, pouvons-nous lui faire confiance pour mener à bien cette tâche, ou va-t-elle la bâcler comme l'a fait ta belle-mère ?

— Pourrions-nous d'abord nous occuper de la crise que je traverse ?

— Il s'agit d'une crise à présent ?

Lucien se passa une main sur le front, puis s'excusa à nouveau.

— Tu ne peux pas t'empêcher de prendre cela à la légère,

et c'est précisément la raison pour laquelle j'ai hésité à venir, s'emporta Constantine, alors que sa frustration, qui couvait depuis longtemps sous la surface, éclatait finalement. Tu me provoques à la moindre occasion. Je sais que tu ne comprends pas ma réserve et mon amour de la solitude, mais rien ne t'y oblige. Il te suffit de m'accepter tel que je suis, et de me laisser tranquille à ce sujet !

Lucien le dévisagea pendant un long moment, au cours duquel Constantine eut l'impression que sa poitrine était plus légère qu'elle ne l'avait été depuis des années. Finalement, il cligna des yeux.

— Je suis désolé, répondit-il, la voix douce, les mots sincères. Tu as raison. Je ne te comprends pas... pas tout à fait. Tu ressembles bien trop à notre père, que je n'apprécie pas beaucoup. Parfois, je laisse ce fait influencer mon comportement envers toi, ce que je ne devrais pas faire.

— Merci.

— Cependant, je reste convaincu que tu devrais te détendre et être moins réservé. Savoure ta solitude, évite les gens comme s'ils étaient porteurs de la syphilis s'il le faut, mais poursuis les choses qui rendent ta vie entière et merveilleuse.

Constantine ne savait pas exactement ce qu'étaient ces choses au-delà de son travail, vers lequel son père l'avait poussé, tout comme il l'avait fait avec son mariage. Ce n'était pas tout à fait exact.

— J'ai mon club de course.

Il en tirait une grande joie, d'ailleurs. Lucien lui lança un regard perçant, puis se leva et se dirigea vers son buffet à alcool. Quelques instants plus tard, il revint avec deux verres. Il en tendit un à Constantine avant de regagner sa place.

— N'est-il pas un peu tôt pour cela ? s'enquit Constantine, qui renifla le liquide, qui ressemblait à du whisky.

Et, oui, il s'agissait bien de whisky écossais, sans doute importé illégalement.

— Tu crois ?

La question était sarcastique et purement rhétorique. Constantine but une gorgée de whisky, reconnaissant envers l'hédonisme de son frère, peut-être pour la première fois. Peut-être fallait-il *effectivement* qu'il se détende.

— Tu m'as dit que tu voulais épouser lady Aldington. Ressentais-tu quelque chose pour elle à ce moment-là ?

Ressentir… Constantine n'avait pas pour habitude d'analyser ses émotions.

— Je me disais qu'elle était la plus belle femme d'Angleterre. Je le pense toujours.

Et, objectivement, elle l'était, ou, du moins, elle était l'une des plus belles. Mais quelque chose avait changé la nuit précédente. L'attirance qu'il ressentait pour elle dépassait la simple admiration pour sa beauté. Elle lui avait posé des questions sur son travail, et elle avait parlé avec une intelligence et une confiance qu'il ne lui connaissait pas.

— C'est un début, dit Lucien d'un ton encourageant. Comment voyais-tu ton mariage ?

Irrité, Constantine passa la main dans ses cheveux. Il avait simplement accompli la tâche suivante sur sa liste.

— Je n'imaginais rien. Peux-tu cesser de me poser des questions sur mon mariage, et simplement me dire quoi faire ?

— Je dois comprendre le problème, tout comme toi, avant que nous puissions le régler, répliqua Lucien. Mais, d'accord. Passons à l'essentiel. Tu dois avoir des relations sexuelles avec ton épouse, et vous devez y trouver du plaisir tous les deux. Cependant, quelque chose te retient, et t'empêche de la trousser à en perdre la raison, comme tu prétends savoir le faire.

— Je n'ai jamais affirmé une telle chose. Et tu n'as pas besoin d'être grossier.

Mais son frère avait raison. La peur et la nervosité de Sabrina, ajoutées à la certitude qu'elle ne voulait pas de lui, l'empêchaient de coucher avec elle, et encore plus de rendre cette expérience très agréable.

Lucien leva les yeux au ciel de manière très exagérée.

— *Bon sang*, Tine ! Ne te laisse pas distraire par le langage que j'emploie ! Sais-tu comment la séduire, ou non ?

— Pas elle, non. Elle est… différente. Honnêtement, je ne sais même pas par où commencer. Je te fais confiance pour ne pas prendre cela à la légère.

— Je ne le ferai pas. Pas ce sujet. Fais-moi confiance.

Lucien le regarda dans les yeux, ce qui rappela à Constantine l'époque où ils étaient enfants, quand ils s'étaient promis de toujours cacher à leur nourrice les bêtises qu'ils commettaient. Aucun d'entre eux n'avait jamais rompu ce serment, pas même lorsque Lucien avait cassé une vitre, ou quand Constantine avait cueilli toutes les marguerites préférées de leur mère.

— Je vais essayer, fut tout ce que Constantine put répondre.

Il n'avait confiance en personne, et encore moins en lui-même. Comment aurait-il pu en être autrement, alors que son père lui avait toujours dit quoi faire, comment se comporter ?

— Je ferai tout ce qui est en mon pouvoir pour te montrer que tu en es capable, affirma Lucien, qui but une longue gorgée de son whisky et découvrit brièvement ses dents en abaissant le verre. Tu me dis que lady Aldington est différente, et que tu n'es pas sûr de savoir comment la séduire. Une personne ayant une expérience pratique, telle que Barbara, pourrait t'apporter son aide. Elle pourrait t'apprendre comment apaiser les appréhensions de lady Aldington, tout en lui montrant que vous pouvez éprouver du plaisir à vous réunir. Je pourrais trouver quelqu'un pour remplir ce rôle pour toi.

— Tu veux engager quelqu'un pour m'apprendre comment séduire ma femme ?

Il fallait espérer que cette femme ait de l'expérience en matière de séduction des personnes impossibles à séduire.

Bon sang ! Pensait-il vraiment que la situation était à ce point désespérée ? Manifestement non, sinon il ne serait pas venu voir Lucien. Il n'était *pas impossible* de séduire son épouse. Simplement, peut-être ne voulait-elle pas être séduite par lui. Mais il devait quand même essayer, car elle avait exprimé son désir d'avoir un enfant. Ce qui constituait le prochain devoir sur sa liste.

— C'est ma recommandation, en effet. Et, si tu préfères, tu n'es pas obligé d'avoir des relations sexuelles avec elle, et, dans ce cas, tu ne seras pas infidèle, n'est-ce pas ? lui demanda Lucien, faisant tourner son whisky dans son verre. Je dirais même que c'est extrêmement altruiste, puisque ton unique objectif, c'est de procurer du plaisir à ton épouse. Elle t'en remerciera à la fin.

Constantine n'était pas sûr d'être d'accord, pas plus qu'il n'était certain d'y parvenir. Le fait qu'il soit prêt à se défaire d'une partie de sa rigidité ne signifiait pas pour autant que ce serait facile.

— Je vais y réfléchir.

Le regard de Lucien croisa le sien et il ouvrit la bouche. Mais il la referma aussitôt, et se contenta d'acquiescer.

Après avoir bu d'une traite le reste de son whisky, Constantine se leva.

— Je te remercie pour tes conseils, dit-il, puis il posa son verre sur le buffet à alcool.

Lucien plaça le sien sur une petite table proche de son fauteuil, puis se leva à son tour.

— Je suis heureux que tu sois venu me trouver. Je suis navré que nous ne soyons pas toujours des frères aussi proches que nous devrions l'être. Nous sommes des alliés, je l'espère.

— Je l'espère aussi.

— J'aime beaucoup lady Aldington, déclara Lucien d'un ton affectueux. Même si vous n'avez pas fait un mariage d'amour, je crois que, tous les deux, vous pourriez être tout à fait compatibles.

Cette affirmation aurait dû réjouir Constantine ou le rendre optimiste. Mais, une fois encore, il avait du mal à éprouver quoi que ce soit. Ou peut-être que non, car il éprouva soudain une pointe d'agacement. Compatibles, c'était tellement… ennuyeux. Comme lui.

Mais, pas comme elle. Il l'avait crue terne, et qu'ils s'accordaient bien. Sauf qu'elle n'était pas ainsi. Elle était forte, audacieuse… *Bon sang!* Elle lui avait demandé s'il préférait les hommes! Et il se sentait totalement dépassé. Malgré cela, il n'était pas sûr de pouvoir suivre les conseils de son frère.

— Te verrai-je mardi à la soirée des Kipley? l'interrogea Lucien. Je sais que tu n'apprécies pas particulièrement les événements mondains, mais tu as fait quelques apparitions pour le bien de Cass.

C'était la première saison de leur sœur cadette, et la responsabilité de l'accompagner incombait presque entièrement à Constantine. Leur père s'en fichait éperdument, et, si la tante Christina l'accompagnait, elle n'était pas le plus fiable des chaperons.

— À bien y réfléchir, peut-être n'y seras-tu pas, remarqua Lucien. Étant donné que notre père a engagé Mlle Lancaster comme nouvelle dame de compagnie.

— Mlle Lancaster? répéta Constantine, qui se rappelait le nom, mais pas le visage.

— C'était la dame de compagnie de Mlle Wingate, la

pupille d'Overton. À présent qu'ils sont sur le point de se marier, elle a dû chercher un nouvel emploi. Mlle Wingate a suggéré au duc de l'engager pour Cass, et j'ai réussi à le convaincre de le faire.

Constantine cligna des yeux.

— Tu as fait cela ?

— Quand je lui ai dit que Mlle Wingate s'était fiancée en quelques semaines, il a sauté sur l'occasion.

— Il ferait n'importe quoi pour atteindre ses objectifs, remarqua Constantine, dont l'épaule tressaillit.

— Exactement, acquiesça Lucien. Enfin, si tu décides de venir à la fête, je t'y verrai. Peut-être qu'à ce moment-là, tu auras une réponse à me donner.

Peut-être, oui. Ou peut-être trouverait-il le courage et la capacité de coucher avec son épouse.

L'espoir faisait vivre. Dommage pour Constantine qu'il en éprouve rarement.

CHAPITRE 6

*L*ucien gravit les marches familières qui menaient au salon d'Evie, l'esprit en ébullition. Elle était assise dans son fauteuil préféré près de la cheminée, un journal à la main.

Elle lui offrit l'un de ses splendides sourires qui ne manquaient jamais de l'éblouir. Elle était l'une des femmes les plus magnifiques qu'il ait jamais connues, et elle possédait une rare capacité à mettre n'importe qui à l'aise. C'était son aptitude à écouter, se dit-il, une chose qu'il appréciait énormément.

— Bonjour, Lucien. Viens t'asseoir.

Avec le journal, elle indiqua le fauteuil qui faisait face au sien, comme si ce n'était pas là qu'il s'asseyait chaque fois qu'il venait lui rendre visite, ce qui arrivait souvent. Après tout, elle n'habitait qu'à quelques pas de chez lui, et ils devaient généralement discuter des affaires du Phœnix Club. De plus, ils étaient amis depuis de nombreuses années.

Elle plissa brièvement les yeux en le regardant.

— Tu as une idée derrière la tête.

Lucien rit en s'installant dans son fauteuil.

— Tu me connais trop bien. Je suis confronté à une situation délicate, et j'ai besoin de ton aide.

— Je suis toujours disposée à t'aider dans tes projets, répondit Evie, qui posa son journal sur une petite table près de son fauteuil. Qui a besoin d'aide, cette fois-ci ?

— Mon frère. Et, puisque tu offres déjà ton soutien à son épouse, tu occupes la position idéale.

Evie posa son coude sur le bras de son fauteuil.

— Si ton projet consiste à les réunir, je serai ravie d'y contribuer. J'aime beaucoup Sabrina.

— Moi aussi. Je pense qu'elle et mon frère pourraient être heureux s'ils parvenaient à se dépasser.

— Que veux-tu dire ? Je pense avoir une idée, mais j'aimerais connaître ton point de vue à ce sujet.

— Il semblerait que leur mariage soit un désastre sur tous les plans, y compris dans la chambre à coucher.

Une lueur de surprise apparut dans le regard bleu d'Evie.

— Tine t'a confié cela ?

— À contrecœur, admit Lucien, avec un petit rire. Manifestement, il est désespéré, puisqu'il a sollicité mon aide. Je crois qu'il préférerait traverser des charbons ardents en se rendant chez Almack.

Les épaules d'Evie tressaillirent tandis qu'un sourire se dessinait sur ses lèvres pulpeuses.

— Désespéré, c'est le mot. Sabrina était également très anxieuse à l'idée de demander de l'aide. En fait, elle est anxieuse à propos de tout.

— C'est l'impression qu'elle donne, et il semblerait que ni elle ni Tine ne soient en mesure de faire ce qu'il faut pour se retrouver à mi-chemin. Elle a trop d'appréhension, et sa peur a engendré des craintes chez Constantine. C'est un véritable désastre !

— Je l'ai encouragée à surmonter son anxiété, en particulier en ce qui concerne le sexe, expliqua-t-elle, puis elle fit claquer sa langue. Cette pauvre créature n'a jamais eu d'orgasme !

Lucien secoua la tête.

— Oh, Tine !

— Il ne faut pas lui en vouloir. Comme tu l'as dit, c'est un désastre, et aucun des deux n'est fautif.

— Ou bien, ils le sont tous les deux.

Evie pinça les lèvres.

— Et si nous nous abstenions de désigner un coupable, et que nous nous contentions de les aider ? As-tu l'intention de m'expliquer ton plan ? J'ai bien l'impression que tu en as un.

— J'en ai un. Tine avait prévu de prendre enfin une maîtresse, mais, comme tu le sais, cette tentative a été avortée.

Lucien lui avait expliqué avoir donné à Constantine la clé d'une chambre du Phœnix Club afin d'y retrouver une courtisane. Étant donné qu'elle était la directrice de la partie féminine du club, Lucien lui confiait à peu près tout ce qui concernait l'établissement.

— Je pense que passer du temps avec quelqu'un qui pourrait aider Tine à s'imposer davantage serait bénéfique pour son mariage. Je lui ai suggéré de consulter quelqu'un qui serait en mesure de lui donner des cours de séduction, en particulier avec son épouse, nerveuse et réservée. Tu ne connaîtrais pas quelqu'un qui pourrait l'aider ?

Le regard qu'elle lui adressa aurait pu lui geler les parties intimes. Il était heureux que ce ne soit pas le cas.

— J'ai dépassé les bornes, dit-il d'une voix douce. Je sais que cela fait deux ans que tu as quitté cette profession, mais je me suis dit que tu pourrais peut-être me recommander quelqu'un.

Ses sourcils, dessinant un V furieux, ne se détendirent pas.

— Comme tu *devrais* le savoir, j'ai totalement rompu avec cette vie lorsque j'ai quitté Londres pour me réinventer. Je n'ai gardé contact avec personne, pas plus que je ne peux contacter qui que ce soit aujourd'hui, pas en tant que Mme Renshaw.

Évidemment qu'elle ne pouvait pas, et il aurait dû s'en souvenir, bon sang !

— Je te présente mes plus sincères excuses, Evie.

La jeune femme laissa échapper un soupir et fit un geste de la main, tandis que ses traits s'adoucissaient. Heureusement, elle ne restait jamais fâchée contre lui.

— Honnêtement, il est regrettable que nous ne puissions pas enfermer Sabrina et Tine seuls dans une chambre. Nus. Peut-être avec quelques instruments pratiques.

Lucien sourit.

— Un godemichet ?

— Tu imagines ? s'exclama-t-elle, une lueur joyeuse dans le regard. Mais, non. Ce serait trop.

— En fait, je ne trouve pas que ce soit une mauvaise idée, du moins en ce qui concerne le fait d'être seuls dans une chambre. Et, avec un peu de chance, ils retireraient leurs vêtements à un moment donné, remarqua Lucien, qui bascula la tête en arrière et contempla le plafond un instant. Cela pourrait fonctionner.

Réfléchissant un moment, Lucien abaissa finalement la tête. Et il croisa le regard d'Evie.

— Sabrina pourrait être la tutrice.

Les yeux d'Evie s'écarquillèrent et elle secoua immédiatement la tête.

— Cela ne fonctionnerait jamais ! Sabrina manque de confiance en elle, et elle ne possède pas les connaissances.

— Tu m'as dit que tu l'avais encouragée, y compris en

matière de sexualité. Tu pourrais assurément lui dire ce qu'elle a besoin de savoir. Cela pourrait réellement les aider à réduire leurs inhibitions.

Lucien commençait à se laisser séduire par ce stratagème. Mais, en premier lieu, il devait convaincre Tine de rencontrer la tutrice. Et Evie devait convaincre Sabrina.

— Contrairement à toi, poursuivit-il, je ne crois pas que Sabrina manque de confiance. Elle s'en persuade, simplement. Elle est déjà venue à Londres dans le but de prendre d'assaut la bonne société.

— Je crois que tu exagères un peu, remarqua Evie avec un petit rire. Cependant, tu as raison : elle possède une force intérieure dont je ne crois pas qu'elle soit pleinement consciente… ou du moins, elle ne l'était pas. Cela pourrait leur donner à tous deux l'impulsion dont ils ont besoin pour, comme tu le dis, se retrouver à mi-chemin.

Elle s'interrompit soudain, et fronça les sourcils.

— Mais il s'agit là d'une tromperie de taille. Il faudrait que Tine trahisse sa femme, et Sabrina duperait son mari.

Lucien se pencha légèrement en avant.

— Je ne suis pas d'accord. Il s'agit d'une tromperie *mineure* pour un intérêt bien plus grand : celui de leur mariage. Je crains que, sans aide, ils ne soient destinés à échouer.

— Crois-tu vraiment que Tine le ferait ?

— Oui, avec un peu plus de persuasion. Je lui en ai parlé hier, et il m'a dit qu'il y réfléchirait. Crois-tu pouvoir convaincre Sabrina d'accepter ?

Evie poussa un soupir.

— Je ne la connais pas encore *si bien que cela*, mais elle est déterminée à opérer des changements radicaux pour obtenir ce qu'elle veut. Et ce qu'elle désire le plus au monde, c'est un enfant.

— Alors, ils doivent coucher ensemble.

— Peut-être que ce scénario leur permettra de se sentir

plus à l'aise. Sabrina peut jouer le rôle de quelqu'un d'autre, ce qui pourrait lui insuffler la confiance dont elle a besoin, et qu'elle possède déjà sans s'en rendre compte.

— Et Tine pourra s'entraîner à ce qu'il doit faire sans le stress de devoir le faire devant sa femme angoissée. Il acquerra également la confiance nécessaire pour prendre les choses en main, et leur procurer à tous les deux ce qu'ils désirent.

Ils restèrent silencieux pendant quelques instants, la tête tournée vers l'âtre, comme s'ils pouvaient trouver des réponses et des indications dans les braises ardentes. Finalement, Evie prit la parole.

— Cela nécessitera une certaine coordination. Où envisages-tu que cela se déroule ?

— Au deuxième étage du Phœnix Club.

Le club disposait de plusieurs chambres à coucher, que Lucien avait fait aménager au cas où quelqu'un aurait besoin d'un endroit où dormir. Ou pour autre chose. Comme les hommes et les femmes se côtoyaient le mardi, Lucien avait jugé prudent de prévoir des espaces privés, même si la majorité des membres n'en connaissaient pas l'existence. Lucien et Evie, ainsi que le comité d'adhésion, connaissaient leur présence et, jusqu'à présent, elles s'étaient révélées utiles.

La jeune femme acquiesça.

— Bien sûr. C'est presque comme si tu avais su que ces chambres se révéleraient utiles, remarqua Evie, qui lui décocha un clin d'œil, et Lucien rit doucement. Il faudra bander les yeux de Tine, pour qu'il ne voie pas que Sabrina est la tutrice.

— Elle devra également porter un masque, au cas où le bandeau glisserait.

— Et la chambre devra être aussi sombre que possible… rien qu'une petite bougie.

Lucien arqua un sourcil en direction de son amie et, en

réalité, de sa partenaire, du moins dans des domaines comme celui-ci.

— Il semblerait que nous poursuivions ce plan d'action ?

— J'ai bien l'impression qu'il pourrait fonctionner. *Si* nous parvenons à les convaincre tous les deux de participer.

Lucien prit une profonde inspiration, puis il se redressa contre le dossier de son fauteuil.

— J'ai une foi inébranlable en nos capacités. Nous allons les aider à accomplir ce qu'ils désirent tous les deux.

Elle lui lança un regard malicieux qui, autrefois, l'aurait poussé à la prendre dans ses bras.

— C'est là ton geste de soutien le plus audacieux à ce jour.

— C'est mon frère, répondit-il simplement. Je ferais n'importe quoi pour lui.

Les traits d'Evie s'adoucirent.

— Voilà le Lucien que je connais. Tu m'as convaincue d'abandonner la seule vie que j'aie jamais connue, et de devenir quelqu'un de complètement différent. Ce plan ne te posera aucune difficulté. Tu as un cœur en or.

— Chut. Mieux vaut que cela reste entre nous. Maintenant, mettons au point notre brillante stratégie pour réunir lord et lady Aldington.

— Je pense que cela mérite un verre de vin, remarqua Evie, qui se leva et s'approcha d'un buffet où elle conservait divers spiritueux.

— Je veux bien de ce nouveau porto, si tu en as encore.

Lucien aimait *sincèrement* son frère et souhaitait le voir heureux. Tine ne méritait rien de moins.

~

*I*l y avait une courte file de berlines sur North Audley Street, mais cela ne dérangeait pas Sabrina d'attendre, car c'était sa première incursion dans la société cette saison. Elle passa doucement la main sur la gaze couleur cobalt qui recouvrait la soie de la même couleur, émerveillée par la beauté de sa nouvelle robe. Ce n'était pas un vêtement qu'elle aurait choisi : la couleur était trop vive, le style trop audacieux. Le dos plongeait en V au milieu de sa colonne vertébrale, dévoilant une généreuse étendue de chair. Elle était contente d'avoir apporté une étole brodée pour le trajet en berline, d'autant plus que les manches ne commençaient qu'à mi-épaule.

Si sa tenue n'était pas conforme à ses habitudes, elle devait admettre qu'elle lui conférait l'assurance dont elle avait cruellement besoin pour affronter cette soirée. Dans cette robe, elle pouvait croire qu'elle était réellement une comtesse sûre d'elle et digne de respect. Elle n'en revenait pas qu'un vêtement puisse la soulager de son anxiété. Cependant, cela allait au-delà. Elle se sentait simplement mieux préparée, plus prête à affronter la société maintenant que deux ans plus tôt, lorsqu'elle s'était fiancée à Aldington.

Il n'était pas encore rentré de Westminster au moment de son départ, et elle ne pouvait s'empêcher d'éprouver de la déception. Il s'était montré courtois ces derniers jours, un peu plus chaleureux que d'habitude, mais toujours distant, si bien qu'il lui était difficile de faire ce qu'Evie lui avait suggéré. Comment pouvait-elle apprendre à connaître un homme qui avait hissé une haute muraille autour de lui et ne laissait personne entrer ?

Il n'était pas venu dans sa chambre depuis le samedi, quand elle lui avait conseillé d'attendre que sa main soit guérie. Sans doute le faisait-elle encore souffrir. Toutefois, elle n'était pas certaine de croire qu'il s'agissait vraiment de sa main, d'autant plus que son comportement continuait à refléter un manque d'intérêt marqué. Elle aurait dû s'at-tendre à ce que rien ne change si elle se contentait de l'inviter à lui rendre visite. Ce n'était pas comme s'il pouvait soudain décider qu'il était attiré par elle. Cette robe pourrait peut-être l'aider... s'il la voyait la porter.

Elle s'était attelée à reprendre en main la direction de la maisonnée londonienne. Les domestiques étaient ravis de sa présence, et elle avait passé du temps à travailler avec sa nouvelle femme de chambre. Charity se révélait être une remplaçante charmante, ce dont Sabrina était reconnaissante. La jeune femme possédait notamment un formidable talent pour la coiffure. Sabrina toucha l'arrière de sa tête, où des peignes sertis de pierres précieuses scintilleraient à la lueur des bougies une fois qu'elle serait à l'intérieur.

En plus de s'occuper de la maison, Sabrina avait étudié le livre qu'Evie lui avait donné. Elle avait beaucoup de questions à poser, mais, même si elle devait la voir ce soir-là, elle ne discuterait pas d'un tel sujet lors d'une fête. Avec un peu de chance, elles pourraient se retrouver prochainement.

En toute honnêteté, elle ne regrettait pas qu'Aldington ne lui ait pas rendu visite ces dernières nuits, car elle avait pu mettre en pratique les conseils d'Evie, en apprenant à connaître son propre corps. Sabrina était maintenant parfaitement familiarisée avec les parties d'elle-même qui appréciaient qu'on leur accorde de l'attention, et avec la joie et la satisfaction qui en résultaient.

Ses joues s'échauffèrent dans la solitude obscure de la voiture, et une brève sensation de désir se fit sentir entre ses jambes. Était-elle devenue une dévergondée ? Son époux la considérerait-il comme telle ? Tout dépendait s'il la rejoignait un jour dans son lit. Elle craignait de devoir à nouveau s'affirmer, car il la trouverait très certainement effrontée.

Non. Ce qu'elle craignait en réalité, c'était de ne pas connaître avec son mari le même plaisir qu'elle se procurait elle-même. Elle se rendit compte que c'était ce qu'elle désirait : éprouver du plaisir avec Aldington. Elle était venue ici dans l'espoir d'avoir un enfant, mais maintenant, elle aspirait à davantage. Ce qui semblait impossible, compte tenu de l'in-différence de son époux.

La porte de la berline s'ouvrit, et elle descendit du véhi-cule avec l'aide du palefrenier. Faisant le vide dans son esprit pour se préparer à l'assaut imminent des gens et du bruit, elle se dirigea vers la porte ouverte.

Le bruit de rires et de verres qui s'entrechoquaient réson-nait dans le vaste hall d'entrée. Un valet de chambre prit son châle, et elle suivit les autres invités dans l'escalier menant au salon. L'hôte et l'hôtesse se tenaient en haut des marches, pour accueillir les gens à leur arrivée.

Sabrina les avait déjà rencontrés, et elle admirait particu-lièrement lady Kipley. Elle était plutôt réservée, comme Sabrina, mais elle était mariée à un baronnet sociable, dont le rire emplissait chaque pièce où il était présent, et qui semblait n'avoir aucune crainte lorsqu'il était question d'at-tirer l'attention avec une anecdote mouvementée.

Une fine couche de sueur perlait sur le large front de sir Cecil lorsqu'il accueillit Sabrina.

— Lady Aldington, quel plaisir de vous voir ici ce soir ! Êtes-vous récemment arrivée à Londres ?

— Il y a quelques jours, en effet, répondit-elle.

— Je te l'avais dit, mon chéri, le réprimanda lady Kipley d'un ton taquin.

Il éclata d'un rire jubilatoire.

— Tu sais bien que je ne me rappelle jamais ce genre de choses ! Même quand il est question de tes amies, ajouta-t-il, puis il baissa la voix, ce qui surprit Sabrina, d'autant plus qu'il se pencha vers elle. Elle vous compte parmi ce cercle restreint, alors n'hésitez pas à vous en vanter.

Il sourit, puis adressa un clin d'œil à son épouse, qui secoua la tête, un sourire chaleureux aux lèvres.

Sabrina s'approcha de lady Kipley, qui lui prit la main et la serra doucement.

— C'est la vérité. Je suis ravie que vous soyez revenue en ville. Nous avons besoin de davantage de personnes comme nous, lui dit lady Kipley.

Sabrina dut afficher une expression perplexe, car l'hôtesse ajouta :

— Celles qui se satisfont de laisser la vedette à quelqu'un d'autre, précisa-t-elle, coulant un regard vers son mari, qui accueillait le prochain invité.

— Oui, cela me correspond bien, confirma Sabrina.

Même si elle se donnait beaucoup de mal pour au moins sortir de l'ombre. Jamais auparavant elle ne serait venue toute seule à un événement. Ce soir serait une occasion de voir si le courage dont elle avait fait preuve avec Aldington persistait.

Ou bien s'il s'évanouirait sous la pression de la bonne société.

Après avoir promis à lady Kipley de lui rendre visite plus tard, Sabrina se fraya un chemin dans le salon bondé. Elle aurait tant aimé ne pas être seule, même si elle n'était pas convaincue que la présence de son mari l'aurait aidée à se sentir moins dépassée. En fait, il aurait pu la rendre plus nerveuse.

Alors, pourquoi était-elle ici ?

Car cela faisait partie de sa renaissance. Evie avait adopté ce terme pour décrire ce qu'elle avait commencé par appeler la transformation de Sabrina. La jeune femme appréciait l'idée de vivre une renaissance.

Soudain, Evie s'approcha d'elle, et une partie de la tension quitta les épaules de Sabrina. Elle expira et sourit, ravie de voir sa nouvelle amie.

— Sabrina, tu es absolument époustouflante. Je savais que cette couleur t'irait à merveille, et je suis ravie que Madame Dubois ait pu terminer la robe aussi rapidement. C'est un excellent choix pour ton premier événement. Qu'a dit

Aldington ?

Sabrina continuait de parcourir la pièce du regard : elle reconnaissait certaines personnes, mais beaucoup d'autres lui étaient inconnues. Si elle avait passé la majeure partie de la saison précédente à Londres, elle ne s'était rendue qu'à un seul événement par semaine, généralement un grand bal où elle pouvait se perdre dans la foule. Ses endroits préférés étaient les coins, que ce soit dans une salle de bal ou dans un salon tranquille. Et elle appréciait également la salle de repos.

Cependant, elle ne pouvait pas vivre une renaissance dans le coin d'une pièce.

— Sabrina ? l'appela Evie, rappelant à la jeune femme qu'elle lui avait posé une question.

— Aldington n'était pas à la maison.

— Quelle déception ! murmura son amie. Comment les choses ont-elles évolué ?

Sabrina se tourna vers son amie et parla à voix basse.

— Elles n'ont pas évolué. J'ai fait ce que tu... euh... ce que tu m'as recommandé, pour moi. Et ce fut une expérience des plus agréables.

Ses joues s'embrasèrent et elle ne put s'empêcher de détourner le regard.

— Parfait ! Mais, rien de la part du comte ?

— Pas pour le moment.

— Ne te décourage pas. Nous venons de commencer. J'aurais aimé qu'il soit ici ce soir, remarqua Evie, qui parcourut à son tour le salon du regard. Tu dois venir me voir demain, pour que nous puissions établir une stratégie.

— J'en serais ravie, merci.

Sabrina ne savait pas quoi faire ensuite. Non seulement le concept de séduction lui était inconnu, mais il était extrême-ment intimidant.

Deux jeunes femmes s'approchèrent d'elles. Sabrina connaissait l'une d'entre elles, sa belle-sœur Cassandra, qui portait à merveille une robe de soie couleur pêche. Mais elle ne reconnut pas l'autre.

— Sabrina ! la salua Cassandra.

De tous les membres de la famille de son mari, sa jeune sœur était de loin la plus charmante. Elle était également la seule personne avec laquelle Sabrina se sentait vraiment à l'aise. Cependant, après son entrevue avec Lucien l'autre jour, elle avait changé d'opinion à son sujet.

Sabrina saisit les mains de sa belle-sœur.

— Bonsoir, Cassandra. Tu es magnifique ! Comment se déroule ta saison ? Tu dois avoir de nombreux prétendants qui te suivent partout !

Cassandra laissa échapper un rire sans joie.

— En réalité, non. Je commence à croire que mon père est tout simplement trop impressionnant. Permets-moi de te présenter ma nouvelle dame de compagnie, Mlle Prudence Lancaster. Pru est une femme formidable, et j'ai la chance que son ancienne employeuse se soit mariée rapidement, ce qui lui a permis de devenir ma dame de compagnie, expliqua-t-elle, se tournant vers sa compagne. Pru, permets-moi de te présenter lady Aldington.

Avec ses cheveux blonds et ses yeux clairs, Mlle Lancaster avait quelque chose d'un peu éthéré. Sa silhouette élancée et son teint d'albâtre y contribuaient sans doute.

— Je suis ravie de faire votre connaissance, my lady, la salua Mlle Lancaster avec une élégante révérence.

— Je suis ravie de faire votre connaissance, mademoiselle Lancaster. Je suis vraiment heureuse que Cassandra ait une compagne du même âge ! Malheureusement pour elle, elle est coincée avec uniquement des hommes dans sa famille.

— Je l'étais jusqu'à ce que tu arrives, la corrigea Cassandra. Mais, j'avais espéré que tu passerais davantage de temps à Londres.

Elle prononça cette dernière phrase d'un ton mélancolique, dénué de tout reproche. Malgré tout, Sabrina ressentait une pointe de culpabilité. Cassandra était plus que ravie que son frère se soit marié, surtout à une femme aussi proche de son âge. Sabrina n'avait qu'un an de plus que sa belle-sœur.

— Je suis désolée, murmura Sabrina, plongeant son regard dans les yeux couleur sherry de Cassandra.

Si elles étaient toutes les deux des femmes, c'était là toute l'étendue des points communs des jeunes femmes. Cassandra dégageait, comme son frère Lucien, une assurance et un magnétisme qui avaient d'abord intimidé Sabrina.

— Je vais m'impliquer davantage, cette saison, alors tu dois me dire comment je peux t'aider pour tes débuts. Ta tante te parraine-t-elle toujours ?

— Pour ce que cela vaut, répondit Cassandra, laissant échapper un petit ricanement. Tu sais comment elle est.

Oh, oui ! Sabrina le savait. Irascible et peu fiable.

— Peut-être devrais-je prendre le relais et devenir ta marraine, suggéra Sabrina à voix haute, à sa grande surprise.

Jamais elle n'aurait eu une telle idée auparavant, sans parler de l'exprimer. Les yeux de Cassandra s'illuminèrent.

— Ce serait merveilleux ! *Si* mon père le permet.

Elle pinça les lèvres et coula un regard vers Prudence, qui se contenta de hausser une épaule en guise de réponse.

— Je parie que l'on peut le persuader, intervint Evie. Discutez avec vos frères et assurez-vous de leur soutien.

Sabrina était séduite par l'idée.

— Oui. Nous allons demander à Aldington de défendre cette cause, et le duc ne trouvera rien à y redire. Il accorde tout à Aldington.

Cassandra haussa les sourcils.

— Tu crois ?

N'était-ce pas le cas ? C'était l'impression qu'avait Sabrina. Aldington était le fils préféré, Lucien était une canaille délurée, et Cassandra était plutôt ignorée. Le sentiment de culpabilité de Sabrina s'intensifia.

— Peut-être mon point de vue n'est-il pas pertinent, admit-elle.

— Tu n'as pas tout à fait tort. Mon père accordera *effectivement* davantage d'attention à Tine qu'à Lu ou moi.

— Alors j'en parlerai au plus tôt à Aldington, affirma Sabrina.

Elle se demandait ce que dirait son mari, à la fois de son initiative et de son envie de jouer les chaperons pour sa petite sœur. Elle était irréprochable et s'impliquerait bien plus que leur tante.

Les yeux d'Evie brillaient d'enthousiasme lorsqu'elle regarda Sabrina.

— Quelle excellente solution pour tout le monde !

De toute évidence, elle croyait que cela pourrait servir la cause de Sabrina auprès d'Aldington, ou du moins, c'était l'impression qu'elle en avait. Sabrina en aurait le cœur net lorsqu'elle s'entretiendrait avec Evie dans un cadre plus privé le lendemain.

Elle sourit à Mlle Lancaster.

— Êtes-vous avec Cassandra depuis longtemps ?

— Seulement quelques jours.

— Elle était auparavant la dame de compagnie de Mlle Wingate, la pupille d'Overton. Mais ils sont actuellement en route pour Gretna Green. Si je n'adorais pas Fiona à ce point, le romantisme de cette histoire me rendrait malade de jalousie ! s'exclama Cassandra, qui laissa échapper un soupir exagéré. Honnêtement, je suis tout de même envieuse. Ils sont profondément amoureux.

Sabrina éprouva elle aussi une pointe d'envie. Elle n'avait rien attendu de son mariage, mais elle se rendait compte qu'elle avait peut-être nourri un peu l'espoir de... quelque chose.

— Ils sont également le sujet de commérages le plus populaire, nota Evie. Certains trouvent leur union scandaleuse, mais, comme la grand-mère d'Overton a non seulement donné sa bénédiction, mais s'est aussi attribué le mérite de cette rencontre, ils taisent leur opinion.

Le regard de Cassandra s'assombrit.

— Mais l'on entend quand même parler d'eux. Certaines personnes devraient se concentrer sur leurs propres affaires. Ou, mieux encore. Qu'elles s'en aillent. Elles ne manqueront à personne.

— Pourquoi ce regard fâché, ma sœur ? s'enquit Lucien en s'approchant d'elles, mais il n'était pas seul.

Deux gentlemen l'accompagnaient, mais Sabrina n'était pas certaine de les avoir déjà rencontrés.

— Je ne fais que râler contre les fouineurs. Bonsoir, Lu.

Se détournant de son frère, Cassandra fit une brève révérence à la canaille aux cheveux noirs, car, oui, canaille était la meilleure description pour sa beauté fringante, ses yeux bleus perçants et son nez légèrement crochu. Elle fit ensuite de même pour le séduisant gentleman à la peau amande, dont le regard captivant, couleur café, était moucheté d'or.

— Lord Wexford, monsieur MacNair.

— Bonsoir, lady Cassandra.

L'accent irlandais de la canaille les enveloppa comme une couverture de laine chaude. Il s'inclina devant Sabrina.

— Vous devez être lady Aldington. C'est un véritable honneur pour moi de faire votre connaissance, my lady.

Il était difficile de ne pas se sentir flattée par son langage charmant, ainsi que par le pétillement tout à fait séduisant de ses yeux. Elle lui fit une révérence.

— Bonsoir, lord Wexford. Je suis ravie de vous rencontrer.

— Sabrina, permets-moi de te présenter également

M. Dougal MacNair, dit Cassandra. Son père est le comte de Stirling.

MacNair s'inclina avec autant d'élégance que Wexford, mais il lui prit également la main.

— Votre beauté dépasse de loin votre réputation, my lady. Le frère de Lucien est un homme chanceux.

Il lui adressa un sourire si lumineux et contagieux que Sabrina ne put s'empêcher de sourire à son tour.

— Vous êtes trop aimable, monsieur MacNair, murmura-t-elle lorsqu'il lâcha sa main.

Cassandra se tourna ensuite vers son frère et lui toucha la manche.

— Lu, Tine et toi, mais surtout Tine, devez persuader notre père que Sabrina devrait assumer le rôle de ma marraine.

— Seulement Tine, corrigea Lucien avec bienveillance. Après avoir réussi à le convaincre d'embaucher Mlle Lancaster, je préfère ne pas tenter le diable. Mais, c'est une excellente idée et je la soutiens pleinement.

Il se tourna ensuite vers Sabrina.

— Êtes-vous prête à relever ce défi ?

— Bien sûr qu'elle l'est ! s'exclama Evie avec une certitude immédiate. Elle est largement capable de chaperonner le joyau le plus brillant de la saison.

Ce qui placerait Sabrina au centre de l'attention. Alors qu'elle savait que c'était au moins en partie son objectif, celui-ci lui paraissait désormais terrifiant.

Aie confiance, Sabrina.

Lucien lui adressa un sourire empreint d'une confiance suffisante pour lui et Sabrina.

— Oui, elle l'est, confirma-t-il, puis son regard se porta au-dessus de la tête de Sabrina, en direction de la porte. Ne serait-ce donc pas mon frère ?

Sabrina se retourna vivement et se maudit intérieurement

d'avoir réagi si vite. Son cœur se mit à battre plus vite et des papillons s'envolèrent dans son ventre.

Vêtu d'une tenue de soirée sombre, Aldington était encore plus beau qu'elle ne l'avait imaginé. Ses cheveux fauves lui caressaient le front, tandis que son regard se fixait sur elle. Même s'il se tenait à plusieurs mètres de distance, elle sentit qu'il la scrutait et remarqua qu'il écarquillait subtilement les yeux. L'avait-elle offensé ?

Son anticipation prit une tournure anxieuse lorsqu'il s'approcha d'eux à grands pas. Elle lui offrit un sourire tremblant, tout en maudissant intérieurement son émoi soudain.

— Bonsoir, dit-il en rejoignant leur groupe.

Il se posa entre Sabrina et MacNair, mais son regard s'attardait sur son épouse.

— Je suis ravie que tu sois ici, annonça Cassandra. Je disais justement à Lu que j'avais besoin de vous deux, mais surtout de toi, pour convaincre notre père que Sabrina devrait devenir ma marraine. La décision est déjà prise, nous avons donc seulement besoin que tu veilles à ce qu'il approuve le changement.

Sabrina était impressionnée par la manière dont Cassandra s'adressait à son frère. Elle ne posait pas la question, elle affirmait. N'était-ce pas ce que Sabrina avait fait avec Aldington lorsqu'elle était arrivée à Londres ? Elle avait clairement exprimé ses attentes. Pour tout le bien que cela lui avait apporté…

— Je vois. Alors, je ne fais qu'obéir à vos ordres ? demanda Aldington d'un ton neutre.

Sabrina n'aurait su dire ce qu'il pensait de leur plan.

— Oui, s'il te plaît ! acquiesça Cassandra, qui lui adressa un sourire.

Aldington secoua la tête.

— Bien. Au cas où mon opinion vous intéresserait, je trouve que c'est *effectivement* une très bonne idée.

Il coula un regard vers Sabrina, une pointe de curiosité dans les yeux.

— Elle m'intéresse, murmura-t-elle, même si elle n'était pas certaine qu'il s'adressait à elle. Merci.

La surprise remplaça la curiosité, et il détourna rapidement ses yeux de ceux de Sabrina.

— Cass, laisse-moi t'emmener faire un tour de la pièce, proposa Lucien, avant de se tourner vers son frère. Tu devrais emmener ta comtesse. Il y a sans doute beaucoup de personnes qui aimeraient lui parler, étant donné qu'elle vient tout juste d'arriver en ville.

Posant un regard interrogateur sur Aldington, Sabrina remarqua le bref froncement de sourcils qu'il adressa à Lucien. Pourquoi était-il contrarié ? Était-elle à ce point rebutante à ses yeux ? Elle baissa la tête et regarda sa nouvelle robe, effleurant brièvement le collier de saphirs qui ornait son cou. C'était de loin la tenue la plus sophistiquée qu'elle ait jamais portée. Si elle ne parvenait pas à le séduire ce soir-là, elle doutait d'y parvenir un jour. Mais, d'un autre côté, son apparence n'avait peut-être rien à voir avec son dédain.

Elle s'apprêtait à ouvrir la bouche et à annoncer qu'elle se rendait à la salle de repos, mais il lui offrit son bras.

— Allons-y.

Il agissait ainsi uniquement parce qu'un refus de sa part aurait été humiliant pour eux deux. Sabrina posa sa main sur sa manche avec un manque d'enthousiasme évident.

Ils entreprirent de faire le tour de la pièce, mais il l'entraîna rapidement dans un coin.

— Mes excuses, mais j'ai besoin de vous dire un mot avant que nous ne soyons happés par d'autres personnes et des conversations sans intérêt.

Son regard parcourut Sabrina, provoquant une chaleur qu'elle aurait préféré ne pas ressentir. À présent que son corps savait comment réagir, elle ressentait cette chaleur de façon plus intense au creux de son intimité.

— Pourquoi êtes-vous comme cela ?

Il lécha sa lèvre inférieure, et ce simple geste intensifia le désir brutal qui montait en elle.

— Comme quoi ?

— Habillée de cette manière, ici à cette fête, à accepter d'être la marraine de Cassandra, énuméra-t-il, croisant son regard. *Qui êtes-vous ?*

CHAPITRE 7

itôt que cette question stupide eut franchi ses lèvres, Constantine regretta de ne pas pouvoir la ravaler.

— Je sais qui vous êtes, se corrigea-t-il maladroitement.

Elle s'était raidie et ne montrait aucun signe de détente.

— J'espère bien !

— Néanmoins, vous êtes différente, poursuivit-il.

Il ne se remettait pas de la coupe de sa robe, et de la façon dont la courbe de sa chair pâle au-dessus de son corsage lui donnait envie de lui arracher le vêtement.

— Vous êtes magnifique, lui dit-il ensuite, mais il se rendit compte que cela pouvait être mal interprété, comme si elle n'était pas toujours la femme la plus splendide de la pièce, alors il continua d'une voix douce. Mais, d'un autre côté, vous l'êtes toujours.

— Merci, répondit-elle, et elle semblait... surprise ? Mais je ne comprends pas. Vous dites que je suis différente, et vous semblez suggérer que c'est parce que je suis belle, mais vous ajoutez que je le suis toujours, alors en quoi est-ce différent ?

Lorsqu'elle lui présentait ses propres mots de cette façon, avec logique, il avait l'air d'un véritable imbécile.

— Vous vous comportez différemment. Vous êtes plus ouverte, j'oserais même dire plus affirmée. Je ne suis pas du tout habitué à cela. Vous avez toujours été timide. J'ai été surpris en arrivant à la maison ce soir d'apprendre que vous étiez là. Je suis choqué que vous ne vous soyez pas recroquevillée dans un coin.

Il grimaça intérieurement en prononçant le mot « recroquevillée », même s'il était tout à fait approprié. Elle prit une inspiration, ce qui le poussa à regarder sa poitrine, ce pour quoi il n'avait pas besoin d'être encouragé.

— C'est une chose que je ne ferai plus. Cela vous dérange-t-il ?

— Euh, non. Mais il me faudra un certain temps pour m'y habituer. Êtes-vous certaine de vouloir devenir la marraine de Cassandra ? Elle aime assister à des événements, elle est très sociable.

— Oui. Et, en réalité, je considère que c'est mon devoir.

Il ne pouvait pas la contredire à ce sujet.

— C'est tout à fait admirable de votre part. J'apprécie que vous souteniez ma sœur. Si vous parveniez à la marier d'ici la fin de la saison, et le plus tôt serait le mieux, mon père en serait ravi.

— Si je parviens à favoriser une rencontre, quelle qu'elle soit, mon espoir est qu'elle ravira Cassandra.

Il y avait une nuance dans le ton de la jeune femme qui rendait Constantine nerveux. Il ne reconnaissait toujours pas cette femme. Oui, il allait lui falloir beaucoup de temps pour s'habituer à elle.

— Êtes-vous certain que ceci, dit-elle en pointant sa robe du doigt, comme si c'était là le cœur de son inquiétude, ne sera pas un problème pour vous ?

— Votre manière de vous habiller ne pose pas de

problème, à condition que vous ne dévoiliez pas trop de chair.

Son regard se posa à nouveau sur la peau crémeuse au-dessus de son corsage, et il se rappela la partie de son dos qui était exposée. Dès son arrivée, il l'avait aperçue de dos, et son attention avait été attirée par cette femme à la robe éblouissante, avant qu'il ne se rende compte qu'il était en train de reluquer sa propre épouse. Et maintenant, quand il pensait à ses épaules, à son cou, à la vue alléchante du haut de son dos qui s'offrait à tous ceux qui voulaient bien regarder, il était pris d'un élan soudain et stupéfiant de possessivité.

Elle plissa le front, ses délicats sourcils couleur miel doré s'inclinant l'un vers l'autre.

— Je ne parlais pas uniquement de ma tenue, même s'il semble que vous soyez perturbé par cette robe.

« Perturbé » n'était pas du tout le mot approprié. Il était sacrément excité.

— Ce n'est pas ce que vous portez habituellement. D'un autre côté, vous n'êtes pas du tout la femme que je pensais avoir épousée.

— Comment pourriez-vous le savoir, en réalité ? Ce n'est pas comme si vous aviez passé beaucoup de temps avec moi. La femme que vous voyez ce soir est la femme que je suis. Je vous suggère de vous y résoudre. Je vous prie de m'excuser.

Elle le frôla en passant, ses jupes se balançant contre son mollet alors qu'elle retournait vers le groupe qu'ils avaient quitté. Cependant, seules les dames étaient présentes : Cassandra, sa compagne, et Mme Renshaw.

Constantine la fixa du regard un long moment, conscient qu'il l'avait offensée, mais ne sachant pas exactement de quelle manière. Il n'avait pas émis de critiques à son égard. Il avait simplement dit la vérité : elle n'était *pas* la femme qu'il pensait avoir épousée.

Mais elle aussi avait dit la vérité : il n'avait pas passé beaucoup de temps avec elle, et peut-être que l'idée qu'il se faisait d'elle ne correspondait pas à ce qu'elle était en réalité. Il commençait à avoir mal à la tête.

— Il semble que cela ne se soit pas très bien passé.

Constantine se retourna en entendant la voix de son frère.

— D'où es-tu arrivé ?

— Je suis partout, répondit-il avec un sourire. N'est-ce pas ce que tu avais l'habitude de dire quand nous étions à Oxford ?

— Parce que tu *étais* partout. Et tu l'es toujours.

Lucien répliqua avec une pointe de fierté dans la voix.

— Je ne suis pas à Westminster.

— Tu pourrais l'être.

— Je te laisse cela. Je suis bien trop occupé avec mon club, et, comme tu l'as dit, je suis partout. Mais, revenons au sujet qui nous intéresse : ton épouse. Qu'as-tu dit pour la contrarier ?

— Elle n'est pas contrariée.

— Alors, pourquoi t'a-t-elle abandonné avant votre promenade ?

Constantine laissa échapper une respiration chargée d'irritation.

— Tu n'es qu'un troll indiscret.

— Quelle insulte imagée ! J'aime beaucoup, merci. Je croyais t'aider… cela implique que je me mêle de tes affaires.

— Cela ne signifie pas que cela me plaît.

Constantine regarda sa femme. Elle rit à une remarque de Mme Renshaw, ses lèvres roses s'entrouvrant pour dévoiler ses dents blanches et régulières. La joie la rendait encore plus belle.

— Regarde-la…, murmura-t-il.

— C'est ce que je fais. Mais, surtout, je t'observe en train de la regarder.

Constantine reporta son attention sur Lucien.

— Elle est différente, et elle s'efforce de l'être. Je ne comprends pas pourquoi.

Il repensa à ce qu'elle lui avait dit, qu'il ne la connaissait pas.

— Peut-être se sentait-elle seule, avant.

Après avoir coulé un autre regard vers sa femme, Constantine reporta son attention vers Lucien.

— As-tu discuté avec elle ?

— Ce serait étrange, n'est-ce pas ? répondit Lucien, tout en observant sa belle-sœur. Elle est ravissante ce soir.

— Elle l'est.

— As-tu pris une décision au sujet de ma suggestion ?

La comtesse passa son bras dans celui de Mme Renshaw, et elles commencèrent à se mêler aux autres invités. Constantine, stupéfait, observait sa femme qui discutait avec des gens.

— Avant, elle restait toujours dans le coin de la pièce.

— Ne préfères-tu pas qu'elle soit ailleurs ? répondit Lucien, une pointe d'incrédulité dans la voix.

Constantine ne prit pas la peine de répondre. Il était trop concentré sur elle. Et sur les deux gentlemen qui se tenaient actuellement trop près d'elle, et dont les regards s'attardaient bien trop longtemps sur son corsage.

— Tine, es-tu prêt à rencontrer une tutrice ? J'ai justement en tête la personne idéale pour t'aider.

— Non.

Il ne détourna pas son attention de son épouse. Une prise de conscience déconcertante le saisit. En plus d'être une personne complètement différente, elle avait adopté une certaine attitude. Ce n'était pas seulement de la confiance. Quoi que ce soit, Constantine se sentait intimidé. Après avoir rassemblé son courage pour lui rendre visite dans sa chambre la nuit précédente, il l'avait entendue à nouveau se donner du plaisir, avec beaucoup de succès. Manifestement, elle savait ce qu'elle faisait, et comment diable cela s'était-il produit ? Il était prêt à parier sa propriété de Hampton Lodge qu'elle ne savait pas comment s'y prendre avant.

Avant quoi, exactement ? Qu'est-ce qui avait provoqué tout cela ? Il voulait poser la question. Il avait besoin de poser la question. Mais, comme elle l'avait si douloureusement souligné, ils ne discutaient pas de sujets aussi personnels. Ils ne discutaient pratiquement de rien. L'interroger à ce sujet ouvrirait la voie à une proximité, une intimité, qui changerait à jamais la dynamique de leur relation.

— Tine, on dirait que tu veux soit t'enfuir de la pièce, soit vomir tes tripes dans un coin.

Constantine l'entendait à peine. À cet instant, il ne pensait qu'à sa femme. Elle était en train de changer, et il n'y était pour rien. La colère et la déception envers lui-même, s'il était honnête, et il était sans doute temps qu'il le soit, l'envahirent.

— Crois-tu qu'elle ait une liaison ? murmura-t-il.

Les mots étaient sombres et sonnaient creux à ses oreilles.

— Tu n'es pas sérieux ! gronda Lucien d'une voix grave à l'oreille de Constantine.

— Comment expliquer autrement sa nouvelle assurance, son…, commença-t-il, puis il serra les dents et pinça les lèvres. Peu importe.

La certitude dans le ton de Lucien attira toute l'attention de Constantine.

— Elle ne ferait jamais une chose pareille.

— Comment pourrais-tu le savoir ?

Lucien le regarda, visiblement consterné.

— Essaierais-tu de me dire que cela ne te choquerait pas jusqu'au plus profond de toi-même ?

— Tout ce qu'elle fait en ce moment me choque.

Constantine tourna à nouveau son regard vers elle, mais elle s'était éloignée. En parcourant la pièce du regard, il aperçut le bleu vif de sa robe. Elle discutait avec d'autres gentlemen, dont l'un qu'il connaissait bien, et qui souriait et plaisantait avec elle comme s'ils étaient de vieux amis. Constantine ne croyait pas qu'ils s'étaient déjà rencontrés.

Et que dire de l'idée que quelqu'un qu'il connaissait bien ne connaissait pas sa femme ? L'échec lamentable de Constantine en tant qu'époux devenait clairement et amèrement évident.

Il avait essayé d'être un bon mari. En faisant son devoir, il lui avait accordé de l'espace et de la considération, accélérant les choses dans la chambre à coucher autant que possible, compte tenu de son appréhension. Il avait veillé à ce qu'elle dispose d'un magnifique domaine, qu'elle pouvait gérer seule sans l'intervention de son père. En effet, le duc ne se rendait jamais à Hampton Lodge, qu'il avait « donné » à Constantine pour qu'il en fasse sa résidence principale lors de son mariage. De plus, il n'avait jamais refusé aucune de ses demandes concernant la rénovation, ou l'aménagement du jardin. Il avait fait tout son possible pour la soutenir. Que pouvait-il faire de plus ?

La réponse lui apparut, soudaine, et douloureusement évidente. Il devait apprendre à connaître cette femme qui était son épouse. Seulement, il ne savait pas comment s'y prendre.

— Le mur qui nous sépare est trop haut, déclara-t-il, la voix enrouée.

Il toussa pour essayer de s'éclaircir la gorge.

— Tu n'as qu'à changer les choses ? Cela ne vaut-il pas la peine d'essayer d'y ouvrir une brèche ? Ce n'est pas comme si tu pouvais trouver une autre femme, remarqua Lucien, avant de prendre une inspiration. Je suppose que tu pourrais, mais, pourquoi le ferais-tu, alors qu'il est tout à fait possible que les choses s'arrangent entre Sabrina et toi.

Entendre son frère l'appeler par son prénom déclencha

quelque chose chez Constantine. Ce n'était pas de la jalousie, comme celle qu'il éprouvait envers les hommes qui fleuretaient avec son épouse, mais cela y ressemblait. Il éprouvait le besoin de la revendiquer, mais il ignorait comment le faire. Et, souhaitait-elle même qu'il le fasse, ou était-ce uniquement pour avoir un enfant ?

— Qui est cette personne à laquelle tu penses ? s'enquit Constantine sans regarder son frère.

— Une personne qui était autrefois une courtisane, mais qui ne l'est plus.

Il tourna la tête vers Lucien.

— Pourquoi accepterait-elle de faire cela ?

— Parce qu'elle aime le sexe. De plus, elle est d'une immense gentillesse, et elle aime aider les personnes qui en ont besoin. Cela signifie-t-il que tu as changé d'avis ?

— Non.

Mais il y réfléchissait. Plus il observait sa femme, plus il se rendait compte qu'il ne savait pas comment agir. Elle semblait différente, et elle avait attiré son attention, mais il ne pouvait se défaire du souvenir de la jeune mariée nerveuse qui ne voulait pas l'épouser, et qui avait hâte qu'il accomplisse son « devoir » et quitte la chambre à coucher.

— Eh bien ! Quand tu l'auras fait, je serai là pour t'aider. Maintenant, cesse de lancer des regards noirs à ta femme et essaie de t'amuser. Je me rends à la salle de jeux. Je t'inviterais bien à te joindre à moi, mais je sais que tu n'en feras rien.

— C'est exact.

Constantine tenta de relâcher son attention sur la comtesse. Mme Renshaw et elle s'étaient déplacées, leurs têtes penchées l'une vers l'autre. Elles semblaient être des amies proches. Quand cela s'était-il produit ? Bon sang ! Il ne connaissait vraiment pas du tout sa femme !

Se retrouvant seul à présent que Lucien était parti, Constantine s'éloigna du coin de la pièce. Seulement, il ne savait pas où aller. Il aurait dû rejoindre sa femme, mais, après leur entrevue, il n'avait pas l'impression qu'elle souhaitait le voir. Il devait travailler en ce sens. Ils devraient envisager de prendre un tout nouveau départ, comme s'il la courtisait à nouveau.

L'avait-il déjà courtisée ? Leur union avait été inéluctable.

Cependant, leur bonheur, ou tout du moins leur satisfaction, ne l'était pas. Il allait devoir la courtiser de manière différente, en commençant par la séduire.

Et, compte tenu de l'état de leur mariage, de son manque d'habileté en matière de séduction, et du fait qu'il n'était pas certain que sa femme ait envie d'être séduite, comment diable allait-il pouvoir commencer par cela ?

~

Sabrina s'était demandé si Aldington l'inviterait à rentrer avec lui après la soirée, mais il était parti tôt. Après son départ, Evie et elle avaient discuté de son comportement, du fait qu'il avait semblé irrité et globalement déconfit par son apparence. Avec un sourire, Evie avait suggéré qu'il était peut-être jaloux. Cela semblait tout à fait impossible, mais son amie avait alors fait remarquer que Sabrina avait attiré l'attention de nombreuses personnes à la soirée, y compris un bon nombre d'hommes, mariés ou non.

Même maintenant, alors que Sabrina enfilait sa chemise de nuit préférée, elle rougit. Elle avait été en quelque sorte le centre de l'attention ce soir-là, et elle n'était pas sûre de ce que cela lui faisait.

C'était un problème en soi, car, si elle voulait devenir la marraine de sa belle-sœur, elle devait se sentir à l'aise à l'idée d'être vue et entendue. Cette perspective l'emplissait d'une crainte grisante.

Charity rangea les derniers vêtements de Sabrina.

— Y aura-t-il autre chose, my lady ?

— Non, merci. Je m'occuperai moi-même de mes cheveux.

Elle adressa un sourire à Charity, qui prit ensuite congé.

Assise à sa coiffeuse, Sabrina brossait ses longs cheveux. Il y avait des boucles noyées dans la masse, des mèches que Charity avait coiffées avec un fer pour la soirée. Sabrina se regarda dans le miroir et vit son reflet, mais elle ne se reconnut pas tout à fait.

Le coup frappé à la porte faillit lui faire lâcher sa brosse. Le pouls de la jeune femme s'emballa quand elle la posa, puis elle se leva lentement. Glissant un regard vers le lit, elle constata qu'il n'y avait pas de robe de chambre. Parce qu'elle avait dit à Charity que ce n'était pas nécessaire. Sabrina avait prévu de se retirer tout de suite, elle ne s'attendait pas à recevoir de la visite.

Se dirigeant vers la porte, pieds nus, elle l'ouvrit pour trouver, sans surprise, son mari. Il portait un banian en soie gris foncé par-dessus le pantalon noir en kerseymere* qu'il avait mis pour la fête. Du moins, Sabrina pensait qu'il s'agissait du même. La plupart de ses vêtements étaient noirs, gris, bleu foncé ou marron foncé, et il possédait vraisemblablement plusieurs exemplaires de chaque.

Cela lui ressemblait bien de se concentrer sur de telles choses lorsqu'elle était confrontée à une situation angoissante. Par exemple, lorsque son époux se présentait à l'improviste à sa porte.

— Bonsoir, le salua-t-elle, espérant ne pas paraître nerveuse. Souhaitez-vous entrer ?

— Je pensais le faire.

Sa voix était tendue et ses propos manquaient d'assurance. Peut-être était-il nerveux, lui aussi.

---

* Ndt : Tissu de laine fine, avec un tissage sergé fantaisie.

Sabrina ouvrit la porte plus largement, et s'écarta pour lui permettre d'entrer. Il posa brièvement les yeux sur elle. Il ne la contempla pas comme il l'avait fait lorsqu'elle portait sa nouvelle robe de chambre rose l'autre soir.

Quand il entra dans la chambre, elle ferma la porte. Il s'arrêta près du lit et se tourna vers elle.

— Avez-vous passé un bon moment à la réception ?

— Oui. Et vous ? J'ai remarqué que vous étiez parti tôt.

— Je suis allé chez White.

Elle remarqua qu'il n'avait pas dit s'il avait passé un bon moment.

— Je comprends que vous ayez envie de trouver un lieu tranquille après la foule de la réception. Je dois avouer que cela m'a fatiguée.

— Devrais-je m'en aller ?

Elle voulait accepter son offre, parce qu'elle ne s'était pas préparée à cela ce soir-là. Mais, c'était idiot. C'était ce qu'elle souhaitait, et elle n'aurait pas dû avoir à rassembler son courage chaque soir.

— Non, vous devriez rester. C'est, euh… la raison de ma présence à Londres.

Une sensation de chaleur commença à envahir sa gorge, et elle s'efforça de rester calme.

— Nous devrions nous y mettre, alors ? demanda-t-il timidement. Nous pouvons faire vite, comme nous l'avons déjà fait par le passé, et… passer le cap.

Comme s'il s'agissait d'une transaction, ce qui, à ses yeux, était sans doute le cas de tout leur mariage. Une profonde tristesse menaçait de s'emparer de sa poitrine.

— Pourrions-nous aller *un peu* plus lentement ? s'enquit-elle, puis, après une pause, elle s'obligea à prononcer les mots suivants, même si l'humiliation lui brûlait les joues. Je souhaiterais avoir un orgasme.

Constantine écarquilla les yeux un instant, et il reporta son attention sur les braises qui brûlaient dans l'âtre.

— Oui, cela peut parfaitement se, euh… réaliser. Je vous présente mes excuses pour ne pas en avoir tenu compte plus tôt. Mon intention était seulement de réduire votre angoisse au minimum.

Il ne la regardait toujours pas, et elle ne pouvait pas lui en vouloir. Tout dans leur mariage avait été contraint et gênant. Ce n'était qu'une maudite transaction commerciale. La question était de savoir s'ils souhaitaient que cela reste ainsi.

À ce moment-là, la seule réponse catégorique qu'elle avait, c'était qu'elle voulait un enfant. Et elle préférait s'y prendre d'une manière plus agréable.

— Je suis sensible à cette attention, dit-elle doucement. J'y ai toujours été, même si je ne l'ai pas dit. Je vous prie de m'excuser d'avoir été si anxieuse. Je n'ai jamais su à quoi m'attendre.

Constantine tourna son regard vers le sien, le vert de ses yeux était éclatant à la lumière des bougies.

— Pourtant, vous savez maintenant ce que sont les orgasmes. Ce doit être un des aspects de votre volonté d'être *différente*.

Sabrina manipulait sa chemise de nuit, ses doigts s'entortillant dans le coton. S'efforçant de se détendre, elle laissa retomber ses mains le long de son corps et redressa le dos.

— Ce n'est assurément pas vous qui m'en avez parlé.

Le son de sa brusque inspiration fut satisfaisant.

— Non, c'est vrai. Comme je l'ai dit, je m'efforçais surtout d'essayer d'atténuer votre inconfort. J'aurais peut-être dû agir différemment. En revanche, je me demande comment vous avez pu devenir… instruite.

Le feu que Sabrina avait ressenti lorsqu'elle avait prononcé le mot orgasme lui revint encore, encore plus brûlant, et envahit son visage.

— J'ai un livre. Dois-je monter sur le lit ?

C'était ainsi qu'ils avaient toujours fait auparavant.

— Étant donné que nous souhaitons que les choses soient différentes, non. Je vais retirer mon banian. Cela vous convient-il ?

Sabrina acquiesça et retint son souffle. Constantine défit sa ceinture, et retira le vêtement avant de le déposer au bout du lit.

Il y avait une bougie sur la table de chevet et la cheminée se trouvait derrière lui. Une lanterne plus lumineuse était posée sur la coiffeuse de Sabrina. Jamais elle ne l'avait vu aussi peu vêtu sous un éclairage suffisant. Habituellement, lorsqu'ils se trouvaient à Hampton Lodge, il la rejoignait dans le lit, les rideaux du baldaquin tirés, tandis qu'une seule bougie brûlait ailleurs dans la chambre.

Son torse était pâle et musclé, avec une touffe de poils bruns entre les mamelons, qui se rétrécissait en descendant le long de son abdomen. Elle ne put s'empêcher de le contempler, fascinée par sa carrure, tout en se demandant ce que cela ferait de passer le bout de ses doigts sur ses mamelons, comme elle l'avait fait pour elle-même. Était-ce aussi agréable pour un homme que pour elle ?

Il s'approcha lentement d'elle, et elle se raidit aussitôt, espérant qu'il ne le remarquerait pas.

— Puis-je vous retirer votre chemise de nuit ?

— Je vais le faire.

Fermant les yeux, elle la fit passer au-dessus de sa tête avant de perdre tout semblant de courage. Lorsqu'elle ouvrit enfin les paupières, elle constata qu'il la contemplait, les yeux plissés. Elle ne parvenait pas à déchiffrer son expression. Peut-être aurait-elle dû le laisser lui retirer son vêtement, comme il l'avait demandé.

Elle avait très envie de se couvrir avec ses mains, mais elle fit appel à la force qu'Evie prétendait qu'elle possédait, pour se tenir droite. Elle tremblait peut-être, mais elle ne fléchirait pas.

— Puis-je vous toucher ?

Il lui avait demandé la permission à chaque fois. Et, comme chacune de ces fois, elle murmura son assentiment. Cependant, contrairement à leurs précédentes rencontres, ses frissons n'étaient pas entièrement dus à l'appréhension. Maintenant que son corps savait qu'il pouvait y avoir du plaisir, elle ressentait une certaine impatience.

Il toucha ses cheveux, ses doigts glissant sur ses mèches avant qu'il tire doucement sur une boucle. Elle ne s'y attendait pas, et laissa échapper un léger halètement.

— Je n'ai jamais vu vos cheveux détachés, remarqua-t-il d'une voix douce et captivante.

Cela la rassura un peu, et elle se demanda si cette fois-ci serait vraiment différente.

— Je ne les avais pas encore tressés.

— Ils sont… magnifiques. *Tu* es magnifique.

Il baissa les yeux, ne laissant aucun doute sur ce qu'il regardait. *Elle.* C'était *elle* qu'il regardait, *elle* qu'il tutoyait soudain.

Une fois encore, elle eut envie de placer une main sur ses seins, mais elle résista. Toutefois, elle ne se retint pas d'en poser une devant son sexe.

Constantine croisa le regard de Sabrina.

— Es-tu certaine de vouloir que je reste ?

Elle ramena son bras contre son flanc.

— Oui.

Pendant un long moment, ils se contentèrent de se regarder. Elle se doutait qu'il attendait de voir si elle changerait d'avis. Elle devait se montrer claire, faire un geste.

Il n'y avait guère d'espace entre eux, mais c'était suffisant pour qu'elle puisse faire un petit pas. Ses seins ne touchaient pas tout à fait le torse de Constantine, mais ses mamelons se tendirent à sa proximité.

Il pencha la tête, puis embrassa sa joue, ses lèvres étaient douces et tendres contre elle. Sabrina ferma les yeux, à la fois parce que c'était plus facile, et parce qu'elle voulait se concentrer sur ce qu'elle ressentait à son contact plutôt que sur l'angoisse de ce qui allait suivre.

Ses lèvres se déplacèrent sur sa mâchoire avant qu'il descende sur son cou, où il déposa des baisers légers comme de la soie, taquinant à peine sa chair. Constantine saisit la nuque de Sabrina d'un geste délicat, tandis que son autre main glissait de son épaule à son sein. Lorsque sa paume caressa son mamelon, elle mordit sa lèvre inférieure tandis que la sensation se répandait en elle et s'épanouissait dans son sexe.

Cependant, sa main ne s'attarda pas sur sa poitrine. Il continua à descendre, effleurant son ventre, jusqu'à ce que ses jointures caressent ses boucles. Elle retint son souffle, ses muscles se raidirent. Par le passé, il l'avait caressée à cet endroit, avec des effleurements doux et superficiels, avant de positionner son sexe au niveau de son intimité.

Mais il était encore vêtu à partir de la taille, et ils étaient debout. Sabrina peinait à imaginer ce qu'il ferait dans cette position, mais elle avait vu des dessins de couples faisant l'amour debout dans le livre qu'Evie lui avait donné. Son manque d'imagination était peut-être dû au fait que ses pensées étaient accaparées par les choses très réelles qui se produisaient en ce moment même, plutôt que sur des possibilités.

Quand les doigts de Constantine glissèrent sur ses replis intimes, Sabrina sursauta. Il retira ses mains, mais il ne recula pas.

Sabrina ouvrit les yeux.

— Je n'avais pas l'intention de faire cela.

— Je peux m'arrêter.

Il lui avait également proposé cela à maintes reprises, et jamais elle ne le lui avait demandé. Elle secoua la tête.

— S'il te plaît, continue, murmura-t-elle, le tutoyant à son tour.

Il ne recommença pas à la toucher.

— Veux-tu aller sur le lit ?

— Oui.

Ainsi, elle ne sentirait plus trembler ses jambes. Sabrina passa sur le côté et se glissa sur la couverture, où elle s'allongea contre les oreillers.

Constantine la rejoignit sur le lit, son pantalon toujours fermé, et se glissa entre ses jambes.

— T'ai-je déjà fait du mal ? lui demanda-t-il, à sa grande surprise.

— Non. Je veux dire, la première fois était inconfortable, mais c'était prévisible.

— Je sais que tu voulais aller plus lentement, mais peut-être devrions-nous avancer ce soir. Avec un orgasme, conclut-il, un léger sourire aux lèvres, et la jeune femme tenta de détendre son corps sur le matelas.

Constantine était également différent. Il était toujours maître de lui, implacablement, mais elle sentait quelque chose d'autre. Seulement, elle n'était pas sûre de ce que c'était. Peut-être était-ce la discussion sur les orgasmes. Un petit rire menaça d'éclater, mais elle le retint.

Se penchant, il effleura ses lèvres avec les siennes. Une fois, deux fois, une troisième fois, et à chaque passage, elle ressentit un tiraillement de désir dans son ventre. Il embrassa à nouveau sa gorge tandis que sa main caressait légèrement le bord extérieur de son sein.

Elle sursauta à son contact, qui la fit haleter à nouveau. Il hésita. Elle aurait aimé pouvoir cesser de le décourager avec les bruits qu'elle faisait. Bien décidée à rester silencieuse, elle serra les dents et prit la couverture dans ses mains, serrant le tissu.

Il la caressa à nouveau, décrivant des cercles sur sa peau, le bout de son doigt effleurant à peine son mamelon. Sabrina ferma les yeux.

Elle sentit à nouveau la main de Constantine entre ses jambes, qui passa sur sa cuisse avant de trouver son intimité. C'était familier, cette douce caresse de ses doigts. Mais, depuis la dernière fois qu'il l'avait fait, elle y avait placé ses propres doigts.

Faisant tourner ses hanches, elle essaya de reproduire les sensations qu'elle avait éprouvées pendant qu'il se déplaçait sur elle. Il se servit de son pouce pour la taquiner, la faisant haleter une fois encore. Mais il ne s'arrêta pas. Elle le sentit ouvrir son pantalon, et, pour la première fois, elle l'anticipa, elle sut ce qu'il allait ressentir lorsqu'il la comblerait.

Il glissa un doigt en elle, puis remonta pour masser son clitoris. C'était l'endroit qu'elle appréciait particulièrement. Elle parvenait à trouver l'extase en ne touchant que cette partie de son corps, mais, lorsqu'elle y introduisait ses doigts, tout s'intensifiait.

Soudain, Constantine était là, son sexe effleurant celui de Sabrina. C'était le moment où elle se crispait à chaque fois, où son corps se tendait, tandis qu'elle se préparait à son invasion. Ce soir-là, elle s'obligea à rester détendue, autant qu'elle le pouvait, et à l'accueillir.

Une fois qu'il fut enfoui en elle jusqu'à la garde, il ne retira pas sa main. C'était nouveau. Il la maintint entre eux et recommença à caresser son clitoris.

— Oh !

Elle échoua encore à retenir son cri, et elle ferma une nouvelle fois la mâchoire. Pour faire bonne mesure, elle leva sa main et en plaça le dos contre ses lèvres.

Les hanches de Constantine se déplaçaient au rythme de

sa main, plongeant en elle pour faire naître le plaisir dans son corps impatient. Pour la première fois, elle savait ce qui était à sa portée, elle ressentait plus qu'un vague désir.

Il posa ses mains de chaque côté de la tête de Sabrina, et s'abaissa vers elle.

— Lève tes jambes, enroule-les autour de moi, murmura-t-il.

Oui, bien sûr. L'image du livre apparut derrière ses paupières closes. Dans cette position, les jambes de la femme étaient enroulées autour des hanches de l'homme, ses pieds s'enfonçant dans son dos. Timidement, elle passa ses jambes autour de Constantine. Cette position l'ouvrait davantage, ce qui lui permettait de la pénétrer plus profondément. Elle pressa sa main contre sa bouche, ses dents effleurant sa chair.

Il bougea plus vite, ses hanches se balançant entre ses jambes, la rendant intensément consciente de son corps et de ce qu'il était en train de faire. De ce qu'il lui faisait.

Le dessin du livre lui revint à l'esprit. La femme avait la tête renversée en arrière, tandis que l'homme embrassait sa gorge. Et elle avait la bouche ouverte.

Devrait-elle se sentir libre d'émettre des sons? Cela semblait si… primitif. Il en serait certainement horrifié. Sabrina tâcha de se rappeler qu'il avait fait des bruits lors de leurs précédentes relations.

Soudain, il replaça sa main entre eux, la taquinant, la provoquant, déclenchant une pulsation profonde et déses-pérée au creux de son sexe. C'était ce qu'elle avait appris, ce besoin de libération. Seulement, avoir Constantine en elle était meilleur. Elle ne ressentait ni inconfort ni incertitude. Au contraire, cela lui semblait être la chose la plus naturelle et merveilleuse au monde.

— Jouis! lui intima-t-il d'un ton pressant, ses lèvres contre son oreille.

Il caressa son clitoris avec frénésie, consacrant toute son

attention à cette partie de son corps. Ses muscles se contractèrent alors que la sensation désormais familière de la
montée d'un orgasme se précipitait vers elle.

Elle laissa retomber sa main sur le côté et aspira de l'air
tandis qu'il la pénétrait vite et fort. *Là.* Un sentiment de pure
satisfaction l'envahit, bien plus longuement et bien plus
intensément que lorsqu'elle était seule.

Alors que son corps retrouvait son état normal, il poussa
un cri grave. Elle sut qu'il venait de jouir. Avait-il déjà émis
ce son auparavant ? Honnêtement, elle n'en savait rien.

Le corps de Constantine se balança encore plusieurs fois
contre le sien, avant qu'il s'effondre doucement sur elle.
Serait-ce le moment où sa semence prendrait finalement
racine ?

Il ne resta pas longtemps avec elle avant de rouler sur le
côté, puis de quitter le lit. Un instant plus tard, il posa sa
chemise de nuit à côté d'elle.

— Merci, murmura-t-elle en la passant par-dessus sa tête.

— Est-ce que tu vas bien ?

Il posait la même question à chaque fois qu'ils avaient
terminé.

— Oui, répondit-elle, mais elle répondait toujours oui,
alors elle poursuivit. *Vraiment.*

Elle leva le nez vers lui, et, soudain, elle se sentit intimidée et embarrassée quand il croisa son regard.

— Euh, bien.

Il avait refermé son pantalon, et enfilait à présent son
banian, couvrant ses épaules. Qu'elle n'avait pas réussi à
toucher une seule fois. En fait, elle ne l'avait pas touché du
tout.

— Eh bien… Bonne nuit, alors.

Il noua la ceinture à sa taille en se dirigeant vers la porte,
puis il s'en alla.

Sabrina se redressa brusquement. Elle aurait dû le suivre.

Lui dire qu'elle avait eu l'intention de le toucher, mais qu'elle n'était pas du tout dans son élément, bien qu'elle ait exigé cela.

Bon sang !

Elle estimait que cela s'était mieux passé ; en tout cas, elle avait éprouvé bien plus de plaisir. Mais elle n'était pas convaincue qu'il s'agissait d'une amélioration significative. Cette fois encore, il n'avait pas retiré tous ses vêtements, et il n'était pas resté plus longtemps que nécessaire. À quoi s'attendait-elle, alors qu'elle ne pouvait s'empêcher de haleter, et qu'elle n'avait pas réussi à le toucher ? Alors qu'il lui avait demandé à plusieurs reprises si c'était bien ce qu'elle souhaitait. Il lui donnait l'impression de faire des efforts, tandis que, de son côté, elle n'était que légèrement moins réservée qu'avant.

— J'ai besoin de plus d'aide ! s'exclama-t-elle, ne s'adressant à personne en particulier, tandis qu'elle contemplait le plafond.

Evie la guiderait. Sabrina espérait juste pouvoir agir aussi efficacement qu'elle l'avait fait avec son projet en solitaire.

À moins que... Et si elle tombait enceinte ce soir-là ? Elle ne le saurait pas avant plusieurs semaines, alors la question n'avait pas lieu d'être. Elle devait continuer à partager son lit avec Aldington, et elle voulait que ce soit mieux que cela, bon sang !

La question était de savoir si Constantine désirait la même chose.

CHAPITRE 8

$\mathcal{C}$onstantine ne savait pas combien de temps il était resté éveillé la nuit précédente, alors que son esprit ne cessait de ressasser leur étreinte. Au moment où il s'était persuadé qu'elle avait, enfin, pris du plaisir, le doute s'était insinué. Avait-elle vraiment eu un orgasme ? Il n'en était pas tout à fait certain. Il en avait eu l'impression, mais il n'avait qu'une expérience limitée.

Elle n'avait pas gémi et ne l'avait même pas touché, si ce n'était en entourant sa taille de ses jambes, ce qu'il lui avait suggéré de faire. Elle avait produit quelques bruits, mais il avait aussi remarqué qu'elle avait posé sa main sur sa bouche. L'avait-elle fait pour s'empêcher de lui demander d'arrêter ?

Ensuite, elle avait effectué ce mouvement avec ses hanches, les bougeant de manière… suggestive. Maintenant, il pensait à nouveau qu'elle avait *effectivement* passé un bon moment.

Tu pourrais simplement lui poser la question.

Elle lui répondrait sans doute qu'elle faisait ce qui était nécessaire pour avoir un enfant. Après tout, c'était la raison de sa venue à Londres. Si elle pouvait connaître un orgasme par la même occasion, c'était encore mieux.

Il ne pouvait pas passer toute la journée à se préoccuper de cela ; il devait se changer pour sa course. Avec un peu de chance, il ne la croiserait pas dans leur petit salon lorsqu'il se rendrait à l'étage. Ils étaient parvenus à s'éviter toute la journée, ce qui était habituel, et sans doute pour le mieux.

Alors qu'il se levait de derrière sa table de travail, une... *chose* gris foncé se précipita dans le bureau et disparut derrière les rideaux bleus qui encadraient la fenêtre. Haddock entra par la porte entrouverte. Pour la première fois depuis que Constantine le connaissait, l'homme semblait préoccupé.

— Excusez-moi, my lord, est-ce que... euh... quelque chose a couru ici ?

Le majordome promena son regard dans la pièce, ses yeux errant dans tous les sens.

— Quelque chose, oui. Que se passe-t-il, Haddock ?

— C'est un chat, my lord. Où est-il allé ?

Un chat ? Que faisait donc un chat dans la maison ? Constantine s'approcha des tentures.

— Il a disparu derrière ces rideaux.

Il saisit le tissu épais et le tira sur le côté ; il vit alors le même éclair gris filer vers la porte. Haddock se retourna et s'élança.

— Grayson !

Grayson ?

Le majordome avait dû se cogner le pied contre l'encadrement de la porte, car il s'étala sur le sol, au seuil du salon. Jamais Constantine n'avait vu cet homme dans un état aussi affolé.

—John !

La voix de l'intendante de Constantine était presque

méconnaissable, car ce simple mot avait été prononcé à un volume et à une hauteur incroyablement élevés.

Mme Haddock se précipita dans le salon, et s'agenouilla à côté de son mari. Proche de la quarantaine, c'était une femme de petite taille, qui contrastait fortement avec son autorité naturelle. Elle dirigeait la maisonnée d'une main ferme, mais bienveillante. Elle était également jolie, avec un sourire engageant et des yeux bleu-vert sereins, qui mettaient toujours les gens à l'aise. Il n'était pas étonnant que Haddock l'ait épousée trois ans plus tôt.

— Je vais bien, marmonna le majordome, qui se releva avec l'aide de sa femme.

Lady Aldington entra dans le salon, ses traits reflétant son inquiétude sous le bord de sa coiffe, signe qu'elle s'apprêtait à sortir. Son regard se posa immédiatement sur le majordome et la gouvernante qui se tenaient côte à côte. Mme Haddock avait passé son bras autour de la taille de son mari.

— Que s'est-il passé ? demanda la comtesse, alarmée. On aurait dit que quelqu'un était tombé.

Constantine lui répondit.

— Haddock a trébuché. Il y a un chat dans la maison, expliqua-t-il, avant de reporter son attention sur le majordome. Comment est-ce arrivé, exactement ?

Le majordome et l'intendante échangèrent des regards embarrassés.

— C'est mon chat, déclara Mme Haddock.

Haddock passa son bras autour des épaules de sa femme et la serra contre lui.

— C'est *notre* chat. Nous avons commencé à le nourrir il y a quelques mois, quand il n'était qu'un petit chaton.

— Et il faisait très froid dehors, ajouta Mme Haddock, le visage tendu. Nous l'avons donc laissé entrer la nuit.

Constantine n'avait jamais vu son majordome et son intendante ainsi. Et ce n'était pas seulement à cause de l'affection évidente qu'ils manifestaient l'un envers l'autre. Ils étaient unis, confrontés à une situation qui pouvait leur causer des ennuis, ou pire, les faire renvoyer. Constantine coula un regard vers son épouse, et il se demanda s'ils se comporteraient un jour de la même façon.

— Nous vous présentons nos sincères excuses, my lord, dit Haddock. Nous allons retrouver Grayson sans tarder, et le chasser de la maison.

Le visage de Mme Haddock pâlit, mais ne dit rien.

— Vous ne ferez rien de tel, intervint lady Aldington, qui entra plus avant dans la pièce, ses gants serrés dans une main.

Elle portait encore une tenue que Constantine n'avait jamais vue avant. Il s'agissait d'une robe de marche bleu foncé, agrémentée d'un spencer à la mode militaire avec deux rangées verticales de boutons dorés.

— Il n'y a aucun mal à avoir un chat. Avez-vous dit que son nom était Grayson ?

— Il est gris, my lady, confirma Mme Haddock d'une voix douce. Et il a été un peu comme un fils pour nous.

Elle leva les yeux vers son époux, le regard empreint d'émotion.

— C'est tout simplement adorable, murmura lady Aldington.

Elle s'approcha de Constantine, suffisamment près pour qu'il puisse sentir son parfum de vanille et de pomme. Soudain, il ne pouvait plus penser qu'à la nuit précédente, à la courbe voluptueuse de sa poitrine, à l'étreinte tendre de ses jambes autour de lui alors qu'il s'enfouissait en elle.

— Permets-leur de garder le chat. S'il te plaît.

Constantine cligna des yeux, tiré de ses pensées distrayantes.

— Il doit être contrôlé, maîtrisé. Au moins à certains

moments. Il ne peut pas courir partout dans la maison lorsque nous recevons des invités.

Ils recevaient rarement des invités, et, même dans ce cas, il s'agissait uniquement de membres de la famille. Cependant, son père et les parents de lady Aldington seraient sans doute horrifiés de voir un animal se promener en liberté. Il faillit éclater de rire à cette idée.

— Pourquoi souris-tu ? l'interrogea Sabrina, l'air perplexe.

— Sans raison, répondit Constantine, qui se mit à tousser. Nous devons trouver ce chat immédiatement. Je suppose que c'est la première fois qu'il se comporte de manière incontrôlable ?

— Oui, my lord, confirma Haddock, retirant son bras de son épouse.

Cette dernière retira à son tour son bras de la taille de son mari et se déplaça sur le côté.

— Je vous présente mes excuses pour cet épisode tout à fait inapproprié.

Lady Aldington surprit tout le monde par la fermeté de son ton.

— Sottises ! Je suis ravie que vous ayez aidé ce pauvre chaton. Pour quelle raison ne pourriez-vous pas l'accueillir dans votre famille ? Y a-t-il quelque chose que nous puissions faire pour inciter Grayson à sortir ? A-t-il une friandise ou un jouet préféré ?

Constantine fixa du regard la femme qui prenait les choses en main. Il se répétait, mais elle était *réellement* différente. Pendant ce temps, il ne pensait qu'à une chose : où vivait ce chat ? Les Haddock le transportaient-ils à l'étage, là où se situaient leurs appartements, au dernier étage ? Et, si tel était le cas, comment était-il parvenu à sortir ?

Cependant, plutôt que d'exiger des réponses à ces questions, il décida qu'il était peut-être aussi temps pour lui de changer. En effet, pourquoi son majordome et sa gouvernante mariés ne pourraient-ils pas posséder un chat domestique ?

Car ce n'est pas leur maison !

Cette réponse surgit aussitôt dans son esprit, prononcée par la voix de son père, comme la plupart des réprimandes qu'il entendait. Celle-ci, en particulier, déclencha la colère de Constantine. Certes, cette maison n'appartenait peut-être pas aux Haddock, mais ils en assuraient le fonctionnement. Sans eux, la maisonnée serait un véritable chaos. Alors, oui, ils pouvaient avoir un chat.

— Je vais aller chercher des rognons à la cuisine, c'est ce qu'il préfère, indiqua Mme Haddock, qui se dirigeait vers la porte.

— Et je vais trouver la souris en peluche que Mme Haddock lui a confectionnée, ajouta le majordome, inclinant la tête sur le côté. Cela ne ressemble pas vraiment à une souris, mais plutôt à une… *chose* en peluche. Mais nous l'appelons sa souris. Grayson est plutôt doué pour attraper les véritables souris, my lord. Si cela peut contribuer à adoucir votre opinion.

Le majordome lui adressa un sourire timide avant de se retirer.

— Mon opinion semble-t-elle sévère ?

Constantine posa la question à la pièce, de manière générale, mais, comme il ne restait plus que sa femme, ce fut elle qui répondit.

— Tu sembles toujours… froid. Mais pas sévère, cependant.

Constantine se tourna vers elle.

— Il me semblait que tu m'avais qualifié d'impassible.

— Et froid. Peut-être, poursuivit-elle, alors qu'une douce teinte de rose apparaissait sur ses joues.

Impassible et froid, ce n'était pas mal. C'était ainsi que

son père l'avait éduqué. Lorsque Constantine pensait à son frère et à sa sœur, ces mots ne lui venaient pas à l'esprit. Peut-être était-ce vraiment qui il était. Mais alors, pourquoi éprouvait-il une soudaine envie de démontrer à la comtesse qu'il pouvait être brûlant et… passionné ?

— Peut-être vais-je être différent, moi aussi, murmura-t-il.

Les lèvres de Sabrina s'entrouvrirent, et il eut envie de l'embrasser d'une manière tout à fait différente de celle de la nuit précédente. Il n'avait pas ouvert sa bouche contre la sienne, ni introduit sa langue à l'intérieur, ni invité celle de Sabrina à se glisser dans la sienne. Serait-elle réticente s'il tentait une telle approche ? Elle avait paru le faire la nuit précédente, quand il lui avait légèrement caressé son sein. Et elle avait également paru apprécier la main de Constantine sur son sexe.

— Il est là !

Sabrina laissa tomber ses gants et s'élança à la poursuite de la traînée grise qui s'élançait à nouveau vers les draperies des fenêtres.

— Il adore les rideaux ! marmonna Constantine, qui se joignit à la poursuite. Sois prudente. Les chats possèdent des griffes pointues.

— Ferme les portes afin qu'il ne puisse pas sortir ! s'exclama Sabrina, juste avant de tirer les rideaux, et que l'animal file en courant dans la pièce.

Constantine se précipita vers les portes qui conduisaient à la salle à manger, puis vers celle qui ouvrait sur le couloir depuis le hall de l'escalier, les claquant plus rapidement et plus bruyamment qu'il ne l'aurait fait en temps normal.

— Il est de nouveau dans ton bureau ! s'exclama lady Aldington.

Tournant les talons, Constantine fonça dans le bureau, et

ferma la porte derrière lui. Sa femme était agenouillée près de la fenêtre.

— Se cache-t-il à nouveau dans les rideaux ? s'enquit-il.

— Chut. Je vais simplement patienter. Je crois qu'il est effrayé.

Constantine n'avait pas toute la journée. Il avait une réunion à son club de course, et il devait se rendre à l'étage pour se changer. Mais la vue du postérieur de sa femme aurait sans doute pu le persuader d'ignorer tout ce qu'il avait prévu.

— Nous devrions sans doute aller chercher Haddock ou Mme Haddock. Grayson se sentira probablement plus à l'aise avec eux, suggéra Sabrina, qui regarda Constantine par-dessus son épaule. Tu pourrais aller chercher l'un d'entre eux pendant que je reste là.

Quelque chose ne tournait vraiment pas rond chez Constantine. La voir dans cette position lui donnait envie de la déshabiller entièrement, et de la prendre par-derrière, de la manière la plus obscène qui soit. Il imagina la peau nue de son dos, exposée de la même manière qu'à la fête de la veille. Le sang afflua vers son pénis. Que lui arrivait-il ? Il n'avait jamais fantasmé ainsi au sujet de Sabrina, et certainement pas autant qu'au cours des quinze dernières minutes.

À cet instant, le chat s'enfuit de derrière les rideaux, fonçant droit vers la porte. Constantine s'élança et attrapa la boule de poils gris. Il souleva l'animal, qu'il tint fermement. Ce que Grayson ne sembla pas apprécier, car il griffa le torse de Constantine.

Il souleva le chat plus haut.

— Tu n'as pas besoin de te montrer désagréable. Je souhaite simplement t'apporter mon aide.

Grayson le regarda avec ses grands yeux jaunes. C'était encore un chaton, certainement pas un adulte, avec des moustaches bien trop grandes pour sa gueule.

— Tu es un beau gaillard, dit doucement Constantine en se rappelant les chatons qui vivaient à Woodbreak dans sa jeunesse.

Sa mère aimait s'occuper des portées chaque printemps. Sans prévenir, Grayson griffa le menton de Constantine.

— Aïe !

Il relâcha le chat et porta la main à son menton.

— Oh non ! s'exclama Sabrina, qui se leva et se précipita à ses côtés. T'a-t-il griffé ?

— Oui, confirma Constantine, grimaçant sous l'effet de la douleur aiguë. Il semblerait que je l'aie offensé en lui disant qu'il était beau.

— Les chats sont réputés pour être exigeants.

— Où est-il allé ?

— Il est retourné sous les rideaux.

Constantine lança un regard sévère dans cette direction.

— Tu es un mécréant disgracieux et impénitent ! Cela te convient-il davantage ?

La comtesse inspira brusquement.

— Ce n'est pas gentil !

— C'est une ruse, murmura Constantine. S'il n'aime pas les compliments, peut-être préfère-t-il les insultes.

— Oh ! s'exclama-t-elle, les yeux brillants de joie.

Elle retourna vers les rideaux et s'agenouilla une nouvelle fois.

— Sors maintenant, Grayson, espèce d'horrible petit coquin !

— Coquin est peut-être trop gentil, l'avertit Constantine.

Il retira sa main de son menton et constata qu'il y avait du sang. *Flûte !* Comme il n'avait pas de mouchoir, il retira sa cravate, et tamponna la griffure.

— Grayson, viens par ici, petit monstre ! l'appela-t-elle d'une voix chantante, qui fit sourire Constantine.

Soudain, un nez sombre apparut sous l'ourlet de la tenture.

— Te voilà, petit démon !

Quelques instants plus tard, le chat sortit prudemment de derrière le rideau et renifla la comtesse. Elle tendit son doigt, qu'il renifla consciencieusement dans ses efforts pour mener à bien son enquête olfactive. La comtesse s'allongea à plat sur le tapis, puis roula sur le flanc.

— Est-ce que cela te convient mieux ? Maintenant, je ne suis plus en train de te guetter.

Constantine se rapprocha, lentement et sans bruit, afin d'avoir une meilleure vue. Il parvint tout juste à voir Grayson poser sa patte sur la poitrine de lady Aldington, comme s'il essayait de la pousser sur le dos. Elle dut penser la même chose, car elle roula sur le dos avec un sourire.

— Est-ce mieux *ainsi* ?

En réponse, Grayson la renifla encore, avant de grimper sur sa poitrine et de s'y asseoir comme s'il était un petit pain gris foncé.

Sabrina leva les yeux vers Constantine, esquissa le sourire le plus charmant qu'il lui ait jamais vu. Il était captivé. Non, plus que cela. Il ne pouvait tout simplement pas détourner le regard. Pas plus qu'il ne put s'empêcher de lui rendre son sourire.

— Grayson te préfère à moi. C'est un chat intelligent.

Un rire s'échappa des lèvres de Sabrina, et Grayson sursauta. La comtesse porta la main à sa bouche, mais une lueur d'amusement brillait encore dans ses yeux. Constantine se mit à rire lui aussi, malgré la coupure encore douloureuse qu'il avait au menton.

La porte du bureau s'ouvrit, et Mme Haddock se tint sur le seuil.

— Grayson ! Espèce de vilain garçon !

Le chat bondit de lady Aldington, et courut vers sa mère,

— Oh ! Je n'aurais pas dû faire de suppositions, répondit-elle avec douceur. Je m'efforcerai de ne plus le faire à l'avenir. Et si nous décidions de discuter de nos projets mondains ?

— Je pense que ce serait une bonne chose. Et, ne t'excuse pas. J'ai été trop occupé, et peut-être n'aurais-je pas dû l'être. J'aurais dû t'accompagner à la fête hier soir, et je n'aurais pas dû partir.

Elle hésita un instant, les yeux rivés sur lui, avec peut-être une lueur d'incrédulité dans le regard.

— J'avais Evie avec moi.

Evie. Evangeline Renshaw.

— Vous êtes devenues très amies, avec Mme Renshaw. J'ignorais que vous vous connaissiez. J'accorderai plus d'attention à tes amies et connaissances.

Elle haussa un sourcil en le regardant.

— Pourquoi ? Pour que tu puisses décider si elles sont appropriées ?

Constantine écarquilla brièvement les yeux.

— Juste ciel, non ! Pourquoi penses-tu cela ?

Elle entrouvrit les lèvres et détourna le regard.

— Mes excuses. Je suis habituée à ce que mes parents décident de tout dans ma vie, y compris des personnes avec lesquelles je peux me lier d'amitié.

— Je comprends, lui dit-il. Mon père exprime son opinion sur pratiquement tous les aspects de ma vie.

— Il le fait toujours ? s'enquit-elle, et, lorsqu'il acquiesça, elle poursuivit. Eh bien… Je suis désolée. Il devrait admettre que tu es ton propre maître, et que tu n'as pas besoin de son avis ni de son approbation pour quoi que ce soit.

Son soutien éveilla quelque chose en lui, répandant une chaleur inhabituelle dans tout son être.

— Oui, il devrait.

— Pour répondre à ta question, Mme Renshaw et moi ne nous connaissons que depuis peu. Je l'apprécie énormément.

Elle m'a été d'une grande aide, en particulier pour ma nouvelle garde-robe.

— Alors, je devrais la remercier. La robe que tu portais hier soir était époustouflante. Tout comme ta tenue de marche.

Il la regarda, mais n'osa pas s'attarder, de peur de commencer à la déshabiller dans sa tête une fois de plus.

— Je craignais que tu n'approuves pas ma robe hier soir.

Il perçut le malaise qui se dégageait de son ton, et il regretta son comportement lors de la soirée.

— Elle m'a surprise. *Tu m'as surpris.* Je te présente mes excuses si mes commentaires t'ont contrariée ou mise mal à l'aise. Tu dois porter ce qui te plaît.

— Même si la tenue dévoile trop de peau ? s'enquit Sabrina, qui fleuretait manifestement avec lui.

Constantine n'arrivait toujours pas à se résoudre à fleureter en retour. Car, que se passerait-il si elle ne faisait pas montre d'une fausse timidité ? Et si elle s'inquiétait sincèrement ? Il tenait à apaiser toutes ses appréhensions.

— Je sais que tu t'habilleras toujours de manière appropriée. Je ne peux cependant pas te faire la promesse de ne pas éprouver un fort sentiment de possessivité si d'autres gentlemen se délectent du spectacle.

Possessivité.

Sabrina porta à nouveau son attention sur son encolure ouverte, déclenchant une nouvelle bouffée de désir.

— Je garderai cela à l'esprit, murmura Sabrina.

— Je dois aller me changer avant la réunion de mon club de course.

Il le dit pour expliquer son état, autant que pour se motiver à partir. Étrangement, cela s'avérait difficile.

— Ensuite, je prévois de rendre visite à mon père pour discuter de ton rôle de marraine de Cassandra.

Elle haussa ses sourcils roux doré.

— Merci.

— Es-tu certaine que c'est ce que tu veux ? Tu devras assister à beaucoup d'événements, et mon père observera comment progresse la saison de Cassandra.

Elle hésita, et il perçut un conflit dans son expression.

— Oui, j'en suis certaine. J'ai envie de le faire.

— Très bien. Je vais en discuter avec lui et je t'informerai de sa réponse ce soir. Voudrais-tu que nous dînions ensemble ? Je ne serai pas à Westminster, car nous sommes mercredi.

Constantine retint son souffle. Elle soupira, puis sourit.

— Ce serait fantastique.

Il poussa un soupir de soulagement. Peut-être ne cherchait-elle pas seulement à avoir un enfant à tout prix, et y avait-il autre chose derrière son nouveau comportement.

— Parfait ! J'ai hâte d'y être, répondit-il, puis il fit un pas de côté et montra la porte d'un geste de la main. Après vous, my lady.

— Merci.

Elle resta immobile un instant, puis jeta un dernier regard sur son cou dénudé et quitta le bureau.

Peut-être y avait-il encore de l'espoir pour eux. Ce qui constituait une raison de plus pour discuter avec une tutrice. Constantine allait envoyer immédiatement un message à Lucien.

CHAPITRE 9

Sabrina était assise en face d'Evie à une table ronde dans son salon. Son majordome avait placé une assiette de biscuits et une théière entre elles. Tandis qu'Evie servait leurs tasses, Sabrina sortit de son réticule une invitation du Phœnix Club. Elle l'avait reçue plus tôt dans la journée, mais n'en avait pas fait mention à Aldington. Ce n'était pas qu'elle avait prévu de ne *pas* lui en parler, mais elle appréhendait sa réaction. De plus, vu ce qui s'était passé avec Grayson, la question n'avait pas été soulevée.

Elle avait été trop distraite. *Agréablement* distraite.

— Est-ce ce que je pense ? s'enquit Evie, reposant la théière.

— Je crois que tu le sais, répondit Sabrina avec un sourire. Tu dois être la raison pour laquelle je l'ai reçue. Ainsi que Lucien, je suppose.

— Nous t'avons recommandée. Chaleureusement, confirma Evie, qui haussa les sourcils d'un air espiègle, tout en tendant une tasse à son amie. Je suis vraiment heureuse que le comité d'adhésion ait décidé de t'envoyer une invitation, mais cela ne me surprend pas.

— Pourquoi ? Certes, je suis l'épouse d'un comte, mais il n'est pas membre.

Même s'il était le frère du propriétaire.

— Contrairement à d'autres clubs, le statut et le sexe n'ont rien à voir avec le fait d'être ou non le bienvenu au Phœnix Club. Le caractère de la personne est bien plus important. Ce club est un refuge pour ceux qui cherchent avant tout un endroit où ils se sentent à l'aise et bienvenus. Où ils peuvent être eux-mêmes et non pas ce que la société attend ou exige d'eux.

Sabrina ignorait que ce club remplissait une telle fonction. Et tout cela était l'œuvre de son beau-frère. Pourquoi s'était-elle un jour sentie intimidée par lui ? Parce qu'il était séduisant et sûr de lui ? Cela semblait tellement ridicule maintenant.

— Lucien est d'une nature étonnamment prévenante.

— Il se donne beaucoup de mal pour aider tout le monde, mais ce n'est pas ce que la bonne société attend de lui, expliqua Evie, remuant son thé. Je crois que c'est pour cette raison qu'il le fait.

— J'admire le fait qu'il déjoue les attentes.

— C'est également ce que tu fais, remarqua son amie, esquissant un sourire satisfait. Aldington a semblé quelque peu déconcerté par ta présence, hier soir. Est-il au courant pour l'invitation ?

Sabrina secoua la tête.

— Étant donné qu'il n'est pas membre, je suppose qu'il n'approuve pas vraiment ce club. Il en parle rarement, et, quand il le fait, c'est avec dédain.

— Il n'a jamais été invité. C'est peut-être là la véritable source de son mépris.

Cela ne fit que rendre Sabrina encore plus nerveuse à l'idée de lui annoncer la nouvelle.

— Comment pourrais-je lui dire que j'ai été invitée, alors que lui, non ?

— Il ne peut pas t'en vouloir pour cela, répondit Evie d'un ton ferme. Tu ne décides pas qui est invité ni qui ne l'est pas.

Même si c'était vrai, c'était autre chose qui inquiétait Sabrina.

— Je ne veux pas provoquer de conflit entre Lucien et lui. Ils semblent déjà connaître des difficultés parfois, et je ne voudrais pas contribuer à les aggraver.

— Tu ne peux pas te sentir responsable de l'état de leur relation. Ils s'entendront bien, ou pas, avec ou sans toi. De plus, il semble qu'ils soient parvenus à un équilibre ces derniers temps. Quoi qu'il en soit, j'espère que tu prévois d'accepter l'invitation. J'adorerais que tu te joignes à moi pour l'assemblée de vendredi.

— Je vais le faire. Et cela me fera également plaisir.

Même si elle appréhendait la réaction de son époux. Tout ce moment avec les Haddock et le chat avait été si plaisant, comme si Constantine voulait lui aussi trouver une certaine harmonie dans leur union. D'un autre côté, la nuit précédente avait eu lieu, et ils avaient soigneusement évité d'en parler.

— Je vais devoir réfléchir à la manière d'annoncer la nouvelle à Aldington.

— Il ne sera pas fâché, si ?

Sabrina goûta son thé.

— Non. De manière générale, il ne se met pas en colère. Il est frustré, peut-être, surtout depuis que je suis revenue en ville.

— Parce qu'il ne sait pas comment agir avec toi, répondit Evie, qui prit un biscuit dans l'assiette. Mais sa réaction lors de la soirée était savoureuse. Il a détesté voir d'autres hommes fleureter avec toi, et peut-être aussi le fait que tu semblais y prendre plaisir.

— Crois-tu vraiment qu'il était jaloux ?

Était-ce pour cela qu'il était venu dans sa chambre la nuit précédente ? Était-il possible qu'il la désire vraiment ? Ou bien, se sentait-il possessif uniquement parce qu'elle était son épouse ? Il avait évoqué ce terme, plus tôt, déclenchant chez elle une réaction vive, primitive.

— C'est l'impression qu'il donnait, ou peut-être croyait-il que tu le provoquais, dit Evie, l'observant attentivement.

Sabrina ne l'avait pas fait intentionnellement.

— Je ne fleuretais pas.

— Non ? Tu as brillé par ta vivacité et ton charme. Et tu semblais parfaitement à l'aise.

Ce n'était pas le cas. Intérieurement, elle était en proie à une grande anxiété. Avec un doux rire, elle dit :

— Alors, j'ai réussi à donner le change.

Evie pencha la tête.

— Serais-tu en train de me dire que ce n'était pas vraiment toi ?

— C'était moi. Ou plutôt, la nouvelle moi. Mais cela demande beaucoup d'efforts.

Elle comprenait que cela revenait à incarner un rôle sur scène, ou, du moins, elle imaginait que c'était ainsi. Tout cela demandait des efforts, et elle était plus que disposée à faire le nécessaire pour obtenir ce qu'elle désirait : un enfant. C'était toujours son objectif prioritaire dans tout cela, et après la nuit précédente, elle avait besoin de plus d'aide.

— Aldington est venu dans ma chambre, la nuit dernière, avoua-t-elle d'une voix douce, mais sans croiser le regard d'Evie.

— Juste ciel ! Mais pourquoi ne me l'as-tu pas dit tout de suite ?

— Je suppose que je suis encore un peu gênée, ou du moins timide, à ce sujet.

Elle grimaça intérieurement en se rappelant son comportement au lit, puis attrapa un biscuit sur le plateau et en prit une bouchée trop grande, afin d'éviter d'en dire plus.

Evie fronça les sourcils.

— Tu te sens à l'aise avec toi-même, non ? Dans ton corps, je veux dire.

— Euh… je le croyais, répondit Sabrina, qui fronça les sourcils en regardant sa tasse. Mais, quand il était là, et que les choses… se passaient, j'étais encore incroyablement nerveuse. Je ne savais pas comment agir avec lui. Ou avec ma… réaction.

— Que s'est-il passé ?

Sabrina leva les yeux.

— Je n'arrêtais pas de produire des sons, ce qui a semblé le déranger. Ou, du moins, le surprendre. Alors, j'ai plaqué une main sur ma bouche pour m'en empêcher. Et je ne l'ai pas touché, alors que j'aurais dû le faire. Toutefois, j'ai eu un orgasme.

Evie ne fronça pas vraiment les sourcils, mais son front se plissa d'inquiétude.

— Eh bien, la dernière partie est une amélioration, n'est-ce pas ?

— Assurément, mais c'était tout de même gênant. Nous semblons éprouver des difficultés à exprimer nos… désirs.

Pourquoi ce sujet était-il si difficile à aborder ? Et encore plus avec son mari… Sabrina ne parvenait pas à en trouver le courage.

— Je crois que vous pourriez tous les deux tirer profit d'une situation où votre réserve peut être mise de côté. Il se trouve que Lucien et moi avons élaboré un plan dans ce but précis.

Sabrina but un peu de thé pour accompagner le biscuit. Soudain, sa bouche était plus sèche.

— Je n'imagine pas du tout ce que cela peut être.

— Lucien a compris qu'Aldington a érigé une sorte de

mur en ce qui vous concerne, le sexe et toi, et qu'il doit l'abattre. Il a suggéré que son frère travaille avec une tutrice pour y creuser une brèche.

Sabrina se réjouit de n'avoir pas pris une autre gorgée de thé, car elle l'aurait certainement avalée de travers.

— Une tutrice ? Qui ferait cela ? Sa maîtresse, peut-être ?

Evie lui décocha un regard rusé.

— Toi, mais Aldington n'en saura rien.

Sabrina resta bouche bée.

— *Moi* ? Je ne pourrais jamais ! Je sais à peine quoi faire ! s'exclama-t-elle, songeant que la nuit précédente l'avait prouvé. Je suis une incapable quand il est question de lui.

— Mais cela n'a pas été le cas dans ta recherche du plaisir : tu as eu un orgasme la nuit dernière. C'est un progrès ! À présent, tu dois simplement t'autoriser à réagir. Tu dois absolument produire tous les bruits que tu veux, *et* tu dois le toucher. S'il ne savait pas que tu es toi, cela rendrait-il les choses plus faciles pour toi ?

Sabrina songea à nouveau à l'idée de jouer un rôle. Lorsqu'elle avait enfilé la robe cobalt la veille au soir, elle avait eu l'allure d'une comtesse élégante et sûre d'elle, et s'était sentie comme telle, peut-être pour la première fois. Cela l'avait aidée à trouver la confiance nécessaire pour non seulement participer à la fête, mais aussi, comme l'avait dit Evie, pour y *briller*. Et lorsqu'elle avait revêtu la robe de chambre séduisante pour charmer Aldington, elle avait eu l'air d'une femme impatiente que son mari la rejoigne dans le lit conjugal, et, là encore, elle s'était sentie plus sûre d'elle, même si cela n'avait été qu'éphémère.

Son esprit poursuivit cette pensée, imaginant les choses qu'elle pourrait lui dire, ou lui faire, s'il ignorait qu'il s'agissait d'elle.

— Il ne saurait pas que c'est moi, alors je pourrais être n'importe qui... Aldington a donné son accord à cela ?

Evie acquiesça.

— J'ai reçu un message de Lucien juste avant ton arrivée.

Il avait dû prendre sa décision ce jour-là, alors. Apparemment, il considérait lui aussi la nuit précédente comme un échec. Une nouvelle vague d'angoisse menaçait de la submerger, mais elle refusait de succomber. Elle désirait un enfant, et c'était ainsi qu'elle l'obtiendrait.

— Qui sera cette tutrice, d'après Aldington ?

— Une ancienne courtisane qui souhaite aider quelqu'un. Et qui aime le sexe.

Sabrina éclata de rire.

— Voilà qui va exiger de moi un certain talent d'actrice, remarqua-t-elle, avant de faire une pause. Pourquoi sa maîtresse ne remplit-elle pas cette tâche ?

Evie secoua la tête.

— Il n'a pas de maîtresse, et, apparemment, il n'en a jamais eu.

Sabrina fut surprise d'entendre cela. Pourquoi n'avait-il jamais pris de maîtresse ?

— Mais, maintenant, il est disposé à rencontrer une ancienne courtisane ?

— Apparemment, il reconnaît qu'il a besoin d'aide pour te séduire. Vous n'avez pas besoin d'avoir des relations sexuelles, ni même de vous toucher du tout, en réalité. Tu dois simplement endosser le rôle d'une experte en la matière.

Sabrina éclata de rire à nouveau.

— *Simplement* ! répéta-t-elle, alors que ce projet audacieux commençait à prendre forme dans son esprit. Crois-tu sincèrement que je sois capable d'accomplir cela ?

Une lueur de conviction brillait dans les yeux d'Evie.

— Je le crois. Tu as le livre, tu as découvert ce que tu aimes, et tu as même eu un orgasme *avec* ton mari. Tu dois juste t'efforcer de t'affirmer et de baisser ta garde.

Elle allait lui donner des leçons de séduction. Il y avait

quelque chose d'étrangement excitant à être avec Aldington sans qu'il sache qui elle était.

— J'essaie encore d'imaginer comment cela pourra fonctionner. Et de savoir si je suis capable de trouver le courage et les compétences nécessaires pour me comporter comme quelqu'un qui aime le sexe.

— Mais, tu aimes le sexe, répondit simplement Evie. Ou bien, ce sera le cas, quand tu auras plus d'expérience. Tu as aimé avoir des orgasmes, n'est-ce pas ?

— Eh bien… oui, confirma Sabrina, tandis que le rouge envahissait son cou et son visage. Comment ferons-nous pour qu'il ne découvre pas mon identité ? Serons-nous dans l'obscurité totale ?

— Pratiquement. Il aura également les yeux bandés, il ne pourra donc pas te voir. Juste au cas où, tu devras également porter un masque, si le bandeau glissait.

— Je suppose que je vais devoir modifier ma voix.

— Oui, c'est sans doute une bonne idée. Pourras-tu le faire ?

— Je crois que oui. Mais, et si Aldington se rend compte qu'il s'agit de moi ?

— Cela n'arrivera pas, à moins que tu penses qu'il puisse reconnaître ton corps quand il te touchera ?

Un rire monta en elle, mais Sabrina le retint.

— S'il y parvient, je serai impressionnée. Quand cela est-il prévu ?

Elle aurait besoin de beaucoup de temps pour se préparer.

— Demain soir.

Sabrina avait pris sa tasse de thé, dont elle manqua de renverser le contenu sur ses genoux. Elle la reposa un peu brusquement et resta bouche bée devant Evie.

— C'est trop tôt !

— Tu peux être prête, rassura-t-elle Sabrina en lui adressant un sourire encourageant. Tu as déjà fait tant de choses, tu t'es montrée disposée à apprendre ce que tu devais faire, et tu as été remarquable lors de la fête. Le simple fait de venir à Londres et de faire valoir tes droits matrimoniaux représentait déjà un énorme bond en avant.

Sabrina n'était pas certaine d'être prête, mais elle avait *effectivement* parcouru un long chemin. Il serait insensé de ne pas saisir cette opportunité, surtout si Aldington avait la volonté d'améliorer les choses, comme cela semblait être le cas.

— Quel est le plan ?

— Demain soir, tard, vers vingt-trois heures, Lucien conduira son frère dans une chambre privée au deuxième étage du Phœnix Club.

L'interrompant, Sabrina demanda :

— Pourquoi le Phœnix Club ?

— Parce qu'il y a des chambres, et que l'endroit garantira une discrétion qu'une auberge ou un autre établissement n'offrirait pas. Aldington et toi serez discrètement conduits à l'étage en portant des masques et des capes, afin de ne pas risquer d'être reconnus. Il t'attendra dans l'une des chambres, les yeux bandés, et tu entreras quelques minutes plus tard. Il n'y aura qu'une seule bougie allumée, pour que tu puisses voir ton environnement. Comme je l'ai dit, tu garderas ton masque, au cas où son bandeau glisserait.

— Tu as pensé à tout, s'émerveilla Sabrina. Que dois-je faire à mon arrivée ?

— Déshabille-toi autant que tu le voudras, tant que tu te sens à l'aise. Surtout, il est essentiel que tu te montres directive et séduisante. Tout ce que tu diras devra être marqué par l'expérience et la sensualité. Nous pouvons nous entraîner aujourd'hui, si tu le souhaites.

Sabrina était reconnaissante à son amie pour son soutien et son aide, même si l'idée de s'exercer à la séduction lui nouait l'estomac.

— Je ne suis toujours pas certaine d'être capable de le faire.

Evie croisa les mains sur ses genoux et observa Sabrina attentivement.

— Es-tu quelqu'un d'extraverti et qui apprécie la foule ?

— Pas du tout. Mais, je te l'ai déjà dit.

Elle l'avait fait lors de leur première rencontre, puis à nouveau la veille au soir, alors que l'épuisement commençait à se faire sentir vers la fin de la fête.

— Pourtant, hier soir, tu t'es comportée comme si c'était le cas.

Du regard, Evie défia Sabrina de protester. Elle ne le pouvait pas.

— Tu peux faire la même chose en tant que tutrice. Ton seul obstacle, c'est d'arriver à croire que tu peux le faire.

Elle avait déjà accompli bien plus que ce dont elle se croyait capable à peine quelques semaines auparavant. Un calme soudain l'envahit.

— Je peux le faire.

Evie lui adressa un sourire rayonnant de fierté.

— Je suis tellement heureuse ! À présent, terminons notre thé et commençons ta leçon, proposa-t-elle, agitant les sourcils.

Plus tard, alors que Sabrina rentrait chez elle dans la berline, elle ne put s'empêcher de penser que ce projet était une pure folie. Elle allait se faire passer pour une tutrice dans un domaine où elle manquait cruellement d'instruction, tandis que son époux s'en remettrait aux soins d'une inconnue. Le fait qu'il n'ait jamais pris de maîtresse et qu'il soit aujourd'hui prêt à rencontrer une ancienne courtisane, même si c'était une imposture, pour apprendre à séduire sa femme, était plutôt adorable. Toutefois, ressentirait-elle les choses différemment si l'ancienne courtisane était quelqu'un d'autre qu'elle ? Cette question n'avait pas lieu d'être puisque c'*était* elle.

Elle réfléchit à ce qu'elle porterait le lendemain soir, quelque chose qu'elle pourrait enlever et remettre sans aide. Un corset serait une contrainte inutile. L'idée de s'en passer l'émoustillait, et peut-être était-ce l'état d'esprit qu'il lui fallait. Sa robe cobalt de la veille lui avait donné l'impression d'être une comtesse, elle devait donc s'habiller pour endosser le rôle d'une ancienne courtisane. Et elle parlerait sur un ton différent. Peut-être plus bas. Séducteur. Un frisson d'anticipation parcourut son corps.

Elle éprouvait aussi un sentiment d'incertitude, qui n'avait rien à voir avec le fait qu'elle doutait d'elle-même. Il s'agissait d'une supercherie. Même si cela pouvait aider leur mariage, elle ne put ignorer la culpabilité troublante qu'elle ressentit lorsqu'elle admit qu'il s'agissait quand même d'une trahison. Elle n'en avait même pas parlé à Evie. Le reste avait été trop oppressant.

Comme Aldington avait accepté de rencontrer cette inconnue, il n'était pas tout à fait irréprochable ; non pas qu'il s'agissait d'une compétition, ou que leur comportement à tous les deux annulait en quelque sorte le caractère répréhensible de la situation. Cependant, était-ce vraiment répréhensible s'ils essayaient tous les deux de sauver leur mariage, même si c'était de façon radicale ? Si cela représentait la différence entre une vie de solitude, et une union intime qui leur apporterait à tous deux de la joie, Sabrina savait ce qu'elle choisirait. À n'importe quel prix.

~

*A*près la réunion de son club de course, Constantine conduisit son phaéton jusqu'à la maison de son père à Grosvenor Square. En descendant du véhicule, il passa la main sur le côté, où un soleil jaune vif, emblème officiel du Gentlemen's Phaeton Racing Club, était peint sur la laque ivoire. Le nom n'était peut-être pas très original, mais il exprimait parfaitement leur objectif. Il s'agissait d'un club composé de conducteurs de phaétons à deux chevaux, qui participaient à des courses en divers endroits.

Constantine regarda ses deux chevaux bais assortis. Avec le véhicule, ils constituaient sa plus grande fierté, car c'était la seule activité qu'il pratiquait pour lui-même. Son père ne l'avait pas suggéré ou affirmé, mais il y était favorable.

Après avoir pris une profonde inspiration, il se retourna et gravit les marches menant à la maison. Le majordome stoïque du duc, Bender, accueillit Constantine.

— Votre père est dans son bureau.

Il y avait rarement des bavardages avec Bender, même s'il avait occupé ce poste toute la vie de Constantine. Au lieu de simplement le saluer et de passer son chemin, il lui demanda :

— Comment allez-vous aujourd'hui, Bender ?

Les lignes autour des yeux bleu-gris du domestique se creusèrent plus profondément, seule preuve d'une réaction à la question.

— Comme d'habitude, my lord.

— Dans ce cas, tout va bien, je suppose.

Constantine remit son chapeau et ses gants au majordome, avant de se rendre dans le bureau de son père, peut-être plus rapidement que nécessaire.

La porte était ouverte, ce qui signifiait que le duc accepterait d'être interrompu. Néanmoins, Aldington se tint sur le seuil, puis s'éclaircit la gorge pour annoncer sa présence.

Assis derrière son imposant bureau en chêne, le duc leva les yeux des documents qu'il était en train de lire. Il posa la loupe qu'il utilisait et s'adossa légèrement à son siège.

— Aldington, entre. Je suis heureux de te voir, étant donné que tu es ma seule progéniture rationnelle et compétente. Assieds-toi.

Ce n'était pas une invitation, mais un ordre.

Constantine s'assit dans un fauteuil près de l'âtre plutôt que dans celui qui se trouvait près du bureau. Ce n'était qu'une petite tentative d'indépendance, mais il aimait bien en profiter de temps en temps.

— Lucien et Cassandra sont tous les deux rationnels et compétents.

— Ton frère est un bon à rien qui a gâché une carrière militaire prometteuse, tandis que ta sœur, qui est sans doute la plus jolie jeune fille à avoir honoré la bonne société depuis de nombreuses années, n'a pas de prétendants !

Il abattit sa main sur le bureau pour souligner sa frustration.

— Il se trouve justement que ma visite d'aujourd'hui concerne Cassandra. Lady Aldington a proposé de prendre la relève en tant que sa marraine, et je pense que c'est une excellente idée.

Le duc resta bouche bée et il dévisagea Aldington un moment.

— Non. C'est une très mauvaise idée.

Soudain, l'idée que le duc ait pu être impliqué d'une manière ou d'une autre dans le retour de la comtesse sembla tout à fait absurde. Ce qui signifiait qu'elle agissait entièrement de son propre chef. Constantine y réfléchirait plus tard. Son père poursuivit :

— Lady Aldington est bien trop timide pour assumer ce rôle. Si elle était un homme, je la qualifierais de chiffe.

Constantine fronça les sourcils, manifestant mollement sa réaction. Ce qu'il voulait vraiment, c'était ordonner à son père de fermer sa bouche injurieuse.

— Je trouve ta description de ma femme ironique, étant donné que tu as insisté pour que je l'épouse.

— Tu sais pertinemment qu'il a fallu qu'on l'y contraigne, remarqua son père, se passant une main sur les yeux. Je regrette d'avoir fait un mauvais choix pour toi.

— Peut-être aurais-tu dû la laisser annuler, dans ce cas, remarqua Constantine d'un ton glacial.

— Et endurer le scandale qui se serait ensuivi ? s'exclama le duc, secouant la tête. Jamais ! Cependant, étant donné qu'elle n'a pas été en mesure de donner un héritier, j'aurais peut-être dû y réfléchir.

La colère qui couvait en Constantine se mua en fureur. Il aurait dû s'y attendre. Son père avait exprimé sa déception à plusieurs reprises.

— Crois-tu qu'elle soit incapable de concevoir ? demanda le duc, apparemment inconscient de la colère de Constantine. Sa mère a eu six enfants qui ont atteint l'âge adulte, et sa sœur aînée a déjà donné naissance à plusieurs enfants. En fait, je crois que sa sœur cadette, qui s'est mariée la saison dernière, a également donné naissance à un enfant. Il serait vraiment fâcheux que tu te retrouves avec l'invalide.

Constantine serra les dents.

— Elle n'est pas invalide ! Mieux encore, elle n'est plus timide. Elle souhaite vivement être la marraine de Cassandra, et elle est à la hauteur de la tâche.

Il veillerait à ce qu'elle le soit. Il était hors de question qu'il la laisse échouer aux yeux de son père. Ce qui signifiait qu'il ne pouvait pas non plus la laisser manquer à ses obligations. Il allait lui donner un enfant.

— Pourquoi ? Elle ne possède aucune compétence sociale. Elle ne contribuera en rien à la recherche d'un mari de Cassandra.

— En réalité, hier soir, à la fête des Kipley, elle a été particulièrement éblouissante. Elle a mûri, père, et tu dois admettre que tante Christina a fait preuve d'un manque d'habileté pour guider Cassandra.

Le duc fronça les sourcils. Il ne pouvait qu'être conscient des faiblesses de sa sœur, et pourtant, il ne semblait pas s'en soucier alors qu'il critiquait les autres pour les leurs.

— Tu n'assistes pas aux bals et aux fêtes, poursuivit Constantine. Tu ne vois pas comment Christina abandonne Cassandra, et ne lui accorde que très peu d'attention.

— C'est pour cette raison qu'elle a désormais une dame de compagnie.

— Sa compagne est-elle censée permettre des danses avec d'éminents gentlemen et encourager les promenades ?

Les joues du duc se creusèrent lorsqu'il prit une inspiration, et la main qui était restée posée sur le bureau se referma en un poing.

— Je vais discuter de cette question avec ma sœur. À présent, explique-moi pourquoi j'entends des rumeurs selon lesquelles tu ne soutiendrais pas la loi sur les importations.

C'était comme si Constantine était encore un jeune homme, à défendre toutes ses décisions, ce qui, selon son père, était nécessaire pour s'assurer que son héritier développait les capacités adéquates. À l'âge adulte, il avait continué à répondre aux exigences de son père, mais, dans ce cas précis, il allait certainement décevoir le duc qui était en faveur de la loi. Cette loi prévoyait l'imposition de droits de douane sur les céréales étrangères, dans le but de maintenir les prix des céréales sur le marché intérieur, et d'éviter ainsi la faillite des agriculteurs anglais. Les opposants, tels que l'ami de Constantine, Brightly, faisaient valoir que la loi entraînerait une augmentation des prix, ce qui nuirait à la classe ouvrière.

Constantine était enclin à voter comme Brightly, mais il n'allait pas le dire à son père.

— J'ai concentré mes efforts sur le projet de loi sur les apothicaires.

Son père aurait dû le faire aussi, après ce qui était arrivé à son épouse.

— Eh bien ! Reporte ton attention sur cette maudite loi sur les importations. Elle sera bientôt soumise au vote, et j'attends de toi que tu la soutiennes.

— Tout comme j'attends de toi que tu soutiennes la volonté de lady Aldington de devenir la marraine de Cassandra. Elle fera un excellent travail. Imagine ce qui pourrait se passer sous la supervision insuffisante de Christina. Et si Cassandra se retrouvait entraînée dans une position compromettante ?

Les sourcils sombres du duc se plissèrent en un V rageur.

— Ce serait alors la faute de ta sœur, et non celle de Christina. Bender !

Il avait crié le dernier mot. Quelques instants plus tard, le majordome entra dans le bureau.

— Oui, my lord ?

— Envoyez chercher lady Cassandra, immédiatement.

Trop tard, Constantine se rendit compte des problèmes qu'il avait causés. *Oh, bon sang !* Il s'adressa à Bender.

— Ne vous donnez pas cette peine, lui dit-il, puis il lança un regard noir à son père, la mâchoire crispée. Cassandra n'a rien fait de mal, et elle ne le fera pas non plus. Cette conversation ne concerne que ta sœur et son échec en tant que marraine. Je te prie d'accorder une chance à lady Aldington, et, si tu n'es pas satisfait de ses services, tu n'auras qu'à faire de nouveau appel à tante Christina.

Bon sang ! Constantine venait de placer sa femme dans une situation où elle serait scrutée à la loupe par le plus exigeant des hommes.

Après avoir adressé un signe de tête dédaigneux à Bender,

le duc s'adossa de nouveau à son fauteuil, plissant les yeux dans une attitude contemplative et irritée.

— Pourquoi insistes-tu autant sur ce sujet ? Je n'avais pas l'impression que tu tenais beaucoup à ta femme, et pourtant tu te comportes comme son champion.

Constantine faillit lui demander pourquoi il pensait qu'il ne se souciait pas de sa femme. Cependant la réponse semblait évidente. Pour toute personne extérieure, voire pour son épouse, c'était l'impression que l'on avait.

Sabrina tenait-elle à lui ? Elle était venue ici, et elle avait exigé un héritier. Si elle le méprisait, mais qu'elle était tout de même prête à accomplir son devoir, quelle qu'en soit la raison, y compris son propre désir d'être mère, il devait lui accorder le mérite qui lui revenait.

Il devrait lui accorder davantage de crédit que cela, et pas seulement parce qu'il était presque certain qu'elle ne le méprisait *pas*. Peut-être n'étaient-ils pas proches, mais il avait prononcé des vœux, il lui avait fait des promesses, et il était temps qu'il les tienne.

Prenant une inspiration, il redressa les épaules, adoptant la même posture que s'il affrontait une meute de loups.

— Tu m'as élevé dans le but que je devienne duc après ta mort. Il m'incombera de veiller à ce que les membres de cette famille soient protégés. Je prends ce devoir très au sérieux, et je souhaite ce qu'il y a de mieux pour Cassandra. N'aimerais-tu pas la voir se marier cette saison ? À cette fin, lady Aldington est un meilleur choix de marraine. En outre, tu as choisi mon épouse sur la base d'une série de critères, y compris son exemplarité. Ce seul trait de caractère fait d'elle une meilleure marraine. Que tu estimes qu'elle possède l'esprit d'initiative ou l'intelligence nécessaire pour guider Cassandra, cela n'a pas beaucoup d'importance. Je la connais bien mieux que toi, et il est temps que tu me laisses faire ce pour quoi tu m'as formé.

Constantine faillit éclater de rire. Comme s'il la connaissait parfaitement ! Avec de la chance, cela changerait.

L'espérait-il sincèrement ?

Le regard du duc se figea dans une pesante contemplation, sans que rien n'indique ce qu'il allait décider.

— C'était un beau discours. Tu as été un excellent étudiant. Je vais prendre ta recommandation en considération.

Constantine s'autorisa à se détendre légèrement ; la tension qui régnait dans son corps s'atténua, mais ne disparut pas pour autant.

— Merci.

— Entre-temps, tu réfléchiras très attentivement à la manière dont tu comptes voter sur la loi sur les importations.

Le duc se pencha en avant, prit sa loupe et reporta son attention sur les documents posés sur son bureau. Constantine était congédié, et, apparemment, un marché lui avait été proposé : s'il votait en faveur de la loi, son père nommerait lady Aldington en tant que marraine de Cassandra.

Constantine ne voulait pas d'un tel arrangement. Tournant les talons, il quitta le bureau d'un pas décidé. Le confort et la décontraction qu'il avait ressentis lors de la réunion de son club de course avaient été complètement pulvérisés par le caractère autoritaire et dominateur de son père.

Bender le retrouva dans le hall d'entrée, avec son chapeau et ses gants.

Constantine se demanda s'il devait discuter avec Cassandra, pour l'informer du déroulement de son entretien avec leur père, et du fait qu'il avait, par inadvertance, donné à ce dernier l'idée qu'une situation compromettante était possible. Mais non. S'il faisait cela, le duc le découvrirait et cela ne les aiderait pas à faire de lady Aldington la nouvelle marraine de Cassandra. Il lui fallait espérer que son père entendrait raison.

Car Constantine n'avait absolument aucune envie de voter en faveur de cette loi, d'autant plus que son père lui avait pratiquement ordonné de le faire. Apparemment, Constantine préférait être contrariant.

Ou peut-être était-il prêt à sortir de l'ombre du duc.

CHAPITRE 10

*L*orsque Sabrina entra dans la salle à manger ce soir-là, son mari était déjà là, debout, de profil, au bout de la table de six mètres. La lumière des bougies semblait faire scintiller son col d'un blanc éclatant contre le noir de sa veste. Une épingle couleur émeraude était la seule touche de couleur de sa tenue, scintillant au milieu de la neige de sa cravate. Elle était un peu déçue que son cou ne soit pas exposé comme il l'avait été ce matin-là, lorsque Grayson l'avait griffé. Apparemment, elle prenait plaisir à reluquer sa peau nue.

Il se retourna lorsqu'elle entra dans la pièce et il l'observa longuement. Elle ne parvenait pas à déchiffrer sa réaction. Ou s'il en avait seulement une.

Le couvert était mis au bout de la table, de même qu'à la place située à sa droite. Sabrina s'approcha de la chaise, et Constantine, et non un valet, la tint pour elle.

— Merci, murmura-t-elle. Ton menton semble aller mieux.

Mais il restait une fine griffure rouge longue d'environ deux centimètres.

— Au moins, cela ne saigne plus. En général, je ne suis pas aussi enclin à me blesser.

Il faisait bien sûr référence à la coupure qu'il s'était faite à la main le soir de son arrivée. Était-ce une pointe d'humour dans sa voix? Elle en avait bien l'impression. Peut-être s'étaient-ils engagés sur un nouveau chemin un peu plus tôt. Qui aurait cru qu'un chat facétieux serait capable d'accomplir ce qu'ils ne pouvaient pas faire?

Alors qu'elle s'asseyait, il effleura son épaule de sa main. Si le contact fut bref et léger, elle le ressentit au creux de son ventre, où une masse de papillons virevoltant la chatouillèrent, dans l'attente de la soirée du lendemain. Quand elle deviendrait sa tutrice. Cette idée la plongeait encore dans un état proche de la panique, et elle dut réprimer l'envie de laisser échapper un rire nerveux.

Une fois Aldington assis, le valet de pied versa du bordeaux, et le premier plat, une soupe blanche, fut immédiatement placé devant eux, répandant dans l'air un agréable arôme de veau et d'amande.

Sabrina saisit sa cuillère au milieu du tumulte de son anxiété. Elle devait l'informer de son invitation au Phœnix Club. Au lieu de cela, elle dit quelque chose de complètement inepte.

— La soupe blanche de la cuisinière m'a manqué.

— C'est elle qui prépare ma version préférée, répondit Constantine, avant de goûter le contenu de son bol.

Ils mangèrent en silence pendant quelques instants… enfin, un silence apparent. Une cacophonie régnait dans la tête de Sabrina, qui réfléchissait à la manière de lui annoncer l'invitation, se remémorant tout ce dont elle avait discuté avec Evie cet après-midi-là, et anticipant ce qui se passerait le lendemain soir.

Elle coula un regard dans sa direction, remarquant l'angle prononcé de ses pommettes et la généreuse étendue de ses cils. Comment avait-elle pu ne jamais remarquer à quel point ils étaient longs ?

Posant sa cuillère, elle but une gorgée de bordeaux, qui lui rappela le goût des baies d'été. Une fois de plus, elle tergiversa.

— C'est délicieux. Je ne bois pas souvent de vin à Hampton Lodge. Je ne sais jamais quoi demander. Peut-être pourrais-tu me donner quelques indications ?

Constantine plissa le front.

— Dagnall devrait être en mesure de t'aider à ce sujet.

Dagnall était le majordome d'Hampton Lodge. Elle aurait préféré que son époux l'aide.

— J'espérais que tu pourrais me donner ton avis, répondit-elle d'un ton serein, avant de prendre sa cuillère pour finir sa soupe.

— Je demanderai à Haddock de nous préparer une sélection de vins à déguster. Mieux vaut que tu te forges ta propre opinion, plutôt que de te fier à la mienne.

— Mais j'aimerais quand même avoir ton avis. Les déguster ensemble semble une idée merveilleuse.

C'était une autre occasion à attendre avec impatience. Les papillons dans le ventre de Sabrina remontèrent dans sa poitrine. Un valet de pied débarrassa leurs assiettes, et un autre les remplaça par le plat suivant, de la sole et des haricots verts. Sabrina rassembla son couteau et sa fourchette. *Maintenant. Parle de l'invitation maintenant.*

Les papillons devinrent plus sombres, se mirent à voler plus rapidement, lui donnant presque la nausée. Elle s'efforça de sourire.

— Comment s'est passée la réunion de ton club de course ?

Elle était tellement lâche ! Et pourquoi ? Lui dire cela n'était rien, comparé au fait de lui demander s'il préférait coucher avec des hommes. Il n'était pas non plus ses parents, qui trouvaient toujours le moyen de transformer tout ce que Sabrina trouvait bon en quelque chose de mauvais. Aldington n'agirait pas de la sorte. Il ne l'avait jamais fait.

— Comme d'habitude. La saison des courses ne commencera vraiment qu'à la fin du mois, mais nous aimons planifier nos excursions. Notre saison commence toujours par l'excursion au *Pickled Goose.*

Sabrina se souvint qu'il s'agissait d'une taverne à Richmond.

— Les épouses sont-elles parfois admises comme invitées ?

La fourchette de Constantine, sur laquelle se trouvait un haricot vert, était à mi-chemin de sa bouche lorsque son bras s'immobilisa.

— Nous n'en avons jamais discuté. Sans doute parce que la moitié de nos membres ne sont pas mariés.

Comme si cela expliquait pourquoi le sujet n'avait pas été évoqué.

— Si c'était possible, j'aimerais participer avec toi, un jour.

Sabrina posa ses couverts. Elle ne pouvait pas… elle ne *devait pas* éviter le sujet plus longtemps. Elle en avait fait quelque chose de bien plus important que cela l'était.

— Plus tôt dans la journée, j'ai reçu une invitation à rejoindre le Phœnix Club.

Constantine reposa son couteau et sa fourchette et prit son verre à vin.

— Je vois, répondit-il d'un ton plat, le regard fixé sur son vin, avant d'en boire une longue gorgée. Et, as-tu l'intention de l'accepter ?

— Oui. En fait, je vais assister à l'assemblée de vendredi avec Mme Renshaw, précisa-t-elle.

Elle joignit les mains sur ses genoux, puis les tordit

nerveusement, tandis qu'un sentiment de malaise la submergeait.

— Es-tu en colère ?

— Pourquoi devrais-je l'être ?

Toute son attitude s'était refroidie. Jusqu'à présent, ils avaient partagé un repas agréable.

— Je suis surpris.

— Parce que tu n'as pas reçu d'invitation ?

À présent, il semblait surpris… et légèrement irrité.

— Tu es au courant ?

— J'ai, euh… supposé, mentit-elle, car elle ne voulait pas qu'il sache qu'elle avait discuté de son adhésion, ou de son absence d'adhésion, avec Evie. Mais, peut-être en as-tu reçu une, et l'as-tu déclinée. Cela ne me surprendrait pas, puisque tu sembles dédaigner le club.

— Je n'ai jamais été invité, et je ne m'attends pas à l'être. C'est… formidable que tu en deviennes membre.

Il avait tenu son verre de vin tout au long de la conversation et en terminait maintenant le contenu.

— Je préférerais que tu en sois également membre. Lucien pourrait peut-être faire en sorte que tu sois invité ?

— Non ! répliqua-t-il, et sa réponse sèche tomba lourdement, comme une pierre. C'est son club. S'il avait souhaité le faire, il m'aurait déjà invité.

Il reposa son verre vide, et le valet de chambre s'approcha pour le remplir à nouveau. Saisissant ses ustensiles, il déplaça sa nourriture dans son assiette. Sabrina voyait bien qu'il ne mangeait pas, et elle détestait lui avoir causé de la peine.

— Comment s'est passé ton entretien avec le duc ? demanda-t-elle d'une voix douce.

Elle avait beau vouloir savoir comment cela s'était passé, elle était davantage préoccupée par le fait de rompre ce silence gênant.

La lèvre d'Aldington se retroussa légèrement, et elle crut aussitôt que la discussion s'était mal passée.

— Il réfléchit à notre requête de te voir remplacer tante Christina en tant que marraine de Cassandra.

Notre requête.

Sabrina aimait bien cette idée, même si elle n'avait pas l'impression qu'il s'agissait vraiment d'un « notre », ou qu'ils formaient vraiment un « nous ».

— C'est mieux qu'un refus catégorique.

— Pour être honnête, il a commencé par refuser, mais je lui ai assuré que tu étais à la hauteur du défi, et que tu ferais un bien meilleur travail que tante Christina.

Sabrina leva son regard vers celui de Constantine, heureuse de sa reconnaissance, même si un vieux sentiment d'effroi s'insinuait entre ses côtes.

— Je *suis* prête à relever le défi.

Aldington demanda aux valets de pied de les laisser seuls. Ce renvoi surprit Sabrina. Il n'avait jamais fait une telle chose auparavant. Une fois qu'ils furent partis, il poursuivit :

— La personne que j'ai vue hier soir à la fête, et un peu plus tôt dans la journée, charmante, extravertie, séductrice même... Est-ce vraiment qui tu es ?

— C'est celle que je veux devenir, expliqua-t-elle avec douceur, essayant de s'en convaincre autant que lui.

— Mais ce n'est pas qui tu *étais*. Tu es différente depuis ton arrivée. Cependant, j'entrevois toujours la femme prudente qui se cache derrière. Es-tu certaine de pouvoir devenir celle que tu veux être ? En fait, es-tu certaine que c'est ce que tu veux vraiment ?

— Oui, c'est ce que je souhaite. Tout comme je souhaite avoir un enfant.

— Je l'avais bien compris, répliqua-t-il d'un ton froid. Et tu auras ton enfant.

— As-tu l'intention de revenir dans ma chambre, ce soir ?

Elle retint son souffle, se demandant s'il le ferait, même si la « leçon » du lendemain soir approchait.

Il hésita, et pendant un court instant, la tension qui mijotait en elle monta en flèche.

— J'ai un rendez-vous chez White, et je rentrerai sans doute tard, répondit-il, puis il se leva rapidement, faisant vaciller sa chaise. Oh ! j'ai failli oublier. J'ai acheté pour toi quelques ouvrages sur l'horticulture et je me suis procuré la dernière édition de *Transactions*.

Elle le regarda, puis cilla.

— De la Société d'horticulture ? s'enquit-elle.

Cette organisation, qui n'avait guère plus de dix ans d'existence, publiait un merveilleux périodique contenant des planches en couleurs de toutes sortes de plantes.

— C'est extrêmement attentionné de ta part.

En fait, il n'avait jamais rien fait de tel. Pas en deux ans. Il lui avait offert quelque chose pour son anniversaire, et pour Noël, des mouchoirs ou des bijoux. En revanche, les ouvrages consacrés au jardinage, qui la passionnait, étaient beaucoup plus personnels.

— Je te prie de m'excuser. Je vais demander aux valets de pied de revenir, pour que tu puisses terminer ton dîner.

— J'espère ne pas t'avoir contrarié. Je te remercie pour les livres et pour le périodique. Je suis impatiente de les lire.

— Tu ne m'as pas contrarié. Je te souhaite une agréable soirée.

Son regard s'attarda un instant sur elle avant qu'il quitte la pièce.

Après avoir terminé son dîner, Sabrina se rendit dans la bibliothèque. Elle y trouva le dernier numéro de *Transactions*, ainsi que trois livres. L'un d'eux se distinguait par sa couverture en cuir marocain rouge. Cela ne pouvait pas être… Mais, si. Un recueil de dessins de Humphry Repton lui-même, portant sur la couverture l'inscription *Plans de Repton pour Hampton Lodge* en lettres d'or.

Sabrina retint son souffle tandis qu'elle ouvrait délicatement le livre et admirait les magnifiques aquarelles montrant l'avant et l'après. Lorsqu'il avait annoncé avoir acheté des livres, elle n'avait jamais imaginé cela. Repton était un paysagiste de renom : il s'agissait de bien plus qu'un simple livre.

Quand Aldington l'avait-il commandé ? Avait-il l'intention de financer une révision aussi radicale du paysage ? Repton avait prévu un lac étroit, avec un pont, ainsi qu'une folie nichée au milieu d'un croissant d'arbres.

Elle était bouleversée par l'attention d'Aldington, ainsi que par le soutien qu'il apportait à ce qui lui procurait le plus de joie. Et il l'avait fait bien avant qu'elle n'arrive en ville. Peut-être était-il différent lui aussi, et que ce changement n'avait pas été provoqué par son arrivée.

Refermant le livre, elle fixa le vide, repensant au dîner qu'ils venaient de partager. Il s'était montré réservé, mais pas impassible, comme elle le percevait avant son arrivée à Londres, moins d'une semaine plus tôt. Ils progressaient, non ?

Lentement, régulièrement. Certes, l'invitation l'avait contrarié, qu'il veuille l'admettre ou non, et il était parti précipitamment. Mais il la défendait également auprès de son père, et il avait accepté de rencontrer une courtisane afin d'améliorer la vie sexuelle de leur mariage.

À nouveau, un sentiment de culpabilité l'envahit, et elle se rappela qu'il s'agissait d'une trahison bienveillante, si tant est qu'une telle chose existe. Ce serait pour leur bien à tous les deux, et la supercherie ne durerait pas éternellement.

Cela les rapprocherait, tout en leur permettant de concevoir l'enfant dont ils avaient besoin, et qu'ils désiraient. Le fait qu'il soit prêt à aller aussi loin lui prouvait qu'il souhaitait que les choses changent. Tout comme les cadeaux qu'il venait de lui offrir. Ce n'étaient pas les actions d'un homme indifférent.

~

*L*a chambre à coucher du Phœnix Club était plus petite, plus intime, que celle que Constantine avait déjà vue. Celle-ci ne contenait qu'un lit, des tables de chaque côté et un fauteuil près de l'âtre. L'unique bougie qui brûlait sur le manteau de la cheminée n'éclairait pas grand-chose, mais c'était là le but. L'obscurité offrait mystère et anonymat, et Constantine trouvait cela étrangement apaisant, pour autant que cela soit possible à ce moment précis.

Son esprit était tiraillé entre le bienfait qu'il attendait de ce rendez-vous secret, et la culpabilité qu'il ressentait à l'idée de faire cela dans le dos de sa femme. Elle l'avait invité dans son lit… non, elle avait *exigé* qu'il l'y rejoigne. Ne devrait-il pas plutôt se trouver dans la chambre de Sabrina ?

Il l'avait tenté quelques nuits plus tôt, et, même si cela s'était mieux passé, l'expérience n'en avait pas moins été gênante. Ce soir-là, il espérait trouver l'audace nécessaire pour améliorer leurs relations intimes. Bon sang ! Il fallait juste qu'il trouve un moyen d'en faire des relations intimes, plutôt qu'une tâche pénible.

— La lady arrivera sous peu, lui dit Lucien. Tu devrais sans doute te préparer.

Constantine avait déjà retiré sa cape, son masque, son chapeau et ses gants, et les avait déposés sur un banc étroit au bout du lit.

— Que puis-je faire d'autre ?

À part surmonter le doute qui l'habitait.

— Euh… tu pourrais retirer ta veste ? Tout ce qui pourra te mettre le plus à l'aise.

— Ce qui me mettrait le plus à l'aise, ce serait de ne pas être là.

Et d'avoir une épouse qui l'aimait pour lui-même, et pas uniquement pour l'enfant qu'il pourrait lui donner.

Lucien souffla.

— Je suppose qu'il n'est pas trop tard pour changer d'avis, mais seulement si tu peux répondre par l'affirmative à la question suivante.

— Laquelle ?

— Peux-tu rentrer chez toi et trousser ta femme ?

Constantine serra les mâchoires. Il le pouvait, mais il ne voulait pas revivre la situation de l'autre soir. S'il voulait que son épouse le *désire*. Malheureusement, la dure réalité, c'était que tout ce qu'il pourrait apprendre ce soir-là n'y changerait peut-être rien.

— Contente-toi de la faire entrer avant que je change *vraiment* d'avis.

— Quelques règles, précisa Lucien en tirant une bande de tissu sombre de sa veste. Tu porteras un bandeau sur les yeux, afin qu'elle ne puisse pas être identifiée.

— Et si elle me reconnaissait ?

— Ton bandeau dissimulera la partie supérieure de ton visage. Elle a accepté de se consacrer uniquement à son rôle d'éducatrice. Ne crains pas qu'elle perde du temps à essayer de découvrir qui tu es. Son objectif, c'est de t'aider, rien de plus, expliqua Lucien, qui se plaça derrière Constantine.

— Attends.

Constantine retira son manteau et le posa sur le dossier du fauteuil. Ensuite, il s'assit et retira ses bottes, ne gardant que ses chaussettes. Se relevant, il tourna le dos à Lucien.

— Je suis prêt.

Il ne l'était absolument pas. Il avait le ventre noué, et il était à deux doigts d'annuler toute cette expérience.

Dès que le bandeau le plongea dans une nuit d'obsidienne, l'incertitude le submergea. Il s'intima de se détendre, que plein d'hommes prenaient des maîtresses, même si ce n'était pas ce qu'il faisait. Il cherchait des conseils de nature intime, rien de plus.

— Je te fais confiance, Lucien, dit-il, comme s'il était nécessaire de le préciser à haute voix.

— Je ne prends pas cela à la légère, le rassura son frère, tout en lui serrant l'épaule. Il y a une cloche sur la table de chevet. À tout moment, si tu veux mettre un terme à cela, sonne-la. Elle fera de même. Elle ne te touchera pas à moins que tu le lui demandes, et tu ne la toucheras pas, sauf si elle t'en donne la permission. Ce sont les autres règles.

Un bandeau, une cloche, et le consentement. Tout cela semblait très courtois et organisé. Avec une touche de sensualité.

Non, ils ne feraient que discuter. Il n'y aurait aucun contact physique. La main de Lucien quitta son épaule.

— Je m'en vais, maintenant.

Constantine acquiesça et se félicita d'avoir pris le temps de boire une longue gorgée du whisky de contrebande de son frère en se rendant à l'étage. Le cliquetis de la serrure retentit comme un coup de pistolet. Même s'il ne voyait rien, ses autres sens étaient devenus plus développés, plus forts. Il sentait la cire de la bougie qui brûlait, et la douce chaleur du petit feu dans l'âtre le réchauffait.

Bon sang ! Qu'était-il en train de faire ? Était-ce vraiment nécessaire ? Ce dont il avait besoin, c'était que cette femme, ou quelqu'un d'autre, discute avec son épouse de ce qui se passait au lit, et de la manière dont elle devait réagir. À supposer qu'elle aime ce qui se passait. Peut-être n'était-ce pas le cas ? Ce qui signifiait qu'il avait besoin de cette fichue tutrice.

Laissant échapper un juron de frustration, il leva les mains vers les boutons de son gilet. Le loquet cliqueta, et il s'immobilisa, puis, retenant son souffle, il se tourna vers la porte. C'était un geste inutile, puisqu'il ne voyait rien.

L'air dans la chambre changea, devint plus intense ; le parfum d'une fleur exotique que son père cultivait dans la serre de Woodbreak l'envoûta.

— Bonsoir, dit-il, d'un ton qui lui semblait étrange, comme s'il avait en lui un inconnu à la voix rauque.

— Bonsoir.

La voix de la femme était douce et mélodieuse, avec un léger accent du sud du Pays de Galles, devina-t-il. Oui, ses autres sens fonctionnaient à plein régime pour compenser la perte de sa vue.

Il ne respirait toujours pas, et ne pouvait pas bouger ; son incrédulité face à ce qui se passait figeait son corps sur place. Ou sur ce qui était sur le point de se produire.

— Pourquoi êtes-vous là ?

La question lui avait échappé, même si Lucien lui avait dit qu'elle voulait simplement aider. Pourquoi le ferait-elle ?

— Je me suis adressée à lord Lucien afin de trouver un amant discret, dit-elle simplement, sans hésitation. Il a la réputation d'aider les gens.

Constantine poussa enfin un soupir.

— Espériez-vous devenir sa maîtresse ?

— Non, pourquoi ?

Car la plupart des femmes l'auraient espéré.

— Il a également la réputation d'avoir un comportement, euh… libertin.

— Vraiment ? Et, qu'en est-il de vous ? s'enquit la femme, qui s'était rapprochée, l'air se déplaçant à nouveau, et son parfum tropical l'enveloppant. Vous semblez être un gentleman très séduisant.

— Je ne suis pas comme lord Lucien.

Quelque chose chez Lucien attirait particulièrement les femmes. Même lorsqu'ils étaient enfants, les bonnes le choyaient. Elles n'ignoraient pas Constantine pour autant, mais c'était différent. Lucien était toujours souriant et charmant. Pour lui, c'était aussi aisé que de respirer, tandis qu'à cette époque, même cela était difficile pour son frère.

— Je le vois bien.

Elle était derrière lui à présent, elle tournait autour de lui, l'observant attentivement.

Les muscles de Constantine se tendirent, comme s'il était entraîné dans de multiples directions, étiré et sur le point d'être écartelé.

— C'était une erreur, balbutia-t-il, et il leva la main vers le bandeau, prêt à s'en aller.

Elle le retint, parlant d'une voix rapide et plus haut perchée.

— Vous ne pouvez pas faire cela. Votre bandeau doit rester en place. C'est l'une des règles.

— Je ne peux pas partir si je ne vois pas.

— Dans ce cas, je suppose que vous ne pouvez pas partir, répliqua-t-elle.

Elle se tenait devant lui, à présent, suffisamment près pour qu'il sente la chaleur qui se dégageait d'elle.

— Souhaitez-vous que je m'en aille ?

Oui. Mais ce mot se logea quelque part entre son cerveau et sa bouche, coincé dans une bataille entre son esprit et son corps, entre ce qu'il croyait devoir faire et ce qu'il désirait faire.

— Je suis partagé. Vous n'êtes pas mon épouse, et cela... m'afflige.

— Mais, vous êtes ici *pour* votre épouse, n'est-ce pas ?

— Oui.

Il s'agissait de bien plus que simplement vouloir que Sabrina le désire. Constantine voulait lui procurer du plaisir, lui prouver à quel point leur relation pouvait être passionnée. Mais il devait probablement y croire lui-même. Jusqu'à

ce qu'elle arrive, et qu'elle fasse des choses comme se masturber, il n'aurait jamais imaginé qu'il puisse y avoir de la
passion et du plaisir entre eux.

— Je pense qu'elle comprendrait.

Vraiment ? Peut-être lui révélerait-il un jour les mesures
drastiques auxquelles il avait recouru pour leur offrir ce qu'il
pensait, ou qu'il espérait, qu'ils souhaitaient tous les deux. Ou
pas. Il ne voulait pas que Sabrina se sente mal, alors qu'elle
redoutait déjà presque tout.

— Vous étiez une courtisane ? l'interrogea-t-il, reculant
légèrement pour tenter de refroidir l'atmosphère entre eux.

Il n'était que trop conscient de sa proximité.

— Oui, mais cela remonte à plusieurs années, maintenant.
Je préfère mon indépendance. J'aime avoir la possibilité d'accomplir certaines choses que les hommes font.

— Comme prendre un amant.

— Oui.

Elle voulait avoir des relations sexuelles pour le simple
plaisir d'en avoir, se dit Constantine. Ne pas avoir d'enfant,
ou ne pas en avoir seulement par sens du devoir. De plus, elle
n'était plus une courtisane, il n'y avait donc plus d'intérêt
financier.

La femme s'était rapprochée à nouveau : il sentit son
souffle contre sa mâchoire. Un frisson de désir parcourut son
échine, réveillant son corps.

— Parlez-moi de votre épouse. Que croyez-vous qu'elle
aimerait ?

— Je suis malheureusement dans l'incertitude la plus
totale à ce sujet. Je ne sais même pas si elle veut *de moi*. Elle
souhaite avoir un enfant, mais cela peut se faire sans, euh...
sans fanfare.

— Fanfare ? Quelle intéressante manière de le décrire...
vous voulez parler de plaisir, non ? l'interrogea-t-elle, mais
elle ne lui laissa pas le temps de répondre avant de pour-

suivre. Vous pourriez vous contenter de faire les choses simplement, de manière directe, sans fioritures, si vous voulez. Mais, si cela vous suffisait, vous ne seriez pas ici. Avez-vous discuté avec elle de ce qu'elle veut maintenant ? Lord Lucien m'a expliqué que vous n'étiez pas de jeunes mariés.

— Notre relation est quelque peu, euh... tendue.

— J'en déduis que c'est la raison de votre présence ici.

— Si je suis ici, c'est parce que j'ai apparemment une idée complètement erronée de la façon dont je dois me comporter avec mon épouse. À ma décharge, elle est incroyablement réservée et appréhensive. Du moins, elle l'était auparavant.

— Elle ne l'est plus ?

— Elle essaie de ne pas l'être, mais quand il est question de la chambre à coucher, je n'en ai pas la moindre idée. Nous avons, euh, partagé un lit l'autre nuit, et je crois qu'elle a eu un orgasme, mais je n'en suis pas sûr.

— Pourquoi ne pas lui demander ?

— Elle a semblé tour à tour horrifiée et... réceptive pendant l'acte. Honnêtement, c'était extrêmement déroutant.

— Peut-être ne savait-elle tout simplement pas quoi faire, suggéra-t-elle d'une voix douce. C'est possible, n'est-ce pas ?

Ce n'était pas seulement possible, c'était probable. Il ne pouvait pas s'attendre à ce que sa mère ait discuté de la question avec elle. Qui d'autre pourrait donc lui enseigner ces choses-là, sinon lui ?

— Je vais devoir discuter avec elle pour que la séduction fonctionne, n'est-ce pas ?

— Je pense que vous n'avez pas le choix, effectivement. Serait-ce si terrible ? Parler pourrait être quelque peu... excitant, non ?

— En réalité, je n'y avais pas réfléchi. Mais, je le ferai, si cela peut aider ma femme à se détendre.

— Juste ciel ! s'exclama la femme avec un doux rire. Si

vous souhaitez que votre épouse se détende, vous pourriez lui proposer un verre de sherry ou de porto. Et si vous ne souhaitez qu'un minimum de plaisir, nous pouvons en finir rapidement. Toutefois, je vous invite à essayer d'obtenir plus qu'un *minimum*. Pourquoi ne pas viser un niveau satisfaisant ? Ou, si vous vous sentez d'humeur aventureuse, vous pourriez même fixer votre objectif à, disons, un *excès*.

Elle murmura le dernier mot, et un nouveau frisson de désir parcourut le corps de Constantine. Il voulait un excès de plaisir. *Tellement !*

Les doigts de la femme effleurèrent la main de Constantine, puis elle les retira brusquement.

— Mes excuses. Puis-je vous prendre la main ?

Il avait envie de refuser, de nier le désir naissant qui s'éveillait en lui. Il n'en fit rien.

— Oui.

Elle enroula sa main autour de la sienne.

— Parfois, il est agréable de simplement toucher quelqu'un de cette manière. Sans aucune attente, juste un moment d'intimité partagé entre deux personnes. Peut-être pourriez-vous tenir la main de votre épouse.

La peau de la femme contre la sienne taquinait ses sens, rendant l'obscurité encore plus profonde, alors que tous les autres éléments s'efforçaient de compenser. Il ne voulait pas de cette intimité, pas avec elle. Il imagina son épouse à la place et se sentit immédiatement plus serein.

— Vous pourriez également lui caresser le bras lorsque vous êtes assis ensemble. Dans votre berline, par exemple, lorsque vous vous rendez quelque part. Votre contact en dehors de la chambre à coucher pourrait apaiser son anxiété. Ensuite, lorsque vous êtes seuls, vous pouvez lui caresser le cou, le dos…

Comme il ne voyait rien, l'esprit de Constantine combla le vide. Il se rappela la séduisante courbe du dos de lady Aldington. *Lady Aldington ?* Elle s'appelait Sabrina. S'il l'appelait par son prénom, cela ferait tomber une partie du mur, n'est-ce pas ?

Sa main se leva, sans qu'il lui en donne l'ordre, et il imagina faire glisser le bout de son doigt le long de la colonne vertébrale de Sabrina. Son doigt rencontra de la chair, et le doux halètement de la femme l'enveloppa, l'attirant plus près en pensée, sinon en réalité.

Il retira sa main, constatant un peu bêtement qu'il ne s'agissait *pas* de sa femme.

— Je n'avais pas l'intention de vous toucher. Je ne m'étais pas rendu compte que vous étiez si proche, s'excusa-t-il, se demandant ce qu'il avait touché. Où vous ai-je… ?

Il s'interrompit, estimant qu'il valait mieux ne pas en parler.

— Peu importe.

— Vous m'avez effleurée juste au-dessus du corsage de ma robe. Deux centimètres plus bas, et vous auriez touché ma poitrine.

Constantine déglutit. Cela devenait dangereux. Il aurait *voulu* toucher sa poitrine. Non, pas la sienne. Celle de Sabrina.

— J'ai essayé de le faire à mon épouse, l'autre soir. Elle n'a pas semblé aimer.

— Peut-être a-t-elle simplement été surprise ? Essayez de lui dire ce que vous allez faire, que vous souhaitez la caresser, la câliner, et que vous voulez poser votre bouche à cet endroit.

Un désir intense s'empara de ses reins, une soif qu'il craignait de ne pas pouvoir étancher. Pas ce soir-là, en tout cas. Il n'avait pas voulu effrayer Sabrina, alors il avait fait les choses extrêmement lentement. Toutefois, il aurait pu lui expliquer ce qui allait se passer, la préparer, afin d'atténuer sa peur.

Les regrets le submergèrent comme un torrent.

— Je suis désolé, murmura-t-il, avant de prendre conscience, une fois de plus, que cette femme n'était pas Sabrina.

Il avait du mal à distinguer cette femme près de lui de celle dans sa tête.

— Ne le soyez pas. Souhaitez-vous me toucher ? Me montrer comment vous toucheriez votre épouse ? Si vous en avez envie.

Il éprouvait une envie presque désespérée de la toucher, mais pas elle. Il voulait Sabrina. Il voulait faire ce que la tutrice suggérait, lui caresser le cou, le dos, les seins. Son sexe, désormais en pleine érection, tendait le tissu de ses sous-vêtements.

Serait-ce si terrible qu'il couche avec cette femme ? La plupart des autres hommes dans sa position le feraient sans hésiter. Du reste, si Sabrina ne voulait de lui que pour faire un enfant, s'en soucierait-elle ?

— *Bordel !*

— Excusez-moi ? s'exclama-t-elle, et elle semblait choquée, ce qui signifiait qu'il l'avait dit à haute voix.

— Mes excuses. Je ne voulais pas dire cela. En tout cas, pas ailleurs que dans ma tête. Ma femme veut seulement un enfant, laissa-t-il échapper, comme si ses pensées cherchaient à s'exprimer à tout prix. Elle s'est montrée très claire à ce sujet. Exigeante, même. C'était plutôt choquant.

Mais, peut-être un peu excitant, également. Une femme de tête, et surtout lorsqu'il s'agissait de sa propre épouse, était quelque chose d'exaltant.

— Alors, peut-être devriez-vous vous montrer plus exigeant quant à vos attentes. Lui dire ce que vous désirez.

Soudain, le bandeau lui parut oppressant. Il avait envie de s'en débarrasser, et de voir cette femme, de la différencier de Sabrina.

— De quelle couleur sont vos cheveux ?

— Brun foncé.

Il se détendit légèrement.

— Vos yeux ?

— Euh, bleus.

Bon sang ! Il avait espéré qu'ils seraient bruns, plutôt que de la même couleur que ceux de Sabrina.

— Si vous essayez de vous représenter mon apparence, pourquoi ne pas me toucher et laisser vos mains vous informer ?

La tentation était très forte. Il serra fort les poings le long de ses flancs, pour s'empêcher de la toucher. Elle expira doucement un soupir déçu.

— J'espère que vous toucherez votre femme, à la place, alors. Que vous la caresserez, et que vous embrasserez sa peau. L'avez-vous fait ? l'interrogea-t-elle, puis elle hésita un instant avant de poursuivre. Avez-vous posé votre bouche sur elle ?

Elle posa cette dernière question d'une voix légèrement essoufflée, comme si elle était également excitée.

— Non, répondit-il d'une voix rauque.

— Dans ce cas, vous devriez le faire. Elle aimera probablement votre bouche sur ses seins, sur son sexe…

— Arrêtez, lança-t-il, car cela lui devenait insupportable. Vous devez partir.

— Pourquoi ?

— Parce qu'il le faut, répondit-il d'une voix tendue, ténue, comme s'il était soumis à une pression constante.

— Je ne suis pas sûre d'avoir fait le moindre progrès. Vous ne m'avez pas touchée, et vous n'avez pas dit comment vous comptiez séduire votre épouse. Puis-je vous suggérer de la déshabiller, et de faire glisser votre langue sur sa poitrine… ?

— *Bon sang !* Si vous ne partez pas maintenant, vous allez devoir me regarder me masturber ! s'exclama-t-il, alors qu'il posait déjà les mains sur les boutons de son pantalon.

— J'aimerais le faire.

À présent, la voix de la femme était presque gutturale. Ce son était aussi envoûtant que l'idée qu'elle le *regarde*.

— Non.

Mais, même s'il lui opposait un refus, son corps aspirait à ce qu'il dise oui. Il hésita, le pantalon à moitié ouvert.

— S'il vous plaît, puis-je rester ?

Il finit par céder à ses plus bas instincts, laissant échapper dans un murmure :

— Oui.

— Montrez-moi ce que vous voudriez que fasse votre épouse.

Cette injonction, prononcée d'une voix douce, était pourtant dévastatrice.

Sans réfléchir, il libéra les derniers boutons, et fit glisser son sexe hors de ses sous-vêtements. En saisissant la base, il laissa sa tête basculer en arrière, tandis que le sang affluait directement dans son membre.

Il fit remonter sa main, lentement, au début. Une délicieuse sensation l'envahit. Ses muscles se contractèrent, tandis que le plaisir naissait et s'amplifiait.

La respiration de la femme semblait haletante dans le silence de la pièce, ce qui ne fit qu'accroître son excitation. Il l'imaginait en train de se caresser. Le faisait-elle ? Constantine ne pouvait se résoudre à lui poser la question.

Ses jambes tremblèrent, et il tendit la main gauche vers le montant du lit, pour s'y accrocher. Sans cela, il craignait de s'effondrer, en particulier lorsqu'il jouirait.

— À quel point vous tenez-vous serré ? l'interrogea-t-elle.

La question le déstabilisa, et sa main glissa. Il avait du mal à parler.

— Ni trop serré ni trop lâche.

Il fut tenté de lui montrer, de lui demander de le finir. Cependant, il était déjà allé trop loin, en le faisant devant elle.

— Dites-moi ce que vous ressentez. Entraînez-vous, de
sorte de pouvoir le décrire à votre épouse lorsqu'elle vous le
fera.

L'idée que Sabrina tienne son sexe, qu'elle le conduise à
l'extase, déclencha une nouvelle vague de plaisir en lui. Il se
caressa plus rapidement, et la respiration rapide et superficielle de la tutrice se joignit à la sienne dans une symphonie
sauvage et sensuelle. Il imagina que c'était Sabrina, sa main
douce et délicate qui le caressait, et il se laissa aller.

Tous les muscles de son corps se tendirent juste avant sa
libération. Il poussa un cri, un son bas et affreux qu'il ne
pensait pas avoir déjà produit. D'un autre côté, il ne pensait
pas avoir déjà joui aussi fort auparavant.

Il rejeta la tête en arrière et s'agrippa au montant du lit,
comme si sa vie même dépendait de sa capacité à ne pas le
lâcher. Ce n'était pas si dramatique, bien sûr, mais il était
certain qu'il se serait effondré s'il n'y avait pas eu le montant.

Finalement, son orgasme s'apaisa, et il s'efforça de
reprendre le contrôle de son corps, en prenant de profondes
inspirations, tout en rentrant son sexe ramolli dans ses sous-
vêtements. Les doigts tremblants, il reboutonna son
pantalon.

— Mes excuses, dit-il lorsqu'il eut terminé. Je n'aurais pas
dû vous laisser regarder.

— J'ai aimé, déclara-t-elle d'un ton plutôt enjoué. Je pense
que votre épouse aimera aussi, surtout si vous lui permettez
de vous toucher. Cependant, le simple fait de regarder est
incroyablement excitant.

Il n'était pas sûr de croire, comme elle, que Sabrina aimerait cela.

— Vous êtes-vous… touchée ?

— Non, mais j'aurais dû. Et je le ferai. La prochaine fois,
nous pourrions le faire ensemble.

— Il n'y aura pas de prochaine fois.

Il n'aurait pas dû laisser faire une première fois, même s'il pensait que cela l'aiderait.

— Si vous changez d'avis, je serai ravie de vous revoir. En attendant, je vous souhaite bonne chance avec votre femme.

— Merci.

Il était preneur de toute la chance possible.

— J'espère que cela vous a aidé. Je m'en vais, maintenant. Bonne nuit.

La porte se referma avec un déclic, lui indiquant qu'elle était partie. Constantine se rendit compte qu'il agrippait toujours le montant du lit.

Il le relâcha, puis secoua sa main, dont les muscles étaient tendus, à force de serrer si fort. Il la passa ensuite sur son visage : il avait oublié ce maudit bandeau. Il le dénoua à l'arrière de sa tête, puis le retira. Clignant des yeux, il fixa l'obscurité presque totale, comme s'il pouvait discerner la trace de la femme devant lui. Il sentait encore son parfum tropical décadent, qu'il assimilerait à jamais à cette félicité extrême.

Se rapprochant du fauteuil, il enfila ses bottes. Pourrait-il séduire Sabrina comme il le devait ?

Il réfléchit aux efforts qu'elle déployait pour changer, et il se demanda s'il ne devrait pas faire de même. Peut-être trouverait-il le véritable Constantine, enfoui quelque part sous les devoirs et les attentes.

Y avait-il un vrai Constantine autre que celui qu'il était ? À quel moment l'arrivée de sa femme avait-elle déclenché une sorte de dilemme existentiel ?

Je suis celui que je suis censé être.

Cependant, était-ce le mari qu'il voulait être ?

CHAPITRE 11

*S*abrina fit passer l'émeraude dans le lobe de son oreille, puis tourna la tête pour regarder le bijou scintiller à la lumière des bougies. Le collier assorti était lourd autour de son cou. Elle passa sa main sur les pierres précieuses d'un vert éclatant. Elle ressemblait assurément à une comtesse, même si elle ne se sentait pas encore tout à fait comme telle.

Se levant du tabouret situé devant la coiffeuse, elle se plaça devant le long miroir et resta immobile pendant que Charity lui passait la robe de bal vert et or par-dessus la tête. Elle lissa le vêtement sur sa taille et ses hanches avant que la femme de chambre ferme la petite rangée de boutons dans le dos.

— Magnifique, my lady, remarqua la domestique, qui sourit en allant chercher ses gants.

— C'est uniquement à cause de ce que vous avez accompli avec mes cheveux.

Sabrina toucha l'arrière de sa tête, s'émerveillant de son allure sophistiquée, avec les bijoux qui brillaient parmi les boucles d'un roux doré.

— J'ai vraiment adoré apprendre à coiffer. Je crois que c'est ce que je préfère dans le fait de devenir femme de chambre.

— Vous possédez un talent naturel.

Sabrina enfila ses gants et jeta un dernier regard dans le miroir avant de se retourner.

— Votre réticule ! remarqua Charity, qui retourna vers la coiffeuse pour le récupérer, et le tendit à Sabrina.

— Merci, Charity. Je vous verrai plus tard. Je vous souhaite une excellente soirée.

Alors que Sabrina descendait les escaliers, elle se demandait si elle allait croiser son époux. Depuis la soirée de la veille, il était omniprésent dans son esprit. Comment aurait-il pu en être autrement ? Cette rencontre l'avait changée à jamais, et il ne savait même pas qu'elle avait été là.

Cette supercherie restait gravée dans son esprit, comme tout ce qu'elle avait appris sur ce qui n'allait pas dans leurs précédentes tentatives de relations intimes. Entendre sa vision des choses sur le déroulement de cette nuit entre eux, lorsqu'ils avaient enfin partagé un lit, lui avait ouvert les yeux. Elle devait apprendre à se détendre, à se sentir à l'aise sous son contact. La nuit précédente avait constitué un pas dans cette direction, et, pour cette raison, elle ne pouvait pas avoir de regrets.

Elle était arrivée au bas de l'escalier, et Aldington se tenait là, dans l'embrasure du hall d'entrée. Aldington ? Elle devait penser à lui comme Constantine, surtout après la nuit précédente.

Il posa les yeux sur elle, et ses lèvres s'entrouvrirent, tandis qu'il la scrutait lentement. Sabrina ne pouvait pas bouger. C'était comme s'il la retenait captive. Elle retint son souffle en attendant qu'il parle.

Finalement, il lui demanda :

— Tu vas à l'assemblée ?

Elle ne s'était pas rendu compte qu'elle avait espéré un compliment de sa part, jusqu'à ce qu'il ne lui en fasse pas.

— Oui. J'aurais aimé que tu viennes avec moi, lui avoua-t-elle, s'avançant vers lui sur le sol en marbre du hall. Seras-tu réveillé à mon retour ?

— J'imagine que tu vas rentrer tard. Ces rassemblements se terminent bien après minuit. En fait, il se pourrait que je sois dehors tard, moi aussi, tu ne devrais pas m'attendre.

Sabrina réduisit la distance qui les séparait. Avait-elle imaginé les progrès qu'ils avaient accomplis ? Peut-être accordait-elle trop d'importance à la nuit précédente, qui ne comptait pas vraiment, vu qu'il ignorait que c'était elle.

— Tu as dit que tu comblerais mon désir.

Les narines de Constantine se dilatèrent quand elle murmura le dernier mot.

— Un enfant, précisa-t-elle.

Les yeux de son époux s'assombrirent.

— Pourquoi ne voulais-tu pas te marier avec moi ?

Elle cligna des yeux, surprise par sa question. Il avait su et il l'avait épousée quand même ? Évidemment qu'il l'avait fait. Il était l'incarnation même du sens du devoir et des respon-sabilités.

— J'ignorais que tu étais au courant, répondit-elle d'une voix douce.

— Mon père m'en a informé la veille de notre mariage. Il m'a dit que tu avais voulu annuler, mais qu'il refusait de provoquer un scandale.

Soudain, Sabrina eut du mal à respirer profondément.

— Aurais-tu préféré le scandale d'une annulation plutôt que de m'épouser ?

Le front de Constantine se creusa de rides profondes.

— Bien sûr que non !

Cela aurait été déraisonnable. Sabrina tordit ses mains, soudain moites dans ses gants.

— Je ne voulais pas épouser qui que ce soit. J'étais tellement… anxieuse, à propos de tout. La simple idée de faire
une saison, de sortir parmi la foule… c'était presque insupportable pour moi.

Le temps qu'elle termine sa phrase, elle entendait à peine
ses propres mots. Peut-être était-ce dû à l'afflux de sang dans
ses oreilles.

— Pourtant, ce soir, tu te rends à une assemblée où il y
aura beaucoup de monde.

— Oui, car je m'efforce de surmonter mes craintes. Je dois
le faire. Je suis comtesse et j'entends bien me comporter
comme telle. Je ne le faisais pas avant, pas quand nous nous
sommes mariés, et pas non plus lors de la dernière saison.

Elle n'avait pas encore fini d'essayer de s'expliquer auprès
de lui. Mais, comprendrait-il ? Essaierait-il seulement ?

— J'ai toujours eu du mal avec les larges groupes. Je suis
nerveuse, timide, et je préfère rester dans l'ombre, pour que
personne ne me parle. Les gens ne remarqueront pas mes
erreurs s'ils ne sont pas attentifs.

Il entrouvrit les lèvres, mais ne dit rien, alors elle
poursuivit.

— Ce n'est pas que je ne voulais pas me marier avec *toi*. Je
n'avais pas envie d'épouser qui que ce soit. Je voulais rester
dans la demeure de campagne de mon père, et sans doute
devenir vieille fille.

Sabrina prit ensuite une grande inspiration, tandis que
son cœur battait à toute vitesse.

— C'est pour cette raison que tu aimes tant Hampton
Lodge, remarqua-t-il, s'exprimant avec toute la mesure de
quelqu'un qui vient juste d'apprendre quelque chose. Tu peux
t'y cacher.

Une sensation de légèreté envahit la jeune femme.
Peut-être commençait-il à la comprendre.

— Je n'avais pas envisagé les choses de cette manière,

mais, oui, je peux m'y cacher. Seulement, je ne peux plus me cacher. Je suis une comtesse, *ta* comtesse, et j'ai un devoir à accomplir. J'espère un jour avoir la chance d'accompagner ma propre fille au cours d'une saison. Comment puis-je y parvenir si je n'acquiers pas la confiance nécessaire pour réussir ?

Sabrina prit une autre inspiration, et son pouls ralentit enfin. Elle marqua une pause, avant de poursuivre.

— De toute façon, tu ne voulais pas m'épouser non plus.

Le regard de Constantine se fit perçant.

— Pourquoi penses-tu cela ?

— Mes parents m'ont dit que tu n'en avais pas envie, et que, si je ne changeais pas de comportement, tu te retirerais.

Il la fixa du regard. Les reflets dorés qu'elle venait tout juste de remarquer dans ses iris noisette semblaient brûler d'incrédulité.

— Ce n'est tout simplement pas vrai.

Elle n'aurait pas dû être surprise que ses parents lui aient menti. Ils auraient fait n'importe quoi pour s'assurer qu'elle épouse Aldington. *Constantine.*

— Tes parents me semblent incroyablement cruels, ajouta-t-il.

— Ils ne sont pas gentils. C'est en partie pour cela que je veux changer. Je ne veux pas être manipulée ou être considérée comme quelqu'un d'influençable. Je veux devenir la marraine de ta sœur, assister aux assemblées du Phœnix Club et organiser mon propre bal.

Constantine haussa un sourcil.

— Vraiment ?

Sabrina l'avait envisagé, elle se demandait si elle en avait le courage. Si ce n'était pas le cas, elle le trouverait. Elle n'avait pas le choix. Relevant le menton, elle regarda son mari droit dans les yeux.

— Les futures duchesses organisent des bals. Et elles ne se laissent pas manipuler.

— Donc, si je te disais de rester à la maison ce soir, tu ne m'écouterais pas ?

Était-il sérieux ? Elle n'aurait su le dire.

— Non, absolument pas. J'aime la façon dont je suis en train de changer. Et, je... j'espère que toi aussi. Ce soir, j'aimerais assister à un bal avec mon amie, et rentrer à la maison pour retrouver mon mari. Seras-tu présent ?

— Je suppose que tu le découvriras plus tard, répondit-il, la frôlant en passant.

— J'espère que tu seras là, lui lança-t-elle.

Si elle continuait à le déstabiliser, il finirait par tomber dans sa direction, n'est-ce pas ?

Sabrina le regarda gravir les marches, et elle se surprit à apprécier l'ondulation de ses épaules lorsqu'il se déplaçait, ainsi que l'inclinaison de son mollet. Elle imagina son torse nu, espérant qu'il ne tarderait pas à se dévoiler à nouveau à elle.

Ce soir, elle parlerait à Lucien, elle le supplierait de faire en sorte que Constantine reçoive une invitation à rejoindre le club. Ensuite, elle avait l'intention d'attendre son époux.

～

*A*près s'être rapidement changé, Constantine arriva à la maison mitoyenne de son frère au moment où Lucien pénétrait dans le hall d'entrée depuis l'escalier. Le majordome, Reynolds, était un personnage impressionnant : très grand, avec une vilaine cicatrice rouge sur la joue. En dépit de son apparence intimidante, il était plutôt affable et saluait toujours chaleureusement Constantine.

— Tu arrives au mauvais moment, Tine, lui dit Lucien, en enfilant ses gants. Je suis en route pour le club.

— Le Phœnix Club. Mon épouse en est désormais membre, contrairement à moi.

Lucien pinça les lèvres, puis il grimaça.

— Effectivement. Discutons-en.

Il fit signe à Constantine de le suivre jusqu'à la bibliothèque. En chemin, il retira les gants qu'il venait d'enfiler, les jeta sur une table, puis se tourna pour faire face à son frère.

— Tu es en colère.

— Et comment !

Telle avait été la réaction initiale de Constantine, mais il s'était convaincu qu'il avait réagi de manière excessive, que, de toute façon, il n'avait pas envie d'appartenir au club de Lucien. Mais, voir Sabrina ce soir-là, et savoir qu'il ne pouvait pas l'accompagner à l'assemblée, avait déclenché chez lui une ire encore plus féroce que lorsqu'elle lui avait parlé de l'invitation.

— Comment ma femme peut-elle être membre, alors que je ne suis même pas invité ?

Lucien soupira.

— C'est simple. Le comité d'adhésion lui a envoyé une invitation. Et pas à toi. Pour être honnête, ton nom n'a jamais été cité comme candidat à l'adhésion. À ma connaissance, ajouta-t-il précipitamment.

Constantine leva les yeux au ciel.

— Épargne-moi ta logique et tes piètres tentatives de rendre opaque ta position au sein du comité d'adhésion. Tout le monde sait que tu présides la *Chambre étoilée*. C'est ton maudit club !

Lucien en resta bouche bée.

— D'abord, tu viens de lever les yeux au ciel, et je ne me rappelle pas la dernière fois que tu l'as fait. Je crois bien que j'avais dix ans, et toi douze ? Ensuite, tu parles du comité d'adhésion en employant ce surnom peu glorieux ? Depuis quand es-tu à ce point impliqué dans la bonne société et son obsession comique pour la manière dont sont sélectionnés les membres du Phœnix Club ?

Agitant la main dans l'air, Constantine ricana.

— N'essaie pas d'éluder le sujet.

— Très bien ! Je fais *effectivement* partie du comité d'adhésion, mais tu seras peut-être surpris d'apprendre que je ne suis pas un roi. Je n'ai pas le dernier mot quant aux personnes qui reçoivent une invitation. Nous sommes un groupe démocratique.

Constantine ricana.

— Tu aurais pu proposer mon nom, mais, *à ta connaissance*, tu ne l'as pas fait.

— Non, je ne l'ai pas fait ! admit Lucien, qui leva les mains. Je ne pensais pas que tu l'accepterais, pas plus que je n'imaginais que tu voudrais que l'on te fasse la courtoisie de t'inviter, sachant que ce n'était qu'une formalité, car tu déclinerais, en fait.

— Comment peux-tu être certain que je déclinerais ?

La vérité, c'était qu'il l'aurait fait. Et pourquoi voulait-il à ce point devenir membre, à présent ? En raison d'une coutume ancienne qui voulait qu'une épouse partage tout avec son mari ? Cela ne fonctionnait assurément pas dans l'autre sens. S'il voulait inviter Sabrina chez White, on lui rirait au nez. Ensuite, il serait sans doute chassé.

— Parce que je te connais ! répliqua Lucien, le fixant d'un regard déterminé. Tu peux essayer de le nier, mais je crois que je te connais mieux que personne. Ce qui est bien malheureux. Ta femme devrait avoir ce privilège.

— J'y travaille, bon sang ! s'exclama Constantine, qui s'approcha de la fenêtre, particulièrement agité. Pourrais-tu m'obtenir une invitation ?

— Est-ce à ce point important pour toi ?

Se tournant face à son frère, Constantine lui adressa un léger signe de tête.

— Apparemment.

— Je ferai de mon mieux. Comme je te l'ai dit, cela ne dépend pas entièrement de moi, répondit Lucien, qui pencha la tête sur le côté et sourit. Tu corresponds plutôt bien à notre profil.

— Il y a un profil ?

— N'y en a-t-il pas dans tous les clubs ? Ce n'est pas comme si Brooks ou White invitaient n'importe qui. Tout le monde ne peut pas obtenir de bon pour Almack. Sans exclusivité, il n'y a pas d'importance.

— Sauf que ton club ne semble pas suivre les mêmes règles. Combien de ducs comptez-vous parmi vos membres ?

Lucien leva les yeux vers le plafond tout en réfléchissant un instant.

— Aucun, je crois, confirma-t-il avec un sourire. Ils n'ont pas plus besoin de notre club que nous n'avons besoin d'eux.

— Un club a-t-il vraiment besoin de qui que ce soit ?

— Bien sûr, s'il veut être digne d'intérêt et proposer un lieu où chacun peut se sentir à sa place.

Cette simple expression, « *se sentir à sa place* », fit naître une douleur dans la poitrine de Constantine. Il l'ignora.

— Je ferai de mon mieux, Tine. Je te le promets, lui assura Lucien, qui récupéra ses gants. Tu ne m'as pas dit comment s'était passée la rencontre avec la tutrice, hier soir. Je dois avouer que je suis impatient de savoir.

— Ce ne sont pas tes affaires.

Honnêtement, cela l'avait laissé dans l'incertitude quant à sa capacité à séduire Sabrina. Pouvait-il mettre de côté ses préjugés sur elle, alors qu'elle était toujours pétrifiée en sa présence, et améliorer les choses entre eux ?

— Cela ne semble pas s'être bien passé.

— Je souhaiterais que tu arranges une rencontre entre elle et moi ce soir.

La demande s'échappa des lèvres de Constantine avant

même qu'il ne prenne conscience de ce qu'il voulait dire. La surprise se refléta sur le visage de Lucien.

— Le délai est un peu court.

Constantine faillit faire machine arrière. Mais il s'en abstint. S'il voulait rendre visite à sa femme ce soir-là, il devait être certain de pouvoir accomplir ce qu'il devait faire. Il pourrait s'entraîner avec la tutrice, faire semblant...

— Je suis sûr que tu feras de ton mieux, déclara Tine d'un ton neutre, reprenant les mots de son frère.

Lucien ricana.

— Toujours, pour toi. Je te ferai prévenir dès que je pourrai confirmer le rendez-vous. Où seras-tu ?

— Chez White.

Constantine prit congé, souhaita une bonne soirée à Reynolds et sortit pour prendre sa berline. Quelques minutes plus tard, il arriva chez White et attendit que l'atmosphère particulière l'apaise. Ce ne fut pas le cas.

En fait, il se hérissa lorsque Trowley s'avança vers lui d'un pas déterminé.

— Aldington, je crains qu'il n'y ait un pari dans le registre concernant votre chère sœur.

Ses traits se plissèrent en ce qui était probablement censé être une expression d'inquiétude, mais qui, en réalité, donnait l'impression que cet homme venait de marcher dans du fumier de cheval.

— Je ne prête pas attention au registre des paris, répondit Constantine, de son ton le plus hautain. Si vous voulez bien m'excuser.

— Le pari est qu'elle sera toujours célibataire à la fin de la saison. C'est idiot, sans aucun doute, mais...

Trowley pinça ses lèvres épaisses et jeta un coup d'œil autour de lui. Puis, baissant la voix, il reprit.

— Mais aucun gentleman ne souhaite lui faire la cour, de peur que votre père ne l'éviscère. De mon côté, je ne suis pas aussi facilement effrayé, et, comme vous le savez, je suis veuf depuis trois ans. Mes enfants ont besoin de…

— Excusez-moi, Trowley.

Constantine avait repéré Brightly de l'autre côté de la pièce ; il partit aussitôt à sa rencontre.

L'autre homme le vit arriver et lui fit signe, prenant place à une petite table vide.

— Bonjour, Aldington. Vous êtes un véritable réconfort pour un gentleman que l'on harcèle. J'étais sur le point de partir pour aller chez Brooks, où les eaux sont plus clémentes. Il y a trop de requins ici.

Il balaya les environs du regard, puis adressa un clin d'œil à Constantine.

C'était bien mieux : la compagnie d'un ami. C'était comme si Constantine voyait Brightly pour la première fois. Oui, ils étaient amis, pas seulement collègues. Un valet de pied s'approcha de leur table avec un plateau comportant du porto et du bordeaux. Les deux hommes optèrent pour le bordeaux, et Brightly proposa un toast.

— À l'échec de la loi sur les importations.

Constantine but à cela, même alors qu'il était presque certain qu'ils ne pourraient y parvenir. Cependant, Brightly n'allait pas se laisser dissuader : il ne renonçait jamais à se battre.

— Votre cause est plutôt minoritaire, Brightly.

Constantine posa son verre, mais garda ses doigts enroulés autour du pied.

— Il reste encore du temps avant le vote. Je vais avoir besoin d'aide pour convaincre d'autres personnes de se joindre à nous.

— Je n'ai pas encore dit comment j'allais voter. Est-ce un tort de vouloir empêcher les importations d'être vendues à des prix inférieurs à ceux des bonnes céréales anglaises ?

Brightly se pencha en avant sur son siège, s'engageant de tout son corps dans un éventuel débat.

— Pas en théorie. Mais, dans la pratique, cela n'aidera pas les classes défavorisées. Les prix sont trop élevés, et leurs gages n'ont pas augmenté. Nous devons leur apporter un soulagement, par exemple en abaissant les loyers.

— Comme vous l'avez fait sur votre domaine.

Le domaine de Brightly, situé dans le nord de l'Essex, était l'un des plus rentables d'Angleterre, produisant une grande quantité d'orge et de blé.

— Précisément.

Brightly présentait un argument convaincant. Quelques années plus tôt, il avait réduit ses loyers, et il était parvenu à augmenter ses profits.

— Je vous promets de prendre bientôt une décision, *ma propre décision*, bientôt, répondit Constantine d'un ton égal.

Brightly acquiesça d'un simple signe de tête.

— Je veux que vous sachiez que, quelle que soit votre décision, je soutiendrai la réglementation sur les apothicaires.

— Merci.

Constantine aurait voulu pouvoir assurer à Brightly la même chose à propos de la loi sur les importations. Le fait que cet homme ait promis son soutien à la cause de Constantine sans exiger quoi que ce soit en retour était une chose rare parmi les membres du Parlement britannique.

Brightly sourit.

— Vous vous engagerez contre la loi sur les importations, même si cela irrite quelque peu votre père.

— Cela fera plus que l'irriter, remarqua Constantine d'un ton lugubre. Il sera furieux. J'espère que vous êtes prêt à faire face aux conséquences de sa colère.

Brightly eut l'air surpris.

— En quoi cela m'affectera-t-il ?

La menace du duc de faire exclure Brightly de chez White surgit dans l'esprit de Constantine, même s'il doutait que son père la mette à exécution. Il avait tenté de soumettre son fils à sa volonté.

Constantine scruta rapidement la grande salle à la recherche de la silhouette familière du duc, mais il ne le vit pas. S'il était assis, il était probablement invisible. Constantine espérait qu'il n'était pas présent.

— Croyez-moi, il n'oubliera pas que, non seulement vous vous êtes fait le champion de l'opposition à cette loi, mais que vous avez œuvré pour obtenir mon soutien.

— Craignez-vous qu'il cherche à se venger de moi pour vous avoir rallié à ma cause ? demanda Brightly en riant, alors qu'il saisissait son verre. Je vous remercie de vous inquiéter, mais je n'ai pas peur du duc d'Evesham.

Il but une gorgée de bordeaux, avant d'adresser un sourire malicieux à Constantine par-dessus le bord de son verre. Ce dernier admirait le courage de Brightly. Ce qui l'amena à se demander si *lui* avait peur du duc. Ou plutôt, s'il s'en méfiait. Il n'avait pas le choix, sous peine de devenir l'objet de son dédain, comme Lucien l'était, et parfois comme Cassandra. Cette pensée ne fit qu'aggraver le chaos qui régnait en lui. Il but une longue gorgée de bordeaux.

— J'ai appris que lady Aldington était arrivée en ville. Mme Brightly et moi-même serions ravis de vous accueillir à dîner la semaine prochaine. Mercredi vous conviendrait-il ?

Constantine hésita. Devait-il faire des projets pour elle ? Et si elle avait déjà pris des engagements ? Comme il ne souhaitait pas dévoiler le manque de concertation dans leur couple, il répondit de la seule manière possible.

— Ce serait formidable. Je sais que lady Aldington s'en réjouira.

Manque de concertation ? Quel euphémisme pour parler de l'état de leur relation !

— Mme Brightly sera ravie. Santé ! s'exclama Brightly, qui leva à nouveau son verre, avant de terminer son vin. Je dois maintenant me rendre chez Brooks. J'ai encore du travail ce soir.

Il se leva, puis posa les yeux sur Constantine. Il lui adressa un sourire chaleureux, une lueur agréable dans le regard.

— Je suis heureux de vous avoir vu ce soir. C'est toujours un véritable plaisir. Bonne nuit !

Brightly quitta le club.

Constantine sourit en dépit de la façon dont sa soirée avait commencé. Brightly possédait une étrange capacité à répandre la bonne volonté partout où il allait. Il était étonnant qu'il n'ait pas réussi à convaincre l'ensemble de la Chambre des communes de voter en sa faveur.

Tout en dégustant son bordeaux, Constantine discuta brièvement avec un gentleman qui s'arrêta pour le saluer. Dès qu'il fut parti, le duc prit place à la table, la mine renfrognée.

— Bonsoir, père, le salua Constantine, serrant son verre dans sa main.

— Pourquoi parlais-tu encore à ce mécréant ? Je croyais que nous avions un accord.

— Tu y as fait allusion, en effet. Mais oui, nous avons un accord. Je voterai en faveur de la loi sur les importations, et tu confieras à mon épouse le rôle de marraine de Cassandra. À partir de demain.

Le duc souleva son verre de porto et le porta à ses lèvres.

— Je le ferai avant le vote.

Lassé des exigences de son père, Constantine se pencha en avant et s'exprima calmement, mais fermement.

— Il n'aura pas lieu avant au moins deux semaines. Tu vas faire le changement maintenant, sinon je voterai comme Brightly.

— Tu n'oserais pas.

— Veux-tu le découvrir ? N'oublie pas qui m'a élevé. Je ne me laisserai pas manipuler, affirma-t-il.

Pourtant, il l'avait déjà été par le passé, et son mariage en était le parfait exemple. Plus maintenant. Le duc l'étudia un instant, ses yeux brillant d'une lueur qui aurait pu être de l'admiration, mais Constantine n'en était pas sûr.

— Je vois. Je m'entretiendrai avec ma sœur demain. Tu peux informer lady Aldington qu'elle prendra ses fonctions de marraine lundi. Elle devra venir s'entretenir avec Cassandra au sujet de son calendrier.

— Je veillerai à ce qu'elle le fasse.

Un sentiment de victoire bouillonna dans ses veines tandis qu'il dégustait son bordeaux. Un valet de pied s'approcha de la table et remit une lettre à Constantine.

— Lord Aldington, ceci vient d'être livré à votre attention.

Une vive impatience le saisit lorsqu'il ouvrit le parchemin.

— Qui t'envoie des messages ici ? s'enquit le duc.

Constantine parcourut les mots. Lucien avait fixé le rendez-vous à une heure du matin. Il avait donc encore de longues heures devant lui.

— Personne d'important.

Constantine replia le papier et le glissa dans sa veste. Il coula un regard vers le centre de la pièce et se demanda s'il pouvait supporter encore une soirée ici. Ou peut-être devrait-il accompagner Brightly chez Brooks. Reportant son attention sur son père, il prit sa décision. Il n'avait absolument pas envie de passer la soirée avec le duc. Et son père n'en aurait pas envie non plus. Il rentrerait sûrement bientôt chez lui.

Constantine termina son verre de bordeaux.

— Si tu veux bien m'excuser, père, j'ai un autre rendez-vous.

Le duc jeta un coup d'œil à la veste de Constantine.

— Cela a-t-il un rapport avec ce message ?

Constantine se leva.

— Pas directement, non. Dans tous les cas, cela ne te regarde pas. Tu n'es pas au fait de toute ma vie et ne le seras jamais. Bonsoir.

Il se retourna et partit sans laisser le temps au duc de répondre. Son père était sans doute furieux : il détestait ne pas avoir le dernier mot, et Constantine lui parlait rarement ainsi. Et, lorsqu'il le faisait, il était souvent frappé par l'incertitude et le regret. Il n'éprouvait pas de haine à l'égard de son père, et, en réalité, il comprenait pourquoi l'homme le traitait avec autant d'exigence. Il voulait seulement que Constantine soit le meilleur. Il exigeait la même chose de Lucien et de Cassandra, mais ceux-ci n'étaient apparemment pas à la hauteur à ses yeux. C'était ce qui préoccupait Constantine.

En chemin pour aller chez Brooks, Constantine sentit la présence de la note dans sa veste, qui le brûlait comme si elle était enflammée. Ou peut-être n'était-ce que son sang, alors qu'il envisageait une nouvelle rencontre avec la tutrice anonyme. Qui était-elle ? Et pourquoi était-il si impatient de la revoir ?

Il se rendit compte qu'il avait aimé leur conversation. Cela avait parfois été embarrassant, mais cela avait été nécessaire. Il devait penser à Sabrina différemment, la traiter différemment.

Il était bouleversé de savoir que son anxiété et sa timidité avaient été à ce point paralysantes pour elle. En plus du fait que ses parents ne semblaient pas s'en émouvoir. Pourquoi imposer une saison à une jeune femme qui n'était pas préparée ? Sans parler d'un mariage ? Même son propre père n'était pas aussi cruel. Lorsque Cassandra avait demandé à reporter sa première saison, il avait accepté. Elle n'était pas accablée d'une peur paralysante de côtoyer des gens.

Constantine s'inquiétait de sa propre impatience à l'idée de passer à nouveau du temps avec la tutrice. Il n'aurait pas dû avoir hâte de la retrouver, et il ne permettrait pas que se reproduise ce qui était arrivé le soir précédent. Ils ne feraient *que* discuter. À présent qu'il savait que Sabrina ne le détestait pas réellement, peut-être pourrait-il la séduire.

Avec un peu de chance, la tutrice pourrait l'aider à élaborer un plan. Elle avait pour objectif de l'éduquer, et il était prêt à apprendre.

CHAPITRE 12

*D*ès que Sabrina pénétra dans le Phœnix Club, elle ressentit une incroyable sensation de légèreté. Il y avait de la joie dans ce lieu : des bougies scintillantes, des rires, des employés chaleureux et avenants qui l'accueillirent et lui proposèrent de s'occuper de ses moindres besoins.

C'était très différent de sa précédente visite, la veille au soir, quand elle avait été escortée en secret par une porte latérale, conduite par l'escalier de service jusqu'au bureau d'Evie, puis guidée vers une ouverture cachée jusqu'à la partie du deuxième étage réservée aux gentlemen.

Elle leva les yeux vers l'immense tableau représentant Circé et ses nymphes en train de séduire les hommes d'Ulysse. Certains d'entre eux arboraient déjà des museaux et des sabots.

— N'est-ce pas une œuvre magnifique ? lui demanda Evie lorsqu'elle la retrouva dans le hall d'entrée.

— Absolument.

— C'est Lucien qui l'a commandée. Il existe un équivalent du côté des hommes, Pan qui organise une bacchanale.

— Quelle décadence !

Evie rit doucement.

— Voilà qui décrit plutôt bien Lucien. Ou, du moins, c'est l'image qu'il donne.

Sabrina songea à la demeure sans prétention de son beau-frère, et douta d'être d'accord avec cette affirmation.

— Il me semble être quelqu'un de plutôt économe.

— Pour lui-même, oui. Mais lorsqu'il est question du club, ou d'autres personnes, il ne ménage pas ses efforts et ne regarde pas à la dépense. C'est une personne incroyablement généreuse.

C'était l'impression que Sabrina avait. Elle se demanda comment le duc d'Evesham avait réussi à élever un tel enfant. Mais elle songea alors à la générosité de Constantine, qui lui avait offert une belle et confortable résidence, et lui avait permis de se l'approprier entièrement. Le livre à la couverture rouge, présentant les plans de rénovation du parc, était un autre exemple de sa générosité et de sa gentillesse. Même s'il ne disait pas les choses qu'elle voulait entendre, ses actes lui montraient qu'il se souciait d'elle.

Et qu'espérait-elle exactement qu'il dise ? Heureusement, elle ne put poursuivre cette pensée intrusive, car un valet de pied s'approcha avec une missive pour Evie.

— Lord Lucien m'a demandé de vous remettre ceci. Je dois attendre de voir si vous avez une réponse à lui apporter.

— Merci, Dexter, répondit Evie, qui ouvrit la missive, la lut, et esquissa un sourire à couper le souffle. Aldington a demandé une nouvelle rencontre avec la tutrice. Et si nous disions une heure du matin, pour que tu aies le temps de profiter du bal ?

Constantine voulait la rencontrer, ou plutôt, la tutrice... encore une fois ? Il avait dit qu'il n'en ferait rien. Son esprit se bloqua, se demandant ce qui avait motivé cette demande.

— Je...

— Je dois donner une réponse à Lucien, la pressa Evie.

— Oui, une heure, cela me convient.

L'esprit de Sabrina était en ébullition. Elle avait dû se préparer minutieusement pour leur dernière rencontre. Cette fois-ci, elle n'aurait pas ce luxe. Peut-être boirait-elle une coupe de champagne supplémentaire… ou dix.

Evie donna leur réponse verbale au valet de pied, qui se dirigea ensuite vers la partie du club réservée aux gentlemen. Elle offrit son bras à Sabrina.

— Ne sois pas nerveuse.

— Comment sais-tu que je le suis ?

— Parce que, même si notre amitié est naissante, je crois que j'ai appris à bien te connaître. Tu as besoin de temps pour réfléchir et rassembler ton courage, en particulier lorsqu'il est question d'une expérience nouvelle ou intimidante.

La gorge de Sabrina se noua.

— Tu me connais bien, *effectivement*. Personne n'a jamais compris cela à mon sujet.

Elle avait murmuré les derniers mots, emplie du sentiment d'avoir reçu le plus beau des cadeaux. Evie lui tapota l'avant-bras.

— Je te remercie de m'avoir laissée voir qui tu es vraiment. J'espère que tu feras de même avec ton époux.

Sabrina l'avait fait, du moins un peu, ce soir-là, lorsqu'elle lui avait parlé de son anxiété. Il y avait tant de choses qu'elle aurait dû lui révéler sur elle-même, des choses qui auraient pu contribuer à la réussite de leur mariage.

— Je n'étais pas prête à le faire avant, reconnut Sabrina d'une voix tranquille. Mais, je le suis, à présent.

Ses parents lui avaient imposé cette union, et il lui avait fallu tout ce temps pour arriver à ressentir un minimum de confort.

— Merveilleux ! s'exclama Evie d'un ton enjoué. Maintenant, allons profiter de cette assemblée. Tu es éblouissante dans cette nouvelle robe de bal, d'ailleurs. Le bleu-vert te va très bien.

Sabrina lui murmura ses remerciements, tandis qu'elles passaient devant le vestiaire jouxtant la salle de bal. Le vaste espace était en fait constitué de deux pièces, chaque club disposant d'une salle de bal, séparées par des portes. Verrouillées le reste du temps, elles étaient ouvertes lors des assemblées, pour en faire une grande salle de bal. Des lustres étincelants éclairaient des dames vêtues de couleurs éclatantes et des gentlemen fringants, qui se déplaçaient sur le parquet ciré.

— La danse se déroule du côté des messieurs, car c'est là que se trouve la mezzanine pour les musiciens. De ce côté, les gens se rassemblent et prennent des rafraîchissements, expliqua Evie.

Des tables chargées de nourriture et de boissons attiraient les invités, et des valets de pied portaient des plateaux de champagne. De la musique commença à filtrer à travers les portes : *une valse*.

— La valse est autorisée, ici ? s'enquit Sabrina.

— Beaucoup de choses sont autorisées ici, qui ne le seraient pas ailleurs, confirma Evie avec un hochement de tête triomphant. Tu dois venir mardi, c'est le seul soir de la semaine où les membres féminins sont autorisés à entrer dans la partie réservée aux hommes.

— Et quand les hommes sont-ils invités de ce côté ?

Evie éclata de rire.

— Jamais ! En dehors des assemblées, où seuls la salle de bal et le jardin leur sont accessibles, ils en sont fermement exclus. Ce n'est que justice, car il y a tant d'endroits où nous ne pouvons pas aller !

Sabrina ne trouvait rien à redire à cet argument. En parcourant la salle du regard, elle chercha des personnes qu'elle connaissait et constata qu'il n'y en avait pas beaucoup.

D'un autre côté, elle ne connaissait presque personne, en réalité. Au lieu de se sentir impatiente de faire des rencontres, et de montrer à tout le monde qu'elle n'était pas la comtesse effacée dont ils se souvenaient peut-être, ou plus exactement, dont ils ne se souvenaient pas du tout, elle se mit à penser au rendez-vous prévu plus tard. Pourquoi Constantine avait-il fait cette requête ?

Hélas, la curiosité allait certainement la tarauder toute la soirée, tandis qu'elle jouerait le rôle qu'elle avait accepté près de deux ans plus tôt. Elle secoua la tête et s'intima de se concentrer sur la comtesse qu'elle devait être. Une personne à qui le duc d'Evesham permettrait de parrainer sa fille. Elle se rendit compte qu'elle ne voyait pas Cassandra, mais elle n'était pas membre, et ne pouvait apparemment pas l'être, puisqu'elle n'était pas mariée.

— Peut-être pourrais-tu m'expliquer qui est présent ce soir, s'enquit Sabrina. Sont-ce uniquement des membres ?

— Principalement, mais tu verras également de nombreuses jeunes femmes qui sont sur le marché du mariage. Si leur marraine est membre, elles peuvent assister aux assemblées. Nous avons également récemment modifié les règles concernant les personnes autorisées à venir, pour y inclure la famille des membres.

— Dans ce cas-là, ma belle-sœur devrait être là, n'est-ce pas ?

— Elle était présente la semaine dernière. Cependant, j'ai cru comprendre que le duc ne souhaite pas qu'elle assiste à chaque assemblée. En fait, je crois qu'il a dit que le seul événement auquel elle aurait le droit d'assister était celui de vendredi dernier, expliqua Evie, qui grimaça. Il est tellement autoritaire ! Mais je suppose que tu le sais déjà.

— Oui, murmura Sabrina. Si je peux devenir sa marraine, je tenterai de persuader le duc de lui accorder la permission de venir. Cet endroit me semble bien plus approprié qu'Al-mack pour rencontrer quelqu'un.

Ses épaules tressaillirent au souvenir de la seule fois où elle s'était rendue dans ce lieu réputé. Elle n'avait pas réussi à se détendre de toute la soirée, et elle avait été plus qu'heureuse que ses fiançailles imminentes lui aient évité une seconde épreuve.

— J'espère sincèrement qu'il acceptera, répondit Evie, qui parcourut la pièce du regard. Je continue de chercher un parti convenable pour lady Cassandra, mais, jusqu'à présent, je n'ai trouvé personne qui, à mon avis, pourrait l'intéresser. Plus important encore, peut-être, je ne vois personne qui souhaiterait avoir le duc comme beau-père.

Elle s'interrompit, puis adressa à Sabrina un regard admiratif.

— Tu es vraiment très courageuse !

La jeune femme éclata d'un rire si fort qu'elle dut plaquer sa main sur sa bouche.

— Pas du tout. Cet homme me terrifie encore, et ce sera sans doute toujours le cas. Je l'ai toujours considéré comme l'homme qui a froidement arrangé mon mariage.

Evie lui lança un regard compatissant.

— J'espère sincèrement qu'Aldington et toi réussirez à trouver le bonheur.

— Jusqu'à ce que tu me fasses découvrir la possibilité d'une relation physique satisfaisante, je ne désirais qu'un mariage aimable et un enfant.

— Et maintenant, tu désires davantage ?

— Je pense que oui.

Le mari attentionné qui lui offrait des cadeaux et prenait des mesures radicales pour améliorer la vie sexuelle de leur couple était l'homme qu'elle désirait. Aussi désespérée soit-elle d'avoir un enfant, elle *désirait* son mari.

— Mais, je ne sais pas si Aldington le souhaite aussi…

— Je ne crois pas qu'il consulterait une tutrice pour obtenir de l'aide s'il ne souhaitait pas quelque chose... de plus.

Evie lui adressa un sourire encourageant.

Sabrina espérait sincèrement que son amie avait raison.

~

*C*omme Sabrina ignorait qu'elle jouerait le rôle de la tutrice ce soir-là, elle portait bien plus de vêtements que la veille : elle s'était habillée pour un bal, pas pour séduire. D'un autre côté, la rencontre de la nuit précédente ne lui avait pas imposé de tenue, ou d'absence de tenue, particulière. Elle pensait que cette soirée se déroulerait de la même manière, mais Evie la convainquit de revêtir une robe de chambre écarlate qu'elle lui avait procurée. Même si Aldington ne pouvait pas voir le vêtement, et qu'il n'était sans doute pas nécessaire, la robe ajustée permit à Sabrina de passer du statut de comtesse élégante à celui d'ancienne courtisane aguichante.

Comme la dernière fois, elle attendit dans la pièce voisine de celle où se trouvait Constantine. Un coup frappé à la porte, comme la nuit précédente, lui indiqua qu'il était temps. Qu'il était prêt.

Prenant une profonde inspiration, Sabrina pénétra dans le couloir sombre. Elle savait que Lucien se trouvait quelque part à proximité, veillant à ce que personne ne les surprenne, en particulier pendant qu'elle se déplaçait d'une pièce à l'autre.

Elle se hâta d'entrer dans la chambre de Constantine, dont elle entrouvrit à peine la porte avant de se glisser à l'intérieur. La pièce était encore plus sombre que le couloir, avec une unique bougie allumée sur le manteau de la cheminée.

Constantine se tenait au même endroit que la veille, près

du montant du lit, les yeux couverts d'un bandeau noir. Elle aurait voulu pouvoir observer ses yeux, car ils étaient très beaux, avec leurs longs cils et leur captivante couleur noisette. Cependant, comme ils étaient masqués, le reste de ses traits attira son attention. En dépit de la quasi-obscurité, elle distinguait la pente de son nez, ainsi que ses lèvres, en particulier celle du bas, charnue et pulpeuse. Elle l'avait fixée la nuit précédente, se demandant ce que cela ferait de la prendre entre ses dents.

— Bonsoir, le salua-t-elle, reprenant l'accent gallois qu'elle avait déjà utilisé, s'interrompant avant de l'appeler « my lord ».

Elle avait du mal à garder à l'esprit qu'elle n'était pas censée connaître son identité.

— Je vous remercie d'accepter de me voir à nouveau, dit Constantine, dont la voix semblait différente aussi, plus grave, plus rauque, plus excitante.

— J'étais surprise que vous ayez demandé à me revoir. Et si tôt.

Constantine fit un pas vers elle.

— J'avais besoin de vous voir. Pour… discuter.

Elle observa ses mains qui fléchissaient, sa poitrine qui se soulevait et s'abaissait au rythme de ses respirations rapides. La veille, il avait retiré sa veste et ses bottes ; là, il n'avait ôté que sa veste.

— Est-ce tout ce que vous souhaitez faire ? Discuter ?

Il fallut à Constantine un long moment pour répondre, et, lorsqu'il le fit, il semblait tendu.

— Oui.

Il se passa une main dans les cheveux, ébouriffant les mèches châtain clair qui lui retombaient sur le front. Cela lui donnait un air téméraire qu'elle apprécia, puis elle se demanda si elle l'aurait aimé davantage si c'était elle qui l'avait décoiffé. Elle se sentait particulièrement audacieuse ce soir-là. Elle appréciait cette sensation. Elle se sentait... puissante. Ou comme si elle pouvait l'être.

— Je ne sais pas par où commencer avec mon épouse.

Il se tourna vers le lit et tendit la main pour en agripper le montant. Cela l'avait aidé à se stabiliser la nuit précédente, elle en était sûre. Et le savoir l'avait remplie d'une satisfaction joyeuse : elle l'avait poussé dans ses derniers retranchements, et il avait plongé dans le vide avec un abandon sauvage.

Constantine poursuivit :

— Elle m'a invité à la rejoindre dans son lit hier soir, mais je ne sais pas ce qu'elle souhaite réellement. Il y a tant de choses que je ne comprends pas à son sujet, avoua-t-il, d'une voix où transparaissait une telle souffrance que Sabrina en eut le cœur serré. J'aurais préféré qu'elle ne se soit pas cachée de moi.

Personne ne le regrettait plus que Sabrina. Elle n'avait pas réussi à surmonter sa peur et son anxiété pour donner une chance à cet homme, son époux. S'approchant de lui, elle s'arrêta juste avant de le toucher.

— Est-ce qu'elle se cache de vous à présent ?

— Non. Je souhaiterais simplement savoir si elle veut réellement de moi, dit-il, laissant échapper un rire grave et sec. N'aspirons-nous pas tous à être désirés ?

— Est-elle désirée ?

Constantine lâcha le montant du lit et fit face à Sabrina. Elle tenta d'imaginer son regard derrière le bandeau. Avait-il les yeux fermés, ou bien la regardait-il, sans la voir, à travers le tissu ?

— Oui, répondit-il, la voix à peine audible.

Il s'éclaircit la gorge et répéta, cette fois-ci avec plus de volume et d'intensité.

— Vous devez m'aider. Je ne sais pas quoi faire. Je crois qu'elle souffre d'une sorte d'affliction, qui l'empêche de se confronter aux gens sans devoir déployer des efforts considérables. J'aurais aimé être au courant de cela lorsque nous nous sommes mariés. J'aurais pu..., commença-t-il, puis il souffla, laissant retomber sa tête pour se masser la nuque. J'aurais fait preuve de davantage d'égards.

— Auriez-vous pu la guider ? s'enquit Sabrina, qui regrettait qu'ils ne puissent pas revenir en arrière et recommencer.

— Je le crois, souffla-t-il. C'est difficile à dire. Nous avons tous les deux commencé avec des attentes complètement erronées. Mais j'essaie d'arranger les choses.

Il se tourna et s'assit sur le bord du lit, avançant prudemment, s'aidant de ses mains pour trouver son chemin.

— J'ai l'intention de la séduire, comme vous l'avez suggéré. Cependant, je ne souhaite pas agir trop rapidement. Elle est aisément nerveuse.

Sabrina sentit sa poitrine se gonfler tandis qu'elle l'écoutait. Était-ce vraiment son époux ? Elle n'avait jamais mesuré à quel point il était attentionné.

— Vous semblez être une personne très généreuse.

Dès que le mot « généreuse » franchit ses lèvres, la peur lui dessécha la bouche. Elle lui avait déjà dit cela plus tôt, en tant que son épouse. Fermant les poings sur sa robe de chambre, elle serra, craignant qu'il ne fasse le rapprochement et qu'il ne découvre son identité.

Mieux valait ne pas lui laisser le temps d'y réfléchir.

— Pourquoi vouliez-vous me voir, ce soir ?

Constantine se lécha les lèvres.

— Je me suis dit que je pourrais... vous raconter ce que je ferais.

— C'est une excellente idée, lui dit-elle.

Le corps de Sabrina était déjà en proie au désir, rien qu'à l'idée de l'entendre lui dire ce qu'il aimerait lui faire.

— Que feriez-vous à votre épouse si elle était ici ?

Il prit une inspiration, brusque, soudaine, qui attisa le désir qui couvait en elle.

— Tout dépend de ce qu'elle me laisserait faire.

— Imaginez qu'elle vous autorise tout. L'embrasseriez-vous ? La caresseriez-vous ? L'amèneriez-vous à l'extase ? Racontez-moi.

— Je me délecterais de la regarder. Elle est la plus belle femme que j'aie jamais rencontrée.

Les genoux de Sabrina frémirent sous la douceur déchirante de ses mots.

— Dites-moi ce que vous feriez après vous être rassasié de sa vue. Imaginez que je sois votre épouse.

Sabrina vit Constantine déglutir, elle observa sa gorge qui bougeait.

— Elle serait nue, dit-il d'une voix rauque. Je l'embrasserais... avec mes lèvres et ma langue, j'explorerais sa bouche tout entière.

La chaleur envahit le sexe de Sabrina, puis grandit, comme un feu qui, d'une étincelle vacillante, se muait en une flamme impatiente et affamée.

— Et ensuite, quoi ?

— J'embrasserais son cou, poursuivit-il d'une voix profondément sensuelle, la captivant à chaque mot. Elle sent la vanille et les pommes, c'est frais et doux. C'est entre ses seins que le parfum est le plus puissant, je crois. J'y enfouirais mon visage, je caresserais sa chair avant de prendre l'un de ses mamelons dans ma bouche.

En réaction, ceux de Sabrina durcirent en pointes raides. Elle n'avait jamais éprouvé une telle sensation, cette plénitude douloureuse, elle brûlait d'envie qu'il la touche. Et tout cela, uniquement avec des mots.

— Et après, que feriez-vous ?

— Je me servirais de ma langue, et peut-être de mes dents... avec délicatesse, bien sûr, et j'aspirerais sa chair dans ma bouche. Fort. Jusqu'à ce qu'elle pousse un cri. Je dois trouver ce qu'elle aime. Aimerait-elle que je la pince, que je la tourmente jusqu'à ce qu'elle ne puisse plus le supporter ?

Sabrina serra ses cuisses l'une contre l'autre pour atténuer la tension palpitante entre elles.

— Je pense qu'elle aimerait cela. Dites-moi ce que vous feriez ensuite.

— Je caresserais son sexe, je la taquinerais jusqu'à ce qu'elle halète.

Les lèvres de Sabrina s'étaient entrouvertes, et elle se rendit compte qu'elle était à deux doigts de faire exactement ce qu'il décrivait.

Constantine poursuivit :

— Lorsqu'elle ne supporterait plus l'attente, j'enfouirais mon doigt en elle.

Incapable de résister un instant de plus, elle s'assit à côté de lui sur le lit, en veillant à ne pas le toucher. Elle glissa sa main entre ses jambes et se caressa à travers la soie de la robe de chambre.

— *S'il vous plaît.* Ne vous arrêtez pas. Que feriez-vous d'autre ?

— Je la comblerais avec mes doigts et la ferais jouir.

Sabrina se languissait d'ouvrir la robe de chambre, et de faire ce que Constantine disait. En réalité, elle voulait que *lui* le fasse, mais il ne pouvait pas. Pas comme cela. Elle caressa son clitoris, remuant doucement les hanches.

— Êtes-vous… ?

Sa question inachevée la poussa à s'arrêter. Remplissant ses poumons d'air, Sabrina déplaça sa main sur sa cuisse.

— S'il vous plaît, continuez.

— Je m'émerveillerais devant sa beauté nue, devant les boucles couleur miel qui protègent la partie la plus douce de son corps. Ensuite, je la goûterais, doucement d'abord. Quand elle se détendrait… *si* elle se détend, je la revendiquerais. Elle est *à moi*, affirma Constantine, dont le souffle effleura l'oreille de Sabrina. Vous n'étiez pas obligée de vous arrêter. Je ne vous toucherai pas, mais vous pouvez vous caresser.

— Et vous, vous caresserez-vous ? parvint-elle à lui demander.

L'idée qu'ils soient ensemble sur ce lit, se donnant du plaisir simultanément, était incroyablement érotique. Elle frémissait à cette idée.

— Je n'en avais pas l'intention, mais j'admets que c'est difficile de me retenir quand j'imagine ma femme allongée nue devant moi, avoua Constantine, qui inspira brusquement. C'est un rêve, et j'ignore s'il se réalisera un jour.

Sabrina était vraiment tentée de lui révéler son identité, de lui démontrer que son rêve pouvait devenir réalité.

— Il se réalisera. Je ne peux pas imaginer votre épouse résister, ou ne pas réagir, avec un abandon total à cette séduction. Vous pouvez y arriver.

Elle désirait ardemment qu'il essaie.

— Je vais... essayer ce que vous suggérez. C'est difficile d'imaginer lui parler, quand elle rougit à la moindre provocation.

Une vague de frustration envahit Sabrina. Elle ne pouvait être aussi pathétique, si ? Elle avait fait montre d'assurance, de franchise à plusieurs occasions depuis son arrivée en ville. Peut-être devait-elle faire davantage pour l'inviter à lui parler, à se dévoiler. À révéler ses désirs.

— Considérez-la comme une femme qui éprouve des désirs et des besoins qu'elle n'a pas encore découverts. Montrez-lui ce qu'elle a raté. Ne croyez-vous pas qu'elle y serait sensible ?

— Quand vous présentez les choses ainsi, oui. Je vais commencer par lui parler, mais pas forcément uniquement de cela. Nous devons instaurer un certain niveau de confort entre nous. Une intimité telle que même les amis la partagent.

Ses mots lui donnèrent envie de se pâmer.

— C'est une excellente façon de commencer.

— Cela vous ennuierait-il de partir, maintenant ? lui demanda Constantine.

Elle se leva du lit, les genoux tremblants à cause de son désir insatisfait.

— Votre épouse est une femme chanceuse. J'espère que vous lui montrerez bientôt à quel point.

Elle sortit précipitamment de la chambre, en prenant soin de jeter un coup d'œil dans le couloir avant de refermer la porte derrière elle. Plus vite encore, elle se rendit en hâte dans la chambre où se trouvaient ses vêtements. Elle tira une sonnette : quelqu'un savait qu'il fallait appeler Evie, qui l'aiderait à s'habiller.

Pendant qu'elle patientait, elle repensa à chacun des mots de Constantine, et elle faillit succomber à la tentation de se caresser. Toutefois, elle attendrait, au cas où il viendrait plus tard dans sa chambre à coucher. S'il ne le faisait pas, il se pourrait qu'elle s'impatiente et qu'elle se jette à son cou.

Un frisson parcourut sa peau lorsqu'elle comprit que les enjeux avaient changé. Elle voulait bien plus qu'un enfant. Elle voulait un vrai mariage.

CHAPITRE 13

— *A*pprouvez-vous, my lord ? s'enquit Haddock, depuis l'autre côté de la table de la salle à manger.

Douze verres à vin étaient disposés en deux rangées sur la table, à côté de sa chaise et de celle de Sabrina. Chaque verre contenait une petite quantité d'un vin différent. Au premier rang se trouvaient trois bordeaux et trois vins du Rhin, tandis que les verres du fond contenaient des vins de liqueur. Le nom du type de vin, ainsi que l'année de production, avait été inscrit sur de petits morceaux de parchemin, qui étaient placés au pied des verres de Sabrina, car c'était pour son éducation.

— Oui. Vous vous êtes surpassé, je vous remercie.

Haddock sourit. Depuis l'incident avec le chat, il semblait montrer un côté plus… animé.

— C'était un plaisir pour moi que d'organiser cette dégustation. C'est une merveilleuse idée que de faire découvrir le vin à lady Aldington.

Constantine espérait que ce serait plus que cela. Après la rencontre de la veille avec la tutrice, il était déterminé à faire ce qu'il avait dit. Il avait l'intention de séduire son épouse, et pas seulement dans la chambre à coucher. C'était pour cette raison qu'il ne lui avait pas rendu visite la nuit précédente. Ils devaient nouer une relation s'ils voulaient poursuivre leur chemin ensemble.

Mme Haddock entra dans la salle à manger d'un pas décidé.

— Lady Aldington va bientôt descendre. Je vais chercher les accompagnements.

Elle avait regardé Constantine en parlant, mais avant de se diriger vers la porte donnant sur l'escalier de service menant à la cuisine, elle lança un coup d'œil vers son mari, qui eut une très légère réaction. Cependant, Aldington la remarqua : le visage de Haddock s'illumina, et ses yeux se mirent à briller.

Constantine se demanda si Sabrina et lui échangeraient un jour de tels regards.

Il s'approcha de l'embrasure de la porte pour attendre sa femme. Un instant plus tard, elle apparut, toujours aussi belle à couper le souffle. Ses cheveux couleur miel étaient coiffés simplement, mais un peigne en perles était niché parmi ses boucles. Il était assorti aux perles qu'elle portait autour de son cou, qui elles-mêmes s'accordaient avec sa robe à fleurs rose et ivoire. Elle était fraîche, séduisante, comme si elle venait d'arriver de l'extérieur et qu'elle avait apporté le soleil avec elle.

Ses fins sourcils s'arquèrent, tandis que ses yeux s'arrondissaient à mesure qu'elle découvrait la table.

— Voilà qui représente un nombre considérable de verres à vin !

— En effet. Aujourd'hui, tu vas déguster une variété de vins, afin que tu puisses déterminer ce que tu préfères.

— As-tu préparé cela ? s'enquit-elle, le dévisageant avec étonnement.

— C'est principalement l'œuvre de Haddock, mais à ma demande, confirma-t-il, adressant un regard reconnaissant au majordome.

— C'est… formidable, le complimenta Sabrina, qui secoua la tête, puis se tourna face à Constantine. Cela me fait penser que je ne t'ai pas remercié comme il se doit pour ton autre attention, le livre rouge de Repton. Je n'arrive toujours pas à croire que tu aies fait faire cela. Je ne sais pas comment t'exprimer ma gratitude. Ou ma joie.

Le regard bleu de la jeune femme croisa le sien avec une ouverture qu'il ne pensait pas lui avoir jamais vue en sa présence. Une surprenante bouffée de joie envahit Constantine, une chaleur merveilleuse qui lui donna l'envie de sourire. Alors, il le fit.

— C'était un plaisir pour moi de le commander. As-tu aimé son projet ?

— Beaucoup. C'est exactement ce que j'aurais voulu faire, mais j'admire profondément les paysages de Capability Brown, ce qui semble avoir été son influence première.

Constantine plissa le front.

— *Aurait voulu…* N'aimerais-tu pas que les travaux soient réalisés ?

Les yeux de Sabrina s'écarquillèrent davantage.

— Tu soutiendrais un tel projet ?

— Bien sûr. Pourquoi lui aurais-je demandé de faire ce livre si nous n'avions pas l'intention de mener ce projet à bien ?

— Oh !

Elle pinça les lèvres, et, pendant un instant, il fut dans l'incertitude. Elle semblait agitée. Puis le visage de sa femme s'illumina d'un sourire, comme si elle transportait effectivement le soleil dans sa poche.

— J'adorerais voir ces travaux se réaliser. Je suis bouleversée par ta générosité.

Ce mot, « générosité », lui fit penser à la tutrice. Elle avait dit quelque chose de similaire la nuit précédente...

Mme Haddock entra, portant un plateau de nourriture à déguster avec le vin. Il y avait des biscuits, du pain, du fromage, ainsi que des fruits. Alors que l'intendante déposait le plateau et commençait à disposer les plats, Sabrina s'approcha de la table.

— Il y a suffisamment de nourriture pour un groupe, remarqua-t-elle.

— Peut-être devrions-nous inviter les Haddock à se joindre à nous, proposa Constantine avec gentillesse.

Le majordome et l'intendante le regardèrent fixement, figés sur place pendant un moment.

— Je me satisferai de vous servir, vous et Madame, dit prudemment Haddock.

Constantine n'avait pas eu l'intention de les mettre mal à l'aise.

— Oui, bien sûr.

Il s'approcha de la chaise de Sabrina et la tint pour elle. Elle murmura un remerciement en s'asseyant. Puis elle leva les yeux vers Mme Haddock.

— Comment va Grayson ?

— Il se porte très bien, my lady.

— Toujours aussi coquin ? s'enquit Sabrina, avec un sourire qui captiva l'attention de Constantine lorsqu'il s'installa sur sa chaise.

Mme Haddock eut un petit rire.

— Son comportement s'est légèrement amélioré, comme en témoigne le fait qu'il ne se promène plus partout dans la maison, remarqua-t-elle, avant de faire une grimace en direction de Constantine. Je suis toujours aussi honteuse de son comportement ce jour-là, my lord.

— Je vous dirais bien que tout est oublié, mais je crains que ce soit impossible. Toutefois, vous n'avez aucune raison de vous sentir honteuse. Maintenant, s'il vous plaît, dites-nous ce que vous avez placé sur la table.

Tandis que l'intendante passait en revue les fromages en particulier, Constantine scrutait la courbe du cou de sa femme lorsqu'elle hochait la tête en réponse, tout comme le battement de ses cils contre ses joues. Il n'entendit rien de ce qui se disait, se laissant emporter par la beauté simple de la femme assise à côté de lui.

— J'ai pensé que vous voudriez peut-être commencer par les vins rouges, my lord, dit la voix grave de Haddock, tirant Constantine de sa rêverie.

— Parfait.

— J'ai fourni des informations sur chaque vin à lady Aldington, expliqua le majordome, regardant Sabrina avec attention. Peut-être voudriez-vous mettre de côté les cartes de vos favoris, pour que nous puissions en prendre note ? Je peux également transmettre vos préférences à Dagnall, pour que vous puissiez demander des vins particuliers à Hampton Lodge.

— Quelle excellente idée ! Merci, Haddock.

Le majordome inclina la tête.

— Mme Haddock et moi-même allons vous laisser.

L'intendante commença à se retourner quand son mari arriva à sa hauteur, et il aurait été facile, naturel même, pour Haddock de poser délicatement la main sur son dos au moment où ils s'éloignaient. Cependant, il n'en fit rien, et elle ne se rapprocha pas non plus suffisamment pour qu'il le fasse. Parce qu'ils ne pouvaient pas, pas pendant qu'ils travaillaient. Pourquoi Constantine ne s'était-il jamais interrogé sur leur mariage, et sur la façon dont il pouvait s'articuler avec leurs postes ?

— Haddock ! l'appela Constantine, avant que le couple ne quitte la pièce.

Le majordome tourna les talons.

— My lord ?

— Lorsque Mme Haddock et vous aurez votre prochain après-midi de libre, je souhaiterais que vous profitiez de votre propre dégustation de vins.

Haddock semblait légèrement consterné.

— Nous n'oserions pas...

— J'insiste. Avec des fromages, également.

Il sourit à Mme Haddock, qui semblait complètement perplexe.

— Merci, my lord, répondit Haddock, et, cette fois-ci, ils purent partir sans être interrompus.

Sabrina lui lança un regard qui n'était pas sans rappeler l'expression de Mme Haddock.

— Je crois que tu les as choqués.

— T'ai-je surprise, également ?

— Oui. Avec le livre de Repton, et maintenant, ceci.

— Je me surprends moi-même, murmura-t-il. Et si nous dégustions le premier bordeaux ?

Il prit son verre. Elle fit de même.

— Comment pourrais-je goûter tout cela sans sombrer dans un affreux état d'ébriété ? Je n'ai jamais été un tant soit peu ivre, mais j'ai entendu dire que les conséquences pouvaient être très désagréables.

— C'est exact. La première fois que j'ai abusé de l'alcool, c'était à Oxford. Pendant deux jours, je n'ai pas réussi à tenir ma tête droite, ou à garder de la nourriture dans mon estomac.

Une fois encore, les yeux de Sabrina s'arrondirent. Apparemment, il ne pouvait s'empêcher de la choquer encore et encore ce jour-là.

— Je n'arrive pas à croire que tu aies pu faire cela.

— C'était il y a de nombreuses années, mais si, je l'ai fait. Je n'y avais pas repensé depuis très longtemps, remarqua-t-il, puis il but un peu de bordeaux et reposa le verre. Si tu bois de toutes petites quantités, et que tu grignotes au fur et à mesure, tout devrait bien se passer. Les vins blancs ont une teneur en alcool plus faible, tandis que les vins de liqueur de la dernière rangée en contiennent davantage.

— Je vois. Peut-être ne les terminerai-je même pas. Ou alors, je m'en mouille à peine les lèvres.

Soudain, Constantine contempla sa bouche : il aurait aimé pouvoir mouiller les lèvres de sa femme avec sa langue. Il but une autre gorgée de bordeaux.

— Alors, que penses-tu de celui-ci ?

— Il était bon, je suppose. Je devrais sans doute essayer le suivant, afin de pouvoir les comparer.

Elle goûta le deuxième verre, et Constantine fit de même.

— Ceux-ci sont un assemblage de différents cépages provenant de la région française de Bourgogne. Les deux premiers sont dans la cave depuis un certain temps, mais le troisième, je l'avoue, a été passé en contrebande l'année dernière.

Sabrina lui lança un regard malicieux.

— Je n'aurais jamais imaginé que tu achèterais du vin de contrebande. Tu es tellement convenable.

— De temps à autre, je me laisse tenter.

Constantine décocha un clin d'œil à Sabrina ; il ne se rappelait pas la dernière fois où il avait fait une telle chose. D'ailleurs, avait-il jamais fait un clin d'œil auparavant ?

— Celui-ci doit être un très bon vin, remarqua Sabrina, qui prit le troisième verre, et en but une gorgée. Oh ! Il est bon ! Je le décrirais comme velouté. Il est très doux sur ma langue.

Avait-elle la moindre idée de l'effet que ses paroles produisaient sur lui ? Il était déjà à moitié en érection. Constantine remua sur sa chaise, puis il but une gorgée, sachant déjà que c'était son préféré parmi les trois vins rouges.

— « Velouté » est exactement le terme que j'utiliserais. Je pense que nous devrions manger un morceau avant de poursuivre.

— Laisse-moi faire. Mais, d'abord, laisse-moi mettre cette carte de côté.

Elle prit la troisième carte de bordeaux et la plaça à gauche de sa place, de manière à ce qu'elle se trouve entre eux. Se levant, elle prépara deux assiettes avec divers aliments.

Constantine continuait à prendre plaisir à l'observer. Cette simple tâche qu'elle accomplissait était incroyablement domestique et, d'une certaine manière, incroyablement excitante aussi. Peut-être devrait-il cesser de regarder son postérieur lorsqu'elle se penchait sur la table.

— Je voulais te dire que mon père a accepté de te confier la responsabilité d'être la marraine de ma sœur.

Sabrina laissa tomber un quartier de pomme sur la table, et son regard se tourna vers celui de Constantine.

— Vraiment ?

— N'es-tu pas satisfaite ?

Il n'aurait su dire, d'autant plus que les yeux de Sabrina s'étaient assombris ; il avait l'impression que c'était de la peur.

— Je le suis. Mais je dois avouer que je suis étonnée qu'il ait accepté. Je m'attendais à ce qu'il refuse.

Elle ramassa le morceau de pomme et le déposa dans l'assiette, avant de la placer devant Constantine. Il ne lui dirait pas qu'il était également surpris ni qu'il avait négocié pour que cela se produise.

— La transition se fera lundi. Dans l'intervalle, tu devras rendre visite à Cassandra demain, afin d'examiner son calendrier et de mettre au point une stratégie.

La peur que Constantine avait entrevue un instant plus tôt ressurgit. Elle s'affaira à terminer son assiette.

— Cette stratégie concerne-t-elle la recherche d'un époux ?

— C'est l'objectif principal de mon père.

Et peut-être le seul, du moins en ce qui concernait Cassandra. Dans le cas de Constantine, le duc avait voulu qu'il se marie, mais surtout qu'il soit prêt pour le duché et qu'il soit habité par le sens nécessaire des convenances et du devoir. Ses intentions à l'égard de Lucien étaient moins concrètes. En fait, Constantine ne savait pas vraiment ce que leur père attendait de son deuxième enfant.

En revanche, ce qu'il savait, c'était que leur père semblait se désintéresser du bonheur et de la satisfaction.

Sabrina regagna sa place et prit un morceau de fromage.

— Je veillerai à ce que Cassandra s'établisse dans les meilleurs délais. Mais uniquement si cela la rend heureuse, bien sûr.

Elle coula un regard vers lui, les épaules voûtées, ce qui la faisait paraître nerveuse.

— Nous sommes d'accord sur ce point, lui dit Constantine.

Il souhaitait apaiser les inquiétudes de Sabrina. Il ne servait à rien de lui demander si elle voulait vraiment assumer cette tâche. Il était trop tard. L'engagement avait été pris, et se retirer maintenant ne ferait qu'irriter son père. Cela ne ferait que renforcer ses maigres attentes, et Constantine remuerait ciel et terre pour s'assurer que Sabrina les surpasse.

— Je crains qu'il ne te soit difficile de soutenir Cassandra comme tu le dois, tout en satisfaisant aux exigences de mon père. Nous présenterons tous un front uni en cas de problème.

Sabrina redressa les épaules, et il espéra que cela signifiait qu'elle se sentait mieux.

— Quel genre de problème ?

Constantine avala un morceau de fromage.

— Au cas où Cassandra ne trouverait personne qu'elle souhaite épouser cette saison. Je ne le laisserai pas la contraindre, pas comme lui et tes parents l'ont fait avec nous.

Leurs yeux se croisèrent, et, dans ceux de Sabrina, il lut de la gratitude, ainsi que quelque chose d'autre, qu'il n'arriva pas à définir précisément. Une sensation de chaleur se répandit en lui, le poussant à reporter brusquement son attention sur le vin.

— Il y a trois sortes de vins blancs, des vins du Rhin, en provenance d'Allemagne. Le premier est le plus jeune et sera le moins sucré. Le suivant est un peu plus doux ; et le dernier est le plus sucré de tous. Comme je te l'ai dit, leur teneur en alcool est plus faible. Donc, si tu les aimes, tu peux avoir l'esprit tranquille, car tu peux en boire tout au long du dîner sans te retrouver ivre.

— Il n'est pas étonnant que tant de femmes les préfèrent. J'en ai goûté, bien sûr, mais je ne savais pas qu'il en existait des plus ou moins sucrés. D'ailleurs, d'après mon expérience, je ne sais pas si j'aurais qualifié un vin blanc de sucré.

— Si tu n'en as jamais bu qu'au moment des repas, tu en as sûrement vu des moins sucrés, expliqua Constantine, qui sourit en soulevant le premier des vins blancs. Dis-moi ce que tu en penses.

Après avoir goûté le premier verre, Sabrina sembla réfléchir un instant, les lèvres pincées.

— Je ne suis pas sûre d'aimer celui-ci. Peut-être est-il meilleur au cours d'un repas, constata-t-elle, avant de croquer un morceau de pomme. C'est mieux, en effet. En fait, je crois bien avoir déjà dégusté ce vin lors d'un dîner quelque part.

— En parlant de dîner... les Brightly nous ont invités à dîner mercredi soir. J'espère que cela ne te dérange pas, mais j'ai accepté. Si tu as d'autres engagements...

Constantine n'eut pas le temps de terminer que Sabrina secouait la tête.

— Non, je n'ai rien d'autre. C'est une charmante idée. J'apprécie beaucoup Mme Brightly.

— Le sentiment est réciproque. Elle attend cela avec impatience, selon Brightly, lui dit Constantine, qui termina le premier verre de vin blanc. Nous devrions sans doute essayer de coordonner nos engagements mondains.

Le front de Sabrina se plissa, ce qui s'était souvent produit depuis qu'ils se connaissaient, mais, avait-il remarqué, moins fréquemment depuis qu'elle était arrivée en ville.

— À cause d'hier soir ? Je remarque que tu ne m'as pas posé de questions au sujet de l'assemblée.

Non, il ne lui avait rien demandé. C'était en partie parce qu'il était trop concentré sur ce qui s'était passé plus tard dans la soirée.

— J'aurais dû le faire. As-tu passé du bon temps ?

— Oui. Le club est magnifique.

Constantine ne lui avoua pas qu'il avait insisté auprès de son frère pour qu'il lui obtienne une invitation. Elle n'avait pas besoin de savoir à quel point il était jaloux. Cette émotion refit surface une fois encore, alors qu'il l'imaginait danser sous les chandeliers étincelants. Constantine savait que son frère n'avait pas lésiné sur les dépenses pour la décoration du club, ce qui avait provoqué la colère de leur père.

Il but le contenu du deuxième verre d'un trait.

— Dis-moi si tu aimes celui-ci.

Elle le goûta, mais elle semblait préoccupée par Constantine. Son regard ne cessait de s'égarer dans sa direction.

— Il est très bon. J'espère que tu sais que je regrette que nous n'ayons pas pu y aller ensemble hier soir. J'assiste à un autre bal, ce soir. Pourras-tu m'y accompagner ?

Il y avait une note d'espoir dans la voix de Sabrina, qui chassa la jalousie de l'esprit de Constantine.

— Je crains d'avoir un rendez-vous que je ne peux pas manquer, une réunion stratégique chez un collègue.

— Bien sûr. Tu es très occupé par un travail important, lui dit-elle, souriant brièvement avant de goûter le troisième verre. J'aime bien celui-ci. Je pourrais en boire bien plus que de raison.

Elle plaça aussitôt la carte à sa gauche, avec celle du bordeaux. Constantine faillit éclater de rire.

— C'est souvent le cas avec l'alcool. Peut-être pourrais-je te rejoindre au bal plus tard ? Où a-t-il lieu ?

— Lord et lady Hargrove l'organisent.

— Je ferai de mon mieux. À partir de la semaine prochaine, je m'assurerai d'assister aux mêmes événements que Cassandra et toi. J'ai essayé de faire des apparitions aux côtés de ma sœur, mais, maintenant, j'ai encore plus de raisons de le faire.

Sabrina le regarda fixement, et l'air entre eux sembla s'épaissir.

— Pourquoi ? Parce que je serai présente ?

— Oui, confirma-t-il, prenant le premier vin de la dernière rangée. Celui-ci et le suivant sont des madères, puis il y a deux sherrys, un porto, et, pour finir, un marsala.

Sabrina goûta le premier madère : elle fit ce qu'elle avait dit, elle n'en but qu'une toute petite quantité. Elle ferma les paupières et prit une autre gorgée, plus longue. Lorsqu'elle rouvrit les yeux, Constantine y lut de la joie.

— Oh ! C'est vraiment très bon !

Elle plaça aussitôt la carte dans la pile de ses favoris.

— Je pense que tu risques d'avoir des ennuis, dit-il en souriant. Je crains que le prochain ne soit encore meilleur. Du moins, à mon avis.

Il passa au deuxième madère. Sabrina porta le deuxième verre à ses lèvres et but une autre petite gorgée. Elle haussa les sourcils et goûta à nouveau.

— Oh, mon Dieu ! s'exclama-t-elle, puis elle prit la carte, qu'elle plaça soigneusement sur la pile grandissante à sa gauche. Celui-ci est vraiment excellent. J'aimerais le boire entièrement, mais je vais m'en abstenir. Peut-être que je n'aimerai pas les autres vins, ce qui me permettra d'y revenir.

Constantine se doutait qu'elle allait aimer tous les vins de liqueur. Il était difficile de faire autrement. Mais, tout comme elle, il veillait à ne pas abuser. C'était là un autre trait de caractère qu'il tenait de son père. Mais, comme il le lui avait dit plus tôt, il aimait parfois se faire plaisir. Soudain, il eut envie de boire tout le vin de liqueur, et de servir des verres supplémentaires de leurs favoris. Sabrina et lui pourraient s'enivrer, et il imaginait que leur conversation deviendrait plus ouverte, et que leurs inhibitions s'estomperaient.

— Je savais que j'aimais le madère, mais je n'en ai pas bu souvent, déclara Sabrina. C'est agréable de déguster ces vins de cette manière. Je suis en mesure de les différencier, ce qui m'aidera à décider de ce que je veux boire à l'avenir. Tout le monde devrait faire ce genre d'expérience avant d'entrer dans la bonne société.

Constantine goûta le premier sherry, et elle fit de même. Elle tordit brièvement les lèvres, comme si elle réfléchissait au goût.

— Tu n'aimes pas ? s'enquit Constantine.

— Si, mais pas autant que le madère.

Les traits de Sabrina se détendirent, et elle arbora un sourire tranquille. Il se rendit compte qu'il s'habituait de plus en plus à cette version d'elle, où les sourires et les conversations ne semblaient pas laborieux.

— Heureusement !

— Passons au suivant, annonça-t-il, puis il leva le deuxième verre de sherry pour porter un toast.

— Le *sack* était autrefois considéré comme le meilleur vin au monde.

Sabrina leva son verre et plissa les yeux pour observer le liquide ambré.

— Je me demande d'où vient ce nom, s'interrogea Sabrina, qui goûta le vin, et en but aussitôt une gorgée plus longue. Oh, doux Jésus ! Il est plutôt excellent, lui aussi.

— Il me semble que cela vient d'un mot espagnol, expliqua Constantine, qui but lui aussi une autre gorgée, car, elle avait raison, c'était délicieux. Drake en a rapporté une grande quantité à la reine Elizabeth, et, depuis, nous en sommes tombés amoureux.

Elle déplaça la deuxième carte de sherry vers la pile.

— Et à juste titre. Il semblerait que je préfère le vin de liqueur au vin ordinaire.

Le visage de Sabrina se crispa, comme si c'était un problème.

— Cela te perturbe-t-il ?

— Il semble que je préfère les boissons contenant davantage d'alcool. Cela signifie-t-il que je souhaite boire jusqu'à l'ivresse ?

Constantine éclata de rire.

— Je pense que c'est surtout parce qu'ils sont plus sucrés. La plupart des gens les préfèrent. Mais, oui, ils vous procurent une agréable sensation de chaleur, et assez rapidement, tu ne trouves pas ?

Sabrina s'était figée, la main au-dessus de son verre de porto.

— Tu n'as jamais fait cela auparavant, murmura-t-elle.

Il fronça les sourcils, quelque peu alarmé par son expression et son ton.

— Quoi ?

— Éclater de rire.

— Bien sûr que j'ai déjà ri !

Elle secoua doucement la tête.

— Pas avec moi.

Elle souleva le verre de porto et but une longue gorgée, comme si elle avait oublié qu'ils étaient censés déguster et non simplement boire. Constantine saisit son verre de porto qu'il vida d'un trait. C'était celui qu'il préférait, et, franchement, il avait besoin d'un peu de réconfort à cet instant.

Il n'avait jamais ri avec elle. Cela aurait dû le surprendre, le décevoir... et c'était le cas. Mais surtout, cela le rendait triste, et furieux contre lui-même d'être si fichtrement coincé. Pour la première fois, il comprenait pourquoi son frère le harcelait en lui disant qu'il avait un bâton dans le derrière.

— Que penses-tu du porto ? s'enquit-il, et sa voix lui donna l'impression qu'elle avait pris la poussière dans le grenier au cours des cinquante dernières années.

— Je l'aime énormément.

Sabrina gardait les yeux rivés sur lui, et, pendant un moment, il crut qu'elle parlait de lui.

— C'est ce que je préfère, murmura-t-il, se demandant s'il parlait du vin, ou de l'incomparable femme qui se trouvait devant lui.

Il avait certes épousé la femme choisie par son père, mais il commençait à se demander s'il ne l'aurait pas choisie lui-même s'ils avaient eu l'occasion de se faire la cour comme il se devait.

C'était ce qu'il faisait. Il s'agissait d'une cour, et non d'une séduction. La séduction viendrait en temps voulu, mais la cour, c'était plus important. C'était pour cela qu'il ne tendait pas la main vers elle maintenant.

— Le porto va-t-il rejoindre ta pile ?

Sabrina cligna des yeux et le sortilège, ou ce qu'il y avait entre eux, s'estompa.

— Absolument, oui, confirma-t-elle, tout en déplaçant la carte.

— Il ne nous en reste plus qu'un. Ce qui est une bonne

chose, car je ressens une certaine… chaleur, comme tu l'as dit. Et des picotements.

Elle secoua ses épaules et ses bras, comme si un grand frisson l'avait parcourue. Puis elle sourit, et Constantine fut soudain convaincu que le soleil n'était pas seulement dans sa poche, mais qu'il était à sa disposition.

— Et si nous terminions ? s'enquit-il en levant son verre de marsala. C'est en quelque sorte une version du porto à base de raisin blanc. Voyons lequel tu préfères.

— C'est le seul vin sur la table que je n'ai jamais goûté.

Sabrina porta le verre à sa bouche et but une très petite quantité. Peut-être juste assez pour humidifier ses lèvres, comme elle l'avait dit, car sa langue darda pour les lécher, capturant le vin pour l'aspirer dans sa bouche. Constantine n'aurait pas pu détourner le regard d'elle, même si sa vie en avait dépendu. Au contraire, il avait l'impression que sa vie, sa subsistance, son souffle même dépendaient de ses lèvres roses et généreuses.

Il n'avait qu'une envie : poser sa bouche sur celle de sa femme, et se perdre dans sa douceur veloutée. Au lieu de cela, il but tout le verre de marsala, puis reporta son regard sur le buffet où se trouvaient toutes les bouteilles et carafes. Lorsqu'il tourna la tête vers Sabrina, il la vit finir son verre.

Elle plaça la carte du marsala sur la pile de ses favoris, et déclara :

— C'est le meilleur de tous. Je crains de ne plus pouvoir apprécier d'autres vins.

— En veux-tu encore ?

Il s'était déjà levé de sa chaise, car il avait bien l'intention d'en boire davantage. En fait, il était même possible qu'il finisse la bouteille pour s'empêcher d'arracher son épouse à son siège et de la porter jusqu'à l'étage.

La cour maintenant. La séduction plus tard.

Oui, c'était un plan approprié.

— Vas-tu en boire davantage ?

Constantine rapporta la bouteille vers la table.

— Oui, confirma-t-il, posant sur elle un regard interrogateur, tout en commençant à remplir son verre.

— Merci. Pas trop.

Constantine remplit son verre un peu plus qu'à moitié, puis se servit la même quantité.

— Je transmettrai tes cartes à Haddock, pour qu'il puisse informer Dagnall.

— Il n'y a aucune urgence. Je ne prévois pas de retourner à Hampton Lodge dans un avenir proche.

Elle l'observa par-dessus son verre avant de prendre une gorgée. Elle fleuretait à nouveau avec lui, et il devait répondre de la même manière. Comment était-il possible qu'il ne sache pas comment fleureter ? Parce que la majeure partie de son éducation, et certainement de ce qu'il mettait en pratique, provenait de son père, qui n'aurait pas su comment fleureter même si un paon s'était pavané dans sa chambre tous les matins pour tenter de lui enseigner les rudiments de la nature.

Constantine n'était peut-être pas un paon, mais il pouvait essayer. Il se pencha vers Sabrina, et perçut son parfum de vanille et de pomme.

— Bien. Car cette dégustation de vin n'est que le début de cette saison. De *notre* saison.

Les lèvres de Sabrina s'entrouvrirent, et il eut l'impression que sa poitrine commençait à bouger plus rapidement, comme si son pouls s'était accéléré. Le sien aussi, et il était désormais en pleine érection, car son corps était impatient de passer à l'étape suivante.

Bientôt.

Constantine leva son verre.

— À la saison.

Sabrina fit tinter son propre verre contre celui de son époux.

— À la saison.

Et pour commencer, il allait devoir faire en sorte que sa réunion de ce soir-là se termine suffisamment tôt pour qu'il puisse la rejoindre au bal.

CHAPITRE 14

*A*lors que Sabrina descendait de la berline devant Evesham House, à Grosvenor Square, elle aurait presque espéré se tordre la cheville afin d'annuler la visite et de rentrer chez elle. Sa poitrine était oppressée, et sa respiration était superficielle alors qu'elle s'efforçait de surmonter son anxiété. La façade de la demeure du duc se dressait, haute et intimidante, avec quatre piliers à l'entrée et des fenêtres étincelantes empilées dans une symétrie parfaite sur les quatre niveaux visibles.

Passant la main sur sa hanche, elle prit confiance en elle, grâce à cette nouvelle tenue. La robe de marche élégante était confectionnée dans une étoffe d'un vert vif et audacieux, ornée de boutons et de coutures dorés. Elle avait choisi de porter cette couleur ce jour-là, afin de démontrer au duc qu'elle pouvait se montrer audacieuse, qu'elle était, sans conteste, la comtesse d'Aldington, et la future duchesse d'Evesham.

Constantine avait déclaré qu'il valait mieux qu'elle s'y rende seule, et, bien qu'elle soit d'accord, elle était malgré tout nerveuse. D'autant plus qu'elle s'était sentie un peu léthargique ce matin-là. Après la dégustation de vin de la veille, elle avait émergé de son état de vertige alcoolisé en se sentant incroyablement fatiguée. Elle était si fatiguée, en fait, qu'elle avait quitté le bal assez tôt. Pour cette raison, elle était déjà repartie au moment où Constantine était finalement arrivé.

Elle lui avait présenté ses excuses ce matin-là. Il lui avait adressé un sourire chaleureux, lui avait assuré que tout allait bien, et que c'était à lui de s'excuser de ne pas l'avoir accompagnée. C'était là qu'elle avait suggéré qu'il vienne avec elle pour cette visite. Ce n'était pas qu'il n'en avait pas envie. Mais il avait fait valoir qu'elle gagnerait davantage de terrain auprès du duc si elle s'y rendait seule.

Affichant un sourire qui, elle l'espérait, lui redonnerait le moral, elle se dirigea vers la porte, qu'un valet de pied ouvrit juste au moment où elle s'en approchait.

Le majordome se tenait au milieu du gigantesque hall d'entrée. Avec son marbre poli, ses dorures étincelantes et son abondance d'œuvres d'art remarquables, l'espace ressemblait davantage à un musée qu'à une maison. Cette même pensée lui traversait l'esprit chaque fois qu'elle entrait dans la maison du duc ; elle se demandait ce que Constantine avait pu ressentir en grandissant dans un endroit aussi somptueux.

— Bonjour, lady Aldington, la salua le majordome d'une voix posée. Monsieur le duc vous attend à l'étage, dans le salon.

Sabrina poussa un soupir de soulagement. Constantine avait craint qu'elle ne soit soumise à un entretien plus formel dans son bureau. C'était là qu'il voyait ses fils, comme s'ils étaient ses partenaires en affaires, et non sa famille.

— Merci.

Elle suivit le majordome dans le hall d'escalier, qui était tout aussi somptueux que le hall d'entrée. Les murs étaient recouverts d'un lambris en bois foncé assorti à l'escalier. L'atmosphère était masculine, mais aussi chaleureuse, en tout cas plus que dans le hall d'entrée. Ici, elle pouvait imaginer Constantine et Lucien se poursuivant dans les escaliers. Cependant, étant donné le caractère du duc, elle doutait qu'ils aient été autorisés à faire de telles choses.

Son beau-père l'attendait dans le salon qui se trouvait à l'avant de la maison. Il se tenait près de l'âtre, ses sourcils gris foncé froncés sur ses yeux d'un brun profond, que l'on aurait dit empruntés au visage de Lucien. De manière générale, Lucien et lui se ressemblaient beaucoup, tandis que Constantine semblait plus proche de leur mère, du moins d'après les portraits que Sabrina avait vus.

La jeune femme fit une révérence.

— Bonjour, my lord.

— Venez vous asseoir, comtesse, la salua-t-il, puis il lui indiqua un fauteuil, ne lui laissant pas le choix de l'endroit où elle pourrait s'asseoir.

Une fois qu'elle fut assise, il s'installa juste en face d'elle, ce qui semblait les placer dans une sorte d'opposition physique. Ou peut-être l'esprit de Sabrina ne voyait-il que le négatif.

Elle se devait d'être optimiste quant à cette rencontre.

— Je vous remercie de me permettre de devenir la marraine de lady Cassandra. J'ai vraiment hâte de la guider cette saison.

Le duc plissa les yeux, les avant-bras posés sur les accoudoirs du fauteuil.

— C'est amusant, n'est-ce pas ? Que vous guidiez quelqu'un à travers une saison alors que vous n'avez aucune expérience en la matière. Vous avez à peine réussi à endurer la vôtre.

Elle aurait dû s'y attendre. Cet homme n'avait jamais mâché mes mots.

— Je suis plus âgée, maintenant. Plus mature.

Un sourire narquois tordit les lèvres du duc, mais il affiche rapidement une expression neutre.

— Je l'espère. En fait, je compte dessus. Je vous surveillerai de près. Votre objectif principal est de trouver un mari convenable pour ma fille. Vous pensez probablement que je suis un père sévère et indifférent, mais je suis plus indulgent avec ma fille que la plupart des pères le seraient. Je l'ai autorisée à retarder sa saison, et je lui offre l'opportunité de choisir son mari.

— Ce qui est bien plus que vous avez accordé à votre héritier, murmura Sabrina.

S'il prévoyait de parler franchement, elle ferait de même. Il haussa les sourcils.

— Le chaton posséderait-il des griffes ? Je n'aurais jamais deviné.

Son comportement changea légèrement, tandis qu'il se déplaçait sur sa chaise. Il sembla la regarder avec quelque chose qui ressemblait à de l'appréciation. Mais pas de l'admiration. Cela aurait été trop espérer.

Néanmoins, Sabrina sentit sa poitrine se gonfler, et elle se redressa dans son fauteuil.

— Je comprends quels sont vos souhaits, et je ferai de mon mieux pour aider lady Cassandra à trouver un parti qui lui convienne.

— Sachez simplement que, si elle ne trouve pas de mari, elle épousera un homme de mon choix.

Sabrina ne doutait pas qu'il était sérieux, même s'il avait l'habitude de se montrer indulgent envers Cassandra.

— Avez-vous déjà arrêté votre choix ?

Le duc plissa les yeux.

— Vous n'êtes plus un chaton, mais un chat. Je garderai cela à l'esprit. Il est temps de mettre un terme à cette discussion. Je dois aborder un autre sujet avec vous, à savoir votre échec à assumer votre rôle de comtesse. Si vous devez devenir un jour duchesse d'Evesham, et, bien entendu, vous le deviendrez, à moins que vous ne mouriez, vous devez revendiquer un rôle plus important dans la société.

Sabrina faillit s'étrangler en déglutissant.

— Je m'efforcerai de m'accrocher à mon enveloppe mortelle. Quel genre de rôle ?

Le ventre de Sabrina se noua, tandis qu'elle réfléchissait à ce qu'il pouvait avoir en tête. L'idée d'avoir un « rôle » au-delà de celui de comtesse lui donnait la nausée.

— En tant que comtesse et future duchesse ! s'exclama-t-il, le regard noir, comme si elle était idiote. Les gens attendent de vous que vous soyez une figure de proue dans le domaine de la mode et du divertissement.

Le duc s'interrompit, puis il souffla, comme s'il venait de traverser un terrain dangereux.

— Je suis ravi de constater que vous êtes bien habillée aujourd'hui. C'est là une amélioration notable.

Même s'il s'agissait d'un compliment à double tranchant, elle l'acceptait, compte tenu de son auteur.

— Merci. J'ai une toute nouvelle garde-robe pour la saison.

— Il se peut encore que vous gagniez ma confiance. Cependant, pour y parvenir, vous devrez faire davantage que réussir en tant que marraine de Cassandra.

Il marqua une pause, et Sabrina se demanda si c'était pour laisser son estomac se nouer, dans l'attente de cette tâche mystérieuse. Qu'il l'ait voulu ou non, son ventre se révolta.

— Aldington et vous organiserez un bal le vingt-trois. L'objectif sera de présenter Cassandra de manière formelle.

Si Sabrina avait *effectivement* suggéré à Constantine qu'ils devraient donner un bal, elle n'en était pas moins réticente. Ce n'était pas tant la planification ou l'exécution qui posait problème, mais plutôt le fait de satisfaire aux critères d'une hôtesse lors d'un tel événement. Elle devrait accueillir tout le monde, faire preuve de charme et d'assurance pendant des heures et des heures, au milieu d'une foule bruyante composée de personnes qui comptaient parmi les plus critiques de Londres. Ou... peut-être pas. Elle contrôlerait la liste des invités, n'est-ce pas ? Elle pourrait éventuellement limiter l'invitation aux membres du Phœnix Club. Elle ne s'était jamais sentie aussi à l'aise parmi des inconnus que ce soir-là.

Avec plus d'un mois devant elle pour le planifier, elle était convaincue de pouvoir organiser un événement remarquable.

— J'avais envisagé de donner un bal, mais j'avais pensé le faire en mai, plutôt qu'en avril.

— En avril ? Non ! Le vingt-trois *mars*.

Se penchant en avant, Sabrina manqua de tomber de son fauteuil.

— C'est dans dix jours !

— Onze, mais, peu importe. Il n'y a pas de temps à perdre. Cassandra a besoin d'un époux, et la saison sera déjà bien avancée d'ici au vingt-trois avril. La duchesse aurait pu organiser un bal ici dès vendredi.

Les traits de l'homme s'adoucirent un instant, mais ce ne fut qu'éphémère, et son expression austère revint.

La poussait-il à l'échec ? Elle brûlait de lui poser la question.

— C'est la première fois que j'organiserai un événement, répondit-elle d'une voix douce. Je ne voudrais pas faillir.

— Dans ce cas, faites en sorte que cela n'arrive pas. Vous avez démontré que vous aviez plus de cran que je ne le pensais. Je suis convaincu que vous pouvez relever ce défi, lança-t-il, le regard plein d'espoir. Ai-je tort ?

— Non, my lord. Je serai à la hauteur de cette occasion.

Elle espérait seulement ne pas s'effondrer ensuite. Il se leva brusquement.

— Parfait. Je me réjouis de recevoir votre invitation. Je suis certain que vos domestiques seront à la hauteur de la tâche, mais, si vous avez besoin d'aide, n'hésitez pas à consulter Bender.

Que dirait Constantine s'il entendait son père pratiquement insulter ses serviteurs ? Se sentant particulièrement protectrice à l'égard des merveilleuses personnes qui régissaient Aldington House, elle se leva à son tour, et croisa le regard du duc.

— Notre majordome et notre intendante sont plus que capables d'assumer toutes les tâches qui seront nécessaires.

— Mon offre reste valable si vous en avez besoin, affirmat-il, avant de reporter son attention sur la porte. Voici ma charmante fille et sa dame de compagnie. Je vous laisse vous organiser.

Il se dirigea vers la porte, mais il s'arrêta sur le seuil lorsque lady Cassandra et Mlle Lancaster entrèrent dans la pièce.

— N'oubliez pas l'objectif, mesdames. Il y aura un mariage en juin. Vous n'avez qu'à trouver le marié.

Sur ces mots, le duc prit congé, laissant dans son sillage une atmosphère passablement glaciale. Lady Cassandra fit une moue en direction du dos de son père qui s'éloignait, avant de s'asseoir sur un canapé en marmonnant. Elle fixa l'embrasure de la porte d'un regard noir, puis pinça les lèvres.

— Pfft !

Même lorsqu'elle boudait et faisait des grimaces, lady Cassandra était belle. Avec ses cheveux et ses yeux foncés, elle ressemblait incontestablement à son père et à Lucien, mais ses yeux étaient d'une couleur dorée que les deux hommes ne possédaient pas. À vrai dire, si Sabrina avait dû décrire cette teinte, elle aurait parlé de sherry. Ou bien était-ce simplement parce qu'elle voulait un autre verre de cet excellent vin qu'elle avait goûté la veille ?

Alors que sa dame de compagnie s'asseyait à côté de sa protégée, Sabrina se leva et vint s'installer dans un fauteuil plus proche des deux femmes, au centre de la pièce.

— Bonjour, lady Cassandra, mademoiselle Lancaster.

Lady Cassandra se redressa, passa ses mains sur ses joues et sur les côtés de sa tête, avant de les ramener sagement sur ses genoux.

— Pourquoi m'appeler *lady Cassandra* ? Pour commencer, nous sommes sœurs par alliance, donc nous devrions nous tutoyer. Ensuite, tu devrais m'appeler Cass, comme le fait Lucien, et comme le fait Tine quand il est d'humeur moins prude.

— Dans ce cas, tu devras m'appeler Sabrina.

— Je le fais déjà dans ma tête. Cela compte-t-il ? s'enquit-elle avec un sourire, et Sabrina éclata de rire.

Cette dernière posa un regard plein d'espoir sur les deux femmes, avant de s'arrêter sur Cass.

— Je suppose que vous n'avez pas encore identifié de prétendant potentiel ?

— Pas encore. Je crois qu'ils ont tous trop peur de mon père pour m'approcher, de toute façon.

— Je peux les comprendre, répliqua Sabrina d'un ton ironique. Cependant, cela n'aide pas. Est-il conscient de cela ?

— J'ai tenté de lui expliquer, mais il dit qu'un gentleman digne de ma main ne se comporterait pas comme un chiot immature. Il semble prendre plaisir à me rendre la tâche difficile.

Cass croisa les bras sur sa poitrine et s'adossa contre le canapé.

— Peut-être tes frères devraient-ils intervenir.

— Lucien a aussi tenté de lui parler, mais en vain. Je suppose que Tine pourrait essayer lui aussi, si tu veux le lui suggérer.

— En fait, je voulais dire qu'ils pourraient trouver un moyen de faire passer le message que les prétendants potentiels ne devraient pas être intimidés par le duc, car la seule personne qu'ils doivent impressionner, c'est toi.

Cass éclata de rire.

— C'est là une idée prometteuse, mais je ne sais pas si c'est faisable.

— Cela mérite d'être tenté, déclara Mlle Lancaster.

Sabrina acquiesça.

— Je vais leur parler. En attendant, à quels événements vas-tu assister cette semaine ?

Cass en énuméra toute une liste, y compris un récital mardi, une fête jeudi, et deux bals, vendredi et samedi. Sabrina était satisfaite de ne rien avoir de prévu mercredi, ce qui lui permettrait d'assister au dîner chez les Brightly avec Constantine. Le moment qu'ils avaient passé ensemble la veille avait été merveilleux, véritablement le meilleur de leur mariage. Elle espérait qu'ils avaient franchi une nouvelle étape dans leur relation, et que les choses ne feraient que s'améliorer. Elle se demandait dans quelle mesure elle devait remercier la « tutrice », ainsi que Lucien et Evie, pour cela.

— Comment allons-nous nous rendre à ces événements ? s'enquit Sabrina. Je peux passer vous chercher avec la berline d'Aldington.

— Papa s'attend à ce que nous prenions l'un de ses carrosses ducaux, de sorte que tout le monde voie ses armoiries sur la portière, expliqua Cass, levant les yeux au ciel. Il insiste beaucoup là-dessus. Ce qui signifie que nous passerons te chercher en chemin pour l'événement.

— Fantastique, murmura Sabrina. Je te promets de te soutenir, *toi*, pas lui, de toutes les manières possibles. Je lui ai clairement fait savoir que c'est toi qui choisiras ton mari. Ou pas.

Les yeux sombres de Cass s'arrondirent.

— Tu lui as dit cela ?

Devant l'acquiescement de Sabrina, Cass éclata de rire.

— J'aurais tant aimé pouvoir assister à cela ! J'ai toujours su que tu étais bien plus forte que tu ne le laissais penser, lui dit-elle.

Elle lança un regard admiratif à Sabrina, avant de tourner la tête vers Mlle Lancaster.

— Elle sera une formidable alliée.

— Je suis d'accord, confirma Mlle Lancaster. Il est toujours bon d'avoir des alliés.

Sabrina était tout à fait d'accord, d'autant plus qu'elle n'en avait jamais eu avant de rencontrer Evie. À présent, elle en avait deux de plus. Peut-être n'était-il pas trop tard pour que ses souhaits se réalisent.

~

Constantine se leva brusquement lorsque Sabrina entra dans le salon avant le dîner. Il ne l'avait pas revue depuis son retour d'Evesham House : il fut ravi de constater qu'elle semblait sereine. Et elle était superbe. Ses boucles couleur miel doré effleuraient ses tempes lorsqu'elle entra dans la pièce, et l'ourlet de sa robe bleuet se balança doucement sur le tapis.

— Bonsoir.

Il s'approcha et lui prit la main, s'inclinant avec élégance, comme s'il lui faisait la cour. Parce que c'était exactement ce qu'ils faisaient.

— Tu es magnifique.

— Merci. Tu es particulièrement élégant, ce soir.

À contrecœur, il lui lâcha la main et fit un geste en direction du canapé, espérant qu'elle voudrait s'y asseoir avec lui plutôt que dans des fauteuils séparés.

— Nous avons un peu de temps avant le dîner. Je suis

anxieux d'entendre comment s'est déroulée ton entrevue avec mon père.

Sabrina s'assit avec élégance sur le canapé jaune pâle.

— Anxieux ?

Constantine s'assit à côté d'elle, proche, mais pas trop.

— Oui. Tu t'es jetée dans la gueule du loup, et même s'il était nécessaire que tu y ailles seule, j'avais très envie d'être avec toi.

— Merci, lui dit-elle, et son regard se porta sur la manche de Constantine, sur sa main qui reposait sur ses genoux. Je te remercie pour ton soutien ; je crois qu'il m'a donné du courage.

— Vraiment ?

Constantine brûlait d'envie de la toucher, de lui prendre la main, de caresser son épaule nue. Il replia ses doigts contre sa cuisse.

— Oui. Et je vais en avoir besoin, car nous donnons un bal.

— Tu en as parlé, mais quel est le rapport avec ton entrevue avec mon père ?

— Il a insisté pour que nous l'organisions le vingt-trois. De ce mois-ci.

Il en resta bouche bée.

— Il ne peut pas s'attendre à une telle chose de la part de qui que ce soit, et encore moins…, commença-t-il, mais il s'interrompit, ferma la bouche et grimaça. Je ne voulais pas dire…

— Même si tu l'avais fait, je ne pourrais pas t'en vouloir. Pourquoi ne me croirais-tu pas incapable d'organiser un bal en dix jours ? *Moi-même*, je ne suis pas sûre de le pouvoir.

— Tout de même, ce n'est pas charitable de ma part. Tu mérites d'avoir l'opportunité de démontrer ce dont tu es capable. Mais je ne peux m'empêcher de penser que mon

père espère te voir échouer, tout comme il le fait en accep-
tant que tu parraines Cassandra.

— Je ne suis pas sûre du tout que ce soit ce qu'il souhaite.
Il veut que Cassandra se marie. Je suis convaincue qu'il veut
que je parvienne à la marier à un gentleman convenable.

— Parce que cela lui est utile, ricana Constantine. Que
gagne-t-il à ce que nous organisions un bal pratiquement
demain ?

— Il veut que nous présentions Cass à la société. Le bal
organisé en son honneur accroîtra sa notoriété et encoura-
gera d'autres prétendants. Cependant, pour le moment,
personne ne veut la courtiser, les hommes sont trop intimidés par ton père.

Constantine fronça les sourcils. La rumeur, peu crédible,
qu'il avait entendue chez White n'était apparemment pas
qu'une rumeur.

— Personne ? Tous les célibataires de Londres manque-
raient-ils de courage ? S'ils trouvent le duc intimidant, ils
ne feront pas de bons époux pour ma sœur. De plus, elle
peut être tout aussi impressionnante, ajouta-t-il en
marmonnant.

— Vraiment ? Je la trouve tout à fait charmante, remarqua-t-elle, lui adressant un regard timide. Peut-être ne
montre-t-elle ce côté de sa personnalité qu'à ses frères lorsqu'ils le méritent.

— J'ignorais que tu pouvais te montrer aussi impertinente !

Elle détourna le regard et cligna des paupières.

— Je n'avais pas l'intention de l'être.

Constantine prit sa main et la tint, le dos contre sa
paume.

— Je crois que si, et j'en suis plus que ravi.

Il appréciait cet aspect de sa personnalité. Ou cette
nouvelle facette de sa personnalité. Quoi qu'il en soit, elle

était séduisante et intéressante, et il regrettait amèrement tout ce temps perdu, qu'ils n'avaient pas passé ensemble.

Sabrina esquissa un sourire léger et quelque peu provocateur.

— Dans ce cas, je m'efforcerai d'être plus impertinente.

Elle retourna sa main afin que leurs paumes se touchent. Ils restèrent assis ainsi un moment en silence, les yeux dans les yeux. Même si leur contact était simple, il fit naître un désir ardent au plus profond de lui.

— Avec Lucien, est-ce que vous couriez dans les escaliers d'Evesham House ?

Constantine cligna des yeux devant sa remarque sans queue ni tête.

— Pourquoi cette question ?

— Lorsque j'étais là-bas, tout à l'heure, je vous ai imaginés tous les deux, courant partout dans le hall de l'escalier. *Pas* dans le hall d'entrée.

Constantine laissa échapper un petit rire.

— Nous courions effectivement dans les escaliers, et même dans le hall d'entrée !

Il posa un doigt sur ses lèvres, avec la main qui ne touchait pas celle de Sabrina. Il n'était pas certain de pouvoir à nouveau déplacer celle-ci.

— Ne le dis pas au duc. C'était l'une des nombreuses choses que notre mère lui cachait.

— Je vois. Ta mère m'avait l'air d'être quelqu'un de merveilleux. Étais-tu proche d'elle ?

Les yeux vert éclatant de sa mère, avec son large sourire contagieux, lui apparurent, ses cheveux blond doré formant une auréole autour de sa tête. Elle avait été un ange sur Terre, comme elle devait l'être au paradis.

— Elle était la meilleure des mères, murmura-t-il. Gentille, attentionnée, jamais trop occupée pour passer du temps avec nous. Elle nous lisait toujours des histoires, ou nous emmenait en promenade. Je te jure, elle n'arrêtait jamais de bouger !

Jusqu'à ce que cela se produise. Elle était tombée malade pendant que Constantine était à l'école, et il ne l'avait jamais revue.

— C'est merveilleux ! Je regrette de n'avoir pas eu la chance de la connaître.

Constantine croisa à nouveau le regard de Sabrina : il aurait pu se noyer dans la compassion qui brillait dans les yeux de sa femme.

— Je le regrette aussi. Elle t'aurait aimée. Elle disait qu'il faudrait une femme exceptionnelle pour devenir ma comtesse, quelqu'un de doux, qui émousserait mes arêtes les plus dures. J'ai bien peur d'avoir été déterminé dès l'enfance.

— Était-ce à cause de ton père ?

— Je le suppose. Il a toujours eu de grandes attentes à mon égard. Il ne se passait pas un jour sans que je ne sois conscient de mon devoir en tant qu'héritier.

— Je me demande pourquoi ton père était si exigeant. *Est* si exigeant, corrigea-t-elle. Je m'interroge souvent sur les raisons qui poussent les gens à agir de telle ou telle manière. Je suppose que c'est parce que mes propres parents étaient très froids et que je n'ai jamais vraiment compris pourquoi.

Constantine enroula ses doigts autour de ceux de sa femme.

— En quoi étaient-ils froids ? l'interrogea-t-il, et, lorsqu'elle hésita et détourna le regard, il exerça une petite pression. Tu n'es pas obligée de me le dire.

Cependant, il espérait qu'elle le ferait.

— Je t'ai déjà expliqué à quel point j'étais anxieuse au sujet de la saison, à l'idée de me retrouver dans la foule. J'ai toujours été nerveuse. Enfant, j'étais facilement effrayée par les bruits forts, et je n'appréciais guère le changement. Ma mère adorait raconter l'histoire de la première fois où ils m'ont emmenée à Londres. J'étais « inconsolable et ingérable », disait-elle.

Sabrina leva les yeux vers lui, la bouche pincée en une fine ligne.

Constantine la regarda, réprimant un besoin impérieux d'aller trouver sa mère pour exiger qu'elle s'excuse. Comme si cela pouvait être utile. La douleur qu'il lisait dans les yeux de Sabrina était profonde et ancienne.

— Elle *adorait* raconter cette histoire ?

— Je crois bien. Elle la racontait régulièrement, et ce n'était pas comme si mes sœurs et moi n'étions pas au courant. Cependant, je n'ai aucun souvenir de ce voyage.

— Peut-être a-t-elle inventé toute cette histoire.

Sabrina secoua la tête.

— J'avais effectivement du mal à accepter le changement. J'aimais ma routine. Je me souviens du jour où je suis passée d'une nourrice à une gouvernante. Je suis restée alitée dans ma chambre pendant presque deux semaines. Je ne supportais tout simplement pas cette idée.

Constantine caressa le côté de sa main avec son pouce.

— Tu n'étais qu'une enfant. Je ne peux te dire à quel point je suis navré que tu aies été traitée ainsi, que tu aies été incomprise.

— Ma nourrice était merveilleuse. C'est sans doute pour cette raison que j'ai été si perturbée quand elle est partie. La gouvernante faisait montre de moins de… patience à mon égard. Toutefois, elle se souciait de mes sœurs et de moi.

Constantine aurait voulu pouvoir effacer ces souvenirs pénibles. Comme il était impuissant en ce domaine, il était encore plus déterminé à lui en procurer de nouveaux.

— Eh bien ! Tu vas leur montrer à tous à quel point tu es remarquable. Nous ne lésinerons ni sur les moyens ni sur les efforts pour organiser ce bal. Devrions-nous voir Haddock et son épouse après le dîner ?

Sabrina rougit, et ce fut à son tour de serrer la main de son époux.

— Tu es tellement gentil ! Je les ai déjà consultés, et, en fait, nous devons travailler sur la liste des invités et sur le menu plus tard. Tu es le bienvenu pour te joindre à nous, bien sûr.

— Je le ferai.

Il ne la laisserait pas échouer. Son propre père, les parents de Sabrina, et quiconque avait déjà douté d'elle seraient contraints de la reconnaître pour ce qu'elle était : une comtesse respectée et compétente.

— Qu'en est-il des invitations ? Je peux veiller à ce qu'elles soient imprimées demain, et nous les ferons livrer dans les plus brefs délais.

— Ce serait formidable. Souhaites-tu vraiment faire de ce bal un événement extravagant ?

— J'insiste sur ce point.

C'était un domaine dans lequel son père approuvait pleinement les dépenses. Il était impératif de démontrer leur place prépondérante dans la hiérarchie de la haute société.

— Il se peut que nous travaillions très tard, remarqua la jeune femme, fouillant son regard. Tu peux rester jusqu'à la fin, après quoi nous pourrons aller nous coucher...

Son invitation était claire, même si elle semblait être redevenue plus timide. Constantine se pencha vers elle, plaça son visage contre le sien, de sorte que ses lèvres se trouvèrent près de son oreille.

— Lady Aldington, seriez-vous en train de me proposer de vous rejoindre dans votre chambre ?

Elle tourna légèrement la tête afin que leurs regards puissent se croiser à nouveau.

— Oui.

— Voilà ma petite chipie audacieuse, murmura-t-il avant de presser ses lèvres contre sa mâchoire, juste devant son oreille. Pardonne-moi de décliner, mais je pense qu'il serait mieux que nous continuions à apprendre à nous connaître, comme nous l'avons fait jusqu'à présent. Je savoure ce temps que nous passons ensemble. C'est comme si nous vivions la cour que nous n'avons jamais eue.

La brusque inspiration de la jeune femme était douce, et il la sentit plus qu'il ne l'entendit. Il sentait aussi battre son pouls dans sa gorge.

— *Aldington.* Tu me donnes envie de me pâmer.

— Alors, pâme-toi. Je te rattraperai.

Il l'embrassa à nouveau, ses lèvres s'attardant sur le velours de sa peau.

— Je ne peux pas me pâmer sur un canapé.

— Pourrions-nous vérifier cette théorie ?

Il avait tant envie de la séduire, de voir s'il pouvait la pousser dans une telle frénésie de désir qu'elle tomberait *effectivement* en pâmoison.

Bientôt.

Il s'adossa au canapé, et s'efforça de calmer son corps affamé. Son membre ne comprenait pas pourquoi il se retirait.

— Aimerais-tu faire une promenade avec moi, demain ? lui demanda-t-il. Si le temps le permet, bien entendu.

— Ce serait merveilleux. Cependant, cela dépendra des progrès que nous ferons avec le bal. Je crains que cela ne soit plutôt urgent. De plus, j'ai plusieurs engagements cette semaine avec ta sœur. Je suis ravie de te dire qu'elle n'a rien de prévu mercredi ; je pourrai donc t'accompagner au dîner chez les Brightly.

Son fichu père. Constantine allait devoir lui rendre visite le lendemain, et lui intimer de laisser sa femme tranquille. Il refoula son irritation envers le duc.

— Fantastique. Tu dois me dire à quels autres événements

tu souhaites assister, pour que je puisse t'y rejoindre. Je suppose que tu t'y rendras avec Cassandra.

— Oui, et avec son adorable compagne, Mlle Lancaster.

Haddock entra à ce moment-là pour les informer que le dîner était prêt. Il arborait une expression étrange en les observant tous les deux sur le canapé. C'était presque comme s'il était satisfait, et qu'il déployait des efforts pour ne pas le montrer. Ses lèvres étaient inhabituellement tendues, peut-être pour s'empêcher de sourire.

Constantine trouva cela plutôt agréable.

À contrecœur, il se leva. Cependant, il ne lâcha pas la main de Sabrina. Il la tint fermement tout en l'aidant à se relever.

— Allons-y.

— Je serai heureuse de te suivre où tu m'emmèneras, my lord, lui dit Sabrina, lui décochant un sourire.

Il se languissait de l'entendre l'appeler Constantine, plutôt que « my lord » ou « Aldington ». Avec un peu de chance, cela se produirait bientôt. Après tout, ils ne faisaient que se courtiser.

CHAPITRE 15

*L*es deux jours précédents s'étaient écoulés comme si Sabrina les avait traversés à une vitesse vertigineuse. Ce qu'elle ne ferait évidemment jamais. Si elle était une bonne cavalière, elle n'aimait pas les courses.

Malheureusement, elle n'avait pas pu aller se promener à cheval avec Constantine le lundi, et elle ne l'avait pas beaucoup vu non plus. Ils avaient dîné ensemble la veille, mais il avait dû partir précipitamment pour une autre réunion. C'était une période très chargée à la Chambre des communes.

En attendant, elle se couchait le soir, sachant qu'il était juste à côté, et imaginait le plaisir qu'ils pourraient partager. Elle avait trouvé la satisfaction toute seule, mais, alors que cela avait été un véritable émerveillement une semaine plus tôt, c'était à présent une déception, car elle savait ce qu'elle manquait avec son mari. Elle aurait voulu réprimander sa mère pour lui avoir bourré le crâne de mensonges et d'inepties. Cependant, Sabrina n'était pas audacieuse *à ce point.*

De toute façon, cela n'avait pas d'importance. Ce qui s'était produit avant appartenait au passé, et elle devait se concentrer sur l'avenir. Et sur le présent. Elle ne pouvait s'empêcher de repenser à ce que Constantine avait dit l'autre soir, qu'il s'agissait de la cour qu'ils n'avaient jamais eu l'occasion de vivre. Son cœur s'emballait chaque fois qu'elle se rappelait non seulement ses mots, mais aussi la manière dont il l'avait touchée... embrassée. Elle s'était persuadée qu'il la rejoindrait dans son lit, mais elle comprenait pourquoi il ne l'avait pas fait. *Pas encore.* Et elle était en train de tomber amoureuse de lui pour cela.

— Nous sommes arrivés, remarqua Cassandra, regardant par-delà Sabrina, par la vitre de la berline, en direction de la maison de M. et Mme Markwith. Il faut que je sois honnête. Je trouve les récitals terriblement ennuyeux. Quelle est ton opinion à ce sujet, Sabrina ?

— Je n'ai pas assisté à beaucoup d'événements de ce genre.

Parce qu'elle avait fait de son mieux pour les éviter, et, surtout, pour éviter les gens qui y assistaient. Elle devait toutefois admettre qu'elle se sentait bien moins agitée que par le passé.

— Sans doute plus que moi, puisque c'est ma première saison.

— Je crois que j'ai assisté à trois d'entre eux, dit Sabrina.

— C'est mon troisième ! Donc, clairement, c'est toi l'experte ! remarqua Cassandra en souriant. Alors, pour, ou contre ? Nous ne quitterons pas la berline tant que tu ne nous auras pas donné ton opinion.

Ses yeux brillaient d'un éclat joyeux.

— Légèrement contre, murmura Sabrina, réprimant un rire.

Cassandra avait une personnalité très chaleureuse et charmante. Elle avait le don d'améliorer l'humeur de n'importe qui.

— Ah ! Nous sommes donc trois ! s'exclama-t-elle en jetant un regard à Mlle Lancaster, assise en face d'elles, sur la banquette orientée vers l'arrière. Pru ne dévoilera pas son opinion, mais *je sais.*

Mlle Lancaster resta impassible, mais ses yeux brillaient d'un éclat révélateur.

Elles descendirent de la berline et entrèrent au milieu d'autres invités. Après avoir salué leurs hôtes, elles gravirent les escaliers jusqu'au grand salon où devait se tenir le récital.

— Il y a beaucoup de monde pour une soirée musicale, fit remarquer Cassandra, observant la salle bondée où les gens se pressaient autour des rangées de chaises.

Les fenêtres étaient grandes ouvertes, laissant entrer la brise fraîche du soir, véritable soulagement contre l'air étouffant à l'intérieur.

— Peut-être les musiciens sont-ils particulièrement talentueux.

Sabrina balaya la pièce du regard : aussitôt, elle souhaita être ailleurs. La foule était déjà suffisamment impressionnante, mais, pour ajouter à son malaise, sa mère se dirigeait droit vers elle. Heureusement, sa sœur aînée était avec elle. La présence de Peggy adoucirait sûrement la rencontre.

Cependant, avant qu'elles arrivent, Cassandra repéra quelqu'un, de l'autre côté de la pièce, à qui elle voulait parler.

— Puis-je y aller seule, ou voulez-vous toutes les deux m'accompagner ?

— Je vais venir, proposa Mlle Lancaster. C'est d'ailleurs tout l'objet de ma présence.

— Ce n'est pas *tout* l'objet, répliqua Cassandra en riant. Sabrina ?

— Euh… ma mère arrive par ici.

Elle aurait préféré accompagner Cass et Mlle Lancaster. En fait, elle aurait même préféré monter sur l'estrade et se mettre à chanter. *Voilà* à quel point elle appréhendait la rencontre à venir. Elle aurait préféré affronter sa plus grande peur, celle d'être au centre de l'attention, que de supporter la compagnie de sa mère. Ne plus avoir à le faire avait été le côté le plus positif de son mariage avec un inconnu.

Cass passa son bras sous celui de Mlle Lancaster lorsque la mère de Sabrina arriva. Plus petite que cette dernière, elle possédait néanmoins cette aptitude à donner l'impression à sa fille d'être toute petite.

— Bonsoir, mère, Peggy, les salua Sabrina, puis elle se tourna vers Mlle Lancaster. Permettez-moi de vous présenter la dame de compagnie de lady Cassandra, Mlle Lancaster.

La mère et la sœur de Sabrina firent une révérence à Cass, ce qui procura à la jeune femme un regrettable plaisir pervers. Sa belle-sœur était d'un rang supérieur au leur, tout comme elle. Vus de l'extérieur, les mariages de ses sœurs semblaient peut-être plus réussis, étant donné qu'ils avaient donné naissance à une progéniture, mais Sabrina avait épousé le meilleur parti, puisqu'elle deviendrait un jour duchesse. Lady Tarleton n'en revenait toujours pas, elle qui saisissait toujours la moindre occasion de commenter la chance qui avait permis à Sabrina, parmi toutes ses filles, de faire un si beau mariage.

— Je suis ravie de faire votre connaissance, mademoiselle Lancaster, la salua Peggy avec un grand sourire, avant de reporter son attention sur sa sœur. Tu as bonne mine, Sabrina.

— Merci.

Cass intervint ensuite.

— Je vous prie de m'excuser. Je dois m'entretenir avec quelqu'un, leur dit-elle, puis elle se pencha vers Sabrina pour lui murmurer à l'oreille. Je te retrouve plus tard. Ou bien tu me retrouveras.

Sabrina acquiesça, et les deux jeunes femmes s'éloignèrent. Rassemblant un courage qu'il lui était de plus en plus facile de trouver, Sabrina fit face à sa mère et à sa sœur d'un air serein, les mains jointes devant elle.

— Tu as bonne mine également, Peggy.

Peggy avait toujours l'air plus qu'en forme. Elle dégageait une telle vitalité que Sabrina se sentait toujours en défaut, bien que cela n'ait jamais été l'intention de sa sœur. En réalité, lorsqu'elles étaient plus jeunes, Peggy avait tenté d'encourager sa sœur à se détendre et à être moins anxieuse. Mais, malgré tous ses efforts, elle ne parvenait jamais à égaler sa charmante et éblouissante sœur aînée. Ses cheveux blond foncé étaient parfaitement coiffés et elle portait une magnifique robe aux multiples nuances de bleu.

Sabrina aperçut son reflet dans l'un des miroirs accrochés dans la pièce. Sa coiffure était élégante et jolie : Charity avait accompli sa tâche avec brio, comme à l'accoutumée. Et la robe de Sabrina, une autre nouvelle confection alliant le bleu paon et l'or, lui conférait l'allure de la comtesse qu'elle essayait d'être. La comtesse qu'elle *était*.

— Merci, répondit Peggy, qui fit un petit pas en avant, les yeux brillants. J'ai reçu ton invitation pour le bal. Je l'attends avec impatience.

— Si tu as invité Alicia, je doute qu'elle puisse y assister, car son bébé n'a que deux mois, remarqua la vicomtesse, dont le regard se posa sur le ventre de Sabrina. Je suppose que tu n'es pas enceinte.

Ce n'était même pas une question. Sabrina agita brièvement la main devant elle.

— En tout cas, c'est une possibilité.

À ce moment-là, elle comprit que c'était le cas. Constantine et elle avaient eu des relations intimes la semaine précédente. Cependant, si c'était possible, c'était peu probable. Ils avaient partagé un lit à de nombreuses occasions, et, jusqu'à présent, cela n'avait donné aucun résultat, contrairement à ses sœurs Peggy et Alicia.

Les yeux de sa mère se plissèrent.

— Eh bien ! Ce serait un miracle.

— Mère ! murmura Peggy, lui lançant un regard sévère.

Leur mère fit claquer sa langue.

— Tu as beaucoup tardé à lancer tes invitations, Sabrina. Tu auras de la chance si ne serait-ce qu'une petite partie des personnes que tu as invitées seront présentes.

Elle marqua une pause, probablement pour que ses paroles frappent Sabrina avec l'effet de désarroi escompté. En réaction, la jeune femme garda des traits sereins et s'efforça de ne pas serrer les mains l'une contre l'autre.

Le vacillement intérieur, qui avait tellement marqué la jeunesse de Sabrina, et qui lui donnait l'impression qu'elle risquait de se briser en mille morceaux à tout moment, ressurgit. Serrant les dents, à la fois pour lutter contre cette sensation déstabilisante, et contre le comportement odieux de sa mère, elle se surprit à demander :

— Et comment vas-tu répondre, mère ?

Les yeux de la vicomtesse s'arrondirent, et un sentiment victorieux balaya l'anxiété de Sabrina.

— Pour être honnête, je n'ai pas encore pris de décision. Je ne peux imaginer que ce sera bien organisé, dans la mesure où tu sembles te précipiter pour le donner.

— Mère, tu dois venir ! la supplia Peggy. Sabrina va devenir duchesse !

Il était incroyablement triste que sa sœur doive recourir à cet argument pour convaincre leur mère d'assister au premier bal donné par sa fille.

Sabrina adressa à sa mère un sourire qui aurait pu décaper la peinture des murs du salon.

— Si tu crains que ce bal soit un échec, que moi, j'échoue, il vaut mieux en effet que tu ne viennes pas. Lorsque le duc me demandera où se trouvent mes parents, je lui expliquerai qu'ils étaient trop occupés pour être présents.

Le halètement de surprise de sa mère produisit le son le plus satisfaisant que Sabrina ait jamais entendu.

— Te voilà, ma chérie.

Sabrina se retourna et vit son mari s'approcher d'elle. Il posa sa main contre son dos, déclenchant un frisson le long de sa colonne vertébrale. L'avait-il déjà touchée de cette manière ? Sans parler de le faire dans un contexte mondain…

— Bonsoir, lady Tarleton, dit Constantine, inclinant la tête vers la mère de Sabrina, puis vers sa sœur. Lady Stinton. C'est un plaisir de vous voir. Il est si rare de vous voir toutes les deux, surtout vous, lady Tarleton.

Il y avait une pointe d'ironie dans son ton qui donna envie à Sabrina de sourire. Puis de le serrer dans ses bras jusqu'à ce qu'il ne puisse plus respirer.

— Bonsoir, lord Aldington, le salua la mère de Sabrina d'un ton guindé. Je ne suis pas sûre de me souvenir de la dernière fois où je vous ai vu en compagnie de ma fille.

— Ce n'était assurément pas chez vous lors d'un dîner, ou même lors d'une visite que vous nous auriez rendue.

Constantine lui adressa un sourire que Sabrina n'avait jamais vu. Spectaculairement beau et délicieusement moqueur à la fois. Oh, oui ! Elle allait le serrer dans ses bras à la première occasion.

Il offrit son bras à Sabrina.

— Viens, ma chère épouse, faisons un tour. Bonsoir, mesdames.

Dès que Sabrina posa sa main sur son bras, il la guida de l'autre côté du salon, puis dans une pièce adjacente où se trouvaient des tables garnies de boissons et de collations. Il ne s'arrêta pas pour lui proposer quoi que ce soit. Au lieu de cela, il la conduisit vers une porte qu'il ouvrit. Ils s'avancèrent sur un petit balcon, et Constantine referma la porte derrière lui.

Sabrina frissonna immédiatement, tandis que ses épaules nues se couvraient de chair de poule. Soudain, elle se rendit compte qu'ils étaient seuls. C'était un petit balcon, pouvant accueillir éventuellement un autre couple, et il donnait sur le jardin arrière. Sans hésiter, elle l'enlaça, et le serra très fort dans ses bras.

— Merci, murmura-t-elle contre son col.

Il l'enlaça à son tour, ses mains chaudes contre elle.

— Est-ce que tu vas bien ?

— Je vais bien, maintenant. Ce que tu as fait à l'intérieur… Ce que tu as dit à ma mère…

Elle s'écarta pour pouvoir le regarder dans les yeux. Les légères paillettes dorées semblaient plus brillantes ce soir-là, en dépit de l'obscurité qui régnait sur le balcon.

— Merci. Jamais personne n'a… volé à mon secours de cette manière.

Constantine esquissa un sourire.

— J'ai entendu ce que tu disais avant d'intervenir. Je ne suis pas certain que tu avais besoin d'être secourue, mais je crains de n'avoir pu résister à l'envie d'apporter ma contribution.

Du bout des doigts, il caressa le dos de Sabrina, remontant jusqu'à ce que son doigt touche sa peau.

— C'était merveilleux, murmura-t-elle.

Elle se laissa aller contre lui, de sorte que ses seins se pressaient contre le torse de Constantine. L'air nocturne était froid, mais lui était chaud. Sûr. Excitant. Il aplatit la paume contre sa peau, juste en dessous de sa nuque.

— Tu n'échoueras pas, ton bal ne sera pas un échec. Je te le promets. Nous ne leur donnerons pas cette satisfaction.

La seule idée que Sabrina avait en tête à ce moment-là était la satisfaction à laquelle elle aspirait. Quel effet cela ferait-il de l'embrasser ? Plus qu'un chaste frôlement des lèvres, une brûlante déclaration de désir.

— Constantine…

Une lueur de surprise passa dans les yeux de son mari, mais elle fut rapidement remplacée par quelque chose de beaucoup plus intense. Il posa sa main derrière sa nuque et baissa la tête jusqu'à ce que sa bouche touche la sienne. Son autre main reposait sur son épaule, son pouce effleurant délicatement sa clavicule.

Elle enlaça son dos, finalement consciente qu'elle avait désespérément besoin de cette connexion. Les lèvres de Constantine se plaquèrent sur les siennes, avec douceur, mais aussi avec détermination, l'incitant à l'embrasser à son tour. Il n'eut pas à attendre longtemps. Elle voulait cela, et bien plus encore.

Repensant à tout ce qu'Evie lui avait dit, et au livre qu'elle lui avait procuré, Sabrina fit glisser sa langue timidement le long des lèvres de son époux. La pression de son pouce sur elle grandit tandis qu'il scellait sa bouche à celle de Sabrina, tandis qu'il glissait sa langue à la rencontre de la sienne. Inclinant la tête, Constantine approfondit leur baiser, lui offrant exactement ce qu'elle désirait. Sa main enveloppait l'arrière de sa tête, la retenant prisonnière de son étreinte, même si elle n'avait pas envie d'être ailleurs.

Un sentiment de félicité l'envahit, l'élevant à un niveau qu'elle n'avait jamais envisagé. La chaleur et le désir palpitaient dans son sexe et dans ses seins, lourds contre lui. Enfin, ils étaient au bord du précipice de l'extase. Sur un balcon, au beau milieu d'un maudit récital !

— Oh ! Je vous prie de m'excuser.

La voix masculine les fit sursauter. Sabrina détourna la tête de la porte, trop humiliée pour permettre à la personne qui s'y trouvait de voir son visage.

— Un moment, s'il vous plaît, Harkin.

La voix de Constantine était grave, rauque, et n'apaisa en rien le trouble qu'elle éprouvait intérieurement. Au contraire, elle ne fit qu'intensifier son désir. Le bruit de la porte, qu'elle n'avait pas entendu s'ouvrir, lui indiqua que l'homme était parti.

— Il est retourné à l'intérieur, confirma Constantine.

Sabrina laissa son corps se détendre contre le sien.

— C'était horrifiant !

— Je n'aurais pas dit *horrifiant*, protesta-t-il. Après tout, nous sommes mariés. Ce n'est pas comme si ta réputation était compromise.

Elle leva les yeux vers lui, et constata qu'il fronçait les sourcils.

— Pourtant, cela semble te troubler.

— Seulement parce que, si mon père en entendait parler, *lui* trouverait cela horrifiant. Il fut un temps où j'aurais pu être d'accord avec lui.

— Et, maintenant ?

Constantine lui adressa un sourire énigmatique.

— Maintenant, nous devons retourner à l'intérieur avant que le récital commence.

Alors qu'il la conduisait dans la maison, Sabrina prit soin de regarder droit devant elle et d'éviter tout contact visuel avec Harkin. Savait-elle seulement qui il était ? Elle n'en avait pas l'impression, et elle préférait que les choses restent ainsi, au moins pour ce soir-là. Et peut-être pour le reste de la saison.

— Comment se passait ta soirée avant que tu ne croises ta mère ? s'enquit Constantine, alors qu'ils faisaient le tour du salon.

— Nous n'étions pas là depuis longtemps, expliqua Sabrina, qui se souvint que Cass avait dit qu'elle la retrouverait. Ta sœur est probablement à ma recherche. Je suppose que tu ne vois aucun prétendant potentiel ici ce soir ?

Elle leva les yeux vers lui.

— Je ne suis pas la meilleure personne à qui poser la question.

Le regard de Sabrina se porta sur un grand Irlandais

brun, avec qui elle avait dansé pendant sa saison, et avec lequel elle avait discuté lors de l'assemblée du Phœnix Club.

— Qu'en est-il de lord Wexford ?

Constantine haussa les épaules.

— Je ne le connais pas bien. C'est un ami de Lucien, si tu veux savoir s'il est à la hauteur.

— Je lui parlerai.

Sabrina parcourut le salon du regard pour voir si son beau-frère était présent et le trouva près de l'entrée. Elle remarqua également qu'un gentleman adressait un signe de la main assez appuyé à Constantine.

— Connais-tu cet homme ? s'enquit-elle, car elle ne le reconnaissait pas.

— Oui, c'est un collègue. Pardonne-moi, mais je dois m'entretenir brièvement avec lui. Je te rejoindrai pour le récital.

Il lui prit la main et déposa un baiser sur le dos de son gant, les yeux brillants de promesses.

Sabrina sentit des papillons s'envoler dans son ventre quand il s'éloigna. Peut-être serait-elle restée là à soupirer après son époux si Lucien ne s'était pas approché d'elle.

Il s'inclina devant elle avec galanterie.

— Bonsoir, Sabrina. Comment se passe le parrainage de notre sœur ?

— Cela vient à peine de commencer, mais, puisque vous abordez le sujet, je me demande si vous pourriez me parler de lord Wexford ? Ferait-il un mari convenable pour Cass ?

— Absolument pas ! rétorqua aussitôt Lucien d'un ton dur.

Son regard, habituellement jovial, se fit dur.

— Je croyais que vous étiez amis.

— Nous le sommes. De bons amis, en réalité, mais il ne conviendrait absolument pas à Cassandra.

— Je vois. Eh bien ! Je suis contente de vous avoir posé la

question. J'espère que vous me préviendrez s'il y a d'autres gentlemen que nous devrions éviter, dit Sabrina en se rapprochant de Lucien. Avez-vous réussi à obtenir une invitation pour Constantine au Phœnix Club ?

Il haussa un sourcil.

— Constantine ? Oserais-je espérer que les choses évoluent favorablement entre vous deux ?

La jeune femme ne put s'empêcher de rougir. Sans doute parce qu'il lui était impossible de ne pas penser à leur baiser sur le balcon.

— Les choses… progressent.

Peut-être Constantine la rejoindrait-il dans son lit ce soir-là. Son pouls s'emballa à cette idée. Lucien sourit.

— Voilà qui explique sans doute pourquoi il n'a pas requis d'autres rencontres avec la tutrice.

Une vague d'inquiétude submergea Sabrina. Elle avait réussi à faire fi de la culpabilité qu'elle éprouvait à cause de cette supercherie. C'était simple lorsque tout se passait bien entre Constantine et elle, et quand elle tâchait de se concentrer sur l'avenir, plutôt que sur le passé. Devrait-elle même se sentir coupable, au vu de leur toute nouvelle proximité ? Elle espérait qu'ils verraient tous les deux à quel point ces rendez-vous leur avaient été bénéfiques… elle était convaincue que c'était le cas.

— Vous devriez venir au club ce soir, lui dit Lucien, la tirant de ses pensées troublantes. Nous sommes mardi, vous pourrez voir le côté réservé aux hommes.

— Si mon époux pouvait m'accompagner, je le ferais.

En réalité, elle voulait y aller, de toute façon. Elle était plutôt impatiente de voir l'intérieur d'un club de gentlemen.

— J'y travaille, murmura-t-il. Cependant, je ne peux rien vous dire à ce sujet. En fait, si vous pouviez vous joindre à nous ce soir, votre présence, et, pour être franc, votre charme pourraient persuader les autres d'inviter Tine.

Son charme ?

— Me confondriez-vous avec quelqu'un d'autre ?

Lucien lui sourit.

— Pas du tout. Lady Aldington a suscité beaucoup d'intérêt depuis son retour en ville. N'en avez-vous pas entendu parler ? Elle n'est plus la comtesse timide et effacée. C'est une invitée très convoitée en toute occasion, *et* elle est membre du Phœnix Club.

Sabrina ignorait qu'elle avait attiré autant d'attention. Sa vieille angoisse remonta en elle, mais il y avait aussi quelque chose d'autre : de la fierté.

— Je vais réfléchir à la possibilité de venir.

Tout dépendait de Constantine et de ses éventuels projets. S'il en avait, elle se rendrait au club après avoir déposé Cass et Mlle Lancaster à Evesham House.

Leur hôte leur signala que le récital allait bientôt commencer, et que les invités devraient gagner leurs places. Sabrina regarda autour d'elle et aperçut enfin Cass et Mlle Lancaster.

— Souhaitez-vous vous asseoir avec nous ? demanda-t-elle à Lucien.

— Je vais rester debout dans le fond. J'espère vous revoir plus tard.

Ses yeux brillèrent d'un éclair de malice, comme souvent, avant qu'il tourne les talons et se dirige vers le mur derrière la dernière rangée de chaises.

Alors que Sabrina se dirigeait vers Cass et Mlle Lancaster, elle remarqua que Constantine discutait toujours avec le même gentleman. Son regard croisa celui de son épouse, et il fronça brièvement les sourcils. Puis il lui adressa un léger signe de tête, qu'elle interpréta comme une confirmation qu'il se joindrait à elle pour le récital.

Elle vint auprès de Cass, qui s'excusa de n'être pas venue la retrouver plus tôt.

— Je crains que nous ayons été impliquées dans un incident avec Mlle Carrington.

— Oh ! Voilà qui ne semble pas de très bon augure.

— Elle a renversé du ratafia sur sa robe, expliqua Cass. L'on aurait cru que c'était la fin du monde.

Mlle Lancaster pinça les lèvres, et Sabrina n'aurait su dire si c'était un signe d'exaspération, ou si elle s'efforçait de ne pas rire. Elles prirent place au troisième rang, et Cass s'installa entre Mlle Lancaster et Sabrina.

— Je suis navrée de n'avoir pas été près de toi, dit cette dernière. Je crains que Constantine m'ait distraite.

Et elle l'était toujours, pour être honnête. Elle se tourna dans sa direction, et croisa à nouveau ses yeux. Il articula un « désolé », et lui lança un regard plein de regrets. Puis, lui et les messieurs se hâtèrent de quitter la pièce lorsque la musique commença.

Un sentiment de déception envahit la poitrine de la jeune femme, mais elle le refoula. Son époux était un homme important et très occupé. Néanmoins, il avait pris le temps de la rejoindre au récital, où il était venu à son secours, avant de lui offrir un baiser qu'elle n'oublierait jamais.

CHAPITRE 16

*L*orsque Sabrina sortit du hall de l'escalier dans sa parure de soirée, un superbe serre-tête scintillant qui s'enroulait autour de ses cheveux élégamment coiffés, ainsi qu'une robe en soie grenat foncé, Constantine faillit suggérer qu'ils envoient un message aux Brightly pour les informer qu'ils étaient souffrants. Cependant, il ne jugeait pas encore le moment venu de faire évoluer leur relation naissante vers un niveau plus intime. Ils se rapprochaient, à en croire leur baiser de la veille.

Constantine s'avança, lui prit la main et déposa un baiser sur le dos de son gant ivoire.

— Tu es radieuse.

— Merci. Je m'excuse de t'avoir fait attendre. J'ai bien peur que nous ayons perdu la notion du temps, tandis que nous préparions le bal.

Elle enroula autour de ses épaules le châle du Cachemire qui était drapé sur son bras. Tissé dans des tons vifs de rouge, de bleu, d'or et de violet, cet accessoire en laine était parfaitement assorti à sa robe.

— Cela valait largement la peine d'attendre, remarqua-t-il

avec un sourire, tandis qu'il la parcourait du regard une nouvelle fois. Toutefois, nous devrions nous mettre en route.

Il l'accompagna à l'extérieur, et elle remonta son châle plus haut sur ses épaules, pour se protéger de la brise fraîche du soir. Quelques instants plus tard, ils étaient assis côte à côte dans la berline, leurs cuisses se touchant à peine. C'était à la fois une provocation et une torture.

— Je voulais m'excuser d'avoir dû partir si précipitamment hier soir, lui dit Constantine. Je devais impérativement voir quelqu'un au sujet du projet de loi sur les apothicaires.

Elle inclina la tête vers lui, et, à la lumière de la lanterne, ses yeux bleus brillaient comme la surface d'un lac par une belle journée d'été.

— Tu n'as pas besoin de me présenter tes excuses. Je suis consciente de ta charge de travail.

— C'est vraiment gentil à toi, murmura-t-il.

— La réunion a-t-elle été productive ?

— Je l'espère, mais c'est dur à dire. Il s'agit d'un projet de longue haleine, qui remonte à plus de vingt ans, lui expliqua-t-il.

Si des mesures avaient été prises bien plus tôt, sa mère serait peut-être encore en vie.

— J'essaie d'obtenir des soutiens pour le projet de loi, de faire en sorte qu'il soit acceptable pour toutes les parties et qu'il puisse être adopté. Il est extrêmement difficile de mettre tout le monde d'accord, mais je crois qu'après toutes ces années, nous nous en rapprochons enfin.

— Qu'espères-tu que ce projet de loi accomplisse concrètement ?

— Les praticiens devront suivre une formation spécifique, il y aura un âge minimum requis, et ils devront passer un examen. Il est nécessaire de mettre en place une réglementation afin de garantir la sécurité de notre société. Il y a bien trop de chirurgiens, d'apothicaires et autres qui ne devraient pas exercer.

Il se rendit compte que sa voix s'était élevée, et que ses mains s'étaient agitées à mesure qu'il parlait.

Sabrina posa doucement le bout de ses doigts sur l'avant-bras de Constantine.

— C'est un sujet qui te tient particulièrement à cœur. Y a-t-il une raison particulière ?

La gorge de Constantine se noua. Il n'avait jamais abordé ce sujet avec qui que ce soit. Une semaine plus tôt, il aurait évité de répondre à la question.

— Ma mère est décédée par la faute d'un chirurgien incompétent. Il n'aurait pas dû exercer.

Constantine parlait à voix basse, mais ses mots étaient aussi douloureux qu'une pluie de flèches.

Sabrina l'agrippa alors, sa main se referma sur son bras.

— Je suis sincèrement désolée. Je n'en avais pas conscience.

— Nous n'en discutons jamais. Mon père s'y refuse. J'ai tenté de parler avec lui de ce projet de loi, mais il trouve toujours un autre sujet de conversation. Je me demande parfois s'il se sent coupable, car c'est lui qui a fait appel au chirurgien et qui lui a fait confiance.

— Que s'est-il passé ? s'enquit Sabrina, le regard tendre, encourageant. Tu n'es pas obligé de me le dire si tu n'en as pas envie. Je ne veux pas insister.

Pour la première fois, il avait envie de le dire à quelqu'un. La douleur d'avoir perdu sa mère, de ne plus l'avoir à ses côtés, était un fardeau qu'il n'avait jamais partagé avec quiconque.

— Elle avait des douleurs au ventre. Cela a duré plusieurs semaines, et le chirurgien affirmait qu'une saignée, en plus d'un traitement à base de médicaments inconnus, aiderait. Ma mère n'a pas survécu. J'ai toujours cru que, si j'avais été à

la maison plutôt qu'à Oxford, j'aurais été en mesure d'empêcher ce qui s'est produit.

Sabrina se tourna complètement vers lui et posa une main
sur la joue de Constantine.

— Tu ne peux pas en être certain.

— C'est là tout le problème. Je ne saurai jamais si j'aurais
pu la sauver.

— Tu ne dois pas t'en vouloir. Ce n'est pas ce qu'elle
voudrait.

Constantine lui adressa un sourire triste, parce que
Sabrina avait raison, et parce que sa mère lui manquait
beaucoup.

— Tu fais preuve d'une grande sagesse pour une femme
aussi jeune et protégée, murmura-t-il.

— Je ne peux pas en être sûre, mais je vois, j'entends
l'amour que tu portais à ta mère, et je sais qu'elle ressentait la
même chose pour toi.

Il la regarda, surpris qu'elle soit aussi compréhensive,
alors que la mère de la jeune femme se révélait incapable
d'une telle émotion.

— Tu *es* sage, contre toute attente, et j'ajouterais même,
compte tenu de tout ce que je connais de ta famille.

Constantine posa la main sur celle de Sabrina, qui était
toujours sur sa joue.

Elle se pencha en avant, puis posa ses lèvres sur celles
de Constantine. Cette connexion entre eux était comme
un baume pour son âme, apaisant une douleur qu'il avait
toujours crue impossible à soulager. La berline s'arrêta, et
ils se séparèrent brusquement. Elle retira sa main, et il la
laissa partir, même s'il n'avait qu'une envie : continuer à
la tenir de toutes les manières possibles. Que lui arrivait-
il ?

La portière s'ouvrit, et ils descendirent de la berline. Ils se
dirigèrent ensemble vers la porte, proche l'un de l'autre, le

bras de la jeune femme enroulé autour du sien. Quelques instants plus tard, ils entrèrent dans le salon des Brightly.

Mme Brightly, une femme enjouée proche de la trentaine, au visage en forme de cœur et aux yeux ronds et bruns, fit une révérence formelle.

— Bonsoir, my lord, my lady.

— Bonsoir, madame Brightly, répondit Sabrina avec un sourire. Nous vous sommes reconnaissants de nous avoir invités à nous joindre à vous ce soir.

— C'est un honneur pour nous, affirma Mme Brightly, qui s'avança vers Sabrina. Venez, asseyons-nous un instant avant que le dîner soit servi. Souhaiteriez-vous du sherry, du marsala ou autre chose ?

— Que prenez-vous ? s'enquit Sabrina, l'accompagnant dans un grand coin salon.

Mme Brightly s'assit sur un canapé étroit, et Brightly la rejoignit.

— Du marsala. C'est divin.

Sabrina prit place sur un canapé plus large, couvert d'un riche damas bleu sarcelle. Constantine la suivit et s'assit à côté d'elle, mais pas aussi près que leurs hôtes l'étaient. D'un autre côté, les meubles des Brightly garantissaient une proximité plutôt intime.

— Je vais prendre la même chose, répondit Sabrina à leur hôtesse. Il se trouve que j'ai une préférence marquée pour les vins de liqueur. Je ne l'ai découvert que récemment, lorsque lord Aldington a organisé une dégustation de divers vins, pour que je puisse les comparer.

— Voilà qui semble vraiment amusant ! s'exclama Mme Brightly, se tournant vers son époux. Il faut que nous fassions la même chose !

Brightly posa sur elle un regard radieux.

— Tes désirs sont toujours des ordres, mon amour.

Constantine ressentait déjà le lien palpable qui unissait

les Brightly. Il en était toujours ainsi : ils ne faisaient pas mystère de leurs sentiments l'un pour l'autre. Coulant un regard vers Sabrina, il se demanda si elle l'avait remarqué. Ce soir-là, mais également lors de leurs précédentes visites.

— Wilkes, quatre marsalas, s'il vous plaît, demanda Brightly, avant de se tourner vers Constantine. Si cela vous va ? C'est plus simple ainsi, et, si je puis me permettre, c'est une excellente bouteille.

— C'est parfait, confirma Aldington, qui se demanda s'il devait se rapprocher de Sabrina. Il en avait envie. Puisqu'elle l'avait embrassé dans la voiture, peut-être désirait-elle la même chose.

Le majordome, qui était resté dans l'embrasure de la porte après avoir conduit Constantine et Sabrina au salon, versa et servit le vin. Puis il s'en alla. Brightly but une gorgée de marsala avant de passer son bras sur le dossier du canapé derrière sa femme.

— Je me dois de vous dire, Aldington, que Mme Brightly et moi-même avons reçu hier des invitations au Phœnix Club. J'en suis plutôt surpris.

Il échangea un regard enthousiaste avec Mme Brightly. Ils semblaient réprimer, sans grand succès, un sentiment de joie.

— J'en déduis que cela vous fait plaisir ? répondit Constantine, alors même qu'il avait l'impression d'avoir ingéré de l'acide.

Pourquoi n'était-il pas jugé digne du club ? Un club dirigé par son frère, qui prétendait veiller sur lui.

— Je suis enchantée ! déclara Mme Brightly, les yeux brillants. J'ai cru comprendre que je pouvais visiter la partie réservée aux hommes le mardi. Et puis, il y a les assemblées exclusives du vendredi ! Tout cela est tellement décadent !

— Lady Aldington est membre, annonça Constantine d'un ton un peu sec.

La pression de la cuisse de Sabrina contre la sienne le

surprit. Elle s'était rapprochée. Sa main était posée sur son genou, mais plutôt proche du sien. Le pouls de Constantine s'emballa.

— C'est formidable ! constata Mme Brightly, qui se tourna vers Sabrina. Y étiez-vous hier soir, lady Aldington ?

Constantine la sentit se raidir, et il sut sa réponse, tout comme il savait pertinemment qu'elle ne le lui avait pas dit.

— Euh, oui, confirma-t-elle, hasardant un regard vers son mari. C'était la première fois que j'avais l'occasion de m'y rendre un mardi, et lord Lucien, le frère d'Aldington, m'a fait visiter les lieux.

— J'ai entendu dire que la salle de jeu pouvait être assez tapageuse, commenta Brightly. Et la décoration est réputée pour être somptueuse.

Mme Brightly leva son verre de marsala pour boire une gorgée. Sabrina pencha la tête vers celle de Constantine.

— J'allais te le dire, murmura-t-elle.

Mme Brightly le regarda à son tour.

— Lord Aldington, vous pourriez accompagner Horace, tandis que lady Aldington ferait de même pour moi.

— Je ne suis pas membre.

Constantine but une longue gorgée de marsala, laissant le vin sucré enrober sa langue.

Mme Brightly pâlit, et Brightly posa son bras sur le haut de son dos. Il lui serra l'épaule, puis adressa à Constantine un sourire quelque peu embarrassé.

— Mes excuses, Aldington.

— Ce n'est pas nécessaire. Je suis certain que beaucoup se demandent pourquoi je ne suis pas membre du club de mon frère. Je n'ai pas la prétention de comprendre leurs règles d'adhésion, pas plus que je ne souhaite le faire. Je me satisfais de mes autres adhésions. Ils ne me laissent certainement pas sur ma faim, répliqua-t-il, se redressant sur son siège, avant de s'y adosser. Par ailleurs, je suis ravi d'être membre fondateur du club privé Gentlemen's Phaeton Racing Club.

Brightly leva son verre.

— Un excellent club ! s'exclama-t-il, et tout le monde but une gorgée avant qu'il poursuive. J'ai du mal à croire que c'est déjà le moment de notre première excursion samedi.

— Et j'ai du mal à croire que les épouses ne soient toujours pas autorisées à venir.

Mme Brightly donna un petit coup de coude à son mari dans les côtes. Elle lui sourit, et ils partagèrent un moment où ils semblaient être les seules personnes présentes dans la pièce.

Constantine prit conscience que la main de Sabrina frôlait sa cuisse. Il tourna brusquement la tête vers elle, tandis qu'une vague de chaleur le traversait.

Elle plissa légèrement les yeux, ses cils s'agitèrent dans une expression à la fois pudique et séduisante. Il avait du mal à respirer.

— J'ai posé la même question à Aldington, dit Sabrina, détournant à contrecœur son regard. Mais, je plaisantais. Faites-vous de même ?

— Toujours. Je comprends que le club de course soit réservé aux gentlemen. Tout comme mon club de couture est réservé aux dames, répliqua Mme Brightly, fixant Sabrina intensément du regard. Si vous aimez les travaux d'aiguille, vous devriez vous joindre à nous.

— Je vous remercie, répondit Sabrina poliment. Je le garderai à l'esprit.

Pratiquait-elle les travaux d'aiguille ? Constantine n'en avait aucune idée.

— Peut-être devrions-nous insister auprès de ces messieurs pour qu'ils nous autorisent à les accompagner, au moins pour cette première excursion, suggéra Sabrina, qui regarda Brightly, puis Constantine.

Mme Brightly fronça les sourcils en se tournant vers son mari.

— C'est une excellente idée ! Pourquoi ne pas nous autoriser à venir pour cette première course ? Je ne vois pas où est le problème.

Brightly ouvrit la bouche, mais aucun mot ne sortit. Il se tourna alors vers Constantine : de toute évidence, il avait besoin d'aide.

— Il nous faudrait obtenir l'accord du reste du club, répondit Aldington. Nous avons une réunion demain. Je soulèverai la question.

Sabrina leva les yeux vers lui.

— Vraiment ?

— Je vous soutiendrai dans cette démarche, déclara Brightly. Je reconnais qu'il serait extrêmement divertissant d'avoir les épouses avec nous lors d'une escapade. Mme Brightly et moi adorons conduire ensemble, même si nous ne le faisons plus autant qu'au début de notre mariage.

— Et lors de notre cour. Tu m'as emmenée à Islington lors de cette promenade plutôt… scandaleuse.

Elle effleura brièvement sa jambe de la main, et croisa son regard en riant. Brightly eut un petit rire.

— Nous étions déjà fiancés, ce n'était donc pas *si* scandaleux que cela ! J'étais tout simplement trop impatient d'être seul avec toi.

Il lui décocha un clin d'œil : il était évident qu'ils étaient tombés amoureux dès le tout début. Mme Brightly reporta son attention vers Sabrina.

— Quel genre de choses scandaleuses avez-vous fait avec Aldington avant de vous marier ?

— Rien. Notre cour s'est déroulée de manière incroyablement convenable. Je ne veux pas dire que la vôtre ne l'était pas, précisa-t-elle rapidement.

Constantine remarqua la légère rougeur à la base de son cou.

— J'ai bien peur que lady Aldington et moi-même ne soyons très attachés aux convenances. N'est-ce pas, ma chérie ?

Il admira son profil avant qu'elle tourne la tête.

— C'est vrai… et il semblerait aussi que nous aimions l'anticipation.

Son regard était brûlant, et Constantine craignit que son érection ne le mette dans une situation embarrassante. Pour une femme qui, une semaine plus tôt, n'avait jamais fleureté avec lui, elle était devenue incroyablement douée.

Heureusement, le majordome revint pour annoncer que le dîner était servi, et Constantine fut ainsi sauvé. Il se demandait toutefois s'il ne s'agissait que d'un répit temporaire. Car le fait de se trouver en présence d'un couple affectueux, conjugué à l'envie désespérée de trousser son épouse, pourrait bien le pousser dans ses derniers retranchements.

～

S abrina bâilla lorsque Constantine l'aida à monter dans la berline plus tard dans la soirée.

— Je te demande pardon. Entre les préparatifs du bal et cette soirée, je suis épuisée.

Ceci trancha le débat qui occupait l'esprit de Constantine depuis deux heures : la rejoindre au lit ce soir-là ou non. Apparemment, la réponse était non, même si son corps réclamait désespérément celui de Sabrina. Entre l'affection des Brightly qui, pour la première fois, semblait contagieuse, et le jeu de séduction subtil de son épouse, il était sens dessus dessous.

— J'ai passé un très bon moment, déclara Sabrina, tandis que le véhicule se mettait en marche. Et toi ?

— Oui. Horace est un bon ami. Je suis ravi que Mme Brightly et toi vous entendiez si bien.

— Ils forment un couple dévoué, remarqua-t-elle d'une voix douce. Je l'avais déjà remarqué, bien sûr, mais ce soir, c'était… différent d'être en leur présence.

Constantine se raidit. Elle l'avait *effectivement* remarqué.

— Différent en bien, ou en mal.

— En bien, je pense.

Constantine se détendit. Mais seulement un peu.

— Je suis heureux que leur affection ne te mette pas mal à l'aise.

— Je pense que le terme « affection » n'est pas approprié, protesta Sabrina.

Elle se tourna sur son siège pour lui faire face. L'air autour de lui se déplaça, l'enveloppant de son parfum désormais familier.

— Cette discussion te met-elle mal à l'aise ? Tu sembles anxieux, tout à coup.

— Je ne suis pas anxieux.

Il était terriblement frustré. Mais il pouvait attendre encore un peu.

Sabrina prit la main de Constantine entre les siennes, avant de la relâcher pour retirer ses gants, qu'elle posa sur la banquette à côté d'elle. Avec précaution, elle ôta le gant de son mari, qu'elle posa à côté des siens, de sorte qu'ils soient peau contre peau.

— Tu es chaud.

Il brûlait. Uniquement pour elle.

Du bout des doigts, elle caressa la main de Constantine, puis remonta sous sa manche. Il prit une inspiration, la retint, puis son corps entier se tendit, comme s'il était sur un chevalet. Mais cette torture était douce, et il n'était pas sûr de vouloir qu'elle se termine.

— J'aime l'anticipation, souffla-t-il, les yeux rivés sur le pouls de Sabrina, visible sur sa gorge pâle.

— Cela semble prévaloir ces derniers temps, murmura-t-elle, son corps se balançant vers lui.

Peut-être n'était-elle pas trop fatiguée... Constantine retira son autre gant et le jeta de côté.

— Oui.

Levant la main, il effleura délicatement cet endroit sur sa gorge, faisant glisser son pouce sur la peau satinée. Sa poitrine se souleva et s'abaissa plus vite, tandis que ses lèvres s'entrouvraient. Le conseil de la tutrice surgit dans son esprit : il devait parler avec Sabrina pour apaiser ses craintes.

— Es-tu nerveuse ?

Elle déglutit.

— Peut-être un peu.

— Ce n'est pas grave, l'apaisa-t-il, arrêtant son geste. J'irai toujours aussi lentement que tu le demanderas. Mais j'ai besoin que tu le demandes. Pourrais-tu faire cela ?

Constantine la regarda droit dans les yeux, et il vit que son appréhension s'estompait.

— Je peux le faire.

Sabrina saisit l'autre main de Constantine, celle qui n'était pas posée à la base de sa gorge, étendue du haut de son corsage jusqu'à sa clavicule, malheureusement couverte par le châle en laine douce.

— À présent, c'est à mon tour de te poser une question. Pourquoi es-tu différent ?

Il aurait voulu prétendre qu'il ne l'était pas, mais il savait que ce n'était pas vrai.

— Parce que j'ai envie de l'être. Avec toi. Comme tu l'as fait avec moi. Nous n'avons pas pris un bon départ.

— Non, c'est vrai.

Ils avaient été des pions, manipulés par leurs parents pour servir leurs propres intérêts. Constantine comprenait les motivations des parents de Sabrina, mais qu'en était-il de celles du duc ? Pourquoi avait-il poussé son fils à épouser cette femme ?

Cela n'avait aucune importance, car il était marié avec elle, et il ne le regrettait pas. *Plus maintenant.* Il prit conscience à ce moment-là qu'il l'*avait* regretté. Ou peut-être avait-il éprouvé du ressentiment. Une vague de culpabilité l'envahit.

— Je suis désolé pour tout ce qui s'est passé avant.

Il abaissa la tête pour l'embrasser, tâchant d'y aller doucement, tandis que son corps le poussait à aller plus vite, à exiger davantage, à *prendre* plus.

Peut-être le perçut-elle en lui. Sabrina relâcha sa main, puis posa les paumes contre le torse de Constantine, appuya brièvement, avant d'empoigner les revers de sa veste. Écartant les lèvres, elle rencontra sa langue, et une vague de désir intense le submergea de la tête aux pieds.

Le châle avait glissé de ses épaules lorsqu'elle avait levé les mains vers son torse. Constantine fit glisser sa main le long de sa clavicule, puis du haut de son dos. Il entoura sa nuque, caressant la douceur veloutée de sa peau.

Elle glissa un bras sous sa veste et l'enroula autour de son dos, l'attirant contre elle tout en se plaçant dans le coin de la banquette. Timidement, elle remonta son autre main le long de son torse jusqu'à son épaule.

Constantine pivota, se positionnant au-dessus d'elle, remontant un genou tandis que son autre pied s'appuyait sur le sol pour contrebalancer les secousses de la berline. Son chapeau bascula vers l'avant, et il le jeta. Puis elle l'embrassa avec un abandon qu'il n'aurait jamais cru possible, ses lèvres et sa langue se mêlant aux siennes.

Il embrassa sa mâchoire et son cou, savourant la peau qu'il avait si longtemps désiré goûter. Un sentiment de ravissement l'envahit. C'était de la folie. C'était le bonheur.

— Constantine, s'il te plaît, je…

Il s'immobilisa, puis il releva la tête pour regarder Sabrina. Les joues rougies, elle ouvrit les yeux.

— J'aime quand tu dis mon prénom.

— *Constantine.* S'il te plaît. Touche-moi.

Avec un doux gémissement, il l'embrassa à nouveau, sans ménagement cette fois. Cette connexion était dure, désespérée, le point culminant d'un profond désir. Il écarta complètement son châle, puis prit son sein à travers la soie de sa robe. C'était loin d'être suffisant pour apaiser le désir de Constantine, mais Sabrina se cambra, gémissant doucement.

Baissant la main, il trouva l'ourlet de sa robe et le releva, dévoilant ses jambes. Elle eut le souffle coupé lorsqu'il fit glisser sa paume le long de l'intérieur de sa cuisse. Une douce chaleur l'accueillit, l'attirant plus haut, là où elle était encore plus douce, plus chaude. Et humide.

Constantine caressa son sexe, il sentit à quel point elle était prête pour lui. Désespéré de s'enfouir dans sa chaleur, il se contenta de se servir de ses doigts, glissant en elle tout en stimulant son clitoris.

Elle remua les hanches pour répondre à ses mouvements, s'agrippa à son dos et à ses épaules, ses doigts s'enfonçant dans ses vêtements. *Il portait beaucoup trop de vêtements.* Il la voulait nue et frémissante, folle de désir comme lui l'était, sous lui.

La berline s'arrêta. Perdu dans l'extase, Constantine n'aurait pas cru qu'ils puissent déjà être à la maison. Cependant, le bruit que fit le cocher en descendant de son siège ne laissait aucun doute.

Aldington retira précipitamment sa main, et rabattit les jupes de Sabrina pour la couvrir.

— Nous sommes à la maison, annonça-t-il, l'aidant à se redresser.

Le visage de Sabrina était encore rougi, et il imaginait

facilement sa frustration. Il la partageait, mais elle avait été au bord de l'extase. Se penchant vers elle, il déposa un baiser derrière son oreille, avant de murmurer :

— Nous terminerons cela à l'étage, où je te retirerai tous tes vêtements, avant de te faire crier. Je veux t'*entendre* jouir, Sabrina.

Il sentit le frémissement qui parcourut ses épaules lors-qu'elle inspira et retint son souffle. Il était impatient d'entrer dans la maison.

Le cocher ouvrit la portière, et Constantine descendit de la berline. Il tendit la main à Sabrina pour l'aider à sortir à son tour, puis il lui offrit son bras.

— Tu as laissé ceci à l'intérieur, murmura-t-elle, lui tendant son chapeau et ses gants.

Il la conduisit dans la maison. Haddock les accueillit dans le hall d'entrée, où il prit aussitôt les accessoires de Constantine.

— Bonsoir, my lord, my lady, les salua-t-il, avant de concentrer son attention sur Constantine. Une missive urgente est arrivée pendant votre absence.

Aldington ne voyait pas ce qui pouvait être plus urgent que d'aller au lit avec son épouse.

— Je la lirai demain.

Haddock grimaça.

— Ce gentleman, M. Lambert, est venu l'apporter lui-même, et il a indiqué qu'il était de la plus haute importance que vous la lisiez ce soir.

Bon sang ! M. Lambert était l'un des autres députés qui travaillaient sur le projet de loi sur les apothicaires.

Se tournant vers Sabrina, Constantine lui prit les mains.

— J'ai juste besoin de quelques minutes pour lire cette lettre et y répondre.

Ce devait être la raison de cette urgence : Lambert voulait

une réponse ce soir-là. Elle lui adressa un sourire chaleureux et compréhensif.

— Tout va bien, répondit-elle, puis elle se pencha et lui murmura à l'oreille. J'attendrai.

Le corps de Constantine, toujours débordant de cette énergie sexuelle inutilisée, se tendit de désir. Il n'avait jamais éprouvé un sentiment aussi basique, aussi primitif. Il aurait dû être dégoûté, mais il se sentait… vivant.

Lorsqu'elle se retourna et pénétra dans le hall de l'escalier, Constantine ne put s'empêcher de fixer la courbe de son postérieur, à peine perceptible sous le drapé de sa robe écarlate. Il brûlait d'envie de le voir, de la voir tout entière… nue.

Bientôt. Très bientôt.

— Mes excuses, my lord, intervint Haddock. Je suis navré de vous avoir interrompus avec lady Aldington. Puis-je me permettre de vous dire que je suis ravi de voir que vous vous entendez si bien ?

Constantine reporta son attention sur le majordome, surpris par ses propos. Ou plutôt, surpris que Haddock les ait exprimés à haute voix. Apparemment, le majordome l'était aussi, car ses joues arboraient de petites taches roses.

— Oui, vous pouvez, répondit Constantine. Et, merci. Je me permettrai donc de vous dire que Mme Haddock et vous êtes une source d'inspiration.

Les joues de Haddock rougirent davantage.

— Je suis sans voix, my lord. Vous êtes trop gentil. La missive se trouve dans votre bureau.

Constantine tourna les talons, déterminé à conclure cette affaire le plus rapidement possible. À l'étage, son avenir l'attendait.

CHAPITRE 17

Faire les cent pas dans sa chambre en attendant l'arrivée de son mari n'avait rien de nouveau pour Sabrina. En revanche, ce n'était pas le cas de ses émotions ce soir-là. Au lieu de se tordre les mains avec anxiété, et de réfléchir à la manière dont elle allait surmonter cette épreuve, elle débordait d'excitation et d'impatience.

Charity l'avait aidée à se déshabiller et lui avait brossé les cheveux. Comme toujours, elle avait proposé de les tresser, mais Sabrina le faisait presque toujours elle-même. Ce soir-là, elle ne le ferait pas du tout. Après le départ de Charity, Sabrina les avait attachés à l'aide d'un simple ruban, puis elle avait ramené la masse vers l'avant, par-dessus son épaule gauche.

Elle avait revêtu une chemise de nuit destinée à le séduire. Faite de soie rose foncé, elle s'attachait sous ses seins et le décolleté plongeait en V au-dessus d'eux, laissant entrevoir la vallée qui les séparait.

Elle était aussi nerveuse que lorsqu'elle s'était fait passer pour sa tutrice, mais d'une manière différente. Elle envisagea de lui avouer la vérité, de lui révéler qu'ils avaient déjà partagé deux rencontres exaltantes et révélatrices.

Pas ce soir-là. Elle voulait ce moment, elle en avait besoin, pour eux, pour ce mariage qu'ils s'efforçaient tous les deux de construire. Ce qu'ils avaient tous deux accompli pour en arriver là avait été nécessaire et compréhensible.

Il semblait prendre beaucoup de temps. Sabrina marqua une pause, se demandant si elle devait descendre pour essayer de l'attirer et de l'inciter à la rejoindre. Non, il n'avait pas besoin qu'elle l'attire. Il viendrait. Elle en était sûre.

C'est alors qu'elle l'entendit dans le petit salon : le bruit des pas ne trompait pas. Tout comme le bruit de sa porte qui s'ouvrait et se refermait.

Elle fronça les sourcils. Voilà qui n'était pas prometteur. Avait-il changé d'avis ? Croyait-il qu'il avait pris trop de temps et qu'elle s'était endormie ? Non, elle lui avait expressément dit qu'elle l'attendrait.

Sabrina recommença à faire les cent pas, jetant des regards inquiets en direction de la chambre de Constantine, accélérant le pas. Elle s'arrêta, s'approcha du mur et se pencha, tendant l'oreille pour entendre ce qu'il faisait.

Oh, c'était ridicule ! Ils voulaient tous deux cela. Elle en était sûre. Tout comme elle était sûre d'être lassée d'attendre.

Elle sortit de sa chambre à grands pas et entra dans le petit salon vide. La porte de Constantine était fermée, mais elle s'en approcha et frappa sans hésiter. Un instant plus tard, il répondit ; une mèche de cheveux retombait sur son front tandis qu'il nouait la ceinture de son banian.

— J'étais sur le point de venir, lui dit-il, repoussant ses cheveux. Je voulais me changer, expliqua-t-il, la scrutant d'un regard attentif. Je vois que tu l'as fait aussi.

Sabrina leva la main et ramena la mèche rebelle sur son front.

— J'aime tes cheveux ainsi. Cela te donne l'air plus insouciant. Peut-être même un peu sauvage.

Il haussa un sourcil, ce qui lui arrivait plus souvent ces derniers temps. Cette expression lui apportait une touche d'humour et de charme qui le rendait incroyablement séduisant. Elle voulait l'entourer de ses bras et le ramener dans sa chambre. Mais non, il insisterait pour aller dans celle de Sabrina.

— Sauvage ? Je ne suis pas certain que l'on m'ait jamais appelé ainsi, ou que je me sois jamais comporté d'une manière que l'on pourrait qualifier de sauvage.

— Pas même lorsque tu buvais trop à Oxford ?

Les lèvres de Constantine s'étirèrent en un sourire dévastateur.

— Peut-être à ce moment-là.

Sabrina le voulait sauvage. *Maintenant.* Posant ses paumes sur le torse de son époux, elle le repoussa gentiment et franchit le seuil.

— Montre-moi.

Le sourire de Constantine s'estompa, tandis qu'il inspirait brusquement.

— Tu veux rester ici ?

— Si tu me le permets.

— Sabrina, je te permettrai de faire tout ce que tu désires.

Son regard se fixa sur le sien avec une intensité qui la toucha profondément. Associé à ses paroles enivrantes, ce regard menaçait de la faire fondre. Il lui prit la main et l'entraîna plus loin à l'intérieur, puis il passa derrière elle pour fermer la porte.

— Tu es si belle.

Il toucha sa nuque, ses doigts effleurant sa peau, puis ils descendirent sur l'étoffe de soie qui couvrait son échine. Il s'attarda sur le haut de son postérieur, avant d'y étendre sa main, puis de l'empoigner fermement.

— Magnifique, murmura-t-il, ses lèvres contre son cou.

Ses fesses la picotèrent, son sexe palpita, mais elle ne se retourna pas pour lui faire face. Elle était sur le point d'atteindre l'orgasme lorsque la berline s'était arrêtée. Le moment où il l'avait quittée avait sans doute été le plus frustrant de toute sa vie. Depuis, elle se sentait comme au bord d'un précipice, en équilibre instable. Le besoin qu'il termine ce qu'il avait commencé était presque irrésistible, mais elle avait patienté.

— Je t'attendais.

Elle inspira tandis que sa main continuait à lui caresser les fesses. Puis il passa son autre main devant elle, et la referma sur son sein, qu'il massa doucement.

— C'était difficile.

— J'imagine. Comment t'es-tu divertie ?

Était-il en train de lui demander si elle… ?

— J'ai fait les cent pas. Vite.

Le pouce et l'index de Constantine se refermèrent autour de son mamelon, le pinçant et le caressant jusqu'à ce qu'il durcisse. Les seins de Sabrina étaient lourds et sensibles, avides de son toucher. Il pinça, doucement, puis tira, brusquement. Elle haleta, et il la relâcha.

— Ne t'arrête pas, protesta-t-elle, puis elle se colla à nouveau contre lui, et sentit son érection contre son postérieur.

L'autre main de Constantine lui caressa la cuisse, avant de remonter vers son autre sein. Il les prit dans ses mains et répéta ses caresses. Une vague de chaleur envahit Sabrina, qui ne put retenir un gémissement. Elle était si proche. Pourrait-elle jouir uniquement grâce à ce qu'il faisait ?

Soudain, elle eut envie qu'il la rejoigne au bord du précipice. Et elle savait comment l'y amener. Se retournant, elle posa les paumes à plat sur son torse.

— Je suis là, seule, au bord du précipice, à osciller entre

anticipation et satisfaction. Je veux que tu me rejoignes, affirma-t-elle, puis elle s'agenouilla et détacha la ceinture de son banian.

Tout le corps de Constantine devint rigide.

— Que fais-tu ? s'enquit-il, la voix rauque.

Elle ouvrit les pans de son banian et observa son sexe. Raide et pâle, recouvert à la base d'un nid de boucles brunes, il semblait s'étirer vers elle, à sa recherche. Se rappelant les images et les descriptions contenues dans le livre qu'Evie lui avait offert, Sabrina enroula sa main autour de la base et remonta.

Constantine gémit et posa une main à l'arrière de sa tête.

— *Sabrina.* Ce n'est pas…

Elle ne savait pas ce qu'il allait dire, mais cela lui était égal. Elle en toucha l'extrémité avec ses lèvres et trouva qu'il était doux comme du velours. Il y avait également un peu de liquide. Elle le lécha et fut surprise de constater que c'était plutôt salé.

— Bon sang, Sabrina ! Tu ne devrais pas faire ça.

— Je devrais le faire, et je le ferai.

La réaction de Constantine l'enhardit. Ouvrant la bouche, elle le prit en elle, appuyant sa langue sur le dessous de sa hampe.

Des mots confus jaillissaient de sa bouche en même temps que des gémissements désespérés. Il enfonça ses doigts dans les cheveux de Sabrina. Elle déplaçait sa main au même rythme que sa bouche, avalant sa longueur et la relâchant de plus en plus rapidement. Il bascula ses hanches vers l'avant, s'enfonçant ainsi au fond de sa gorge. Il se retira en marmonnant un juron, et des excuses.

Agrippant sa hanche, elle le tint fermement, puis elle posa la main sur le lourd sac sous son sexe. Il laissa échapper un cri guttural tandis qu'elle l'aspirait dans sa bouche.

C'est alors qu'il la saisit par les épaules.

— Arrête, s'il te plaît. Si tu me voulais au bord du précipice, j'y suis. Et je vais tomber si tu ne t'arrêtes pas.

Sabrina se releva, les genoux tremblants, et il la souleva dans ses bras. Avec un petit cri de surprise, elle enroula ses mains autour de son cou, tandis qu'il la portait jusqu'au lit.

Il l'allongea sur la couverture.

— Comment cela se détache-t-il ? demanda-t-il d'une voix rauque, les traits tendus.

Sabrina détacha les agrafes sous sa poitrine et écarta le vêtement, se dévoilant à lui. Constantine baissa les yeux sur elle, sur son corps illuminé par la bougie placée sur la table à côté du lit. Apparemment, cela ne suffisait pas, car il s'en saisit et la maintint au-dessus d'elle, se déplaçant lentement de son cou à ses pieds.

— Retourne-toi.

Cet ordre fut donné de façon brusque et inflexible, son visage affichant un masque de contrôle à peine contenu. Elle fit ce qu'il lui demandait, retira ses bras des manches de son vêtement en même temps. Il l'écarta, laissant la soie frôler son dos et chatouiller ses cuisses.

Il reposa la bougie sur la table, plus près du lit, pour qu'ils aient davantage de lumière.

— Je veux connaître chaque partie de toi. Trop de temps s'est écoulé, et nous ne passerons plus une autre nuit dans l'obscurité.

Le corps de Sabrina se languissait de Constantine, ses membres frémissaient, son sexe palpitait. Elle était appuyée contre le matelas, ses seins brûlaient qu'il les touche, qu'il la soulage.

Constantine lui caressa le dos, le bout de ses doigts et sa paume effleurèrent sa peau sensible. Quand il atteignit son postérieur, il s'y attarda un moment, avant de descendre le long de sa jambe. Il remonta ensuite le long de l'autre, en de douces caresses taquines, se déplaçant vers l'intérieur de sa cuisse.

— Écarte les jambes.

Elle ouvrit les cuisses, puis ferma les yeux, tandis que la main de Constantine remontait jusqu'à son sexe. La sensation envoya des étincelles lumineuses derrière ses paupières tandis qu'elle agrippait la couverture à deux mains. Il stimula son clitoris, la renvoyant directement à la berline, lorsqu'elle avait été sur le point d'atteindre l'orgasme.

Gémissant sur le lit, Sabrina souleva les hanches pour lui offrir un meilleur accès.

— Je t'en prie, Constantine.

— Oui, c'est parfait. Soulève tes hanches, et mets-toi à genoux.

Elle s'empressa de faire ce qu'il lui demandait, ce qui n'était pas chose aisée, tant son corps était secoué de tremblements. Mais c'est alors qu'il plongea ses doigts en elle, et toutes les difficultés s'estompèrent. Il n'y avait plus qu'un sentiment de félicité, et le plaisir qui montait en elle.

Constantine posa ses lèvres contre son oreille, tira sur le lobe, et en lécha le contour.

— La prochaine fois, je mettrai ma bouche ici, expliqua-t-il, enfouissant ses doigts en elle. Et tu jouiras comme jamais auparavant. Et la fois d'après, je te prendrai de cette manière, par-derrière, quand tu seras à genoux.

Les paroles de Constantine enflammèrent Sabrina, déclenchant une vague de chaleur humide dans son intimité.

— Jouiras-tu pour moi, maintenant, Sabrina ?

— Mais je te veux…

— Tu vas m'avoir. Mais, pour l'instant, je veux que tu jouisses. Fais ce que je te dis.

Il retira ses doigts pour se concentrer sur son clitoris, la conduisant au bord de cette extase. Son orgasme atteignit son paroxysme lorsqu'il enfouit ses doigts en elle une nouvelle fois. Elle bougeait avec lui, ses cris désespérés étouffés par le matelas sous elle.

Son corps tremblait encore de plaisir lorsqu'il la retourna. Elle ouvrit les yeux, la respiration difficile et rapide, et vit qu'il avait enlevé son banian.

Il grimpa sur le lit et se plaça entre les cuisses de Sabrina. Il lui releva les jambes, les pliant au niveau des genoux, puis passa son pouce sur les replis sensibles de son sexe.

Sabrina se cambra, satisfaite, et pourtant pas tout à fait. Il se pencha en avant pour l'embrasser, plongeant sa langue dans sa bouche tandis qu'il lui caressait la poitrine. Elle enroula ses jambes autour de Constantine, appuyant son intimité contre son sexe. Elle enfonça ses ongles dans ses épaules.

Il l'embrassa dans le cou, puis se concentra sur l'un de ses seins qu'il lécha et aspira dans sa bouche. Les yeux fermés, Sabrina bascula la tête en arrière, dans un abandon sauvage. Oui, *sauvage*. *C'était* sauvage. C'était tout ce qu'elle avait toujours voulu, mais sans jamais le savoir.

— J'ai besoin de toi, maintenant, Sabrina.

Sa voix troublée traversa le brouillard extatique qui l'enveloppait, tandis qu'il caressait son sexe et plaçait son membre au niveau de son intimité. C'était tellement différent de toutes les autres fois ! Il n'y avait ni gêne ni honte entre eux, rien qu'un désir intense et irrésistible.

— Oui, Constantine. J'ai besoin de toi aussi.

Sabrina agrippa la main de Constantine, et, ensemble, ils unirent leurs corps dans l'allégresse. *Enfin.*

Il s'enfouit en elle, dur et rapide, la comblant et l'étirant de telle sorte qu'elle était déjà au bord d'un autre orgasme. Elle resserra ses jambes autour de lui, lui arrachant un gémissement. Il commença à bouger, lentement au début, mais elle en voulait plus. Elle avait besoin de plus.

— Plus vite, l'exhorta-t-elle, plantant ses pieds dans son

postérieur, comme si elle était une femme impudique et effrontée.

Peut-être était-ce le cas. Cela ne semblait pas le déranger. Mais, cela arriverait-il ? Plus tard ?

Le doute s'insinua. Puis il posa à nouveau sa bouche sur son sein, et le doute s'évanouit sous le poids de sa passion. Elle enfonça ses doigts dans ses cheveux, le serrant contre elle tout en bougeant ses hanches au rythme des siennes. Il l'embrassa, sa bouche et sa langue se promenant sur sa chair fiévreuse jusqu'à ce qu'il s'empare de ses lèvres, avalant ses gémissements alors qu'elle atteignait le summum du plaisir.

Constantine glissa une main entre eux et caressa son clitoris. Ce fut suffisant, plus que suffisant, pour la plonger dans une extase profonde qui lui donna l'impression d'avoir été transportée hors du temps et de l'espace.

Elle poussa un cri grave et profond qui semblait provenir d'un animal sauvage. Horrifiée, elle referma brusquement la bouche.

— Non ! protesta-t-il, tirant sur ses cheveux avant de mordre doucement son oreille. Laisse-toi aller, Sabrina. Laisse-toi complètement aller. Je veux t'entendre. *Maintenant.* Donne-moi *tout.*

Il s'enfouit profondément en elle, la poussant encore plus loin dans la félicité. Elle cria encore et encore, tandis que son corps se mettait à trembler sous l'assaut des sensations.

Un instant plus tard, il la rejoignit de l'autre côté, et son corps se tendit lorsqu'il jouit. Les bruits rauques, enfiévrés qu'il produisit tandis qu'il se libérait, enveloppèrent Sabrina. Finalement, il s'effondra contre elle, le corps moite, la respiration haletante.

Sabrina flottait dans un brouillard d'euphorie, envahie de joie et de plénitude. Elle passa la main sur la cuisse de Constantine, sur la courbe de ses fesses, dans le creux à la base de son échine.

Il lui embrassa la joue, puis le cou, avant de se retourner sur le dos. Elle se tourna vers lui et le dévisagea. Il avait les yeux fermés, et il avait posé son bras sur son oreiller, au-dessus de sa tête, les doigts pointés vers elle. Les mouvements rapides de sa poitrine se ralentirent ; son sexe relâché reposait contre sa cuisse. Constantine lui avait dit qu'elle était belle, mais lui aussi l'était.

Elle voulait passer le bout de ses doigts sur les muscles de sa poitrine, sur son ventre, sur son aine, sur sa hanche. C'était une partie séduisante de l'anatomie masculine, et, finalement, elle ne pouvait s'empêcher de la toucher.

— Sabrina ?

Elle leva le nez, et vit que les yeux de Constantine étaient à présent ouverts, plissée, tandis qu'il observait son buste.

— Mmm ?

— À moins que tu ne souhaites provoquer un deuxième, euh… intermède, peut-être devrais-tu aller dormir.

Elle se dit que l'idée d'un deuxième « intermède » semblait plutôt merveilleuse. Mais elle était trop distraite par ce qu'il avait dit au sujet d'aller dormir.

— Me permettras-tu de rester ?

Constantine ouvrit plus largement les yeux.

— Si tu en as envie.

Le fait qu'il l'ait invitée dans sa chambre était déjà assez surprenant, mais lui proposer de passer toute la nuit chez lui dépassait ses attentes. D'un autre côté, toute cette situation dépassait ses attentes.

Des émotions fleurirent et remplirent son cœur. Elle se pressa contre lui, la main posée sur son torse. Se redressant légèrement, elle l'embrassa tendrement, ses lèvres effleurant brièvement les siennes.

— J'en ai envie.

— De rester ou de recommencer ?

Le regard de Constantine était si plein d'espoir, et le sourire qui se dessinait sur ses lèvres si séduisant, qu'elle dut ravaler la boule qui lui obstruait la gorge. Tout cela était trop parfait.

Elle remonta la main jusqu'à son cou et lui adressa son sourire le plus coquin.

— Les deux.

— Chipie.

Il la repoussa sur le dos, puis l'embrassa, caressant son flanc. Finalement, le sommeil fut de courte durée.

~

*I*l était minuit passé lorsque Constantine arriva chez lui le lendemain soir, épuisé et frustré, en revenant de Westminster. Il s'illumina aussitôt en voyant sa femme pénétrer dans la maison.

Sortant de la berline avec plus d'énergie qu'il n'en possédait quelques instants auparavant, il entra au moment où elle s'apprêtait à quitter le hall d'entrée.

— Sabrina ! l'appela-t-il, la poussant à s'arrêter.

Elle se retourna les yeux brillants ; ses lèvres esquissèrent un sourire chaleureux et accueillant, qu'il ressentit jusqu'à son entrejambe.

— Tu rentres seulement maintenant ?

Il acquiesça.

— Ce fut une journée particulièrement longue. Voudrais-tu boire un madère avec moi, dans mon bureau ?

— Ce serait merveilleux, merci.

Ils avancèrent ensemble, leurs bras se frôlèrent, et Constantine avait peine à croire qu'il s'agissait de son mariage, de sa femme.

— Comment s'est passée ta soirée ? s'enquit-il.

Il coula un regard admiratif vers sa robe couleur aigue-marine, qui, selon lui, faisait briller ses yeux comme la mer un jour d'été.

— Très agréable, merci. Mais... j'étais quelque peu fatiguée.

Elle lui décocha un regard provocateur, et tout projet qu'il nourrissait de la laisser seule ce soir pour qu'elle se repose s'évanouit.

— Es-tu certaine que tu ne préférerais pas monter ?

Elle rit doucement lorsqu'ils arrivèrent dans son bureau.

— Tu ne veux pas parler de dormir, si ?

— En fait, si.

— Dans ce cas, tu ne devrais pas me déshabiller du regard.

Souriant, Constantine secoua la tête, puis traversa la pièce jusqu'au buffet, pour servir le madère.

— Comment es-tu devenue si douée pour fleureter ? Je n'aurais jamais imaginé cela lorsque nous nous sommes rencontrés.

— Je ne sais pas si je suis douée. Je cherche des façons d'alléger l'atmosphère, ou de te faire sourire. Je suppose que tu peux considérer que je suis en train de fleureter.

Il se retourna et constata qu'elle avait pris place dans l'un des fauteuils près de la cheminée. Il lui apporta son verre de vin, et trinqua avant de s'asseoir face à elle.

— Tu essaies de me faire sourire ?

— J'étais déterminée à le faire en revenant en ville. Mais, ne va pas chanter mes louanges pour autant. Mon objectif était de calmer mes nerfs. J'espérais pouvoir me détendre si tu souriais davantage.

Constantine grimaça, se voyant soudain comme une horrible créature égoïste.

— Savoir que tu étais mal à l'aise à cause de moi m'emplit d'un remords que je ne saurais exprimer adéquatement.

Il saisit son verre de vin, dont il but une gorgée, espérant apaiser le tumulte soudain qui l'envahissait.

— Tu ne dois pas endosser toute la responsabilité. Même si tu avais été d'une nature enjouée, j'aurais sans doute eu quand même peur. Il m'a fallu tout ce temps pour ne serait-ce qu'envisager de sortir de l'ombre, lui avoua-t-elle, baissant les yeux sur son verre de vin. Je crois que je n'étais pas prête avant.

— Alors, nous devons être reconnaissants pour ce moment où nous nous sommes rencontrés, et où nous nous sommes unis, comme si c'était notre destin.

Sabrina releva la tête et croisa le regard de Constantine.

— Quelle magnifique façon de penser, remarqua-t-elle en levant son verre. À ce moment précis.

Constantine leva son verre de madère, puis il but une gorgée, et elle fit de même.

— J'ai oublié ce que tu avais prévu ce soir. Toutes mes excuses.

Elle posa son verre sur la cheminée, puis retira ses gants.

— Un autre bal. Et je suis heureuse de t'annoncer que ta sœur semble avoir dansé avec succès avec lord Glastonbury. Elle a encouragé les gentlemen à lui rendre visite, avec une grande subtilité, bien sûr. Elle espère que si quelqu'un, ou mieux, plusieurs personnes viennent la voir, ton père cessera d'être un tel fléau. Il la taraude presque tous les jours pour qu'elle trouve un mari.

Constantine entendait ce qu'elle disait, mais il était bien trop obnubilé par son geste, simple, mais séduisant, de retirer ses gants. Le temps qu'elle les pose sur le bras du fauteuil, et qu'elle reprenne son madère, il remuait sur son siège pour tenter de maintenir son érection sous contrôle.

— Connais-tu Glastonbury ? s'enquit Sabrina.

— Pas très bien, répondit Constantine, qui savait pourtant que le vicomte était un boxeur, et plutôt doué, d'ailleurs. Il pratique la boxe dans un club près de Covent Garden, il me semble.

— Ton père considérera-t-il que c'est un prétendant convenable ?

Constantine poussa un soupir et haussa les épaules.

— Essayer de te répondre, ce serait comme essayer de prédire dans quelle direction soufflera le vent demain. Je vais mener mon enquête.

— J'aimerais beaucoup, merci.

Constantine but une gorgée de madère, le regard figé un instant sur le feu qui crépitait dans la cheminée. C'était si confortable et satisfaisant d'être assis ici, à discuter de sujets banals qui, en fait, ne l'étaient pas.

— Comment se déroulent les préparatifs pour le bal ?

— Ils progressent étonnamment bien, compte tenu du temps que nous avions pour tout terminer.

— Bien.

Constantine souhaitait ardemment que le premier bal de son épouse soit un véritable succès. Il ne voulait pas que quelqu'un doute d'elle, que ce soit son propre père ou la famille de Sabrina, et surtout pas elle-même.

— Comment cela se passe-t-il à Westminster ? l'interrogea-t-elle. Tu as travaillé extrêmement dur, ces derniers temps.

— C'est vrai, confirma-t-il, pinçant les lèvres en repensant aux événements de la journée.

— Est-il arrivé quelque chose aujourd'hui ? Tu sembles... déçu. Enfin, tu as semblé l'être quand j'ai mentionné Westminster, précisa-t-elle.

Constantine lui lança un regard légèrement surpris.

— Tu es capable de le voir ?

— Je crois que je commence à te connaître.

Oui, c'était le cas, et cette révélation le réjouissait au plus haut point. Il s'efforça de se concentrer sur ce sentiment, plutôt que sur le potentiel revers de cette journée.

— La Société des apothicaires a exclu les pharmaciens du

projet de loi. Bien que cela les ait incités à retirer leur opposition, je ne suis pas certain que cela soit de bon augure.

Sabrina plissa le front.

— Parce qu'ils ne devraient pas être exemptés de ces obligations ?

— À mon sens, non. Nous devons trouver un compromis, mais l'exemption n'est pas la solution. Je suppose que je ne devrais pas être déçu, du moins pas encore. Cependant, j'ai vu comment ce projet a évolué au cours des dernières années et il m'est difficile de ne pas me sentir abattu.

— Dans ce cas, tu vas devoir essayer d'être optimiste. Parfois, croire en quelque chose, c'est tout ce qu'il nous reste.

— Parles-tu d'expérience ?

— Si je n'avais pas cru que je pouvais venir à Londres et me confronter à toi, je ne l'aurais pas fait. D'un autre côté, j'avais une très forte motivation.

Avoir un enfant. Il songea à sa demande, ainsi qu'au fait qu'ils n'en avaient pas discuté dernièrement. Peut-être avaient-ils enfin réussi la nuit précédente. Il ne serait pas déçu si ce n'était pas le cas. Cela signifiait simplement qu'il pourrait continuer à essayer, et il était pleinement engagé dans cette quête.

Une petite voix lancinante au fond de son esprit se demandait si c'était là tout ce qu'elle souhaitait. Une fois enceinte, retournerait-elle simplement à sa vie solitaire à Hampton Lodge ? Manifestement, elle aimait ce nouveau plaisir mutuel, mais ce n'était là qu'un moyen d'arriver à ses fins.

— Constantine ! Tu ne me l'as pas dit ! s'exclama-t-elle, le tirant de ses ruminations.

Elle bondit de son siège et se précipita vers son bureau, déposant son verre près d'une pile de papiers pour en extraire une lettre scellée à la cire rouge.

Constantine s'était levé en même temps qu'elle et rapproché de la table de travail.

— Est-ce... un phénix, sur le sceau ?

— Oui ! confirma-t-elle, les yeux brillants de joie, en lui tendant la lettre. Ouvre-la !

Il retourna la missive et lut le recto : *Le très honorable comte d'Aldington*. Il n'y avait pas d'erreur, elle lui était bien destinée. Après avoir posé son propre verre sur le bureau, il ouvrit le sceau, le souffle coupé. Les mots se brouillaient devant lui, et il dut cligner des yeux avant de pouvoir les lire.

Vous êtes invité à rejoindre le Phœnix Club.
Le comité d'adhésion estime que votre présence sera une bénédiction
et un avantage.
Veuillez consulter le contrat d'adhésion ci-joint et répondre par
écrit dans les meilleurs délais.

Il leva les yeux du parchemin et constata qu'elle l'observait avec un bonheur manifeste.

— Pourquoi maintenant ?

— Pourquoi pas ?

— Je n'étais pas à la hauteur pour être invité au cours de l'année écoulée. Pourquoi serais-je soudain..., commença-t-il, avant de jeter un nouveau regard à l'invitation. Une bénédiction et un avantage ?

Il savait pourquoi : parce qu'il avait demandé à Lucien de s'arranger pour que cela se produise. Pourtant, il avait du mal à croire que son frère l'avait vraiment fait.

— La raison importe-t-elle ? Je suis simplement ravie que tu sois invité. Désormais, nous pourrons assister aux assemblées ensemble. Nous pouvons même passer nos mardis soir *au même club* ! Je n'aurais jamais cru cela possible. Ni que j'en aurais envie.

Ce qui soulevait une question.

— Pourquoi en as-tu eu envie ? J'ai été choqué que tu sois invitée, mais peut-être plus encore que tu acceptes.

Sabrina détourna le regard et croisa les mains. Son aveu avait stimulé son anxiété : il commençait à en reconnaître les signes.

Constantine posa la lettre sur son bureau et lui prit la main.

— Je ne voulais pas insinuer que tu n'aurais pas dû le faire. Je suis heureux que tu aies accepté l'invitation. Et je me suis comporté comme un imbécile à ce sujet. Un imbécile jaloux, pour être précis.

Sabrina lui sourit, et ses épaules se détendirent.

— C'était très agréable d'être incluse dans quelque chose, en particulier dans un endroit qui accueille en particulier ceux qui se sentent exclus ou ignorés.

— Est-ce vrai ?

Constantine n'était pas au courant de cela. Et pour quelle raison ? Parce qu'il n'avait manifesté aucun intérêt pour le club de son frère. Il avait suivi l'exemple de son père en méprisant tout le projet.

Elle hocha la tête.

— Lucien ne te l'a pas dit ?

— Lucien et moi ne discutons pas de tout, expliqua-t-il, mais, en réalité, ils partageaient très peu de choses, jusqu'à récemment, au grand regret de Constantine. Il aurait dû me le dire. Non ! J'aurais dû poser la question.

Il le ferait dès qu'il en aurait l'occasion.

— Vas-tu accepter l'invitation ? l'interrogea-t-elle, semblant hésitante.

— Tu veux que je le fasse.

— Oui.

À présent, sa voix était ferme, et il admira sa confiance à ce sujet. Sans doute parce qu'il ne la partageait pas. Il avait envie d'accepter. Bon sang, il s'était ridiculisé auprès de

Lucien après que Sabrina avait reçu une invitation, se comportant, comme il venait de le dire, comme un imbécile jaloux.

Constantine baissa les yeux vers le phénix flamboyant, les ailes déployées, qui figurait sur le sceau.

— Mon père ne va pas aimer.

Il n'y avait pas grand-chose qui plairait à son père dans son comportement récent. Lorsque le projet de loi sur les importations serait soumis au vote, il était presque certain que cela provoquerait l'ire du duc.

— Je sais à quel point son opinion compte pour toi, dit Sabrina d'une voix douce. Cependant, tu dois faire ce que tu penses être juste… à tes yeux.

— Je vais y réfléchir. Sache que ton opinion compte pour moi aussi.

Peut-être davantage que celle de son père. N'était-ce pas ainsi qu'il devait en être dans un mariage ? Son père répondrait sans doute que non, mais Constantine n'était pas convaincu de pouvoir continuer à écouter son père au sujet des épouses. Ce qui le déconcertait. Son père ne lui avait pas donné l'impression d'être un mauvais époux. En réalité, Constantine aurait dit que ses parents s'aimaient. Sa mère avait assurément aimé son mari. Mais, d'un autre côté, elle avait aimé tout le monde.

— Vraiment ? lui demanda Sabrina, levant les mains vers la cravate de Constantine pour desserrer le nœud de soie. Par exemple, mon opinion est que tu portes bien trop de vêtements.

Elle fit glisser l'étoffe blanche comme la neige de son cou et la laissa tomber sur le sol.

— Vraiment ?

Elle hocha lentement la tête en repoussant sa veste de ses épaules ; elle rejoignit la cravate sur le tapis.

— Mmm.

— Qu'en est-il de tous tes vêtements ? s'enquit-il à son tour, glissant un bras autour de sa taille avant de la pousser contre le côté de son bureau. Le nombre de vêtements qu'une femme doit porter est criminel.

— Lord Aldington, seriez-vous enfin en train de fleureter avec moi ?

Elle battit des cils à son intention, un sourire timide aux lèvres.

— Et dire que je pensais que nous étions passés aux prénoms…

— Mes excuses, *Constantine*, murmura-t-elle.

D'une main, elle défit les boutons de son gilet. De l'autre, elle passa une main sur le devant de son pantalon, appuyant sa paume contre son sexe raide.

— Encore trop de vêtements…

— Tu as deux choix, annonça-t-il, repoussant les objets qui se trouvaient sur son bureau sans se soucier de ce qu'il y avait ni des dégâts qu'il pourrait causer, puis il la souleva pour l'asseoir sur le bord. Tu peux tolérer ces vêtements pendant un court moment et me laisser te procurer du plaisir ici.

Se baissant pour attraper l'ourlet de sa jupe, il la remonta sur ses jambes. Puis il appuya ses doigts contre son sexe, arrachant un doux gémissement à ses lèvres humides.

— Ou bien tu montes avec moi à l'étage, où je risque fort d'abîmer tes vêtements dans ma hâte de les arracher à ton corps délectable.

— Délectable ? répéta-t-elle tout bas, les yeux rivés sur lui. Moi ?

Il baissa la tête et embrassa la chair juste au-dessus du bord de son corsage, saisit son sein à travers sa robe de bal et le souleva, comme s'il pouvait libérer Sabrina de sa robe et exposer son mamelon à sa langue avide.

Elle plongea les mains dans les cheveux de Constantine, courbant les doigts contre son cuir chevelu.

— Je prends le premier choix. S'il te plaît.

Il n'en fallut pas plus à Constantine. La repoussant sur le bureau avec douceur, il remonta ses jupes autour de sa taille, exposant son sexe doux et ses boucles de miel qui semblaient l'attirer.

— Je t'ai expliqué ce que je ferai la prochaine fois.

Il écarta ses lèvres intimes pour lécher sa chair, lui arrachant un cri aigu. Il leva les yeux vers son visage, mais elle avait la tête renversée en arrière. Il sourit. C'est alors qu'il remarqua que la fichue porte de son bureau était ouverte.

À la hâte, il se leva pour aller la refermer et abaisser le loquet.

— Nous devons préserver notre intimité, de peur de terrifier les domestiques, murmura-t-il en reprenant sa délicieuse tâche. Écarte les jambes, Sabrina, pour que je puisse te goûter.

Elle s'offrit à lui, l'une de ses mains, maintenant ses jupes relevées hors de son chemin. Il la caressa lentement, jouant avec son clitoris et taquinant ses replis intimes. Elle respirait par à-coups, et ses hanches se cambraient pour répondre à ses caresses.

— S'il te plaît, Constantine.

— S'il te plaît, quoi ?

Il se comportait de manière terrible, mais il aimait beaucoup cette facette de sa femme. *Bon sang !* Cette facette *de lui.* Il ne reconnaissait même pas l'homme qui se tenait entre les jambes de Sabrina et qui lui infligeait cette torture.

— S'il te plaît, termine ce que tu as commencé.

— Avec ma bouche ? l'interrogea-t-il, tout en plongeant son doigt dans son fourreau humide.

Il dut fermer les yeux lorsqu'une vague de désir le submergea.

— Dis-le-moi, Sabrina.

— Je veux ta bouche sur moi. Ta langue… *en* moi. Je t'en prie, Constantine.

— Comment pourrais-je refuser ?

Il ne pouvait tout simplement pas. Son corps exigeait qu'il la goûte. Il se pencha à nouveau et écarta ses lèvres intimes pour laisser passer sa langue, la léchant avec une force calculée.

Sabrina lui saisit à nouveau la tête, entremêlant ses doigts dans ses cheveux alors qu'elle se soulevait. Des mots incohérents emplissaient l'air autour de lui, ponctués des gémissements de la jeune femme. Il s'enfouit en elle, se servant de sa bouche et de ses doigts pour lui faire vivre un magnifique chaos.

Ses muscles se contractèrent autour de lui, indiquant qu'elle était sur le point d'atteindre l'orgasme. Tout en aspirant son clitoris, il plongea deux doigts en elle et exerça une pression vers le haut, pour trouver le point qui la ferait sombrer dans une douce extase.

Un cri aigu jaillit de ses lèvres tandis que son fourreau intime se resserrait autour de lui. Ses jambes tremblaient sous la force de son orgasme. Il lui caressa la cuisse et embrassa sa peau, la guidant à travers la tempête jusqu'à ce que son corps commence à se calmer.

Elle ouvrit les yeux et le fixa d'un regard embrumé.

— Constantine, c'était grandiose.

— Laisse-moi t'emmener à l'étage, murmura Constantine, qui commença à abaisser ses jupes, mais elle les tenait fermement.

— Ne t'avise pas de faire ça ! Je te veux maintenant. En moi.

Sabrina s'assit sur le bureau et tendit la main vers le pantalon d'Aldington.

— Nous avons un excellent lit, la raisonna-t-il. Deux, en réalité.

— Et nous en utiliserons un… ou les deux… plus tard.

Elle ouvrit les boutons de Constantine, puis glissa la main dans son sous-vêtement. Elle enveloppa son sexe de ses doigts. Il perdit toute volonté d'argumenter.

— Approche-toi du bord, lui intima-t-il, l'attirant vers lui. Prends-moi en toi.

Leurs yeux se croisèrent, le regard bleu de Sabrina débordant de détermination et de promesses érotiques. Elle le guida vers son intimité, et il s'enfonça en elle. Elle ferma les paupières et ses lèvres s'entrouvrirent.

— Oui, murmura-t-elle, enroulant ses jambes autour de lui.

Constantine l'entoura de ses bras, l'un sur son dos, l'autre sur ses fesses.

— Pardonne-moi, je ne peux pas aller lentement. Plus tard, je prendrai mon temps. Mais, là…

Là, il n'avait plus aucun contrôle, et il n'en voulait pas. Il s'abandonna complètement à ce moment spontané de félicité, ce moment auquel ils avaient porté un toast quelques instants plus tôt. La gratitude et la joie le traversèrent tandis qu'il s'enfouissait en elle. Elle s'agrippa à son épaule et à son cou, attirant sa tête vers elle pour l'embrasser.

La bouche de Sabrina était chaude et humide, aussi avide qu'il l'était. Leurs corps se rapprochèrent, totalement ravis, tandis qu'ils se précipitaient vers l'extase.

Elle survint vite et fort pour lui. Il parvint à glisser sa main entre eux, pour lui arracher un nouvel orgasme. Elle se contracta autour de lui ; il aurait juré n'avoir jamais éprouvé une satisfaction aussi pure. Depuis la nuit précédente, en tout cas.

Surmontant le choc de sa libération, il se retira d'elle.

— Je n'ai rien pour te nettoyer…

— Fort heureusement, je dispose d'un nombre criminel de vêtements pour remédier à la situation.

Elle lui décocha un sourire tout en se nettoyant, avant de descendre du bureau.

Il se précipita pour l'aider, s'émerveillant de son impudence. De sa beauté. De son courage et de sa force d'âme indéniables. Sans sa détermination sans faille, ils ne seraient pas ici. Elle était stupéfiante.

Et il était en train de tomber amoureux d'elle.

Deux années de perdues. Parce qu'il était un *idiot* renfermé et égocentrique. Du bout des doigts, il caressa son front, sa joue et sa mâchoire. Puis il l'embrassa, doucement, avec révérence, passant son pouce sur ses lèvres lorsqu'il eut terminé.

— Maintenant, nous pouvons monter.

Sabrina récupéra son verre à vin et termina son madère.

— Et maintenant, je suis prête.

— Je te rejoins tout de suite, après avoir récupéré mes vêtements.

Il la regarda partir, espérant que c'était vraiment le début de quelque chose de nouveau, de vrai. Si ce n'était pas le cas, il ne savait pas ce qu'il ferait. Parce qu'il ne pouvait pas revenir en arrière.

Et, s'il y pensait, ce qu'il s'efforçait de ne pas faire, il était redevable à la tutrice pour tout ce qui était en train de se passer. Sans le courage qu'elle lui avait insufflé pour faire et dire ce qu'il devait à Sabrina, ils seraient peut-être encore en train de tâtonner dans l'obscurité. Si son aide leur avait été incontestablement bénéfique, il regrettait qu'elle ait été nécessaire. Toutefois, il ne pouvait regretter les progrès qu'ils avaient accomplis, l'intimité qu'ils avaient découverte. La tutrice avait été d'un grand secours quand ils en avaient eu besoin, et il était reconnaissant de ce qu'elle avait provoqué en lui : le désir de faire la cour à son épouse, de lui accorder l'attention et la considération qu'elle méritait.

Il récupéra ses vêtements, puis son regard se posa sur l'invitation au Phœnix Club. De quoi s'agissait-il exactement ? Il ne pouvait nier la joie et le soulagement qu'il avait ressentis en la lisant. Mais il devait tenir compte de la menace de la colère de son père.

À moins que... ?

Peut-être était-il temps que le duc revoie sa façon de penser en ce qui concernait son second fils, et le projet incroyablement louable de ce dernier. Plus important encore, peut-être était-il temps que son fils aîné le pousse dans cette voie.

CHAPITRE 18

eynolds, le majordome de Lucien, conduisit Constantine dans la bibliothèque de son frère, où ce dernier était assis à son petit bureau, griffonnant avec une plume sur un parchemin. Il semblait particulièrement concentré sur sa tâche, car il ne réagit pas à son arrivée.

— Lord Aldington est ici pour vous voir, annonça Reynolds, ce qui incita Lucien à lever le nez.

Il cligna des yeux, puis passa une main sur son visage. Le majordome se retira, et Constantine se dirigea vers le bureau, qui se trouvait près d'une fenêtre donnant sur le jardin arrière.

— Bonjour, Lucien.

Celui-ci rangea son papier dans un tiroir et se leva.

— Une autre visite surprise. Serait-ce, quoi… la deuxième en deux semaines ?

— Oui, il me semble, confirma Constantine, s'asseyant dans l'un des fauteuils à oreilles près de la cheminée.

— Veux-tu un verre ? proposa Lucien, s'approchant de son buffet à alcool.

— Non, merci. Je ne peux pas rester longtemps. Il se passe trop de choses à Westminster cette semaine.

— Ah, oui ! Le projet de loi sur les importations ? s'enquit Lucien, qui poursuivit quand son frère hocha la tête. As-tu décidé comment tu allais voter ?

— Tu parles comme notre père. Oui, et ne me pose pas de questions. S'il te plaît.

Lucien haussa les sourcils.

— Quelles bonnes manières ! Et tu es presque... souriant, ajouta-t-il, plissant les yeux. Tu sembles heureux. Qu'est-ce qui ne va pas ?

Constantine éclata de rire.

— Juste ciel ! Tu *ris* ! s'exclama Lucien, qui s'approcha de son frère et posa une main sur son front. As-tu de la fièvre ?

Repoussant la main de son frère, Constantine pinça les lèvres.

— Cesse de te comporter comme un imbécile et assieds-toi.

Lucien s'assit en face de son frère et redressa son gilet ; il ne portait pas de veste.

— Et, en plus, tu me réprimandes ! Que me vaut le plaisir de cette visite hautement divertissante ? s'enquit-il, juste avant d'écarquiller les yeux. Sabrina et toi êtes parvenus à un accord.

— Nous n'étions pas en désaccord.

Simplement, ils n'avaient pas été... ensemble. Et maintenant, ils l'étaient. La course de phaétons de samedi vers Richmond avait été la meilleure à laquelle il ait jamais participé, et ce n'était pas parce qu'il était arrivé premier. C'était la compagnie de son épouse, et peut-être aussi l'arrêt qu'ils avaient fait sur le chemin du retour, impliquant un arbre bien caché, et qui avait entraîné la perte d'un bouton de son pantalon.

— Pourquoi souris-tu comme ça ? l'interrogea Lucien.

Constantine secoua la tête.

— Sans raison.

— Menteur. Tu es complètement épris. En fait, je dirais même que tu rayonnes, constata Lucien, s'adossant à son fauteuil, l'air suffisant. Je t'en prie.

Épris ? Oui, il l'était. Il tombait éperdument amoureux de sa femme, et cette sensation était à la fois troublante et délicieuse. Il décida de ne pas s'attarder sur ce sentiment et de se contenter d'apprécier la compagnie de son épouse, et le temps qu'ils passaient ensemble.

La dernière remarque de Lucien finit par pénétrer l'esprit de Constantine.

— Devrais-je te remercier ?

— La tutrice t'a aidé, n'est-ce pas ?

— Oui. Mais je dois avouer que j'éprouve un sentiment de culpabilité à ce sujet.

Lucien haussa les sourcils, surpris.

— As-tu eu des relations sexuelles avec elle ?

Constantine ignora la chaleur qui lui montait au visage.

— Non. Mais je devrais parler à Sabrina de nos rencontres, avant que nous puissions mettre tout cela derrière nous.

— Ne fais pas ça, protesta Lucien. Quel en serait l'intérêt ? Tu ne reverras pas la tutrice. Elle t'a aidé quand tu en avais besoin, et je pense que Sabrina est aussi heureuse que toi que vous soyez arrivés là où vous êtes aujourd'hui. Ce serait dommage que tu te morfondes à ce sujet.

— Je ne me morfonds pas, protesta Constantine.

Il plissa les yeux en regardant Lucien. Puis il décida qu'il préférait se prélasser dans ce nouveau bonheur qu'il avait trouvé avec Sabrina, plutôt que de penser à la tutrice, ou au passé tout court.

— Je suis venu ici pour te demander pourquoi j'ai été

invité à rejoindre ton club. Franchement, je suis surpris que tu n'aies pas compris l'objet de ma visite.

Lucien expira et posa son coude sur le bras de son fauteuil.

— J'ai bien pensé que c'était la raison, mais je voulais que tu abordes le sujet. Si tu as été invité, c'est que le comité d'adhésion t'en a jugé digne.

— Et tu n'as eu qu'à me recommander ?

— Je pense que tes sourires et tes rires ont sans doute aidé.

Cette remarque, légèrement facétieuse, aurait normalement poussé Constantine à se renfrogner. Au lieu de cela, il leva les yeux au ciel. Lucien se pencha en avant.

— Viendrais-tu *à nouveau* de lever les yeux au ciel ?

Constantine ignora les inepties de son frère.

— Sabrina affirme que l'objectif du club est d'offrir un lieu à ceux qui se sentent exclus ailleurs. Ne m'as-tu réellement pas invité plus tôt parce que je ne voulais pas adhérer, ou est-ce parce que je suis inclus dans la société ?

— C'est bien là notre objectif et, effectivement, je ne te considérais pas comme quelqu'un qui avait besoin d'être inclus. Cependant, j'ai récemment changé d'avis à ce sujet.

Cela retint aussitôt toute l'attention de Constantine.

— Pourquoi ?

— Parce que je te vois plus clairement. Tu te sentais comme un intrus dans ton propre mariage. Et, quand je réfléchis à la façon dont tu te comportes en société, tu n'as pas l'air d'y prendre plaisir. Tu t'impliques parce que c'est ce que l'on attend de toi, en particulier avec Cass qui fait sa saison. Et aussi, à cause de ton travail au sein des Communes, qui te tient vraiment à cœur. Toutes ces choses font de toi un candidat idéal pour le Phœnix Club. J'espère que tu accepteras l'invitation. Je suis convaincu que tu y trouveras de la camaraderie.

Constantine n'avait pas beaucoup d'amis. En réalité, seuls Brightly et les autres membres du club de course lui venaient à l'esprit.

— Comment Horace Brightly et sa femme se sont-ils qualifiés pour devenir membres ?

— Ne vois pas cela comme une qualification. Le club cherche à accroître le nombre de ses membres en invitant des personnes qui ont de bonnes intentions et un bon cœur, et en particulier celles qui possèdent des qualités qui sont négligées ailleurs.

Brightly était assurément bien intentionné, et c'était l'un des hommes les plus gentils que Constantine connaissait, un homme au grand cœur.

— Et Sabrina ? demanda-t-il, même s'il pensait déjà connaître la réponse.

Lucien le regarda comme s'il était *censé* connaître la réponse.

— Tine, tu connais ton épouse. Du moins, j'espère que c'est le cas, maintenant. Elle aurait dû être invitée il y a un an, et la seule raison pour laquelle elle ne l'a pas été, c'est parce que je savais que tu n'approuverais pas.

Cette remarque fut douloureuse pour Constantine. Il détourna le regard, fronçant les sourcils.

— Elle n'est pas à l'aise en société, mais elle essaie.

Elle parrainait sa sœur et elle organisait un maudit bal, alors que ces deux choses l'auraient poussée à se cacher sous son lit un an plus tôt.

— Nous sommes enchantés de la compter parmi les membres du Phœnix Club, affirma Lucien.

Constantine croisa le regard de son frère.

— En fait, je ne suis pas certain d'être un bon candidat.

— Je ne suis pas d'accord. La question est de savoir si tu souhaites être inclus. Est-ce le cas ?

— Je ne suis pas sûr que ce soit pour les bonnes raisons.

Ma femme est membre, je pense donc que je devrais l'être également. En outre, mon frère est propriétaire du lieu, il me semble donc que je devrais le soutenir dans son entreprise.

Un large sourire illumina le visage de Lucien, qui rappela à Constantine la tête qu'il faisait lorsqu'il trouvait un biscuit caché dans leur chambre d'enfant.

— J'adorerais t'avoir dans mon club. Vraiment. Je n'aurais jamais imaginé que tu puisses l'envisager. S'il te plaît, accepte. Tu n'es pas l'homme que tu crois être, ajouta-t-il avec douceur.

Constantine était d'accord avec cela. S'il avait appris quelque chose depuis l'arrivée de Sabrina en ville, c'était qu'elle avait le pouvoir de bouleverser sa vie rigoureusement organisée. L'homme qu'il avait cru être serait horrifié et chercherait à rétablir l'ordre. Non pas que les choses soient *désordonnées*, mais elles étaient différentes. Inattendues.

Il se leva, sa mission accomplie, bien qu'il n'ait toujours pas pris de décision quant à l'invitation.

— Assure-toi de venir au bal de Sabrina. J'ai besoin que ce soit un succès retentissant pour elle.

Lucien se leva en souriant.

— Tu deviens un époux plutôt attentionné. Je vais finir par être obligé de croire aux miracles. Oh ! Et voilà, tu lèves à nouveau les yeux au ciel !

Constantine secoua la tête.

— Tu n'es qu'une plaie exaspérante.

— Je croyais être un troll.

— Ça aussi. Viens au bal et montre-toi sous ton jour le plus spectaculaire. Tout ce que tu touches se transforme en merveille.

Une ombre passa dans le regard de Lucien, et son sourire s'estompa.

— C'est loin d'être vrai. Mais je ferai tout ce qui est en

mon pouvoir pour que ta femme soit l'hôtesse la plus acclamée de tout Londres samedi matin.

— Merci.

C'était bon d'être en harmonie avec son frère. Et ce serait encore mieux quand le bal de son épouse serait le succès de la saison.

～

*L*e visage qui regardait Sabrina dans le miroir était le même que celui de la veille, et du jour précédent. Pourtant, elle semblait différente. Il y avait une douceur dans sa bouche et une étincelle dans son regard. Elle pouvait attribuer ce changement à la semaine écoulée et à la joie immense qu'elle lui avait procurée.

Ou peut-être était-ce parce qu'elle était enceinte.

Les règles de Sabrina survenaient tous les vingt-huit jours, sans exception. Elle aurait pu régler une horloge en se basant sur elles, et, pour l'instant, elle avait deux jours de retard. Il lui était difficile de ne pas rire sous le coup de l'excitation et de l'espoir. Elle n'avait jamais, jamais eu de retard, pas une seule fois en vingt-deux mois de mariage.

Mais elle était également convaincue que Constantine et elle avaient davantage fait l'amour au cours de la semaine écoulée qu'au cours des vingt et un mois trois quarts qui avaient précédé. Alors, elle se laissa aller à rire, parce qu'elle ne pouvait s'en empêcher. Elle était venue à Londres pour concevoir un enfant, mais elle avait obtenu bien plus que cela.

L'amour qu'elle éprouvait pour son mari grandissait dans sa poitrine. Elle ne lui avait pas encore fait part de ses sentiments, mais elle le ferait bientôt. Peut-être lorsqu'elle lui parlerait du bébé. Ce qu'elle ne ferait pas tout de suite. Il était beaucoup trop tôt, même si elle en était presque certaine.

Elle avait une autre chose à lui confesser : la supercherie qui avait consisté à se faire passer pour sa tutrice.

Un léger coup frappé à la porte amena Sabrina à se lever du tabouret de sa coiffeuse. Lorsqu'elle ouvrit, elle fut ravie de voir qu'il s'agissait d'Evie. Son amie entra en trombe, sa robe mauve foncé scintillant à la lumière des bougies.

— Sabrina, tu es une véritable déesse ! Nous allons vivre le plus merveilleux des bals.

Refermant la porte, Sabrina pivota vers Evie, passant ses mains sur la robe or et ivoire. L'idée était d'obtenir un mélange d'innocence, avec l'ivoire, et de splendeur, avec la surjupe vaporeuse dorée. Des coutures et des rubans dorés étaient incorporés à l'ivoire pour le rehausser.

— Ces perles sont un excellent choix, la complimenta Evie, inclinant la tête vers le collier qui ornait le cou de Sabrina.

Elle portait également des boucles d'oreilles assorties.

— Elles appartenaient à la mère de Constantine. Je n'ai jamais eu l'audace de les porter avant. Il a insisté pour que je le fasse ce soir.

— J'en suis ravie, elles complètent à merveille ta tenue. Je suis tellement heureuse pour Aldington et toi ! Je ne peux m'empêcher de penser que ton bonheur intérieur te confère un éclat particulier ce soir.

Sabrina faillit répondre que c'était peut-être dû au fait qu'elle attendait un enfant, mais elle se ravisa : elle ne voulait pas dévoiler le secret avant d'être prête.

— Je crois que je vais avouer à Constantine que j'étais sa tutrice. Ce soir… après le bal.

Evie cligna des yeux.

— Mais, il s'agit d'un événement si fantastique ! Pourquoi l'assombrir ? Et, en réalité, est-il vraiment nécessaire que tu le lui dises ?

— Je crois que je dois le faire, répondit Sabrina, fronçant les sourcils. Il mérite de connaître la vérité.

Evie lui prit la main et la serra doucement.

— Vous en avez tous deux tiré profit, et je pense que vous conviendrez aussi que chaque instant en valait la peine.

Cela valait-il la peine de maintenir un mensonge ? Sabrina n'était pas certaine d'approuver, mais elle pouvait envisager de reporter sa confession.

— Tu as raison, ce soir est une occasion unique.

Après tout, elle avait toute une vie devant elle pour lui avouer la vérité, même si elle ne voulait pas attendre si longtemps. Relâchant la main de Sabrina, Evie lui adressa un large sourire.

— C'est exact. Ton bal sera un véritable triomphe !

Sabrina ne partageait pas la confiance d'Evie, mais l'appréciait sincèrement. Si elle avait accompli de grands progrès dans la maîtrise de son anxiété depuis son retour en ville, cette soirée constituait une expérience entièrement nouvelle. Elle priait pour que tout se passe bien, et que les tremblements nerveux qui agitaient son corps ne soient que le reflet d'inquiétudes sans objet. Elle devait simplement chercher un peu de calme et de solitude si elle se sentait dépassée par les événements. En tant qu'hôtesse, ce serait difficile, mais elle ferait de son mieux.

Constantine lui apporterait également son soutien. Il lui donnait le sentiment qu'elle était vraiment capable de vaincre son appréhension. Le simple fait de penser à lui apaisait ses nerfs et répandait en elle une chaleur réconfortante.

Un autre coup fut frappé à la porte, et Evie proposa d'y répondre pendant que Sabrina enfilait ses gants. Cass et Mlle Lancaster entrèrent dans la pièce, la première débordant d'énergie et la seconde toujours aussi calme et sereine.

Cass s'immobilisa et contempla Sabrina, balayant sa tenue du regard.

— Oh, Sabrina ! Cette robe est absolument somptueuse !
Je suis très jalouse !

Sabrina éclata de rire.

— Arrête ! Ta garde-robe est éblouissante, et la robe de ce
soir ne fait pas exception à la règle.

En tant que jeune femme vivant sa première saison, Cass
portait généralement des couleurs pâles, ainsi que du blanc
ou de l'ivoire. Cependant, ses robes de bal, en particulier,
étaient souvent confectionnées dans des couleurs plus vives.
Celle de ce soir-là était de couleur bordeaux avec des touches
argentées. Elle était spectaculaire et attirait l'attention.
Sabrina ne comprenait toujours pas pourquoi les gentlemen
ne se bousculaient pas pour réclamer sa main.

Une fois ses gants enfilés, elle jeta un dernier regard dans
le miroir. Elle prit une profonde inspiration et fit face aux
autres femmes.

— Je tiens à vous remercier toutes pour avoir été si
gentilles et si merveilleuses depuis mon retour à Londres
cette saison. Je n'aurais pas pu faire face à ce bal ni à bien
d'autres choses sans vos conseils et votre soutien, mais
surtout sans votre amitié. Je n'ai jamais eu d'amies auparavant, et je vois bien que c'est parce que je ne vous avais pas
encore rencontrées.

Mlle Lancaster renifla assez bruyamment et se couvrit
immédiatement la bouche et le nez avec sa main. Les yeux de
la jeune femme, d'ordinaire imperturbable, s'arrondirent, et
ses joues rosirent.

— Je vous prie de m'excuser, murmura-t-elle.

Cass s'approcha d'elle.

— Tout va bien, Pru ?

— Absolument, la rassura-t-elle en se pinçant le nez,
avant d'abaisser sa main. J'essayais simplement de ne pas
éternuer.

Sabrina n'y croyait pas du tout, mais elle la laissa fournir l'excuse qu'elle souhaitait : elle savait reconnaître et comprendre une personne qui souhaitait rester discrète, qui préférait ne pas se faire remarquer.

Un autre coup frappé à la porte attira leur attention. Cette fois-ci, c'était Mme Haddock, qui arborait une expression légèrement contrariée, ce qui eut pour effet de faire naître une peur froide dans la poitrine de Sabrina.

L'intendante jeta un regard aux autres femmes présentes dans la pièce, avant de reporter son attention sur Sabrina.

— Il y a un léger problème avec les musiciens, my lady. Si vous êtes prête, pourriez-vous m'accompagner jusqu'au salon ?

— Je suis prête, merci, répondit-elle, puis elle se tourna vers Evie. Peut-être devrais-tu nous accompagner.

Sabrina avait appris qu'il était tout à fait acceptable de demander de l'aide, et elle n'avait aucun problème à le faire.

— Certainement.

Evie l'accompagna hors de la chambre, et elles se rendirent au salon, où les musiciens installaient leurs instruments dans un coin.

Sabrina voyait déjà où était le problème, parce qu'elle savait compter, et qu'il manquait un membre. Au cours des cinq minutes suivantes, elle écouta patiemment le violoncelliste lui expliquer que le dernier musicien était malade, mais qu'elle ne remarquerait pas son absence. Sabrina espérait que c'était vrai.

Evie posa une main sur le bras de son amie.

— Ne t'en fais pas. Il ne s'agit que d'un petit désagrément.

— Tu as raison. Ce n'est pas comme si le champagne était mauvais.

Juste ciel ! Et si le champagne, ou n'importe quelle boisson, était *vraiment* mauvais ? Elle ne pouvait pas tous les tester, et même cela ne lui aurait pas donné une confiance totale.

— Ne t'inquiète pas, insista Evie, dont la voix était douce, sincère, rassurante.

— Je fais de mon mieux, avoua Sabrina.

La jeune femme aperçut son mari qui entrait dans le salon. Aussitôt, elle se sentit plus sereine.

— Excuse-moi.

Quand elle s'avança vers lui, Constantine s'arrêta net, les yeux rivés sur elle. Il plissa les yeux, mais son regard, posé sur son épouse, était brûlant.

— Tu es plus magnifique que tu l'as jamais été. Les perles de ma mère te vont parfaitement, la complimenta-t-il, puis il porta la main de Sabrina à ses lèvres, pour embrasser l'intérieur de son poignet ganté. Cependant, je déteste ces gants.

Avec un sourire, Sabrina lui parla des musiciens. Il la surprit en haussant les épaules. Il affirma que, si c'était la seule chose qui tournait mal ce soir-là, ils pouvaient s'estimer chanceux.

La bonne humeur de la jeune femme se dissipa.

— Serais-tu en train de me dire que tu t'attends à ce que quelque chose d'autre tourne mal ?

Constantine lui serra la main.

— Pas du tout. Ton bal sera grandiose.

Haddock les interrompit, le front plissé, et Sabrina se raidit plus qu'elle ne l'était déjà. Le majordome s'adressa à Constantine.

— Je vous prie de m'excuser, my lord, mais nous avons eu un incident avec la livraison de champagne. Je ne crois pas que nous en manquerons, mais je voulais vous informer de la situation.

— Merci, Haddock. Je suis sûr que tout se passera bien. Nous avons de nombreux autres vins à déguster.

— C'est exact. Je me posterai dans le hall d'entrée d'ici quelques minutes ; je vous retrouverai en bas.

Avec un signe de tête, le majordome se hâta de partir.

Constantine se tourna vers Sabrina et effleura sa joue du bout des doigts.

— Il est presque l'heure. Tu seras impressionnante. Tout sera impressionnant, affirma Constantine, qui se rapprocha pour l'embrasser.

— Tu ne devrais pas faire cela devant tout le monde.

Tout le monde, à savoir les musiciens, Evie, et quelques bonnes et valets de pied.

— Peut-être, mais je ne peux pas m'en empêcher. Honnêtement, Sabrina, tu es si belle que je pourrais te dévorer.

Le regard de Constantine s'assombrit, provocateur, et elle sut précisément ce qu'il voulait dire. Une vague de chaleur l'envahit, et elle se sentit aussitôt mieux qu'un instant auparavant. C'est alors qu'elle remarqua qu'il portait un gilet doré, parfaitement assorti à sa robe.

— Tu n'as jamais porté de gilet de couleur, souligna-t-elle, posant les doigts sur le brocart doré, puis sur l'un des boutons en perle.

— Je voulais que nous soyons assortis, que nous nous présentions comme… je ne sais pas. Cela te plaît-il ?

— En tant que couple qui coordonne ses tenues ? suggéra-t-elle, souriant à nouveau, retrouvant sa bonne humeur. Et, oui, cela me plaît beaucoup. *Tu* me plais beaucoup.

Cela allait même au-delà. Elle l'aimait éperdument, et plus que jamais à cet instant où il cherchait à apaiser ses craintes. Il lui offrit son bras.

— Allons dans le hall d'entrée, où nous pourrons accueillir nos invités. J'espère que tu es prête à passer la prochaine heure à discuter et à sourire, au point que tu auras l'impression que ton visage va se décrocher.

L'appréhension qu'elle s'efforçait de maintenir à distance remonta dans sa gorge. Mais elle refusa d'y succomber. Jamais l'ancienne Sabrina n'aurait eu le courage de faire cela. La nouvelle Sabrina, elle, avait beau être nerveuse, elle surmonterait l'épreuve. Surtout avec cet homme à ses côtés.

~

L'heure était presque écoulée lorsque les parents de Sabrina arrivèrent. Sa sœur aînée était arrivée peu de temps auparavant, et Sabrina était heureuse d'avoir pu discuter avec elle sans la présence étouffante de leur mère.

Lorsque Haddock annonça le vicomte et lady Tarleton, la jeune femme se raidit. La main de Constantine caressa doucement le bas de son dos, et elle se détendit légèrement. Elle prit soudain conscience que tout ce qui lui avait semblé impossible était désormais possible, grâce à la présence et au soutien de son mari. Avec lui à ses côtés, elle avait l'impression de pouvoir tout affronter.

Le père de Sabrina était grand et mince, avec un visage exceptionnellement anguleux et des cheveux gris clairsemés. Il l'observa d'un œil attentif, l'évaluant de la tête aux pieds avant de tourner son regard vers Constantine.

— Aldington, le salua-t-il, avant de couler un autre regard rapide vers Sabrina. Ma fille.

— Bonsoir, père, répondit-elle d'un ton égal. J'espère que tu vas bien.

— Très bien, merci.

Il s'avança ensuite, permettant à la mère de Sabrina de se placer devant sa fille. L'examen de la vicomtesse prit plus de temps et se révéla beaucoup plus rigoureux.

— Voilà une robe audacieuse, ma chère.

Les doigts de Constantine effleurèrent le bas de sa colonne vertébrale.

— Elle est splendide, n'est-ce pas ?

— Elle semble un peu mince, pour être honnête.

Le sous-entendu était évident : elle ne pouvait pas être enceinte. Sabrina se mordit doucement l'intérieur de la bouche, de peur de laisser échapper qu'il était possible, en fait, qu'elle attende un héritier. Avant que la jeune femme ait le temps de répliquer, et elle doutait d'en être capable, Constantine lui serra la taille.

— Je vous souhaite une agréable soirée, lady Tarleton, lança-t-il, puis il adressa un signe de tête au vicomte. Tarleton.

Après avoir pris congé, les parents de Sabrina se dirigèrent vers le hall de l'escalier. Si le rez-de-chaussée était largement ouvert aux invités, puisque les rafraîchissements étaient servis dans la salle à manger et que les tables de jeu se trouvaient dans le salon, tous les invités montaient au salon à leur arrivée.

Sabrina poussa un soupir quand ses parents s'éloignèrent. Elle pencha la tête vers Constantine.

— Merci.

— Ignore-les, murmura-t-il. Ils ne méritent absolument pas que tu leur accordes de l'importance.

La froideur de son ton la fit frissonner. Elle avait autrefois cru qu'elle n'était pas digne de son intérêt, ou du moins de son attention, et c'était une position très désagréable. Cependant, ses parents ne méritaient pas mieux.

Peu de temps après, ils quittèrent le hall d'entrée, leur tâche accomplie. Toute personne arrivant après leur départ serait simplement admise sans être accueillie personnellement.

— Je vais aller faire un tour pour voir si tout se passe bien, annonça Sabrina. Voudrais-tu bien aller au salon, et vérifier si les jeux se déroulent sans accroc ?

— Je suis à tes ordres, lui répondit-il.

Il embrassa le dos de sa main, puis lui décocha un clin d'œil avant de s'en aller.

Poussant un soupir de satisfaction, Sabrina sourit, puis se rendit dans la salle à manger. Le buffet, garni de la première petite fournée de nourriture, avait fière allure, mais il restait un espace vide. Il manquait quelque chose. Scrutant la pièce du regard, Sabrina repéra un valet de pied dans un coin et s'avança vers lui.

— Archer, y a-t-il eu un problème avec l'un des plats destinés à cette table ?

Il grimaça légèrement, avant d'afficher un air serein.

— Il y a eu un souci avec les cakes au homard, my lady. Deux des filles de cuisine qui les ont goûtés ce matin sont tombées malades.

— Oh, mon Dieu ! Comment vont-elles ?

Sabrina prit mentalement note de parler à Mme Haddock dès que possible.

— Je ne saurais le dire.

— Au moins, les cakes ne sont pas arrivés jusqu'à la table.

— En fait, si, madame. Les filles de cuisine ne sont tombées malades qu'au cours de la dernière demi-heure. Mme Haddock a fait retirer les cakes juste avant votre arrivée.

Sabrina aurait voulu demander si quelqu'un en avait mangé avant qu'ils soient ôtés de la table, mais elle appréhendait la réponse. Elle lui adressa un petit sourire, puis quitta la salle à manger, les jambes raides. Il leur manquait un musicien, la quantité de champagne était limite, et ils avaient peut-être rendu un invité malade, ou peut-être dix, avec de mauvais cakes au homard.

Qu'est-ce qui pourrait encore aller de travers ?

Sabrina ne souhaitait pas non plus connaître la réponse à cette question.

Ce qu'elle souhaitait n'avait toutefois pas d'importance : à peine cinq minutes plus tard, un valet de pied vint l'informer que la deuxième livraison de glace n'était pas arrivée. Après lui avoir demandé de faire durer le stock actuel le plus longtemps possible, elle envisagea de se retirer au deuxième étage pour le reste de la soirée.

Ce qu'elle ne pouvait évidemment pas faire, alors elle se rendit au salon, où elle se prépara à un nouveau désastre. Et il était là, à l'autre bout de la salle, à la scruter, les yeux plissés, l'air profondément renfrogné. Le duc d'Evesham était apparemment arrivé pendant qu'elle se trouvait dans la salle à manger. Zut ! Sabrina avait prié, un peu naïvement, pour qu'il décide de ne pas venir.

Dans l'espoir d'éviter le père de Constantine, au moins pour un court moment, elle se mit en quête d'Evie, de Cassandra ou de M\ie Lancaster, de n'importe qui d'autre que lui. Ou ses parents. Elle croisa de nombreuses personnes et passa la demi-heure suivante à converser avec les invités, jusqu'à ce que la musique commence et que les danseurs affluent sur la piste.

Alors qu'elle se frayait un chemin dans la foule, elle tomba nez à nez avec son beau-père. Elle aurait dû savoir qu'elle ne pourrait l'éviter indéfiniment. Était-ce trop d'espérer qu'elle aurait pu lui échapper ce soir ?

— Lord Evesham, j'espère que vous passez une bonne soirée, parvint-elle à dire. Avez-vous besoin de quelque chose ?

— Un ensemble complet de musiciens suffirait. Ou un verre de punch avec une quantité convenable de glace. Tout le monde se plaint du manque de glace, remarqua-t-il avec un regard sévère ; elle aurait voulu pouvoir disparaître. Mais tout ceci s'effacera de ma mémoire lorsque vous trouverez un prétendant pour ma fille. Cela fait presque deux semaines, et vos efforts ne semblent pas avoir porté leurs fruits.

— Ce n'est pas tout à fait exact. Lord Glastonbury est un candidat de choix.

Du moins, elle l'espérait, mais Constantine n'avait pas

encore confirmé sa viabilité en tant que mari potentiel. Le duc haussa les sourcils.

— Glastonbury en fait partie ? s'enquit-il.

Il poussa un petit grognement, puis il la regarda en plissant les yeux. Apparemment, c'était ainsi qu'il faisait toujours avec elle.

— Tant qu'il ne lui aura pas rendu visite, cela restera un vœu pieux. Vous devrez faire mieux que cela si vous voulez conserver votre position.

La frustration et le désarroi de Sabrina face à cette succession d'ennuis atteignirent leur paroxysme.

— Et de quelle position parlons-nous ? Je suis la future duchesse d'Evesham, répondit-elle d'une voix douce, plutôt fière de sa capacité à lui tenir tête.

— En tant que marraine de Cassandra, répliqua-t-il sèchement. Je ne peux rien faire quant à votre position dans ma famille, étant donné que vous êtes l'épouse de Constantine, mais j'espère que vous remplirez votre rôle.

Il baissa les yeux sur son ventre, et il devint évident qu'il voulait parler de porter l'héritier de son mari.

— Si vous voulez bien m'excuser, my lord, j'ai un bal à superviser.

Elle ne se donna pas la peine d'essayer de sourire, aimablement ou non.

— Oui, c'est exact. Et, jusqu'à présent, cela ne semble pas bien se passer.

Des rides marquant sa déception se creusèrent autour de sa bouche, puis il tourna les talons et quitta le salon.

Sabrina lutta pour reprendre son souffle. La chaleur de l'air était étouffante, et le stress de la soirée l'oppressait. Alors qu'elle pénétrait dans le hall, elle vit Constantine dans les escaliers, les sourcils froncés.

Elle se précipita pour le rejoindre en haut des marches.

— Que se passe-t-il encore ?

Une lueur de surprise brilla dans le regard de Constantine.

— Encore ? Rien. Je viens juste de croiser mon père, et…, commença-t-il, avant de secouer la tête. Peu importe. Pourquoi pensais-tu que quelque chose n'allait pas ?

— Parce que cela n'arrête pas ! Il n'y a pas suffisamment de champagne, de glace ou de musiciens. Et il se peut que nous ayons empoisonné des invités avec les cakes au homard.

Son affolement commençait à lui serrer la poitrine. Elle s'agrippa à la rambarde pour se stabiliser. Constantine lui saisit le coude et l'entraîna vers le passage menant à l'escalier de service. Ouvrant la porte, il la poussa avec douceur dans l'espace réduit en haut des marches, puis les enferma dans une solitude relativement silencieuse.

— Respire, Sabrina, murmura-t-il, saisissant ses épaules avant de lui caresser les bras. Cela ne peut pas être aussi terrible.

— Tout ce que j'ai dit est vrai, et ton père m'a également sommée de faire en sorte que ta sœur ait un visiteur.

Sa voix s'était élevée à mesure qu'elle parlait, et sa respiration était rapide. Constantine la prit dans ses bras, la tenant contre sa poitrine où les battements réguliers de son cœur eurent un effet apaisant immédiat.

— Ne t'inquiète pas. Mon père est un imbécile. Ignore-le, s'il te plaît. Le reste ne dépend pas de nous. Les beignets de homard ont été retirés, j'imagine.

— Bien sûr. Mais j'ignore si quelqu'un en a mangé. Je n'ai pas osé poser la question, avoua-t-elle, frémissant contre lui. Je vais être considérée comme la pire hôtesse de l'histoire de Londres !

— Non, absolument pas. Tout le monde semble passer un excellent moment, surtout dans la salle de jeux.

Sabrina se recula pour le regarder.

— Vraiment ?

Il lui sourit et lui caressa la joue avec son pouce.

— Tu es rouge, et ton cœur bat à tout rompre. Je préférerais être celui qui provoque cette réaction.

Il abaissa la tête, puis embrassa le point situé juste devant
son oreille, avant de faire glisser sa langue contre son lobe.

— Si tu essaies de détourner mon attention, cela
fonctionne.

Elle ne pouvait ignorer le désir qui s'accumulait au creux
de son ventre, pas plus qu'elle n'en avait envie.

— Parfait.

Il posa une main sur sa nuque et l'embrassa sur la bouche,
mêlant sa langue à la sienne. Constantine avait le goût du vin
du Rhin, d'un bon vin du Rhin, et sentait le cèdre et les
épices. Ses sens se délectaient de sa familiarité ; elle s'abandonna à son étreinte.

Quand il posa la main sur le sein de Sabrina, elle haleta
contre sa bouche.

— Constantine, nous devrions probablement retourner
au bal.

— Probablement. Mais, allons-nous vraiment leur
manquer pendant cinq minutes ?

Il pivota avec elle, l'entraînant vers la porte menant à son
dressing, que la femme de chambre utilisait quand elle arrivait par l'escalier de service.

— Où m'emmènes-tu ?

Constantine ouvrit la porte et les fit entrer dans la petite
pièce.

— Tu sais où cela mène, donc ce n'est pas vraiment ce que
tu veux savoir. Je suppose que, ce que tu veux savoir, c'est ce
que j'ai prévu.

— Je n'ai aucun mal à l'imaginer, espèce de voyou. Mais
tu vas froisser ma robe, ou décoiffer mes cheveux. Ou les
deux.

— Et si je pouvais éviter de le faire ? suggéra-t-il en

embrassant son cou. Te souviens-tu de l'autre nuit, quand tu étais à genoux et que je suis venu derrière toi ?

Une chaleur fiévreuse envahit la peau de la jeune femme, et un désir impérieux surgit entre ses jambes. Comment pourrait-elle l'oublier ? Elle s'était comportée comme une véritable dévergondée.

— Tu veux aller dans la chambre ?

Constantine leva les yeux vers ceux de Sabrina, puis secoua doucement la tête.

— *Ceci* froisserait ta robe à coup sûr. Je veux que tu te penches au bout de la méridienne.

Il inclina la tête vers la méridienne située dans le coin opposé, derrière la jeune femme.

Elle se retourna pour regarder le meuble, dont la partie la plus haute se trouvait à peu près au niveau de sa taille. C'était de la folie. Elle aurait dû refuser, et les ramener au bal. Mais son corps n'était pas d'accord, et c'est pourquoi elle se dirigea vers la méridienne comme si elle était portée par des ailes qui ne lui appartenaient pas.

Se tenant du côté le plus haut, elle regarda Constantine par-dessus son épaule. Il s'approcha d'elle, les yeux plissés par le désir. Il lui donna un nouveau baiser, brûlant et exigeant.

Il releva l'arrière de sa jupe et elle se pencha au niveau de la taille, se tenant au meuble pour ne pas perdre l'équilibre. Elle posa ses bras devant elle sur le siège tandis qu'il caressait le bas de son dos.

— Dépêche-toi, souffla-t-elle tandis qu'il la taquinait du bout des doigts, enflammant son corps tout entier.

— Je crains de n'avoir pas le choix. Non seulement parce que nous ne pouvons pas nous attarder, mais aussi parce que te voir dans cette robe m'a tourmenté toute la soirée. Et, maintenant, te voir ainsi…

Il plongea un doigt en elle, la faisant haleter.

— J'aurais voulu que nous ayons plus de temps, murmura-t-il, plaçant son membre contre elle ; Sabrina écarta les jambes, impatiente qu'il la pénètre. Plus tard, nous prendrons notre temps. Et alors, je te ferai tout ce que je ne peux pas te faire pour le moment. D'ici là…

Il s'enfouit en elle, la poussant contre la méridienne, créant une friction contre son clitoris.

Constantine saisit les hanches de Sabrina et se laissa aller, les soumettant tous les deux à des sensations étourdissantes. Elle ne pensait plus qu'à son contact, à la délicieuse sensation de son membre glissant en elle. Après seulement quelques coups de reins, l'orgasme de Sabrina monta en elle. Elle s'appuya contre lui, avide de le prendre aussi profondément que possible. Il planta ses doigts dans sa chair, et s'enfouit en elle jusqu'à la garde.

— Dépêche-toi, Constantine.

Elle avait besoin de jouir, des lumières dansaient déjà derrière ses paupières.

Alors qu'il accélérait son rythme jusqu'à la frénésie, les bruits de leurs corps emplirent le petit espace d'une symphonie érotique. Il la poussa en avant contre la méridienne, et Sabrina explosa, son sexe se contracta autour de lui, et des frissons dévastateurs secouèrent son corps.

Elle perdit complètement la notion du temps et de l'espace, pour ne revenir à elle que lorsqu'il l'aida à se redresser. Sa robe retomba sur ses jambes, et elle comprit vaguement qu'il l'avait nettoyée.

— Merci.

Elle se sentait à la fois déstabilisée et parfaitement satisfaite. Ses cuisses tremblaient, mais le reste de son corps vibrait de joie et de soulagement.

— Je crois que tu as résolu mes problèmes.

Constantine éclata de rire, puis prit le visage de Sabrina entre ses mains.

— Tant mieux. C'est mon travail.

Il l'embrassa, mais le contact fut bref, car ils furent interrompus par un coup frappé à la porte par laquelle ils étaient entrés.

— My lady ? Êtes-vous là ? demanda la voix de Charity.

Sabrina reporta son attention sur Constantine.

— Passe par ma chambre !

Il hocha la tête et se glissa hors du dressing, lui envoyant un baiser en sortant.

Vérifiant son apparence dans le miroir, Sabrina décida de profiter de la température du salon pour excuser son teint rougi. Rassemblant autant de sang-froid qu'elle le pouvait, elle ouvrit la porte.

— Oui, Charity ?

Les yeux fauves de la femme de chambre étaient arrondis par l'inquiétude.

— Je suis tellement heureuse de vous avoir trouvée ! Je crains qu'il y ait un… problème.

Le ventre de Sabrina se noua si fort qu'elle eut l'impression qu'il ne se détendrait plus jamais.

— Quoi ? souffla-t-elle, à peine audible.

— Grayson a réussi à se faufiler dans le salon pendant une danse. Il a été repéré pour la dernière fois dans la salle à manger, d'où il s'est échappé avec un morceau de faisan.

La femme de chambre avait l'air de vouloir pleurer, et c'était précisément ce que Sabrina ressentait.

CHAPITRE 19

*L*orsque Constantine avait quitté Sabrina quelques instants plus tôt, elle était radieuse et souriante. Lorsqu'il la croisa en haut de l'escalier, elle était pâle, les yeux écarquillés, en proie à un sentiment proche de la panique.

Il se précipita à ses côtés.

— Que s'est-il passé ?

— C'est le chat. Nous devons le retrouver avant qu'il cause davantage de dégâts.

— Où est-il ?

Constantine tourna la tête dans tous les sens, comme s'il allait voir l'animal passer à toute allure.

— Il a été vu pour la dernière fois dans la salle à manger en train de voler du faisan.

Constantine poussa un juron à mi-voix, qui fut suivi d'un cri en provenance du bas de l'escalier. Leurs regards se croisèrent, tandis qu'ils se disaient sans un mot qu'ils avaient trouvé Grayson. Alors qu'il descendait les marches, Constantine faillit trébucher lorsque le chat passa à côté de ses pieds.

— Attention ! s'écria-t-il, se tournant pour s'assurer que l'animal n'allait pas faire tomber Sabrina.

Heureusement, elle se trouvait toujours en haut des marches.

Un valet de pied s'élança à la poursuite de Grayson, qui obliqua vers la gauche en direction du salon. Haddock le suivait de près, s'arrêtant juste assez longtemps pour assurer à Constantine qu'il recevrait sa démission dans la matinée.

— Certainement pas ! marmonna Constantine.

Il refusait de perdre un majordome parfaitement compétent à cause des bêtises d'un chat.

Sabrina tourna les talons et se hâta de suivre le valet de pied. Constantine fonça à son tour alors que des cris et un fracas signalaient que le chat était arrivé à l'endroit où la plupart des invités étaient rassemblés.

Sur le seuil, il s'arrêta pour scruter la pièce du regard. Les musiciens ne jouaient plus, et les danseurs se tenaient au milieu des dessins à la craie, à présent effacés, qui les empêchaient de glisser sur le sol. Ils regardaient autour d'eux, sans doute à la recherche d'une petite terreur grise.

— Où est-il allé ? demanda Constantine d'une voix forte, attirant l'attention de toutes les personnes présentes dans la pièce.

— Nous ne le voyons pas ! répondit lord Wexford, depuis l'autre bout de la salle. Il est possible que, quand lady Fairweather s'est réfugiée dans la salle de repos pour éviter l'animal, celui-ci se soit glissé à l'intérieur avec elle.

L'ami de Lucien fit une grimace, le regard compatissant.

Constantine marcha vers la porte située à l'autre bout de la pièce et remarqua Sabrina à sa droite lorsqu'elle le rejoignit. Un grand cri soutenu provenant de l'intérieur de la pièce les poussa à aller plus vite. Il fit signe à son épouse de regarder à l'intérieur, car l'espace était réservé aux dames.

Haddock rejoignit Constantine.

— Attendez ! Laissez-moi me mettre en position pour l'attraper lorsque vous ouvrirez la porte. Il va sans doute se précipiter dehors, proposa-t-il, avant de se tourner vers Sabrina. N'ouvrez que très légèrement la porte.

La jeune femme hocha la tête, et Haddock s'accroupit juste devant la porte. Après avoir échangé un regard avec le majordome, Sabrina suivit sa suggestion et entrouvrit légèrement le panneau de bois. Haddock connaissait bien son chat, car l'animal courut droit dans ses bras. Il se releva, et des applaudissements retentirent dans le salon lorsqu'il emporta le chat hors de la pièce.

Le corps tout entier de Constantine s'affaissa alors que la tension retombait. Sabrina, en revanche, ne semblait pas le moins du monde soulagée.

— Je vais aller voir comment se porte lady Fairweather.

Elle était pâle, les yeux embués par l'inquiétude. C'était une situation épouvantable pour elle. Il cherchait désespérément comment arranger les choses.

Conscient de l'anxiété que cela devait provoquer chez elle, il eut envie de lui dire de se retirer, qu'elle n'était pas obligée de se confronter à cela. Mais, si elle ne le faisait pas, son absence ne ferait que ternir davantage l'événement, qui prenait rapidement l'allure d'un désastre. Son cœur se contracta douloureusement. Ce n'était *pas* ainsi que la soirée était censée se dérouler.

Sabrina entra dans la salle de repos et ferma la porte. Quand il se retourna, Constantine se rendit compte que tous les regards étaient braqués sur lui, ce qui n'arrivait jamais, à moins qu'il ne prononce un discours aux Communes.

Wexford lui donna une tape amicale sur l'épaule en souriant.

— Eh bien, voilà qui était vraiment divertissant ! Je suis convaincu que personne n'oubliera ce bal ! lança-t-il d'une voix forte, avant d'éclater de rire, puis de regarder autour de lui. J'ai besoin d'un verre pour porter un toast !

Un valet de pied se précipita avec un plateau, sur lequel se trouvait du punch avec trop peu de glace. Constantine serra les mâchoires. S'emparant d'un verre, Wexford le leva, tandis que le valet de pied distribuait les autres verres, comme les autres domestiques présents dans la salle.

— À lord et lady Aldington, et à leur bal merveilleusement imparfait ! C'est notre lot à tous : nous partons avec les meilleures intentions et nous nous adaptons aux circonstances en cours de route.

Un chœur satisfaisant, quoique surprenant, de « Bravo ! », retentit dans la salle. Un peu tard, Constantine se rendit compte qu'il n'avait pas de verre ; un valet de pied en plaça un dans sa main. Heureusement, c'était un brandy. Constantine adressa au domestique un regard silencieux de gratitude, puis avala tout le contenu. Il s'en félicita aussitôt, car la crise suivante était déjà là.

Son père fonçait vers lui, les yeux presque noirs de colère. Il parla d'une voix basse, mais dure, de sorte que personne ne l'entende.

— Un mot, Aldington. Dans ton bureau.

Sans attendre la réponse de son fils, il fit demi-tour et quitta le salon.

Honnêtement, Constantine avait du mal à croire qu'il lui ait fallu autant de temps pour venir le voir. La confrontation était inévitable. Mais il veillerait à ce que cela se termine rapidement. Redressant les épaules, il remercia Wexford pour ses paroles et remit son verre vide à un valet de pied avant de descendre les escaliers.

Juste à l'extérieur du salon, il croisa Mme Haddock, qui semblait avoir pleuré. Il s'arrêta, puis lui fit signe de venir sur le côté avec lui.

— Vous ne devez pas vous inquiéter au sujet du chat. Je

n'accepterai ni votre démission ni celle de Haddock. Nous devons simplement trouver un moyen de confiner Grayson à certains moments, et nous pourrons en discuter demain. En attendant, veillez à ce qu'il soit enfermé pendant la durée du bal. Pourriez-vous aller voir lady Aldington, dans la salle de repos des dames ? Elle est en train de calmer lady Fairweather, qui semble excessivement perturbée pour un simple petit paquet de fourrure.

Il adressa un sourire à l'intendante, qui se passa une main sur les yeux.

— Vous êtes le plus gentil des employeurs, my lord. Je suis sincèrement désolée.

— Tout va bien, madame Haddock. Mais, s'il vous plaît, prenez soin de la comtesse.

— Tout de suite.

Elle s'éloigna dans le couloir, en évitant le salon. Expirant, Constantine descendit, bien content de sentir le brandy lui réchauffer le ventre. Lucien l'arrêta dans la salle de jeux, pour lui demander si tout allait bien.

— J'ai entendu dire que le chat avait été capturé.

— Oui. La menace a été neutralisée. Ton ami Wexford a porté un charmant toast à l'étage. Je l'ai remercié, mais, s'il te plaît, dis-lui à quel point je lui suis reconnaissant.

— Je le ferai, répondit Lucien, qui coula un regard vers le bureau de Constantine. Père vient d'entrer. Que se passe-t-il ?

— Il est sur le point de déverser sa colère sur moi.

Constantine se sentait plutôt indifférent à cette perspective, qui l'aurait normalement contrarié. Il détestait décevoir son père. Cependant, dans ce cas, il ne pouvait rien y faire.

— Veux-tu que je t'accompagne ? lui proposa Lucien, d'un ton très sérieux.

— Non, mais je te remercie pour ton offre. Je peux supporter sa colère.

Il poursuivit son chemin jusqu'au bureau, puis ferma la porte derrière lui. Le duc se tenait debout près de la cheminée, les bras croisés.

— Tu as voté contre la loi aujourd'hui.

— Oui.

Constantine se dirigea vers le buffet à alcool, et servit deux verres de brandy. Il en proposa un à son père, qui se contenta de plisser les yeux. Aldington haussa les épaules, reposa le verre sur le meuble, puis but une gorgée du second.

— C'est tout ce que tu as à dire pour ta défense ? l'interrogea le duc.

— Qu'y a-t-il de plus à dire ? Le vote est terminé. La loi a été adoptée, et c'est ce que tu voulais. Alors, pourquoi te soucier de la façon dont j'ai voté ?

— Parce que tu m'as dit que tu voterais pour. Nous avions un *arrangement*.

Certes, et cet arrangement était la seule chose qui avait donné matière à réflexion à Constantine. Au final, il n'avait pas pu se résoudre à voter en faveur de la loi, même si cela signifiait que son père retirerait à Sabrina son statut de marraine de Cassandra.

Il s'avança vers la fenêtre, puis choisit ses mots avec soin.

— Parfois, il est nécessaire de voter d'une certaine manière pour gagner du capital politique, affirma Constantine, jetant un regard troublé à son père. Je sais que ta grande expérience t'a permis de t'en rendre compte. En l'occurrence, il était dans mon intérêt de voter contre la loi sur les importations, afin d'obtenir un soutien en faveur de la loi sur les apothicaires.

— Tu n'es qu'un imbécile, parce que cette loi est morte.

— Non, pas du tout. Et je ne la laisserai pas mourir, comme tu l'as fait pour ma mère !

Constantine n'avait *pas* choisi ces mots. En réalité, il n'en revenait pas de les avoir prononcés.

Les yeux du duc s'écarquillèrent à un point qui semblait impossible.

— Je n'ai pas…

Il serra les lèvres si fort qu'elles blanchirent sous l'effet de sa colère.

— La loi sur les apothicaires est de la plus haute importance pour moi, et je ferai tout ce qui est nécessaire pour que la pratique médicale soit réglementée dans ce pays. Si je dois voter contre une loi, qui n'avait aucun risque d'être rejetée, afin d'obtenir un soutien pour ma cause, qu'il en soit ainsi. J'aurais cru que tu ferais de même. Tu m'as appris à être rusé et stratégique.

Il lança un regard glacial à son père, le défiant de trouver à redire à ce qu'il avait fait.

— C'est *à moi* que tu as menti !

— J'ai conclu un accord pour obtenir ce que je voulais. Le fait que tu aies posé une telle exigence pour une affaire aussi simple et peu polémique que le fait d'autoriser *ma femme* à devenir la marraine de ma sœur en dit beaucoup plus long sur toi que sur moi. À présent, si tu veux bien m'excuser, j'ai un bal à superviser.

Constantine se dirigea vers la porte, le corps vibrant de colère et de détermination.

— Fais donc cela, répliqua le duc d'un ton froid. Cet événement est déjà un véritable désastre. Même si tu ne m'avais pas dupé, je devrais reconsidérer le rôle de la comtesse dans la saison de Cassandra.

Constantine se tourna vers son père.

— Tu vas lui retirer son statut de marraine de Cass, n'est-ce pas ?

— Après l'échec de ce soir ? Bien évidemment !

Un mouvement à l'extérieur de la fenêtre donnant sur la terrasse attira l'attention de Constantine. La lumière n'était pas très vive, mais il distinguait la magnifique robe or et ivoire de sa femme et… un homme qui la touchait d'une manière inacceptable.

Oubliant son père, Constantine ouvrit la porte, puis traversa la salle de jeux jusqu'aux portes-fenêtres ouvertes qui donnaient sur le jardin. Le monde semblait rougeoyer lorsqu'il atteignit l'homme, dont les bras s'enroulaient autour de Sabrina, qui se débattait. Avant qu'il ait pu éloigner le mécréant, il entendit un grognement, puis l'homme se plia en deux, tandis que la comtesse s'éloignait de lui.

La lanterne accrochée à l'extérieur de la maison éclairait Sabrina : au lieu d'avoir l'air terrifiée, elle semblait furieuse, ses sourcils formant un V rageur, alors que ses yeux brillaient d'un feu couleur de cobalt.

Constantine se précipita à ses côtés.

— Qu'as-tu fait ?

— Je lui ai donné un coup de poing dans l'aine.

— Tu as quoi ?

Constantine la dévisagea, totalement fasciné par sa femme, et éperdument amoureux d'elle.

Sabrina haussa une épaule.

— C'est la seule chose qu'une femme puisse faire lorsqu'une crapule dépasse les bornes.

Pour Constantine, le terme « dépasser les bornes » était un euphémisme considérable. Plusieurs gentlemen de la salle de jeux, et quelques dames, avaient envahi la terrasse, dont Lucien.

— Que s'est-il passé ? s'enquit ce dernier, passant devant l'homme qui gémissait à genoux.

Sabrina se frotta les mains.

— Il était trop entreprenant.

— Allez-vous exiger réparation ? demanda quelqu'un.

— Ce n'est pas nécessaire, croassa l'homme, qui releva la tête, révélant son identité.

Il s'agissait de M. Franklin Crimwell, un député qui

semblait avoir bien trop bu. Non pas que son état puisse excuser son comportement le moins du monde.

— Je vous présente mes excuses les plus sincères. Je ne m'étais pas rendu compte qu'il s'agissait de lady Aldington.

L'homme avait le teint gris, les traits déformés par la douleur et l'humiliation.

— C'est vrai, confirma Sabrina d'une voix tranquille. Il n'arrêtait pas de m'appeler Mildred. Je pense qu'il a eu la peur de sa vie.

Lucien se pencha pour aider l'homme à se relever.

— Venez, Crimwell, nous allons vous faire raccompagner en berline jusque chez vous.

Se tournant vers la foule rassemblée, Lucien inclina la tête vers l'un de ses amis, Dougal MacNair, qui s'empressa de lui porter assistance.

— Merci, dit Constantine, reconnaissant à son frère pour son aide.

Lorsque Crimwell disparut dans la maison, entre Lucien et MacNair, les conversations reprirent de plus belle à mesure que les gens retournaient dans la salle de jeux.

Cassandra arriva alors en trombe sur la terrasse, fonçant droit vers Sabrina, suivie de sa compagne, Mlle Lancaster.

— Juste ciel ! Sabrina, est-ce que tu vas bien ?

Une odeur familière enveloppa Constantine, un parfum tropical qui l'emporta dans l'obscurité et le submergea de sensations. Il s'approcha de sa sœur et renifla. Ce parfum ne pouvait *pas* venir d'elle. Tournant légèrement la tête vers Mlle Lancaster, il inspira profondément. Et il faillit tituber en arrière. C'était elle.

— Ce parfum…

— Oh, oui ! Mes excuses, répondit Cassandra, se tournant vers Sabrina. J'ai bien peur que nous ne nous soyons servies de tes parfums avant le bal. J'ai oublié d'en mettre à la maison, et cette senteur tropicale est absolument divine. Pru et moi n'avons pas pu résister !

Le parfum n'appartenait donc ni à Cassandra ni à Mlle Lancaster, mais à… Sabrina ?

Constantine se tourna vers elle, profondément bouleversé.

— C'était *toi* ?

Les yeux de sa femme avaient perdu leur chaleur et reflétaient à présent sa détresse.

— Constantine, je peux t'expliquer.

— Plus tard, gronda-t-il, l'esprit agité par cette révélation stupéfiante.

Il n'arrivait tout simplement pas à assimiler cette information… Cela n'avait aucun sens. Pourtant, il savait que c'était vrai.

— Nous avons un bal plutôt catastrophique à superviser.

Quelle que soit son explication, elle devait inclure Lucien. Constantine fit volte-face, entra dans la maison, puis se dirigea vers le hall d'entrée où Lucien revenait à grands pas, suivi de MacNair.

— Crimwell est en route pour chez lui, annonça Lucien. Je crois bien que MacNair et moi avons mérité un verre.

Des années de colère et de frustration ressurgirent à la surface chez Constantine.

— Tu as effectivement mérité quelque chose.

Il avança à grands pas, puis envoya son poing dans le beau visage de son frère, dont la tête bascula en arrière. Lucien recula en titubant, portant la main à sa joue.

— *Bon sang*, Tine ! Qu'est-ce qui te prend ?

— J'en ai plus qu'assez de tes ingérences et de ton « aide ». Il est grand temps que tu t'occupes de tes propres affaires.

MacNair fit un pas vers Constantine, son regard se portant derrière lui et vers le hall de l'escalier.

— Euh, Aldington. Vous devriez peut-être poursuivre

cette discussion dans un endroit plus privé, suggéra-t-il à voix basse.

Constantine tourna la tête et marmonna un juron. Un petit groupe d'invités s'était rassemblé pour le voir frapper son frère. Ce serait le grand sujet de la soirée, bien pire qu'une pénurie de glace ou qu'un chaton échappé qui courait partout.

Si ce bal avait été un désastre auparavant, il était désormais une catastrophe.

~

Cassandra et Prudence avaient observé Sabrina d'un air interrogateur une fois que Constantine était retourné dans la maison. Après avoir marmonné des paroles sans queue ni tête dont elle ne se souvenait même pas quelques minutes plus tard, Sabrina s'était précipitée à l'intérieur, puis avait filé à l'étage par l'escalier de service pour trouver un moment de tranquillité.

Elle se sentait horriblement mal à cause de la façon dont Constantine avait appris la vérité. Il avait semblé profondément choqué. Cependant, au-delà de cela, elle ignorait ce qu'il ressentait. Était-il en colère ? Blessé ? Déçu ?

Elle avait l'impression que le monde se resserrait autour d'elle. Non, elle ne s'effondrerait pas. Prenant de longues et profondes inspirations, elle se tint sur le palier du premier étage, s'efforçant de rester calme. Elle devait simplement tenir le coup jusqu'à la fin de la soirée. Ensuite, elle pourrait affronter Constantine.

Cela ne lui permit pas d'apaiser son esprit ni son anxiété.

Toutefois, même si elle ne se sentait pas vraiment mieux, elle ne pouvait pas disparaître du bal. Elle l'avait déjà fait plus tôt, avec Constantine, lorsqu'ils avaient partagé ce merveilleux moment dans son dressing. Cela s'était-il passé ce soir-là ou dans un rêve lointain ?

Elle s'éloigna de l'escalier et s'approcha du salon. Le reste de la soirée se déroulerait tranquillement, sans incident. Il le fallait. Qu'est-ce qui pouvait encore mal se passer ?

Sa mère sortit du salon et l'intercepta.

— Te voilà, Sabrina ! s'exclama-t-elle, puis elle fit claquer sa langue, pour marquer sa désapprobation. Ce bal est une véritable tragédie. Je crains que tu ne puisses pas garder la tête haute en société.

Une tragédie. À son grand dam, Sabrina tressaillit.

— N'as-tu donc rien à dire pour ta défense ? Ou celle de ton époux ?

Pourquoi inclurait-elle Constantine ?

— Je sais que tu as pour habitude de me dénigrer, mais je ne te permettrai pas d'insulter mon mari, surtout pas ici, dans sa propre maison.

Sa maison. Comme si elle ne lui appartenait pas également.

— Je ne l'insultais pas. C'est lui qui a provoqué une scène en frappant son propre frère.

Mais, que diable s'était-il donc passé ? Avant même que la question ait fini de se former dans son esprit, elle sut. Constantine était en colère après son frère à cause du strata-gème de la tutrice. Et il avait toutes les raisons de l'être, après elle, aussi.

D'un autre côté... ne devrait-elle pas être en colère, elle aussi ? C'était lui qui l'avait trahie avec une autre femme. Une autre femme... qui était elle. Sabrina commençait à avoir mal à la tête ; elle se massa les tempes du bout des doigts.

— Je te prie de m'excuser, mère.

Sabrina commença à se retourner et sentit la main de sa mère sur son bras.

— Je n'avais pas terminé, Sabrina, déclara la vicomtesse, qui laissa retomber son bras le long de son corps.

— Eh bien, moi, j'ai fini de t'écouter, rétorqua la jeune femme.

Elle avait réussi à se contenir toute la soirée, mais elle n'en pouvait tout simplement plus. Se rapprochant de sa mère, elle laissa sa colère et sa douleur se muer en une rage qu'elle n'avait jamais ressentie auparavant.

— Non seulement ce soir, mais pour toujours. Je n'ai plus aucune envie d'entendre ce que tu as à dire sur moi, sur mon comportement ou sur mon mari. Et je n'ai assurément plus envie non plus d'entendre tes remarques sarcastiques sur le fait que je n'ai pas d'enfant, ou sur mon échec en tant que comtesse. Tu ne m'as jamais comprise, et tu n'as jamais cherché à le faire.

Le cœur battant à tout rompre, les mains tremblantes, Sabrina la dépassa et se dirigea vers le salon : elle n'allait pas laisser sa mère la distraire de son devoir.

Tant bien que mal, la comtesse réussit à tenir jusqu'à la fin du bal sans se réfugier dans sa chambre, sans souffrir d'une crise de nerfs et sans avoir vu son mari plus qu'un bref instant. Que le destin ait décidé de les tenir éloignés pour le reste de la soirée, ou que Constantine se soit montré particulièrement habile à l'éviter, ce ne fut qu'à près de trois heures, après le départ des derniers invités, qu'elle le trouva dans leur salon.

Il était assis près de l'âtre, tenant à la main un verre de quelque chose qui n'était pas du vin. Elle aurait pu penser à du gin, vu l'absence de couleur, mais elle ne l'avait jamais vu en boire. Et pourquoi l'aurait-elle fait ? Une semaine passée ensemble ne signifiait pas qu'ils étaient proches.

— M'attendais-tu ? s'enquit-elle, serrant les gants qu'elle avait retirés en grimpant les escaliers.

— N'aurais-je pas dû ? Tu as dit que tu avais des explications à me donner.

— C'est vrai. Et je vais le faire, répondit-elle, puis elle s'approcha de lui. J'ai appris ce qui s'est passé avec Lucien.

— Tout Londres est désormais au courant, répliqua-t-il avec un rictus, puis il but une gorgée de son verre. Les gens inventeront une centaine d'histoires pour expliquer ce qui s'est passé.

Il s'interrompit. Puis il leva les yeux vers Sabrina, le regard impénétrable.

— Cependant, aucune d'elles ne se rapprochera de la vérité.

— J'imagine que non.

Sabrina s'assit lentement dans le fauteuil en face du sien, devant la cheminée. Le bourdonnement habituel de son anxiété résonna en elle. Elle serra ses mains l'une contre l'autre, de peur qu'elles se mettent à trembler.

— C'est une situation plutôt inhabituelle, dit Constantine, l'air détaché.

Sabrina était totalement incapable de deviner ce qu'il ressentait.

— Mon père t'a retiré le rôle de marraine de Cassandra.

Si elle n'était pas surprise, Sabrina était malgré tout déçue.

— Parce que le bal était un véritable gâchis ?

Il inclina légèrement la tête, en signe d'acquiescement.

— Et parce que je n'ai pas respecté ma part d'un accord que nous avions conclu, expliqua-t-il, et, avant qu'elle puisse le questionner à ce sujet, il poursuivit. Le stratagème de la tutrice était-il ton idée ou celle de Lucien ?

Sabrina lécha ses lèvres, soudain très sèches.

— Celle de Lucien. Et d'Evie. C'est elle qui me l'a suggéré.

Les narines de Constantine se dilatèrent.

— Alors, ils ont travaillé de concert.

— Oui.

Il la transperça d'un regard sombre.

— Avec toi.

— Oui. Tu étais également impliqué, ajouta-t-elle d'une voix douce, tandis que son regard dérivait vers ses genoux.

— Bien entendu que j'étais impliqué… j'étais la cible !

Elle releva brusquement la tête.

— Tu n'étais pas une cible !

— Ah non ? Vous étiez tous complices de cette supercherie, et moi, j'étais le pigeon.

Il n'avait pas tort, et c'était cet aspect qui avait torturé les pensées de Sabrina, même s'ils avaient récolté les bénéfices de la supercherie.

— Tu n'étais pas un pigeon. Du moins, je ne t'ai jamais considéré comme tel. J'ai pensé que cela pourrait nous aider, et cela a été le cas, n'est-ce pas ?

Constantine but une autre gorgée.

— Mais, moi aussi j'ai cru que cela pourrait aider. Que cela ait été le cas ou non, peut-être conviendras-tu que ce n'était pas la meilleure idée.

À présent, Sabrina voyait l'émotion qui bouillonnait sous la surface de son apparence calme.

— Non, effectivement. Pourtant, elle nous a amenés ici, non ?

— À un endroit où les secrets et les mensonges sont révélés, et pas parce que nous les avons partagés. Il semblerait que nous souffrions d'un manque d'honnêteté et de franchise. Pour ma part, j'ai essayé très fort, peut-être trop fort, de te protéger, de t'empêcher d'être dépassée. J'ai pris la résolution de ne plus le faire. Et tu vas devoir trouver un moyen de dire ce que tu penses. Je sais que tu en es capable, comme tu l'as démontré le soir de ton arrivée à Londres.

Il y avait une pointe de dérision dans sa dernière phrase.

Elle comprenait ce qu'il voulait dire. Elle avait eu le

courage et le cran d'exiger qu'il partage son lit chaque nuit pour avoir un enfant, mais elle n'avait pas été capable de mettre de côté son appréhension pour faciliter les choses. Pas avant qu'elle n'endosse le rôle de la tutrice. En se mettant à sa place, elle comprenait ce qu'il devait ressentir : il était blessé, contrarié, et peut-être même craignait-il qu'elle ait peur de lui.

— J'en suis sincèrement désolée, murmura-t-elle. Il m'a fallu beaucoup de temps pour rassembler le courage de venir ici, de… changer, d'être la comtesse que je dois être.

Et, jusqu'à présent, elle avait complètement échoué : dans la tenue du bal de ce soir-là, dans son rôle de marraine de Cassandra, et dans son rôle d'épouse.

Des rides se creusèrent autour des yeux de Constantine, et, soudain, il eut l'air triste.

— Je suis navré que tu m'aies vu comme une personne si redoutable que tu aies dû déployer tant d'efforts pour m'approcher. J'aurais dû faire davantage au début de notre mariage pour te mettre à l'aise. Peut-être ne sommes-nous pas faits l'un pour l'autre, après tout. Je suis quelqu'un de concentré… d'impassible. Tu es facilement bouleversée, anxieuse, énuméra-t-il, avant de terminer son gin.

Il se leva, son verre vide pendant au bout de ses doigts.

— Espérons que tu sois maintenant enceinte, afin que nous puissions mettre ce désagrément derrière nous.

Elle leva les yeux vers lui, et ses mots se figèrent sur sa langue avant qu'elle puisse les prononcer.

— Je te présente mes excuses pour avoir ruiné ton bal en frappant Lucien.

Un rire sans joie s'échappa des lèvres de Sabrina.

— Il était déjà ruiné avant cela. Je suis navrée que tout se soit si mal passé. J'espère que cela ne te portera pas préjudice.

— Cela nous portera sûrement préjudice à tous les deux.

Heureusement qu'aucun de nous ne s'intéresse réellement à la vie mondaine.

Le vide dans le regard de Constantine la fit frissonner. S'agissait-il du même homme qui s'était précipité pour la défendre un peu plus tôt ? Qui l'avait séduite dans son dressing ? Qui lui avait montré que l'amour était non seulement réel, mais qu'elle était capable de ressentir des choses ?

Il passa devant elle pour se diriger vers le buffet, attrapa une bouteille en chemin vers sa chambre, dont il referma soigneusement la porte derrière lui. Elle entendit le verrou s'enclencher.

Voulait-il qu'ils se séparent ? Il l'avait en tout cas laissé entendre, en disant qu'il espérait qu'elle était déjà enceinte. Elle passa une main sur son ventre.

Il était très tard, et elle était épuisée. Ils auraient le temps de parler, de dépasser ce... désagrément. Y pensait-il vraiment de cette façon ? Ces derniers jours avaient été les plus heureux de sa vie, bien au-delà de l'agréable.

Elle devait croire qu'ils pourraient trouver un moyen pour y revenir. À moins qu'il n'ait raison, qu'ils ne soient pas vraiment faits l'un pour l'autre.

Au moins, j'ai obtenu ce que je suis venue chercher, songea-t-elle, appuyant une main sur son ventre. Sans doute.

Cependant, cela ne lui suffisait plus.

CHAPITRE 20

*A*utrefois, Constantine avait trouvé chez White à la fois un refuge et une opportunité, un endroit où il pouvait se détendre et faire des affaires. Il ne venait pas pour parier ou s'amuser, comme le faisaient la plupart des membres. Ce soir-là, ces activités lui semblaient particulièrement repoussantes, tandis qu'il cherchait Horace Brightly.

Après une recherche infructueuse, au cours de laquelle bien trop de membres l'avaient interrogé au sujet de son altercation de la veille avec Lucien, Constantine se retira à une table d'où il pouvait voir la porte, avec l'espoir d'attraper Brightly dès son arrivée. Un valet de pied lui apporta un verre de porto, qu'il accepta avec gratitude, bien qu'il ait trop bu la veille.

Sa femme surgit dans son esprit, mais il ne voulait pas penser au gâchis qu'était leur mariage. Il ne lui reprochait pas d'avoir pris des mesures aussi radicales pour atténuer les dissensions entre eux, car il avait fait la même chose. Le fait qu'ils aient tous deux ressenti le besoin de trahir et de duper pour faire tomber les murs qui les séparaient le mettait très mal à l'aise. En réalité, il préférait ne pas s'attarder sur ce sujet. Ce qui s'était produit appartenait désormais au passé, et il poursuivrait sa route comme il l'avait toujours fait.

Après avoir bu une longue gorgée de porto, il se concentra à nouveau sur Brightly. Ils n'avaient que brièvement évoqué l'adoption de la loi sur les importations lors du bal de la veille, et Constantine souhaitait poursuivre leur conversation.

Peut-être que, compte tenu de leur défaite, Brightly préférait passer la soirée chez Brooks. Ou même au Phœnix Club.

Penser à cet établissement incita Constantine à boire davantage de porto. Il avait vraiment cru que sa relation avec Lucien s'était améliorée, grâce au soutien qu'il lui avait apporté. Alors que, durant tout ce temps, son frère l'avait dupé aussi sûrement que Sabrina l'avait fait. C'était inadmissible. Constantine se félicitait de ne pas avoir accepté l'invitation au Phœnix Club. Il ne voulait pas se trouver au même endroit que son frère.

Un autre de leurs collègues des Communes passa devant la table de Constantine. Il lui adressa un signe de la main.

— Wilson, avez-vous vu Brightly, ce soir ?

Wilson s'approcha et prit une chaise, l'air très sérieux.

— N'avez-vous pas entendu ? demanda-t-il à voix basse, comme s'il s'apprêtait à révéler un secret.

Ce qui soulevait la question suivante : s'il s'agissait d'un secret, pourquoi Constantine en aurait-il entendu parler ?

— Non, répondit-il, car il détestait les ragots.

— Brightly a été exclu, vous ne le trouverez pas ici ce soir. Ni jamais.

Il haussa les sourcils et inspira profondément, de sorte que sa poitrine se gonfla. Il semblait très fier de lui-même d'avoir annoncé cette terrible nouvelle.

— Quand cela s'est-il produit ?

Constantine leva son verre pour en prendre une nouvelle

rasade ; il se disait qu'il allait devoir se resservir dans quelques instants.

— Aujourd'hui même, je crois. Je suis surpris que vous ne soyez pas au courant. Selon la rumeur, c'est votre père qui est à l'origine de l'exclusion.

Ainsi, cela n'avait pas été une menace en l'air. Ou peut-être Constantine l'avait-il incité à agir ainsi en reniant leur accord.

La fureur s'empara de lui. Il reposa précipitamment son verre sur la table, de peur d'en briser le pied et de se couper à nouveau la main. Non, il ne repenserait pas à cette nuit où Sabrina était arrivée en ville et avait tout bouleversé.

Il voulait retrouver sa routine et son confort.

Wilson se pencha vers lui, les yeux légèrement plissés, comme s'il traquait une proie.

— Est-il vrai que vous pourriez provoquer lord Lucien en duel ?

— *Non !* s'exclama Constantine, exprimant un mépris excessif, qu'il regretta aussitôt.

Il était en colère après son frère, mais de là à se battre en duel avec lui ?

— Vous devriez vraiment cesser de faire des commérages, Wilson.

Il se leva, souhaita une bonne soirée à l'autre homme, puis il quitta le club.

Dehors, il tourna le regard en direction du Phœnix Club, situé si près qu'il aurait pu s'y rendre en quelques minutes. Il y avait une assemblée, ce soir-là, et, bien qu'il soit encore tôt, Sabrina y serait. Constantine pouvait s'y rendre, accepter son adhésion sur place et conduire sa femme à l'étage, où il lui banderait les yeux et lui montrerait ce que c'était que d'être dans l'obscurité.

Se passant une main sur le visage, il enfonça son chapeau sur sa tête, et repartit d'un pas décidé vers chez lui.

Il détestait se sentir aussi bête. Il était conscient que Sabrina, Lucien et Mme Renshaw ne s'étaient pas moqués de lui. Ils avaient élaboré ce stratagème ridicule pour les aider, Sabrina et lui. C'était ce que faisait Lucien : il aidait les gens. Pourtant, dans ce cas, Constantine estimait qu'il y avait forcément eu un autre moyen de les réunir, sa femme et lui.

Mais, était-ce vraiment le cas ?

Elle avait été si inquiète, si nerveuse. Ce qui l'avait lui aussi rendu nerveux. Et hésitant. Peut-être n'y avait-il pas eu d'autre solution. Et qu'importait si ce qu'ils avaient entrepris avait fini par jouer en leur faveur ?

Cela l'avait mené à courtiser Sabrina, à se comporter comme il aurait dû le faire lorsqu'ils s'étaient mariés. Seulement, à cette époque, il croyait qu'elle le détestait. Un son grave et frustré monta dans sa gorge. Tout ceci était vraiment trop compliqué. Il *voulait* retrouver sa vie bien ordonnée. Elle était simple, facile.

Et totalement… impassible.

— Lord Aldington ! Lord Aldington !

Constantine s'arrêta et se retourna lentement. Un valet de pied, qui arrivait en courant de chez White, s'arrêta brusquement juste devant lui.

— Un message urgent vient d'arriver pour vous, my lord.

Il remit à Constantine un morceau de parchemin plié.

Après avoir ouvert la note, ce dernier en parcourut rapidement le contenu. Son père exigeait qu'il se présente immédiatement à lui. Pas le lendemain, mais *ce soir-là*. Cela ne présageait rien de bon, mais Constantine n'en avait cure. Il était furieux contre le duc au sujet de Brightly, et il avait hâte de le lui faire savoir.

Après avoir remercié le valet de pied, Constantine héla un fiacre. Un sentiment d'anticipation envahit ses veines. Il était impatient de faire part à son père du fond de sa pensée.

～

inq minutes après son arrivée à l'assemblée du Phœnix Club, Sabrina était prête à partir. Elle n'aurait jamais dû venir, même si elle avait voulu prouver à la bonne société qu'elle ne se laisserait pas abattre après son bal calamiteux. Pourtant, elle était épuisée par la nuit précédente. Elle n'avait pratiquement pas dormi après sa conversation avec Constantine. Elle aurait dû en dire davantage, mais, une fois de plus, son anxiété avait pris le dessus.

Elle aurait dû se battre. Pour lui, pour leur mariage. Pour préserver ce qu'ils avaient trouvé.

Et qu'était-ce, exactement ? Elle ne lui avait même pas dit qu'elle l'aimait, elle n'avait pas cherché à savoir s'il l'aimait en retour.

— Sabrina, tu as l'air si pensive, dit Evie en s'approchant d'elle.

Sabrina ne l'avait même pas remarquée.

Clignant des yeux, elle se rappela qu'elle se trouvait au Phœnix Club, debout près de la large entrée de la salle de bal.

— Je crois que c'était une erreur de venir ce soir. Je me remets encore de la soirée d'hier.

— J'espère que tu ne te sens pas mal à cause du bal. N'as-tu pas lu le journal du soir ? Lady Pickering a déclaré que ton bal était le succès de la saison !

Cela suffit presque à faire sourire Sabrina, mais pas tout à fait.

— Je ne l'ai pas vu, répondit-elle, et, en réalité, elle avait évité tous les journaux ce jour-là.

— Il y avait plusieurs autres citations de participants. Ils ont tous fait le même constat : en dépit de toutes les difficultés que tu as rencontrées en tant qu'hôtesse débutante, tu n'es plus la comtesse réservée. Ils t'appellent la comtesse de la Renaissance.

Sabrina sourit alors.

— C'est toi qui as suggéré ce surnom à lady Pickering.

Evie haussa un sourcil, les yeux brillants.

— Je refuse de confirmer ou de nier. Tu connais un succès fulgurant et rien d'autre n'a d'importance.

— Je ne suis pas d'accord. C'est un échec sur toute la ligne.

Tout comme sa mère l'avait dit. L'inquiétude assombrit le regard d'Evie, qui se rapprocha de Sabrina.

— Que s'est-il passé ?

— Constantine a découvert que j'étais sa tutrice. C'était le parfum. Lorsque toi et moi avons quitté ma chambre avant le bal, Cassandra et Mlle Lancaster sont restées. Elles ont trouvé le parfum et s'en sont appliqué.

De profondes rides se creusèrent sur le front d'Evie.

— Aldington l'a senti sur elles.

— J'ai vu le moment où il a reconnu l'odeur. Il a fait un commentaire à ce sujet, et Cassandra lui a révélé que le parfum était à moi.

— Je suis sincèrement désolée. Allons dans mon bureau.

Evie conduisit Sabrina à travers la salle de repos, jusqu'à l'escalier de service qui les mènerait au premier étage. Son bureau se trouvait dans un coin, juste au-dessus de la salle de repos.

Sabrina était venue dans le bureau lorsqu'elle avait visité le club après le récital. Le lieu était aussi bien aménagé que la maison d'Evie, avec autant de goût et de beauté. Cette dernière se dirigea vers un buffet, en sortit une bouteille de vin du Rhin, et leur servit des verres.

— Je suppose qu'Aldington est extrêmement en colère, remarqua Evie, tendant un verre à Sabrina, avant de prendre place sur le canapé.

Sabrina ne s'assit pas, car une énergie débordante bouillonnait en elle.

— Non, il n'est pas extrêmement en colère.

Elle repensa à son attitude après le bal : il avait retrouvé son air détaché. Était-ce là sa véritable personnalité ? Pas l'homme passionné et attentionné qu'elle avait récemment appris à connaître ?

— Nous étions tous les deux d'accord pour dire que c'était un terrible stratagème, expliqua Sabrina, s'approchant de la fenêtre qui donnait sur le jardin. Nous n'aurions jamais dû nous mentir l'un à l'autre, alors que tout notre mariage a commencé par des malentendus et des suppositions.

Elle était consciente que leur problème, c'était la communication et l'honnêteté, et non pas leur capacité à avoir des relations sexuelles. S'ils s'étaient vraiment parlé, ouvertement, sans peur, l'intimité aurait suivi. En réalité, c'était ce qui s'était produit. Constantine l'avait courtisée, il avait fleureté avec elle, et elle avait été non seulement réceptive, mais aussi avide de son attention. C'était là que tout avait changé.

Lorsqu'elle se détourna de la fenêtre, Sabrina connut un élan de clarté, de calme.

— Je n'aurais jamais dû me présenter à lui en tant que tutrice courtisane. J'aurais dû le faire en tant qu'épouse.

Evie posa son verre sur une table près du canapé et se leva.

— Peut-être n'aurais-je pas dû t'inciter à adopter cette stratégie. Mais tu étais si inquiète, et j'avais tellement envie de t'aider ! Je voyais la persévérance et la force qui sommeillaient en toi. Plus tu assumais ton rôle de comtesse, puis de courtisane, et plus tu gagnais en confiance.

— Tu es en train de dire qu'il a fallu que je devienne quelqu'un d'autre pour enfin me sentir à l'aise.

Peut-être avait-elle eu besoin de cela. Néanmoins, elle voulait croire qu'elle aurait pu retrouver Constantine dans cette chambre, en tant qu'elle-même, en tant qu'épouse. La première fois, après son arrivée à Londres, s'était un peu mal passée, mais il y avait eu une amélioration. Elle aurait dû lui accorder, ainsi qu'à elle-même, le temps et la patience nécessaires pour arriver là où ils devaient être. Au lieu de cela, ils avaient tous deux permis à d'autres personnes, Evie et Lucien, de se mêler de leurs affaires et de les manipuler. Étant donné que leur mariage avait débuté exactement de la même manière, et qu'il avait failli échouer dès le départ, ils auraient tous les deux dû y réfléchir à deux fois.

Mais ils étaient ce qu'ils étaient : un comte impassible contraint par le devoir, et une ombre effrayée incapable de se défendre.

— Je crois que je vais peut-être retourner à Hampton Lodge.

Elle n'avait aucune raison de rester. Les sourcils froncés, Evie s'avança vers elle.

— Tu ne peux pas faire ça ! Aldington et toi êtes si près du but ! Vous parviendrez à surmonter cela. Peut-être que Lucien et moi pourrions...

— Stop !

L'ombre effrayée était la femme que Sabrina *avait été*. Ce n'était plus le cas. Elle but une longue gorgée de vin, puis redressa le dos.

— J'apprécie ton amitié, mais je ne veux plus de cette sorte d'ingérence. Il s'agit de notre mariage, à Constantine et moi. Nous résoudrons cela ensemble, ou pas du tout.

Le visage d'Evie se décomposa.

— Je suis sincèrement désolée. Nous n'aurions pas dû nous impliquer. Le stratagème de la tutrice était une idée désespérée, née du désir de Lucien de venir en aide à son frère, et du mien de t'aider. Nous venions tout juste de nous rencontrer, mais j'ai ressenti une grande affinité avec toi.

— Pourquoi ?

Sabrina ne comprenait pas ce qu'une matrone sophistiquée de la bonne société pouvait avoir en commun avec elle.

— Parce que tu te sentais comme une marginale. Tu voulais trouver ta place. Parfois, j'ai l'impression que je suis encore dans le même cas, ajouta-t-elle d'une voix douce, baissant les yeux vers le tapis.

Reniflant, elle releva brusquement la tête.

— Mais il n'est pas question de moi. Il est question de toi et de la manière dont j'ai interféré dans ton mariage. Je n'aurais pas dû t'inciter à endosser le rôle de tutrice. Nous… Lucien et moi, nous voulions simplement vous réunir, Aldington et toi, pour vous offrir l'amour et le bonheur que vous méritez tous les deux.

— C'est incroyablement gentil de votre part à tous les deux, mais aucun d'entre vous ne peut nous « offrir » cela, à Constantine ou à moi. Nous avons dû le découvrir par nous-mêmes. Et je l'aime… profondément. Mais je ne suis pas sûre que lui m'aime.

Et, si c'était le cas, se l'autoriserait-il ? Si elle croyait avoir joué un rôle, il avait interprété le plus grand de tous, celui d'un héritier consciencieux peu enclin à éprouver des émotions. À moins que ce ne soit sa véritable nature, mais Sabrina n'y croyait pas.

Evie la rassura d'une voix douce.

— Il t'aime forcément. Il n'aurait pas eu recours à de telles mesures dans le cas contraire. Il est évident pour moi que vous vous aimez, dit-elle, retournant s'asseoir sur le canapé. Pardonne-moi, Sabrina. Il était bien trop commode pour moi de soutenir un plan impliquant une courtisane, puisque c'est ce que je connais.

Sabrina s'approcha lentement du canapé et s'assit à côté d'Evie.

— Es-tu en train de dire… ?

Evie esquissa un sourire triste.

— Que j'étais autrefois une courtisane. Il y a quelques années, j'ai décidé de me réinventer en devenant Mme Renshaw. Je n'ai jamais été mariée, soupira-t-elle. C'est agréable de me décharger de ce poids. Chaque jour, j'ai l'impression d'être une impostrice, et c'est bon de ne pas le ressentir quand je suis entourée de ceux qui me sont chers.

— Je suis honorée que tu aies partagé cela avec moi.

— La liste des personnes qui me sont chères est très courte. Je suis consciente que nous ne sommes pas amies depuis longtemps, mais je pensais sincèrement ce que j'ai dit à propos de ces affinités entre nous. Nous avons toutes les deux pris des mesures peu orthodoxes dans notre quête du bonheur.

Sabrina comprenait ce qu'elle disait, même si leurs mesures étaient quelque peu incomparables. Elle prit la main d'Evie.

— Je me sens proche de toi aussi, et, bien sûr, je te pardonne.

— Merci beaucoup !

Evie posa une main sur ses yeux, et Sabrina l'étreignit jusqu'à ce qu'elles éclatent toutes les deux de rire.

— Je te promets que je ne veux pas me mêler de ce qui ne me regarde pas, annonça Evie, après s'être une nouvelle fois essuyé les yeux. Mais, tu ne peux pas retourner à Hampton Lodge. Pas maintenant.

— Je sais, répondit Sabrina, qui redressa son échine et releva le menton. Il est temps que je devienne la femme que je veux être, pas une comtesse dévouée, ni une tutrice courtisane, ou même une épouse docile. J'aime mon mari et je veux être sa partenaire.

Ils avaient surmonté tous les obstacles de la nuit précédente de façon merveilleuse, ensemble. Jusqu'à ce que la supercherie les éloigne l'un de l'autre.

L'heure était venue pour elle de se montrer honnête, de se confesser, de mettre son âme à nu. Sabrina espérait seulement qu'il se joindrait à elle. Car, dans le cas contraire, elle n'aurait vraiment plus d'espoir.

CHAPITRE 21

*E*n arrivant à la résidence ducale, Constantine gravit les marches, impatient à la perspective de l'entretien à venir. Bender l'accueillit à l'intérieur, lui prit son chapeau et ses gants, et il se rendit directement au bureau de son père. Le duc était assis derrière son bureau, comme à son habitude.

La fureur que Constantine éprouvait à l'idée que son père était à l'origine de l'exclusion de Brightly de chez White s'intensifia. Il était en colère à propos de nombreuses choses, y compris l'ingérence et la manipulation du duc.

— Tu es méprisable, marmonna-t-il.

— Que dis-tu ? aboya le duc.

Constantine se redressa, envahi d'une ire légitime.

— J'en ai fini de travailler pour te plaire. C'est tout ce que j'ai toujours recherché : être l'héritier que tu voulais que je sois, pour que tu sois fier. Chaque décision que j'ai prise, chaque action que j'ai entreprise, c'était pour être l'homme que je pensais devoir être, l'homme que tu insistais pour que je sois, affirma-t-il, et les mots jaillissaient de sa bouche, lui apportant une clarté qu'il n'avait jamais connue. Ensuite, en vieillissant, j'ai voulu être certain de ne jamais être le destinataire de ta déception et de ton dédain, comme l'était Lucien. Comme il l'*est* toujours. J'aurais dû prendre sa défense. J'aurais dû lui montrer que tout le monde n'est pas un despote cruel comme toi.

— Il semblerait que j'arrive au moment parfait !

Lucien entra dans la pièce en arborant un sourire suffisant, mais il y avait quelque chose en dessous de la surface : une énergie frémissante et dangereuse, qui contredisait sa bonne humeur. Sa joue présentait également une légère ecchymose, à l'endroit où Constantine l'avait frappé la veille.

— Ne sois pas trop dur avec toi-même, Tine. Si tu n'avais pas fait des pieds et des mains pour satisfaire ce vieil homme, les choses auraient été bien pires pour nous tous. J'ai accepté depuis longtemps que cette situation de bon fils - mauvais fils fonctionne à notre avantage à tous les deux.

Il se posta près de Constantine, face au bureau de leur père.

Le duc se leva, la mâchoire crispée par la rage. S'il avait l'intention de parler, il n'en eut pas l'occasion, car la colère de Constantine était montée d'un cran.

Il croisa les bras.

— J'ai appris que tu avais fait exclure Brightly de chez White. J'espère que tu en es satisfait, car j'ai l'intention de résilier mon adhésion dès que je sortirai d'ici. Si cet endroit n'est pas assez bien pour un homme aussi intègre et généreux que Brightly, il n'est certainement pas fait pour moi.

— Tu n'oserais pas ! marmonna le duc. Tu ne peux pas ! Tu es mon héritier.

Constantine haussa les épaules.

— Ton héritier fréquentera simplement Brooks.

Leur père serra les poings et plissa les yeux de rage.

— *C'est un scandale !*

— Ou bien le Phœnix Club, suggéra Lucien avec enthousiasme.

À cet instant, Constantine décida qu'il accepterait l'invitation. Pas uniquement pour irriter son père, même si c'était un énorme avantage, mais pour soutenir son frère. Si Constantine lui en voulait encore beaucoup pour *son* ingérence, il savait que celle-ci découlait du désir de Lucien d'aider les autres. C'était la raison pour laquelle il avait créé ce club, avec son objectif particulier. À ce moment-là, Constantine comprit qu'il y avait sans doute une raison aux agissements de Lucien. Il avait toujours semblé avoir un nombre excessif d'amis, jouir d'une grande popularité auprès de tout le monde et être capable de charmer et d'amadouer les gens. Mais, et s'il s'était senti isolé et seul à cause de leur père, et même à cause de Constantine ? Et s'il aidait les autres dans le but de s'aider lui-même ?

Une vague de compréhension submergea Constantine, lui coupant le souffle. Il était en partie responsable de la façon dont son père traitait son frère, tout comme il l'était de son mariage. Il était grand temps qu'il sorte de l'ombre du duc, et qu'il devienne l'homme qu'il souhaitait être. Un homme qui n'était pas aussi impassible que leur père. Constantine comprit qu'il était tout le contraire de cela. Il était passionné par son travail, ses courses, et, par-dessus tout, par sa femme.

— Tu ne peux pas quitter le White ! protesta le duc avec un grand geste de la main. Je te l'interdis ! En outre, je vous interdis d'en venir aux mains comme vous l'avez fait lors de ce bal catastrophique d'hier soir !

Constantine échangea un regard incrédule avec Lucien, qui déclara :

— Nous ne sommes pas des enfants, père.

Le duc décocha un regard sévère à Lucien.

— Alors, cessez de vous comporter comme si c'était le cas. Je peux m'attendre à ce genre de comportement embarrassant de ta part, mais de la part d'Aldington ? s'exclama-t-il, tournant son regard courroucé vers Constantine. Je m'attends à mieux de ta part.

— Quelle tristesse que tu n'attendes pas les mêmes choses de tes deux fils. Tu devrais. Tu nous as élevés tous les deux.

Mais le duc les avait traités différemment, et Constantine commençait à peine à se rendre compte à quel point.

— Je suis conscient que tu auras du mal à comprendre, père, mais ma décision de quitter White n'est pas sujette à débat. Tu n'as aucun contrôle sur moi, et ta tutelle, ou quel que soit le nom que l'on pourrait donner à la manière dont tu m'as dirigé tout au long de ma vie, est terminée. Je suis mon propre maître, à présent. Je voterai pour ou contre les projets comme je l'entends, et je permettrai à mon majordome et à sa femme d'avoir un chat dans ma maison, ajouta Constantine, car le duc le lui avait reproché plus tard dans la soirée. Et si j'ai envie de frapper mon frère quand il se comporte comme toi, je le ferai.

Il se tourna alors vers Lucien, qui articula en silence le mot « Aïe ».

Constantine poursuivit :

— J'encouragerai également mon épouse à apporter son soutien à ma sœur de la manière qu'elle jugera le plus appropriée. Elle ne sera peut-être pas sa marraine officielle, mais elle sera présente aux côtés de Cassandra, et la guidera vers la réussite et, plus important encore, vers le bonheur.

En tout cas, il espérait qu'elle le ferait. Il avait tant de choses à lui dire... Lucien se tourna vers lui et commença à applaudir.

— Bravo, mon frère ! Bravo !

Le visage du duc se pinça ; Constantine ne pensait pas avoir jamais vu son père aussi mal à l'aise.

— Lucien, laisse-nous, ordonna leur père. Ferme la porte en sortant.

Constantine se tourna vers son frère, dont les traits reflé-

taient sa surprise. Ce dernier lui adressa un regard encourageant, puis il quitta la pièce. Après s'être éclairci la gorge, le
duc se rassit. Il fixa son regard sur un point derrière
Constantine.

— Je vais te dire quelque chose, et je ne veux pas en discuter. Contente-toi d'écouter et de t'en aller.

L'inquiétude envahit Constantine, mais il ne dit rien. Il
n'avait jamais vu son père aussi stoïque, mais son pouls
battait fort dans sa gorge, signe que le duc n'était pas à l'aise.

— Si je ne parle pas de ta mère, c'est parce que je ne peux
pas. Je ne connaîtrai jamais de plus grande douleur que celle
de l'avoir aimée et de l'avoir perdue. Tu crois que je l'ai
laissée mourir, et, parfois, je le pense aussi. J'ai fait venir ce
chirurgien. Je l'ai laissé soigner ta mère pendant un certain
temps. J'étais aveuglé par l'inquiétude, avoua-t-il, puis sa voix
se tendit. Ensuite, elle est morte. Tu nous blâmes tous les
deux, le chirurgien et moi. Je n'en veux qu'à moi.

Une angoisse brûlante jaillit dans la poitrine de
Constantine.

— Je ne...

Le regard du duc se porta sur son fils, mais seulement
pour une seconde.

— Si, c'est le cas, et nous n'allons pas en discuter. Si tu
parles à nouveau, je m'arrêterai.

Constantine pinça les lèvres et croisa fermement ses
mains dans son dos.

— Si j'ai choisi Sabrina pour devenir ton épouse, c'est parce
qu'elle me paraissait idéale pour toi : elle est de bonne famille,
elle est belle, docile, et elle n'a rien d'exceptionnel en termes de
personnalité ou de passion. J'ai pensé qu'il valait mieux que tu
épouses une femme que tu n'aimerais pas, dont tu ne serais pas
proche, comme je l'ai été avec ta mère. Posséder puis perdre
cela est une dévastation que je ne souhaiterais jamais à mes

enfants, expliqua-t-il, avant de tousser. Je constate cependant que, malgré mes bonnes intentions, tu es épris de ta femme. Si cela me désole, c'est parce que j'ai peur pour toi si tu la perdais. Je prierai pour que cela ne se produise pas.

La gorge de Constantine se noua. Il voulait parler, mais il n'était pas certain qu'il aurait pu le faire, même s'il y avait été autorisé.

— Je n'ai jamais eu l'intention de te faire de mal. Je tentais de t'en préserver. Je suis fier de toi, même si je n'approuve pas tes actions, poursuivit le duc, croisant enfin le regard de son fils. Cela reste entre nous. Je te demande et j'attends de toi que tu n'en parles pas à ton frère ou à ta sœur. Cela ne les concerne en aucune manière.

Constantine ne put s'empêcher de demander :

— Nourris-tu le même espoir pour eux, qu'ils ne se marient pas par amour ?

Le duc lui lança un regard sévère, et il comprit que l'entretien était terminé. Et son père n'admettrait jamais que cette conversation avait eu lieu. Même s'il tentait d'en informer Lu et Cass, ils ne le croiraient probablement pas. Constantine n'était pas certain d'y croire lui-même.

— Merci, murmura-t-il. Je t'aime, *papa*.

Tournant les talons, il sortit du bureau. Dans le hall d'entrée, il récupéra son chapeau et ses gants, puis il souhaita une bonne soirée à Bender.

Lucien l'attendait à l'extérieur. Constantine lui lança un regard troublé.

— Je suis toujours fâché contre toi, déclara-t-il, le regard rivé sur l'affreuse cravate que portait son frère. Cette cravate est couleur caca d'oie.

— Je sais ! confirma Lucien en souriant. N'est-elle pas merveilleuse ?

Il portait toujours une cravate de mauvais goût lorsqu'il

rendait visite au duc. Passant une main sur sa bouche, il redevint sérieux.

— Tu as raison d'être fâché contre moi. Mais, *bon sang*! Étais-tu vraiment obligé de dire que je me suis comporté comme notre père?

— Tu t'es mêlé de ce qui ne te regardait pas et tu m'as manipulé. Tu vois certainement la ressemblance.

— Oui, même si cela me fait mal. Mon intention était vraiment de t'aider, pas de te manipuler. Entre ta froideur et la terreur de ta femme, vous n'alliez jamais trouver votre chemin dans votre mariage ni dans votre lit. Et vous en aviez besoin.

— Comment savais-tu pour l'anxiété de Sabrina? Comment as-tu su que nous avions besoin d'aide?

Lucien soupira.

— Ta femme a eu vent de ma réputation, et elle est venue me trouver : à l'origine, elle souhaitait que je l'aide à se procurer une nouvelle garde-robe et à faire sensation cette saison. Je l'ai donc envoyée chez Mme Renshaw, et, euh… Evie a appris le vrai fond du problème, à savoir que la comtesse souhaitait te séduire.

— C'est ce que Sabrina a dit?

Car vouloir séduire son mari n'était pas la même chose que de vouloir un enfant, ce qu'elle lui avait pourtant affirmé à son arrivée en ville. Ils auraient pu atteindre ce deuxième objectif en faisant ce qu'ils avaient toujours fait. Mais, si elle avait vraiment recherché la séduction depuis le début, ils auraient pu éviter bien des suppositions et des malentendus. Il comprit alors que c'était là le cœur de leur insatisfaction, et non pas leur incapacité à s'unir au lit.

— Je ne m'en souviens pas exactement, répondit Lucien. Tu dois savoir qu'elle était réticente au début.

— J'aurais voulu que nous soyons capables de discuter sans ton intervention, murmura Constantine. Que nous ayons pu être nous-mêmes, pas ce que les autres nous poussaient à être.

— Oh, bon sang, Tine !

Lucien l'enlaça et le serra fort dans ses bras.

C'était un geste choquant, mais incroyablement nécessaire. Constantine le serra à son tour dans ses bras, tandis que des années d'émotions accumulées se relâchaient et se déversaient.

— Je suis désolé, dit Lucien, qui recula tandis que son frère clignait des yeux à plusieurs reprises. Mais, cela n'en valait-il pas la peine ? Vous étiez tous les deux si heureux ! J'ai pensé que tu étais peut-être amoureux.

— Je l'étais. *Je le suis.* Désespérément. Mais je crains qu'elle ne partage pas mes sentiments.

— Je ne peux pas l'affirmer avec certitude, mais, à mes yeux, elle avait l'air d'une femme amoureuse. Vous observer ensemble lors du bal, alors que tout allait horriblement mal, était merveilleusement satisfaisant. Vous êtes apparus comme des partenaires, et j'étais sûr que votre mariage était sauvé.

— C'est ce que je pensais aussi, mais j'ai tout fait foirer.

Lucien resta bouche bée, feignant d'être horrifié.

— Quel langage ! Que comptes-tu faire à ce sujet ? À propos d'elle ?

— Je rentre chez moi auprès de ma femme.

— C'est un excellent plan, affirma Lucien, lui donnant une tape sur l'épaule. N'hésite pas à me dire si je peux t'aider d'une quelconque manière.

— Tu devrais arrêter ça, répliqua Constantine. Il y a une différence entre aider les gens et s'immiscer dans leur vie.

Le regard assombri, Lucien acquiesça.

— Compris. Je... Nous, enfin, Evie et moi, nous avons dépassé les limites ici, et j'en suis sincèrement désolé. J'ai simplement besoin que tu saches que je ne voulais que ton bonheur.

— Je le sais, et je t'en suis reconnaissant.

Constantine se rendit compte que les intentions de son père et de son frère n'étaient pas si différentes. Tous les deux voulaient qu'il soit heureux. Cependant, dans le cas de son père, il avait cherché à le faire en protégeant le cœur de Constantine. L'ironie étant qu'en cherchant à le préserver de la détresse, le duc l'avait plongé en plein dedans.

Le véritable cadeau, c'était qu'ils avaient poussé Constantine à reconnaître sa vraie personnalité : il n'était pas un automate consciencieux qui ne cherchait qu'à plaire à son père, et il n'était pas non plus un imbécile dépourvu d'émotions avec un bâton dans le derrière. Il savait qui il était, et il se languissait de le dire à la personne qui avait le plus besoin de le voir : son épouse.

— Lu, dois-je accepter officiellement l'invitation du Phœnix Club, ou puis-je simplement me présenter à l'assemblée de ce soir ?

Lucien sourit.

— Oh ! Tu m'as appelé Lu ! Viens, nous irons ensemble. En chemin, tu pourras me raconter ce que père t'a dit après mon départ.

— En réalité, non, je ne peux pas. Et, s'il te plaît, ne me pose pas de questions.

Le jour viendrait probablement où Constantine éprouverait le besoin de briser la confiance de son père, mais, pour l'instant, il garderait ses secrets.

Alors qu'ils se dirigeaient vers le Phœnix Club, il sentit son cœur déborder d'émotion. Malheureusement, à leur arrivée, ils apprirent que lady Aldington était déjà rentrée chez elle.

— Vas-y, dit Lucien. J'attends avec impatience le moment

où nous pourrons passer du temps ensemble au club, mais ce ne sera pas pour ce soir.

— Non, effectivement.

Constantine héla un fiacre, et, lorsqu'ils arrivèrent sur Curzon Street, il bondit pratiquement hors du véhicule. En approchant de la maison, il aperçut un cabriolet inconnu à l'extérieur.

Constantine entra précipitamment, et Haddock l'accueillit avec une expression crispée.

— Que se passe-t-il ? demanda Constantine, dont le sang se glaça inexplicablement quand il vit l'inquiétude dans le regard du majordome. À qui appartient le cabriolet dehors ?

— Lady Aldington a envoyé chercher un médecin. Il est actuellement à l'étage avec elle.

Le monde de Constantine bascula sur son axe ; il ne pouvait plus respirer. Il se précipita à l'étage, courut jusqu'à leur salon et tomba nez à nez avec sa femme de chambre.

— Où se trouve lady Aldington ?

Charity pâlit en pointant du doigt la porte fermée de sa chambre à coucher.

— Elle est à l'intérieur avec le Dr Montbourne.

Mon Dieu ! Et s'il arrivait trop tard pour arrêter le traitement que l'homme lui avait probablement imposé ? Qui était donc ce Dr Montbourne ? Constantine ne le connaissait pas, il n'avait jamais entendu parler de lui. Et, *bon sang ! pourquoi sa femme consultait-elle un médecin ?*

Constantine fit irruption dans la chambre, où il trouva Sabrina assise sur son lit, le Dr Montbourne à ses côtés. Cet homme était trop beau pour avoir de sérieuses références médicales, et il n'avait certainement pas l'air assez âgé pour avoir l'expérience requise. Sauf qu'il n'existait aucune réglementation en la matière, d'où la nécessité d'un projet de loi sur les apothicaires.

— Éloignez-vous de ma femme ! s'écria Constantine. Ne vous avisez pas de la toucher.

CHAPITRE 22

Sabrina faillit ne pas reconnaître le gentleman aux yeux fous qui avait fait irruption dans sa chambre. Constantine ressemblait à une sorte de bête, les dents découvertes, les mains crispées sur les côtés, comme s'il allait se jeter sur le Dr Montbourne et le réduire en miettes.

— Euh... bonsoir, lord Aldington. Je suis le Dr Xavier Montbourne.

Tendant la main avec un sourire engageant, il fit un pas vers Constantine.

Posant un regard noir sur le praticien, il le contourna et se posta entre Sabrina et lui.

— Sortez d'ici.

— Constantine, arrête. S'il te plaît.

Sabrina voulut lui prendre la main, mais il s'écarta brusquement.

— Je vous ai dit de sortir. Maintenant, insista-t-il, s'approchant du médecin d'un air aussi menaçant qu'inquiétant.

Sabrina se leva rapidement du lit et se plaça devant le Dr Montbourne.

— Cesse tout de suite ces absurdités ! Le Dr Montbourne

était sur le point de partir, de toute façon. Mais, malgré tout, il n'y a aucune raison de te montrer impoli.

— Pourquoi est-il ici ? Que t'a-t-il fait ?

La sombre détresse qu'elle lut dans son regard finit par lui faire comprendre. La trouver en compagnie d'un médecin devait être bouleversant pour lui. Sabrina se rapprocha et lui reprit la main, la serrant fort pour qu'il ne la lâche pas. Cette fois-ci, il s'en abstint.

— Le Dr Montbourne a simplement effectué un examen de routine. Tout à l'heure, j'ai ressenti quelques douleurs inhabituelles, et j'espérais qu'il pourrait apaiser mes inquiétudes.

Constantine l'avait observée pendant qu'elle parlait, mais il lança alors un regard méfiant au médecin.

— Quel genre de douleurs ?

— Le genre de douleurs que ressent normalement une femme qui est sûrement enceinte. Je vais bien. Le Dr Montbourne est charmant. Et, puisqu'il reviendra plus tard pour voir comment je vais, tu devrais t'excuser.

Il la regarda, figé pendant un long moment, alors elle lui serra à nouveau la main et murmura son nom. Enfin, il cligna des yeux et se tourna vers le Dr Montbourne.

— Je vous présente mes excuses pour mon emportement. Je vous demanderai de me fournir des documents attestant de votre formation, de votre âge et de votre ancienneté dans votre profession, ainsi qu'une liste de pas moins de cinq… non, dix références pouvant attester de vos connaissances et de votre expertise. Des références issues du milieu médical, du Collège royal et équivalent, et non de votre voisin ou de votre mère.

Il semblait très contrarié, mais aussi inquiet, et Sabrina voulait soulager toute sa douleur.

Le Dr Montbourne inclina la tête.

— Je serais ravi de vous fournir ces informations, my

lord.

— Au plus tôt, insista Constantine, dans ce qui ressemblait à un grognement.

Sabrina relâcha sa main.

— Je vous raccompagne, docteur Montbourne.

Elle le conduisit de sa chambre à coucher au salon où se tenait Charity, les yeux écarquillés.

— Vous pouvez partir, Charity, dit-elle avec un sourire, avant de se tourner vers le Dr Montbourne.

— Je vous prie d'accepter mes plus sincères excuses pour le comportement de mon mari. Il a perdu sa mère à cause des négligences d'un chirurgien incompétent, et je crains qu'il n'éprouve une grande méfiance à l'égard des médecins.

— C'est tout à fait compréhensible. Je m'efforcerai d'apaiser ses inquiétudes, répondit le médecin, qui lui prit la main, puis s'inclina. Prenez soin de vous, my lady. Nous nous reverrons bientôt.

— Merci, docteur Montbourne.

Elle le regarda quitter le salon, et, en se retournant, elle vit son mari debout dans l'embrasure de la porte, arborant une expression extrêmement mécontente.

— Tu ne devrais pas lui raconter mon histoire personnelle. Cela ne le regarde pas.

Sabrina désirait ardemment effacer l'inquiétude de son front et de son âme.

— Pourquoi pas ? Si cela l'aide à mieux comprendre ses patients ? À nous comprendre, toi et moi ?

Constantine poussa un grognement.

— Il n'est pas *mon* médecin. Il n'est pas encore le tien non plus.

Sabrina fit un pas vers lui.

— Mon cher Constantine, tu dois être prêt à partager des choses, à t'ouvrir au sujet de tes émotions, de tes peurs, de tes désirs, si tu veux avancer dans la vie. Je n'ai moi-même appris cette leçon que récemment.

Il se passa une main dans les cheveux et souffla.

— En fait, c'est la raison de ma présence ici, répondit-il, puis il fit un pas avant de s'arrêter, posant les yeux sur son ventre. Est-ce vrai ? Que tu es enceinte ?

Elle hocha la tête ; les larmes lui brûlaient les yeux et lui obstruaient la gorge.

— Il semblerait que oui. Mes règles sont extrêmement régulières, et elles sont très en retard. Lorsque j'ai décrit mes symptômes au Dr Montbourne, il a procédé à un examen sommaire et il pense que je suis enceinte. Bien entendu, nous n'en aurons la certitude que dans les semaines à venir.

Était-il heureux ? Choqué ? Terrifié ?

— J'ai du mal à y croire, murmura-t-il. Mais, et si quelque chose tournait mal ? l'interrogea-t-il, et, lorsqu'il croisa son regard, Sabrina comprit qu'il était *terrifié*.

— Nous y ferons face ensemble. Je l'espère, en tout cas.

Il cligna des yeux, puis ses traits s'ouvrirent, comme s'il venait de se souvenir d'une chose d'une importance capitale.

— Oui, ensemble. Je ne veux rien faire sans toi. Je pensais pouvoir revenir en arrière, telles que les choses étaient, que je préférais cela… Je crois même que je me suis persuadé que c'était ce que tu voulais aussi. Mais tu es venue ici en quête de changement, déterminée à être quelqu'un de différent, expliqua Constantine, un léger sourire aux lèvres. Pas quelqu'un de différent, mais *toi*.

Comment en était-il venu à la comprendre aussi parfaitement ?

— *Exactement*. J'ai été celle que tout le monde voulait ou attendait que je sois.

— Y compris moi. J'ai présumé que tu me détestais parce que tu ne voulais pas m'épouser. Je ne t'ai laissé aucune chance. Je ne *nous* ai laissé aucune chance.

— Et j'ai pensé que tu serais autoritaire et froid comme ton père.

— Ne l'ai-je pas été ?

Constantine arqua un sourcil couleur sable, et l'effet de son autodérision et de son humour grinçant fut dévastateur.

Sabrina se précipita et prit sa main entre les siennes.

— Si, mais ce n'est pas qui tu es.

— Non, c'est vrai. J'ignorais qui j'étais jusqu'à ce que tu viennes à Londres pour me sauver de moi-même. Je sais que ce n'était pas ton intention, car tu voulais un enfant, mais c'est ce qui est arrivé.

— Oui, je voulais un enfant, mais je te voulais aussi.

Il plissa les yeux en la regardant.

— Je crois qu'il est important que nous nous montrions totalement honnêtes l'un envers l'autre, qu'il n'y ait plus de suppositions, de demi-vérités ou de malentendus.

Une sensation de chaleur envahit le cou de Sabrina.

— Très bien. Peut-être qu'au début, je me fixais uniquement sur un enfant. Mais, dès que j'ai découvert le côté agréable du mariage, j'ai eu envie de cela. Avec toi. Te vouloir m'est venu très vite... et très facilement. Même cette première nuit, alors que les choses étaient encore si gauches entre nous, je te voulais. Je ne savais pas comment te le montrer, et j'avais trop peur de le dire.

Constantine retira sa main de celles de Sabrina, prit son visage en coupe et la regarda droit dans les yeux.

— Promets-moi de ne plus jamais avoir peur de moi. Je ne te ferai jamais de mal. Je t'aime profondément.

Ses paroles allumèrent en elle une lumière vive qui ne s'éteindrait jamais. Aussi longtemps qu'elle vivrait, elle se souviendrait de ce moment, de cet homme et de cette explosion d'affection qu'elle n'aurait jamais imaginé voir de sa part. Les larmes qu'elle avait retenues se déversèrent sur ses joues et sur les mains de son mari.

— Mon amour, murmura-t-il, avant de poser tendrement ses lèvres sur les siennes. Je te voulais avant même notre mariage. J'ai été blessé quand j'ai appris que tu ne voulais pas m'épouser, mais je crois que j'ai toujours espéré que nous trouverions une connexion. Si seulement je te l'avais dit…

— Chut. Ne regarde pas en arrière, lui intima Sabrina.

Elle empoigna ses revers et l'attira contre elle.

— Je t'aime aussi, murmura-t-elle, mais elle craignit que ses mots se perdent dans leur baiser.

Elle se recula pour le regarder dans les yeux.

— Je t'aime, Constantine.

Ses mains caressèrent les épaules de Sabrina, avant de se poser sur ses épaules.

— Tu es venue ici pour changer, et, ce faisant, tu m'as changé.

— Je préfère penser que nous avons découvert nos véri- tés, à propos de nous-mêmes, et à propos de l'autre, précisa- t-elle, enroulant ses bras autour de la taille de son mari. Je regrette que nous ayons dû recourir à un stratagème peu judicieux. Si j'avais la possibilité de revenir en arrière et de changer cela, je le ferais.

— Il était *effectivement* peu judicieux, pourtant, nous ne pouvons pas nous plaindre des résultats. Je voulais tout faire pour toi.

Sa voix se brisa, et le cœur de Sabrina se tordit dans sa poitrine. Elle le serra très fort dans ses bras.

— J'ai chéri chaque instant de ces rencontres où tu t'es mis à nu pour moi sans t'en rendre compte. C'est là que j'ai commencé à tomber amoureuse de toi. Ensuite, tu m'as cour- tisée, et je suis totalement tombée amoureuse.

— Tu as raison de dire que le fait de voir la tutrice m'a aidé à devenir moi-même, à me débarrasser de l'artifice d'être le fils de mon père.

— Prétendre être une ancienne courtisane m'a permis de

perdre mes inhibitions, de devenir ta femme, et pas seulement ta comtesse.

Constantine laissa échapper un doux rire.

— Je suppose que nous devrions nous réjouir de cette ruse, finalement. Et être reconnaissants envers Lucien et Mme Renshaw pour leur ingérence.

— Peut-être, mais, si nous devons parler honnêtement, je préfère nous attribuer tout le mérite. C'est toi qui m'as fait me sentir désirable, et qui m'as finalement insufflé le courage dont j'avais besoin.

— Tu es infiniment désirable, affirma Constantine, abaissant la tête pour déposer des baisers sur sa mâchoire, puis sur son cou. Peut-être aimerais-tu que je te démontre à quel point ?

Ses lèvres et sa langue déclenchèrent un frisson, tandis que le désir montait en elle. Elle posa une main sur sa nuque, l'incitant à continuer avec sa bouche.

— Puis-je formuler une requête ?

— Tout ce que tu voudras, murmura-t-il contre son cou. Fais toutes les requêtes que tu veux. Je veux savoir tout ce que tu penses à partir de maintenant, quoi qu'il arrive.

— Tout ? Eh bien… dans ce cas, je veux que tu me bandes les yeux. Je me suis dit que cela avait dû aiguiser tes sens lorsque j'étais la tutrice, et je voulais savoir ce que cela faisait.

— Voudrais-tu que je sois ton tuteur ? suggéra-t-il d'une voix rauque.

Sabrina ressentit une montée de désir si intense et si vive qu'elle frémit dans ses bras.

— Oui, s'il te plaît. Dis-moi *exactement* ce que tu veux que je fasse.

Il leva la tête et la regarda dans les yeux.

— Aime-moi, tout simplement.

— C'est facile, car je le fais déjà, répliqua-t-elle, plissant

DARCY BURKE

les yeux avant de tirer sur ses cheveux. Tu vas devoir te montrer plus grivois que cela.

Il la souleva dans ses bras avec un grognement, puis se dirigea à grands pas vers le lit, où il la déposa délicatement sur le matelas. Après avoir ôté ses bottes, sa veste et son gilet, il revint vers elle, tout en retirant sa cravate.

— Prête ?

Elle acquiesça, impatiente de vivre cette nuit, comme toutes celles à venir. Il marqua une pause, les yeux brillants.

— Je t'aime, Sabrina, de tout mon cœur froid et noir.

Elle prit son visage entre ses mains pour l'embrasser vite et fort.

— Ton cœur n'est ni froid ni noir. Il est chaud, empli de gentillesse et d'amour. Et il *m'appartient*.

ÉPILOGUE

1er avril, Londres

— *P*ourquoi souris-tu ? demanda Constantine à son épouse alors que leur berline arrivait à Portman Square, où ils allaient assister à un bal avec Cassandra.

Si Sabrina n'était plus sa marraine officielle, Constantine et elle avaient convenu de continuer à soutenir sa sœur tout au long de la saison, ne serait-ce que pour constituer une défense supplémentaire contre les ingérences de leur père.

— Je pensais simplement au nouveau chaton, et au fait que Grayson semble déjà l'adorer. Je pense qu'il voulait un frère.

Sur l'insistance du couple, Haddock avait trouvé un autre chaton la veille. Sabrina, avec le soutien total de Constantine, avait insisté pour que Grayson et lui aient accès à la maison. Ce matin-là, le chaton couleur chamois avait dormi sur les genoux de Sabrina pendant qu'ils prenaient leur petit déjeuner, et Constantine se doutait bien que cela deviendrait une habitude. La femme comme le chat avaient semblé très heureux.

— Toutefois, je ne suis pas du tout certain que ce nouveau venu calmera Grayson, remarqua Constantine. Les deux aimaient se bagarrer, et c'était plutôt amusant à regarder.

Sabrina rit doucement.

— Non, je n'en suis pas sûre non plus. Mais, cela ne me dérange pas. Et toi ?

— Étonnamment, non !

La berline s'arrêta devant l'entrée de la maison, et, un moment plus tard, le palefrenier ouvrit la porte. Constantine sortit et aida Sabrina à faire de même. Elle était encore plus éblouissante que d'habitude, grâce à l'éclat qui, il en était certain, venait de l'enfant qu'elle portait.

Lui offrant son bras, il la guida vers la maison, et ils progressèrent dans la file d'attente jusqu'à la salle de bal.

— Nous devrions chercher Cass, dit-il, balayant la salle du regard, en quête de sa sœur.

— Oui. Je pense que ta tante l'a sûrement déjà abandonnée.

— Effectivement. Cass et Mlle Lancaster se trouvent près de ce grand palmier en pot.

Il conduisit Sabrina à travers la foule jusqu'à l'endroit où se trouvaient les deux jeunes femmes. Les yeux de Cassandra s'illuminèrent en les voyant approcher.

— Ah ! Vous voilà ! Je ne saurais vous dire à quel point j'étais heureuse de recevoir ton message, Sabrina !

Elle lui avait écrit pour l'informer qu'elle continuerait à agir comme une marraine, même si elle n'en avait pas officiellement le titre.

— Tu sembles terriblement soulagée, remarqua Constantine. S'est-il passé quelque chose avec tante Christina ?

— Rien qui sorte de l'ordinaire, répondit Cassandra, qui

regarda d'un air renfrogné un point éloigné dans la pièce. Elle n'est pratiquement d'aucune utilité en tant que marraine, et j'ignore pourquoi père ne le voit pas.

Elle reporta son attention vers Sabrina. Frustrée, elle plissait les yeux.

— Je suis toujours très en colère contre lui pour t'avoir retiré ton rôle de marraine. Je suis tellement contrariée, en réalité, que je suis presque tentée d'épouser le premier homme que je croiserai. Nous nous rendrons à Gretna Green, comme l'a fait ma chère amie Fiona.

— Ai-je entendu mon nom ?

Une jeune femme aux cheveux roux sortit de derrière le palmier en pot. À ses côtés se trouvait le comte d'Overton qu'elle venait d'épouser. Constantine ne put s'empêcher de se rappeler la dernière fois qu'il les avait vus, près de quatre semaines plus tôt. Il avait du mal à croire à quel point les choses avaient changé en si peu de temps.

Cassandra poussa un cri de joie, puis lady Overton et elle s'étreignirent d'une manière tout à fait inappropriée au vu de l'endroit où elles se trouvaient. Constantine fut surpris de constater qu'il s'en fichait.

— Bonsoir, Overton, dit-il, espérant qu'ils pourraient oublier, ou, du moins, ignorer leur rencontre au Phœnix Club quelques semaines auparavant. Puis-je vous adresser mes sincères félicitations, à vous et à lady Overton ?

L'homme serra la main de Constantine, sans indiquer qu'il se souvenait de leur rencontre.

— Je vous remercie.

Il présenta son épouse à Sabrina.

— Je suis vraiment ravie de rencontrer la chère amie de Cassandra.

Cette dernière saisit la main de lady Overton.

— Je ne saurais te dire à quel point je suis ravie que tu sois revenue. Ces dernières semaines ont été particulièrement éprouvantes. J'ai tant de choses à te raconter ! Et, bien entendu, je veux connaître tous les détails de ton voyage ! s'exclama-t-elle en souriant. Tu es une comtesse, maintenant !

Lady Overton éclata de rire.

— Oui. C'est plutôt étrange, ajouta-t-elle dans un murmure. Tu ne t'es pas fiancée pendant mon absence, n'est-ce pas ?

— Non, mais ce n'est pas faute pour mon père d'avoir fait pression sur moi. Si je ne me marie pas avant juin, il a menacé de me marier à un gentleman, dont l'identité reste inconnue, raconta Cassandra, qui coula un regard noir à Sabrina. N'est-ce pas ?

— C'est ce qu'il a dit, confirma-t-elle, échangeant un regard avec Constantine.

Sans un mot, ils se dirent qu'ils ne permettraient pas qu'une telle chose se produise.

Le regard de Cassandra était déterminé.

— J'ai décidé que j'épouserai le prochain homme que je rencontrerai. J'espère qu'il sera particulièrement déluré. Mon père va détester !

— Overton ! Tu es de retour !

Lord Wexford s'approcha d'eux, le visage rayonnant, arborant un large sourire. Il donna une tape sur l'épaule d'Overton. Bienvenue à la maison.

Il se tourna ensuite pour saluer lady Overton.

— My lady, vous incarnez la beauté d'une jeune mariée. Mes félicitations à tous les deux.

Mlle Lancaster se pencha vers Cassandra, et lui murmura quelque chose qui la fit rire doucement. Elle acquiesça d'un signe de tête, avant de s'adresser à Wexford.

— My lord, je pense que vous devriez danser avec moi.

Overton se tourna vers elle, le front plissé.

— Euh… Peut-être voudrais-tu danser avec moi, à la place ?

Cassandra lui adressa un sourire.

— Merci, mais, non, je pense que cela doit être Wexford. En attendant, que diriez-vous que nous allions faire un tour ?

Elle prit le bras de l'Irlandais et ils commencèrent à se promener autour de la pièce.

Constantine se demanda ce que sa sœur avait en tête, et il n'était pas tout à fait certain de vouloir le savoir. Quelques heures plus tard, il fit monter Sabrina dans leur berline, puis grimpa à sa suite, les pieds endoloris d'avoir dansé avec elle, ce qu'il n'avait pas fait depuis des lustres. Il retira ses souliers de danse et agita les orteils.

Sabrina fixa ses pieds.

— Viendrais-tu de retirer tes chaussures ?

— Effectivement.

— D'abord, tu as dansé avec moi, et maintenant, ça. Vous ne cessez de m'étonner, my lord.

— Tu n'es plus censée t'adresser à moi de cette manière, répondit-il d'une voix qui semblait irritable, et il regretta aussitôt son ton. Je plaisantais, mais c'est sorti de travers. Je suppose que c'est parce que je préfère vraiment que tu m'appelles par mon prénom lorsque nous sommes seuls.

Elle se tourna vers lui sur la banquette, puis posa sa main sur son torse. Ses doigts se glissèrent sous son gilet et se pressèrent contre lui.

— *Constantine*, je t'adore.

— Même lorsque mon caractère hautain se manifeste ?

— Tu as passé toute ta vie à être la personne que ton père voulait que tu sois. J'imagine qu'il te faudra du temps pour devenir l'homme que *tu* veux être. Je sais que les changements que j'ai effectués ont demandé du temps et des efforts. Le bal de ce soir était plus facile, mais je serais volontiers partie il y a déjà une heure.

Elle lui sourit et appuya la tête sur son épaule.

Constantine avait perçu sa fatigue et son anxiété croissante, et l'avait emmenée faire un tour dans le jardin, lui donnant ainsi la force de rester une heure de plus. Il l'embrassa sur le front, songeant à tous les changements qu'ils avaient connus au cours des dernières semaines.

— Me décrirais-tu toujours comme quelqu'un d'impassible ?

Sabrina leva la tête pour regarder Constantine dans les yeux.

— Absolument pas. En fait, je te qualifierais d'impétueux et passionné. Je ne peux imaginer un mari plus attentionné et dévoué.

Il passa un bras autour de sa taille et se tourna vers elle.

— Comment pourrais-je être autrement, alors que tu me captives à chaque instant ?

Remontant la main sur le torse de Constantine, Sabrina tira sur sa cravate.

— Je te promets de faire tout ce qui est en mon pouvoir pour que tu restes impétueux... et informé. Dialoguer et partager, c'est ce qui nous a amenés ici, et je ne veux plus jamais retourner à ma vie sans toi.

— Je te promets que cela n'arrivera jamais. Tu es à moi, Sabrina. Maintenant, et pour toujours.

Découvrez ensuite ce qui se passe entre Cassandra et Ruark ! Et découvrez ce qui s'est *déjà* produit... (N'est-ce pas intrigant ?) Une histoire d'amour entre une jeune femme sur le marché du mariage, et le meilleur ami de son frère, voilà qui est assurément *Insupportable*...

Ne passez pas à côté d'*INSUPPORTABLE* , le troisième livre de la série *Le Phœnix Club* !

. . .

Si vous voulez savoir quand mon prochain livre sera disponible et être averti des ventes spéciales, inscrivez-vous à ma newsletter en anglais sur https://www.darcyburke.com/join ou en français https://darcyburkefrancais.com/newsletter/ et suivez-moi sur les réseaux sociaux :

Facebook: https://facebook.com/DarcyBurkeFans
Instagram darcyburkeauthor

Vous aimez les romans Régence ? Découvrez mes autres séries historiques :

Les Insaisissables
Laissez-vous charmer par les douze célibataires les plus séduisants et les plus insaisissables de la société, ainsi que par les jeunes filles discrètes et marginales qui les font chavirer !

Les Insaisissables : Les Imposteurs
Au cœur de l'univers captivant des *Insaisissables*, suivez la saga d'une fratrie de trois enfants qui excellent dans l'art d'être ce qu'ils ne sont pas. Un intrépide coureur de Bow Street, un vicomte anéanti et une demoiselle de la société désabusée peuvent-ils dévoiler leurs secrets ?

Chroniques de rencontres
Le chemin de l'amour véritable n'est jamais sans embûches. Il est parfois nécessaire que quelqu'un joue les entremetteurs. Lorsque des couples se retrouvent à l'occasion d'une partie de campagne, badinage provocateur, rendez-vous secrets et amour sont au rendez-vous !

Il y a de l'amour dans l'air

Des contes de Noël classiques réconfortants (écrits après la Régence !) revisités au temps de la Régence, mettant en scène un village chaleureux, une fratrie de trois enfants, et le plus beau des cadeaux : l'amour.

Le Club des ducs fringants

Six livres écrits avec ma meilleure amie, Erica Ridley, auteure de best-sellers du New York Times. Rencontrez les hommes inoubliables de la taverne la plus célèbre de Londres, *Le Duc fringant*. Beaux, attirants, charmants et pleins d'esprit, une nuit avec ces séducteurs et voyous ne sera jamais suffisante…

J'espère que vous accepterez de laisser un avis sur le site de votre boutique en ligne ou de votre réseau préféré ! J'aime tellement mes lecteurs. Merci beaucoup!

xo,

Darcy

DU MÊME AUTEUR

Le Phœnix Club

Invitation

Inconvenant

Impétueux

Insupportable

Indécent

Impossible

Irrésistible

Impeccable

Insatiable

Les Insaisissables

Le Comte sans héritier

L'inaccessible Duc

Le Duc Audacieux

Le Duc Malhonnête

Le Duc des Désirs

Le Duc Provocateur

Le Duc Dangereux

Le Duc Solitaire

Le Duc Ravageur

Le Duc Menteur

Le Duc Galant

Le Duc des Baisers

Le Duc Boute-en-train

Le Duc inattendu

Le Marquis charmeur

Le Vicomte blessé

Les Insaisissables : Les Imposteurs

Une capitulation secrète

Une scandaleuse aubaine

Un voyou à briser

Chroniques de rencontres

Un comte de Noël

Le Duc inflexible

Le Comte sans héritier

Le Vicomte en fuite

Le Veuve imaginaire

Il y a de l'amour dans l'air

Le Comte flamboyant

Le Cadeau du marquis

La Joie du duc

Le Club des Ducs Fringants

Une nuit de séduction par Erica Ridley

Une nuit d'abandon par Darcy Burke

Une nuit de passion par Erica Ridley

Une nuit de scandale par Darcy Burke

Une nuit d'adieu par Erica Ridley

Une nuit de tentation par Darcy Burke

À PROPOS DE L'AUTEUR

Darcy Burke est l'auteure à succès USA Today de romance sexy, sentimentale historique et contemporaine. Darcy a écrit son premier livre à 11 ans, une fin heureuse entre un cygne accro à la magie et une femelle cygne qui l'aimait, avec des illustrations extrêmement pauvres.

Native de l'Oregon, Darcy vit en bordure des vignes avec son mari guitariste, une fille artiste d'un incroyable talent, et un fils débordant d'imagination qui écrira sans doute un jour mieux qu'elle (et peut-être dès demain). Ils forment une famille-à-chats un peu folle, avec deux bengals, un petit chat en quête de notoriété qui porte le nom d'un fruit, un vieux maine-coon rescapé plutôt arrogant, et une collection de chats du voisinage qui trainent sur la terrasse et entrent quelquefois. Vous trouverez Darcy au chai, dans son confortable fauteuil d'écrivain avec son portable et un ou trois chats sur les genoux, en train de plier son linge (ce qu'elle adore), ou encore devant le télévision avec sa famille. Ses havres de bonheur sont Disneyland, le week-end du Labor Day au Gorge, Le Danemark et partout au Royaume-Uni – tant que sa famille y est aussi. Retrouvez Darcy en ligne à https://www.darcyburkefrancais.com et suivez-la sur ses réseaux sociaux.